U0692236

剑来

20 饮者留其名

◎烽火戏诸侯 著

浙江文艺出版社
Zhejiang Literature & Art Publishing House

第一章 你来当师兄

陈平安收起符舟，落在城头，左右有意无意收敛了剑气，所以两人相距不过十步。

左右睁眼望向城头以外的广袤天地，问道："想过一些必然会发生的事情吗？"

剑气长城北边，那座底蕴与秘密皆深不见底的城池，既给人规矩森严的感觉，又好像没有规矩可言。

有剑仙在大战中，杀敌无数，在大战间隙，过着人间帝王般醉生梦死的糊涂日子，专门有一艘跨洲渡船，为这位剑仙贩卖本洲女子练气士，入眼者，收入那座金碧辉煌的宫阙担任侍女，不入眼者，直接以飞剑割去头颅，却依旧给钱。

有剑仙喜好守着几块小菜圃和一个果园，年复一年，过着庄稼汉的生活。

有剑仙喜欢混迹市井，施展障眼法，终年与陋巷无赖厮混在一起。

有大族子弟，一心向往离开剑气长城，去学宫书院求学。

也有豪门公子，浪荡不羁，喜怒无常，一掷千金，又嗜好虐杀奴仆。上任坐镇剑气长城的儒家圣人，便为此大不平，老大剑仙陈清都却只说了一句打过再说。那位圣人便连战三场，赢二输一，黯然离开剑气长城，重返浩然天下。赢了两位本土剑仙，输给了那位隐官大人。

此间对错，并没有想象中那么简单。左右哪怕只是事后听闻，都清楚其中的杀机重重。

世间人事，怕就怕没有立场，是非混淆；怕就怕只讲立场，只分黑白。左右最怕的，还是那种信奉世间只有立场并无道理的聪明人。

陈平安问道："所指之事是近是远？"

左右收起散乱思绪，说道："城池那边的眼前事，身边事。"

陈平安点头道："师兄之前有过提醒，我也清楚城池那边的风气，言行无忌，所以很快就会暗流涌动，再过段时日，那些闲言碎语，会渐渐明朗，我连胜四场是原因，我在宁府是原因，我是先生之弟子，师兄之师弟，也是原因。之所以如今还未发生，是因为董老剑仙带人去了叠嶂酒铺喝酒，这才让原本已经张开嘴的许多人，又不得不闭上了嘴。"

左右说道："只谈后果。"

陈平安说道："有不少人，很怕宁府一事，被翻旧账，所以不太愿意宁府、姚家关系重归融洽。有了我，宁姚与陈三秋、董画符和晏琢的纯粹关系，在某些人眼中，会变得浑浊不堪，以前可能无所谓，现在就会不太愿意。可能还要再加上一个郭家，郭竹酒极有可能，近期会被禁足在家。所以接下来，情况会很复杂，因为很快就会有难听话传入郭家，例如说郭家烧冷灶的本事不小，可能还会说郭家剑仙好算计，让一个小姑娘出马笼络关系，好手段。不管说了什么，结果只有一个，郭家只能暂时疏远宁府，因为郭家的事毕竟不是郭剑仙一人的事，上上下下百余号人，都还要在剑气长城立足。"

这些都还好，陈平安怕的是一些更加恶心人的下作手段。比如酒铺附近的陋巷孩子，有人暴毙。只不过当下陈平安没有说出口。

左右说道："除非陈清都出面帮忙提亲。"

陈平安点点头。

左右问道："为何不着急？"

陈平安说道："不敢也不愿催促老大剑仙，何况早与晚，我都有应对之策。"

左右继续问道："怎么说？"

陈平安答道："只是言语，不去管，也管不了。若有伸手，我有拳也有剑，如果不够，与师兄借。"

左右点点头，有些笑意，道："不错。具体的应对之法，我懒得多问，你自己细细思量，剑气长城的意外，经常会异常地简单直接，反而会格外地意外。"

停顿片刻，左右又问："知道剑气长城如今在蛮荒天下那边砥砺剑道的剑修，有多少吗？"

陈平安摇头道："这是头等机密，我不清楚。"

左右笑道："那你清楚什么？"

陈平安说道："我只清楚剑气长城上五境剑仙、地仙剑修的名字和大致根脚，以及包括董、陈、齐在内十数个大家族的重要人物一百二十一人。虽然意义不大，但是聊胜于无。"

左右疑惑道："你这么有空？"

陈平安笑道:“习惯成自然,而且此事我比较熟稔,绝对不会耽误练拳与修行,师兄可以放心。”

左右问道:“你偏好商家与术家?”

陈平安愣了一下,摇摇头,道:“不曾接触过这两家的学问宗旨、典籍。”

左右瞥了眼陈平安,笑道:“这两家学问,虽是三教九流的末流,被儒家尤其排斥鄙弃,由来已久,但是我觉得你适当翻阅他们两家的书籍,没有问题,可读还是要读的,只是别太钻牛角尖。世间许多学问,初见惊艳异常,往往浮浅,初见辽阔无垠,也往往杂草丛生,读破之后,才觉得不过如此。一本诸子百家圣贤书,能够读出一个根本道理,便是大收获。”

陈平安抱拳作揖,谢道:“受教了。”

左右站起身,道:“除非是看北边城池的打架,一般情况下,剑仙不会使用掌观山河的神通,探查城池动静,这是一条不成文的规矩。有些事情,需要你自己去解决,后果自负,但是有件事,我可以帮你多看几眼。你觉得是哪件?你最希望是哪件?”

陈平安毫不犹豫地说道:“我希望师兄可以帮忙看着酒铺附近的陋巷孩子,让他们不会因我而死。”

左右不置可否,又问了个问题:“这难道不是一件最小的事情吗?值得我左右多看看?”

陈平安笑道:“读书人眼中,世间无小事。”

左右感慨道:“陈平安,你要是早点成为先生的弟子,应该不错,先生不至于烦忧百年。你可以代替我管着先生的钱袋子,你可以与先生聊许多话。这些我皆不擅长。”

陈平安对于这种话题,绝对不接。

左右突然说道:“当年先生成为圣人,依旧有人骂先生为老文狐,说先生就像修炼成精了,而且是在墨汁缸里浸泡出来的道行。先生听说后,就说了两个字:妙哉。”

陈平安说道:“大隋朝野,在高氏皇帝与大骊王朝签订山盟后,民愤汹汹,其中就有骂茅师兄是文妖的。如今看来,茅师兄当时应该是感到高兴。”

左右不再说话。陈平安就跟着沉默。

练剑一事,能迟些就迟些,反正肯定都会吃撑着。

陈平安突然欲言又止,望向左右。

左右点点头,示意陈平安但说无妨。

陈平安便以心声言语道:“师兄,会不会有城中剑仙,暗中窥探宁府?”

左右想了想,道:“就算有,也不会长久,只能偶尔为之,毕竟纳兰夜行不是摆设。纳兰夜行是刺杀一道的行家里手,也是剑气长城最被低估的剑修之一,他可以刺杀他人,自然就擅长隐匿与侦查。”

陈平安神色凝重，说道："阿良传授给我的剑气十八停，我不只教给自己的弟子裴钱，还教给了一个宝瓶洲寻常少年，名为赵高树，人品极好，绝无问题。只是少年如今尚未去往落魄山，我怕……万一！"

左右说道："此事我来解决。"

陈平安如释重负。有了师兄，好像确实不一样。

左右说道："聊了这么多，都不是你迟迟不练剑的理由。"

陈平安哑口无言。

魏晋那个王八蛋坑害自己，都不能当作理由。就这个师兄的脾气，根本不会觉得那是理由。

真要说了，练剑一事，只会更惨。

不是文圣一脉，估计都无法理解其中道理。

左右坐回城头，开始枯坐，继续温养剑意。

陈平安试探性问道："如何练剑？"

左右嗤笑道："怎么？金身境武夫，便天下无敌了？还需要我出剑不成？"

陈平安懂了，小心翼翼问道："那我就出拳了？"

左右置若罔闻。

陈平安有些犹豫，第一拳，应不应该以神人擂鼓式开场？

不承想左右缓缓道："百拳之内，加上飞剑，能近我身三十步，我以后喊你师兄。"

不再刻意约束一身剑气的左右，宛如小天地蓦然扩大，陈平安一瞬间就倒掠出去二十步。不多不少，双方相距三十步。

剑气扑面，犹如无数把实质飞剑飞旋于眼前，若非陈平安一身拳罡自然而然流泻，抵御剑气流溢出的丝丝缕缕剑意，估计陈平安当下就已经满身伤痕了。他不得不再退数步，人退，拳意却高涨。

左右微笑道："百拳过后，若是我觉得你出拳太客气，尤其是出剑太过礼敬我这个师兄，那么你就可以准备下次再与先生告状了。"

陈平安笑容牵强，道："师兄，我不是这种人。"

左右说道："练剑之后，你不是也是了。"

喝酒与不喝酒的魏晋，是两个魏晋；小酌与豪饮的魏晋，又是两个魏晋。

这位宝瓶洲历史上千年以来首位现身此处的年轻剑仙，在剑气长城，其实很受欢迎，尤其很受女子的欢迎。

少女们未必如何仰慕魏晋，毕竟家乡多剑仙，魏晋虽说极为年轻，听说四十岁就已经是上五境剑仙，可在剑气长城也不算太稀奇的事情。论飞剑杀力，魏晋更不出众，终究只是玉璞境，至少如今还是如此。论相貌，齐家男子，那是出了名的英俊，陈三秋所在家族，也不差，魏晋算不得最出挑。可年纪稍长的妇人们，不约而同都喜欢魏晋，说是瞧着魏晋喝酒，就格外让人心疼。

魏晋不喝酒时，仿佛永远忧愁，小酌三两杯后，便有了几分温和笑意，豪饮过后，神采飞扬。

所以对那些瞧过魏晋喝酒的女子而言，这位来自风雪庙神仙台的年轻剑修，真是风雪里走出来的神仙人。

真不知道是怎样的女子，才能够让魏晋如此难以释怀。

魏晋每次大醉之后，不散酒气、留着醉意、踉跄御剑归城头的落魄身影，真是惹人心疼。

走了个负心汉阿良，来了个痴情种魏晋，老天爷还算厚道。

至于那个左右，还是算了吧，只是多看几眼，眼睛就疼，何苦来哉。何况左右也不爱来城池这边晃荡，离着远了，瞧不真切，到底不如时常饮酒的魏晋来得让人挂念不是？

今天魏晋在叠嶂酒铺这边喝得有点高了，一张桌子挤了十数人，魏晋喝酒有一点好，从来没架子，若无座位，两三人挤一条长凳都无妨，大概这就是走惯了山下江湖的人，才能有的感染力。这一点，本土剑仙也好，别洲剑修也罢，确实都不如魏晋有一股天然的江湖气。

对于最早见到时还是个少年郎的陈平安，魏晋谈不上喜欢也谈不上不喜欢，如今还好，多了些欣赏。

可是贺小凉，魏晋不能不喜欢。

离之越远，喝酒越多。魏晋即使躲到了山下，躲进了江湖，仍然忘不掉。

先是一个在风雪庙，一个在神诰宗。然后是一个在宝瓶洲，一个在北俱芦洲。最后到了现在，这都他娘的一个在蛮荒天下，一个在浩然天下了。

结果她还在魏晋的酒杯里，喝再多的酒，也无用，喝掉一杯，倒满了下一杯，她就在了。

魏晋举起酒杯，高声问道："不喜饮酒之人，为何难醉倒？"

魏晋一饮而尽，道："世间最早酿酒之人，真是可恨，太可恨。"

叠嶂习惯了。

剑仙魏晋喝酒，经常这样，只是自言自语多了些，不会真正发酒疯，不然小小酒铺，哪里扛得住一位剑仙的疯癫。

当下无人吆喝添酒，叠嶂忙里偷闲，坐在门槛那边，轻轻叹了口气——又来了。

魏晋站在原地，倒酒不停，环顾四周，开始一个个敬酒，指名道姓，还要说明他为何而敬酒，自然是说那城头南边的厮杀事，说他们哪一剑递得真是精彩。偶尔也会让对方自罚一杯，也是说那战场事，说有些该杀之妖，竟然只砍了个半死，实在不应该。

魏晋身形蓦然消失，怒道："下作！"

一条小巷子，郭竹酒晃晃悠悠走在其中。

有个面黄肌瘦的少年更早跑到了巷子里边，脚步匆匆，似乎在躲避，不断回头，见着了郭竹酒，便有些犹豫，稍稍放慢了脚步，还下意识靠近了墙壁。剑气长城的有钱人，只要不死，会越来越有钱。一个家族，只要有了剑仙，就会变成豪门。城池这边的人，只看衣衫，就知道是不是豪门子弟。

那少年显然觉得郭竹酒是一位高门子弟。他没有看错，郭家在剑气长城，确实是那些顶尖大姓之外的一线家族。

在这里，穷苦人冲撞了豪门子弟，下场都不会太好，对方若是剑修，都不用搬出靠山，往往自己出手就行了。

郭竹酒放慢了脚步，蹦跳了两下，看到了那少年身后，四个同龄人跟着跑进巷子，手持棍棒，闹哄哄，咋咋呼呼的。

少年大概是看那郭竹酒不像什么剑修，只是那几条大街上的有钱人家子女，吃饱了撑着才来这边晃荡，少年便有些焦急，朝那郭竹酒使劲挥手，示意她赶紧退出巷子。

郭竹酒挠挠头，便停下脚步，一个转身，撒腿飞奔。

跑路这种事情，她擅长，也喜欢。

可惜那少年被郭竹酒这么一耽搁，很快就被身后持棍棒的同龄人撵上。少年刚刚躲过脑袋上砸下的没轻没重的一棍子，又被更多的棍棒当头劈下。他只得用手护住脑袋，边躲边退。突然被一棍子敲在胳膊上，疼得少年脸色惨白，又给一个高大少年一脚踹中胸膛。

面黄肌瘦的少年后退数步，嘴角渗出血丝，一手扶住墙壁，歪过脑袋，躲掉棍棒，转身狂奔。

郭竹酒在巷子拐角处，探出脑袋，觉得自己应该行侠仗义了，不然瞧着像是要闹出人命的样子。

一般的打架斗殴，哪怕是瘸个腿什么的，剑气长城谁都不管，但是打死人，终究少见。郭竹酒听家中长辈说过，打架最凶的，其实不是剑仙，而是那些血气方刚的市井少年，这会儿就是了。这可不成，她郭竹酒如今学了拳，就是江湖人，于是她重新走入巷子。

此时那瘦弱少年又挨了一脚飞踹，被郭竹酒伸手按住肩膀。少年神色淡然，身形瞬间拧转，与此同时，手腕一抖，袖中滑出一把短刀，反手就是一刺。

郭竹酒轻轻抬肘，将那持刀手臂直接打折。少年另外一手，握拳瞬间递出，竟然拳罡大震，声势如雷。

先前打得少年如同落水狗的那些同龄人，一个个吓得面无人色，纷纷靠着墙壁。

郭竹酒与那刺客少年一般无二，同样神色淡漠，同样递出一拳，以拳对拳，瞬间刺客少年整只手骨肉皆碎。两人颓然垂落，郭竹酒微微侧身，欺身而进，以肩撞在少年胸口上，刺客少年当场暴毙，倒飞出去，但是从刺客耳畔闪过一抹流萤，疾速而至，竟是一把剑修的本命飞剑，直刺郭竹酒眉心。

郭竹酒微微转头，额头上被割出一条深可见骨的血槽。反观祭出飞剑的高大少年，整颗头颅都被钉穿，一粒血珠逐渐在额头处凝聚而成，背靠墙壁的尸体缓缓滑落在地。

郭竹酒皱了皱眉头，伸出手掌抹了抹额头。

站在巷口那边的魏晋松了口气，悄悄收起本命飞剑，这位风雪庙剑仙，有些哭笑不得，原来自己多此一举了。

不但小姑娘自己有惊无险，可以对付这场突兀而来的刺杀，而且巷子那一头，出现了一位面带笑容的佝偻老人。

魏晋与之点头致意，老人也笑着点头还礼。

魏晋返回酒铺，继续饮酒。老人则一步踏出，来到郭竹酒身边，笑道："绿端丫头，身手可以啊。"

正是宁府老仆，纳兰夜行。

陈平安嘱咐过他，只要郭竹酒见了陈平安，或是走入过宁府，那么直到郭竹酒踏入郭家大门口那一刻之前，都需要劳烦他帮忙看护小姑娘。

郭竹酒得意扬扬，道："那可不？打不过宁姐姐和董姐姐，还打不过几个小毛贼？"

小姑娘向前走出几步，看着那个死不瞑目而且临死之际依旧神色镇静的消瘦少年，埋怨道："你不知道我刚刚练了绝世拳法吗？嗯？"

纳兰夜行伸出手指，敲了敲额头，头疼。

这般精心设伏专门针对大族子弟的刺杀，别想着什么顺藤摸瓜，不用有任何侥幸心理，做不到的。

当年海市蜃楼那边多大的风波，小姐差点伤及大道根本，白炼霜那老婆姨也跌境，连城头上万事不搭理的老大剑仙都震怒了，难得亲自发号施令，将陈氏家主直接喊去，就是一剑。受了伤的陈氏家主，火急火燎返回城池，大动干戈，全城戒严，户户搜查，那座海市蜃楼更是翻了个底朝天，最后结果如何，还是不了了之。那真不是有人存心懈怠或是阻拦，根本不敢，而是真找不到半点蛛丝马迹。

除了已死的两个，其余几个既茫然又恐惧的市井少年的身份来历，查是要查的，无非是过个场子，给郭家一个交代罢了。当然郭家那边肯定也会兴师动众，动用手腕和渠道，挖地三尺。

此后宁、郭两家的往来，就会有些麻烦。

绿端这丫头，照理而言，在剑气长城是完全可以活蹦乱跳的，理由很简单，她曾是隐官大人相中的衣钵弟子，所以郭家这些年，也没刻意为她安排剑师扈从，因为没必要。

故而这场风波的涟漪大小，对方出手的分寸，极有嚼头，好像对于这个绿端丫头，在可杀可不杀之间，故而没有动用真正的关键棋子。

郭竹酒愁眉不展，病恹恹地道："完蛋了，我近期别想出门了。"

郭竹酒说完突然眼睛一亮，转过头望向纳兰夜行，道："纳兰爷爷，不如咱们毁尸灭迹，就当这件事没有发生过吧？"

纳兰夜行笑道："想多了啊，就你额头这伤势，怎么瞒着？又走路给磕着了？何况这么大的事情，也该与郭剑仙说一声，我已经飞剑传信给你们家了。所以你就等着被骂吧。"

郭竹酒哀叹一声，道："纳兰爷爷，你一定要与我师父说一声啊，我最近没办法找他学拳了。"

纳兰夜行笑问道："我家姑爷什么时候认了你当徒弟了？"

郭竹酒咧嘴笑道："也就是师父掐指一算的事情。"

纳兰夜行指了指小姑娘的额头。

郭竹酒嗤笑道："毛毛雨！"

然后小姑娘打了个哆嗦，哭丧着脸道："哎哟喂，真疼！"

一位身材修长的中年剑仙转瞬即至，出现在小巷中，站在郭竹酒身边，弯腰低头，伸出手指按住她的脑袋，轻轻晃动了一下，确定了自己闺女的伤势，松了口气，些许剑气残余，无大碍，便挺直腰杆，笑道："还疯玩不？"

郭竹酒伸出一只手掌。

剑仙郭稼笑道："禁足五年？"

郭竹酒怯生生道："五个时辰，算了，五天好了。"

郭稼收敛笑意。

郭竹酒见机不妙，赶紧收起四根手指，只剩下一根大拇指，低声道："一年！"

郭稼瞥了眼自己闺女的伤口，无奈道："赶紧随我回家，你娘都急死了。到底是一年还是几年，跟我说不管用，自己去她那边撒泼打滚去。"

最后郭稼与纳兰夜行相视一眼，无须多言。

随后郭家供奉，以及专门处置这类事务的剑修，纷纷到场，一切作为，井然有序。

纳兰夜行没有直接返回宁府，而是先去了一趟剑气长城。

白炼霜那个老婆姨不擅长处理这些，听了也是干着急，只能窝火。与小姐商量此事，肯定是有用的，这些年的宁府大主意，本来就都是小姐定夺的，只不过如今宁府有了陈平安这位姑爷，纳兰夜行就不希望小姐过多分心这些腌臜事了，姑爷又是个最不怕麻烦和最谨慎行事的。何况姑爷做出的决定，小姐也一定会听。

于是纳兰夜行一路隐匿气机，悄然到了城头这边。

有这么练剑与练拳的？

只见陈平安翻来覆去，就是一招拳拳累加的神人擂鼓式，同时驾驭两真两仿总计四把飞剑，竭力寻找剑气缝隙，好像只求前行一步即可。

又需要用上白骨生肉的宁府灵丹了。所幸这次那白老婆姨怪不到自己头上了。

剑气凝聚在左右四周三十步之内，但是偶尔会有一丝剑气蹿出，次次悬停在陈平安致命窍穴片刻，然后转瞬即逝。

纳兰夜行看得忍不住感叹道："同样是人，怎么可能有这么多的剑气，而且都快要将剑气淬炼成剑意了。"

左右根本没有理睬老人，收拢剑气在十步之内，对陈平安说道："今天到此为止。你出拳尚可，飞剑死板且慢。今天只是让你稍稍习惯，下次练剑，才算正式开始。还有，你今天'死'了九十六次，下次争取少'死'几次。当个唾手可得的师兄，有这么难吗？"

陈平安点点头，没说什么。

好意思问我难不难？剑气重不重，多不多，师兄你自己没点数？

况且这会儿，陈平安看似除了双拳双臂之外修士气府安然无恙，其实根本不是那么回事，每次左右悬停剑气，看似未曾触及陈平安各大窍穴，实则森森剑意，早已渗入骨髓，在气府当中翻江倒海，这会儿陈平安能够说话不打战，已经算是能扛疼的了。

陈平安几步跨出十数丈，来到纳兰夜行身边，轻声问道："郭竹酒有没有受伤？"

纳兰夜行说道："我一直盯着，故意没出手，小丫头自己解决掉麻烦了，受伤不重。郭稼亲自赶到，没有多说什么，到底是郭稼。只不过之后的麻烦……"

陈平安双指并拢，轻轻向下一划，如剑切割长线，摇头道："已经不是麻烦了。对于宁府、郭家而言，其实是好事。郭竹酒这个弟子，我收定了。"

陈平安驾驭符舟，与纳兰夜行一起返回城池。

陈平安好奇问道："纳兰爷爷，你可以近身我师兄吗？"

"当然可以！"纳兰夜行笑道，"然后我就死了。"

宁姚见到了从城头返回的陈平安，没多说什么，老妪又给伤着了心，逮着纳兰夜行就是一阵"老狗老狗"的大骂。

纳兰夜行也不顶嘴，做人得认命。

堂堂剑仙，委屈至此，也不多见。老人独自喝闷酒去了。

陈平安熟稔擦药养伤一事，宁府丹房宝库重地的钥匙，白嬷嬷早就给了他。

去的路上，陈平安与宁姚和白嬷嬷说了郭竹酒被刺杀一事，把前因后果都讲了一遍。

老妪念叨了一句："这帮阴损玩意，就喜欢欺负孩子，真是不得好死。"

宁姚不太上心。小姑娘人没事就好，其余的，宁姚就不愿多想，反正陈平安喜欢想事情，能者多劳。

有宁姚跟着未来姑爷，白炼霜也就不掺和，之后再找个机会去骂一骂纳兰老狗，先前小姐、姑爷在场，她没骂尽兴。

陈平安双臂血肉模糊，双手白骨裸露大半，依旧浑然不觉，熟门熟路拣选了三只瓷瓶，三种色泽，要按先后顺序为自己涂抹各色药膏。包扎伤口的时候，他还有心情打趣自己，道："按照我们龙窑烧制瓷器的说法，这叫釉上三彩，不算什么金贵的釉色，历代大骊皇帝少有真正御用的，多是拿来封赏功臣。大骊之前的老皇帝钟情于一种釉下青花加小斗彩，再加描金，那才叫一个漂亮，就是艳俗了点。完整器物，我们都没机会见到了，我只在老瓷山见过次品碎片，确实很花哨，工艺复杂到几十座龙窑窑口，只有年轻时候的姚老头做得出来。"

陈平安一开始还怕宁姚对这些鸡毛蒜皮会嫌烦，不承想宁姚听得很专注，陈平安便多说了些龙窑生涯的趣事："当学徒那会儿，刘羡阳经常拉着我去老瓷山。到了那边，他就跟到了自家一样，拣拣选选，如数家珍，哪朝哪代的新老瓷器，前身是何种器物，该有什么款识，就像是他亲手烧制的一样。在大家都不是练气士的前提下，烧瓷这种事情，的确需要天赋。就像成了修道之人，再看人间琴棋书画，自然就变味了，一眼望去，瑕疵太多，纰漏无数，经不起细细推敲。好一个'成为山上客，大梦我先觉，只道寻常'。

"到了宋集薪他爹那时候，瓷器就要清淡素雅许多。我们窑口那边专门为朝廷烧制大器。我们这些学徒，将那些御用重器的很多特征，私底下取了泥鳅背、灯草根、猫儿须的说法，当时还猜天底下那个最有钱的皇帝老儿，晓不晓得这些说头。听说当今年轻天子，对瓷器的偏好又转入秾艳，不过比起他爷爷，还是很收敛了。"

宁姚笑道："你怎么可以记住那么多事情？我就记不住。"

陈平安说道："你怎么拐着弯骂人呢？"

宁姚一头雾水，问道："我骂你什么了？"

陈平安说道："难道你不是在埋怨我修行不专，破境太慢？"

宁姚弯曲手指，朝陈平安一条胳膊轻轻弹去，嗔道："自找的打。"

陈平安双手笼袖，赶紧转身躲开，笑道："寻常女子，见着了这般惨状，早就哭得梨花带雨了，你倒好，还要雪上加霜。”

宁姚停下脚步，问道：“哦？我害你受委屈了？”

陈平安神色自若，双脚并拢，蹦跳前行，摇头晃脑，自顾自说道：“我喜欢的宁姚，怎么可能是寻常女子。”

宁姚朝着前面的陈平安就是一脚踹过去。

陈平安被一脚踹在屁股上，向前飘然倒去，以头点地，颠倒身形，潇洒站定，笑着转头，道：“我这天地桩，要不要学？”

宁姚缓缓前行，懒得搭理他。

陈平安站在原地，等待宁姚与自己并肩，才继续往前走，轻声问道：“在你们之前大致在五十岁与百岁之间的那一小撮先天剑坯，很强？我只在叠嶂酒铺见过其中一人，王宗屏，元婴境瓶颈剑修。其余几个，都还不曾见过。”

宁姚没有着急回答问题，反而问道：“我们这一代剑修，天才辈出，是千年未有的大年份，这个你早就听说过了。约莫三十余人，两场大战之后，你知道还剩下几个吗？”

陈平安说道：“加上郭竹酒这些上过城头却未曾下城去南边的六人，三十二人，如今总计活下二十四人，战死八人，半数死于乱战，其中资质绝好的章戎，更是被一名玉璞境大妖偷袭刺杀，章戎身边的护阵剑师救之不成，一同战死。”

宁姚看着陈平安，她似乎不太想说话了。反正你什么都知道，还问什么？好些事情，她都记不住，还没他清楚。

看着可怜兮兮的陈平安，宁姚这才继续说道：“我得修行，晚些再说。”

陈平安说道：“那我找纳兰爷爷喝酒去。”

宁姚加快步伐，撂下一句“随你”。

原本不太想喝酒的陈平安，这会儿是真想喝酒了。

宁姚没有转身，说道：“少喝点。”

陈平安嘴上答应下来，其实方才没那么想喝酒，突然又很想多喝点了。

到了纳兰夜行的宅院，老人正唉声叹气，不是喝酒不解愁，而是那个老婆姨前脚刚走，刚被骂了个狗血淋头。

纳兰夜行笑问道：“喝点？”

陈平安笑着点头，老人便倒了一碗酒，没敢倒满，毕竟未来姑爷还带着伤，怕那老婆姨又有骂人的由头。

陈平安双臂包扎如粽子，其实行动不便，只不过堂堂下五境修士，好歹还是学了术法的，心念微动，扯动白碗到身前，学那陈三秋，低头咬住白碗，轻轻一提，稍稍歪斜酒碗，就是一口酒水下肚。

纳兰夜行笑了笑，这就是入乡随俗，很好。

陈平安埋怨道："纳兰爷爷，怎么不是自家酒铺的竹海洞天酒。"

纳兰夜行笑道："都是今年留下来的宁府库藏，你白嬷嬷每年年初，就会给个喝酒的定数，马上就是年关了，家里没剩下几坛，明年就去帮衬你的生意。不用我说，咱们这位白嬷嬷会去买许多竹海洞天酒珍藏起来。"

陈平安说道："纳兰爷爷是不是有些好奇，为何我的剑气十八停，进展如此缓慢？"

纳兰夜行点头道："照理说，不该如此缓慢才对。只不过陈公子不说，我也不便多问。"

陈平安解释道："其中一座剑气途经的关隘气府，就像这桌上酒，曾有旧藏之物。"

纳兰夜行好奇道："可是被公子暂且搁置起来的某位剑仙遗留的本命飞剑？"

陈平安摇头道："是一缕剑气。"

纳兰夜行惊讶道："一缕剑气？"

陈平安笑容灿烂，道："是'极小极小'的一缕剑气。再多，不宜多说。"

左右说过，有纳兰夜行在身边，言语无忌。

城中剑仙就算以掌观山河的神通窥探宁府，也会刻意避开纳兰夜行这位昔年的仙人境剑修。

纳兰夜行心中震撼不已，没有多问，抬起酒碗，道："不说了，喝酒。"

陈平安在纳兰夜行跟前，没那么多礼数，自己喝酒姿势不雅，心中也没个负担。

纳兰夜行当然更无所谓。自家姑爷，怎么瞧都是顺眼的。拳法高，学剑不慢，想法周全，人也俊朗，关键是还读过书，这在剑气长城可是稀罕事，与自家小姐，真是天造地设的一对，也怪不得白炼霜那个老婆姨处处护短。

在一老一小喝着酒的时候，宁姚也与白嬷嬷坐在一起，说着悄悄话。

老妪笑问道："姑爷与自家师兄练剑，多吃点苦，是好事，不用太过心疼。可不是谁都能够让左右尽心传授剑术的。这些年，变着法子想要接近那位大剑仙的聪明蛋，听说多了去，左右心高气傲，从不理会。要我看，左右还真不是认了咱们姑爷的文圣弟子身份，而是实打实认了一个小师弟，才愿意如此。"

宁姚摇摇头，趴在桌上，道："不是这个。"

老妪笑着不言语。

宁姚坐起身，道："他会说很多好听的话。"

老妪问道："小姐不喜欢？"

宁姚摇头道："没有不喜欢。"

老妪又问："小姐是担心他会喜欢别人。"

宁姚还是摇头道："不担心。"

老妪终于忍不住笑了起来，继续问道："是不是觉得他变得太多，然后同时觉得自已好像站在原地，生怕有一天，他就走在了自己前面，倒不是怕他登高什么的，就是担心两个人，越来越没话可聊？”

宁姚给说中了心事，又趴下去，怔怔出神，然后嗓音低低，道：“我从小就不喜欢说话，那个家伙，偏是个话痨子，好多话，我都不知道怎么接。会不会有一天，他觉得我这个人闷得很，他当然还会喜欢我，可他就是不爱说话了。”

老妪笑得不行，只是没笑出声，问道：“为什么小姐不直接说这些？”

宁姚气道：“不想说。他那么聪明，每天就喜欢在那儿瞎琢磨，什么都想，会想不到吗？”

老妪打趣道：“幸好没说，不然真要委屈死咱们姑爷了。女人心海底针，姑爷又不是未卜先知、算无遗策的神仙。”

宁姚点了点头，心情略微好转，也没好多少。

老妪不着急，因为这些小小的忧愁，大概就是真正喜欢一个人才会有吧。

这天夜幕中。

城头上，子时过后，魏晋站在左右身边，喝着一壶好不容易买来的青神山酒。铺子每天只卖一壶，他买到手，就意味着今天其他剑修都没份了。

魏晋笑问道：“陈平安练剑之前，有没有说我坑他？”

左右摇头道：“白白找揍而已，我这小师弟，不会做的。”

魏晋无奈道：“这么机灵的吗？”

左右笑道：“先生曾言，你曾经有一剑，加上我在蛟龙沟那一剑，对陈平安影响极大。”

魏晋愣了一下，点头道：“早年在一个嫁衣女鬼的宅子前，我按照与阿良前辈的约定，剑比人更早见到了少年时候的陈平安。”

左右沉默片刻，问道：“是不是觉得为情所困，拖泥带水，剑意便难纯粹，人便难登山顶？”

魏晋点头道：“确实有此忧虑，事实上也是如此。”

左右笑道：“那你就错了，大错特错。”

魏晋收起酒水，正襟危坐，道：“愿听左前辈教诲。”

左右说道：“剑修练剑，最重什么？”

魏晋摇头道：“我心中有诸多答案，肯定不是前辈所想。”

左右举起一手，做握剑姿势，道：“是人握剑。故而剑术再高，剑道再大，于我剑修而言，都是小事。只有你手握那传说中的五把仙剑，无论你当下境界如何，是不是剑仙，你才是握剑之人。”

左右收起手，转头道：“若只是喜欢一名女子，剑便不得出，算什么剑仙？你魏晋，不过是学剑资质好，才有个玉璞境，仅凭天赋资质，支撑不了你走到高处。我敢断言，你如果久久不破心关，最终成就会很一般。那么以后与我少说话。”

魏晋喝了一大口酒，喃喃道：“可晚辈还是觉得，世间唯有儿女情长，比剑气更长，我不忍割舍，甚至不愿丢掉。想着人，喝着酒，稀里糊涂，人在山中鬼打墙，比起少喜欢一人，少喝酒，仗剑登高，对我而言，反而更好。”

左右摇头道：“这就没救了。”

魏晋试探性问道：“那晚辈以后，是不是就无法与前辈闲聊了？”

左右笑道：“剑仙魏晋，趁早滚蛋。酒鬼魏晋，可以常来。”

魏晋爽朗大笑，畅快饮酒，刚要询问一个问题，四座天下，总计拥有四把仙剑，是举世皆知的事实，为何左右会说五把？

青冥天下的道老二，拥有一把仙剑。中土神洲的龙虎山大天师，拥有一把。还有那位被誉为人间最得意的读书人，拥有一把。除此之外，相传浩然天下九座雄镇楼之一的镇剑楼，镇压着最后一把。四座天下，何等广袤，仙兵依旧不多，却也不少，可是配得上“仙剑”说法的剑，万年以来，就只有这么四把，绝对不会再有了。

没等魏晋喝完酒，再问这个问题，他就离开了城头，因为老大剑仙来了。

魏晋离开城头，行礼告辞。

陈清都站在墙边，问左右道：“是不是很意外，自己会有这么个小师弟？”

左右点点头，却不说话。

“学得剑气十八停的少年赵高树。”当时左右以剑气隔绝天地，陈平安是这般言语的。

事实上，当时陈平安同时以心声告诉他的，却是另外一个名字：赵树下。

年纪轻轻，小心谨慎到了这种境界，左右都会有些讶异。

对于剑仙左右点头却无言语的不敬举动，老人不以为意，若是连左右这点傲气都容不下，北边那座城池，加上城头诸多剑仙，在他陈清都剑下，还能剩下几个活人？

在双方脚下这座城头之上，陈清都可谓举世无敌，大概只比至圣先师身在文庙、道祖坐镇白玉京、佛祖坐莲台稍逊一筹。

这也是左右最无奈的地方，不过同时也是左右最敬佩这位老人的地方。

蛮荒天下万年攻城，为何剑气长城依旧屹立不倒？整座蛮荒天下的大妖都心知肚明，只要陈清都一天不死，就算整座剑气长城都没了，还是去不了倒悬山，去不了浩然天下。

也只有陈清都，压得住剑气长城北边的桀骜剑修一万年。只有这位老人，能够对隐官说一句“你年纪小，我才容忍”。

陈清都说道：“等城里大大小小的麻烦都过去了，你让陈平安来茅屋这边住下。练剑要专心，什么时候成了名副其实的剑修，我就离开城头，去帮他登门提亲，不然我没脸开这个口。一位老大剑仙的破例行事，用一铺子酒水，一个小学塾，可买不起。”

左右说道：“看他自己的意思。到时候你不去姚家，我去。”

陈清都笑道：“这就很不善喽。无论是你先生在此，还是你小师弟在这里，都不会如此言语。”

左右皱眉道：“你也盯着酒铺那边的陋巷孩子？陈清都不在意那么多事情，竟然会在意这个？”

“不然？”陈清都反问道，“我剑术比你高，剑意比你高，剑道比你高，学问还比你大，连你都会上心的，我就不能多看几眼？”

左右面无表情道：“我忍你两次了。”

陈清都微笑道：“剑气最长处，犹然不如人，那就乖乖忍着。”

左右冷笑道：“三次。”

陈清都问道：“知道为何我愿意瞧一瞧陋巷那边的教书识字？”

左右神色淡然，道：“这就涉及剑气长城一个最大的问题，剑修出剑万年，杀敌万年，已经有越来越多的人，不知到底为何而生，为何而死。”

陈清都点点头，望向北边城池。豪门府邸处，灯火辉煌，亮如白昼；市井陋巷处，昏暗一片；两处接壤之地，星星点点。

“对于生死，毕竟私心重重，很难让人真正觉得如何。”陈清都神色落寞，道，“我一直希望那边有人自己去做，自己去想，自己去觉得。即使知道了前因后果，知道了所有的历史渊源，知道了自己与先人到底付出怎样的代价，一位位在世剑修，哪怕心怀怨气，委屈，愤怒，依旧会出剑，人与剑，皆往南去，死则死矣。”

老人伸出一只手掌，缓缓抬高，道：“人间灯火，先有一粒，一生二，二生三，三起璀璨星河一大片。”

左右摇头道：“晚了，输了。”

陈清都笑道：“左右啊，这你就不如你的小师弟了。他明知虽无大用，难改既定结局，依旧耐心为之。”

左右沉默不言。

陈清都笑问道：“四次了？”

左右说道：“没有。”

陈清都点头道：“那我就不打你了，给你留点面子，省得以后为自己小师弟传授剑术的时候，不自在。”

左右说道：“现在就有四次了。”

陈清都双手负后，走了，只撂下一句话：“比起跟你聊天，我还是喜欢听陈平安说话。”

左右想了想，好像那个小师弟，长辈缘是要比自己好些。

夜幕中，陈平安散步到斩龙台，宁姚还在修行，陈平安就走到了演武场上，绕圈而行，在即将圆满之际，脚步稍稍偏移，然后画出更大的一个圆。

不知何时，宁姚已经来到他身边，陈平安也不奇怪。纳兰夜行的潜行隐匿，宁姚早就学会了。

宁姚这么多年，所炼之物，可不是那把品秩极高的先天本命飞剑，而是另有其他。可宁姚哪怕只是祭出本命飞剑而已，就足够让她稳杀庞元济、齐狩等人。

这是先前陈平安与宁姚闲聊，她随口说的，说的时候，轻描淡写，自然而然。当时她盯着陈平安，陈平安刚想要把手放在她的手背上，听她如此说便悄悄收回了手，然后笑呵呵抬手，扇了扇清风。

两人散步走上凉亭。陈平安盘腿坐在宁姚身边。

宁姚继续白天的那个话题，道：“王宗屏这一代，最早大概凑出了十人，与我们相比，无论是人数，还是修道资质，都逊色太多。其中原本会以米荃的大道成就最高，可惜米荃出城第一战便死了，如今只剩下三人，除了王宗屏被敌我两位仙人境修士大战殃及，受伤太重，一直停滞在元婴境瓶颈上，寸步不前多年，还有王微与苏雍。苏雍的先天资质，其实比当年垫底的王宗屏更好，但是剑心不够牢固清澈，大战都参加了，却是有意小打小闹，不敢忘我搏命，总以为安静修行，活到百岁，便能一步步稳稳当当跻身上五境，再来倾力厮杀，结果在剑气长城最为凶险的破元婴境瓶颈一役，苏雍不但没能跻身玉璞境，反而被天地剑意排斥，直接跌境，沦为一个丹室稀烂、八面漏风的金丹境剑修，沉寂多年，终年厮混在市井巷弄，成了个赌棍酒鬼，赖账无数，活得比过街老鼠都不如。齐狩之流，年少时最喜欢请那苏雍喝酒，苏雍只要能喝上酒，也无所谓被视为笑谈，活得人不像人鬼不像鬼。等到齐狩他们境界越来越高，觉得笑话苏雍也没意思的时候，苏雍就做些往来于城池和海市蜃楼的跑腿，挣小钱，就买酒，挣了大钱，便赌博。”

这些事情，还是她临时抱佛脚，从白嬷嬷那里打听来的。

陈平安直截了当问道：“这苏雍会不会对整座剑气长城心怀怨怼？”

宁姚想了想，摇头道：“应该不会，阿良离开剑气长城的前几年，无论是喝酒还是坐庄，身边经常跟着苏雍。”

陈平安点点头，道：“唯独王微，已经是剑仙了，早年是金丹境剑修的时候，就成了齐家的末等供奉，在二十年前，成功跻身上五境，就自己开府，娶了一位大姓女子作为道侣，也算人生圆满。我在酒铺那边听人闲聊，好像王微后来者居上，成为剑仙，比较出人意料。”

宁姚说道："王微确实不太起眼，九十岁左右，跻身上五境，在浩然天下，当然罕见，但是在我们这边，他王微作为活下来的玉璞境剑修，自然而然成了早年十余人的领头羊，很容易被拿来做对比。王微与更早一代相比，实在是太过一般，若是与我们这一辈比较，别说是庞元济、齐狩和高野侯，不太瞧得起当了剑仙也喜欢低头哈腰的王微，便是三秋、晏胖子他们，也看不上他。"

宁姚轻声道："只不过在剑气长城，无论是什么境界的剑修，能够活着，就是最大的本事。死了，天才也好，剑仙也罢，又算什么？哪怕是我们这些年轻剑修，今天饮酒，笑话那苏雍落魄，王微不够剑仙，兴许下一次大战过后，王微与朋友喝酒，谈及某些年轻人，便是在说故人了。"

到了斩龙台凉亭，宁姚突然道："给我一壶酒。"

陈平安抽手出袖，递过去一壶自家酒铺的竹海洞天酒。宁姚喝着酒，继续说道："小董爷爷，那才是真正的天才，洞府境上城头，观海境下城头，龙门境已经斩杀同境妖物十数头，金丹境妖物三头，得了一个剑疯子的绰号。后来独自离开剑气长城，去蛮荒天下磨砺剑意，回来的时候就已经是上五境剑修，此后大战，杀妖无数。当时小董爷爷被誉为最有希望成为飞升境剑仙的年轻人。"

董观瀑，勾结大妖，事情败露后，群情激愤，不等隐官大人出手，就被老大剑仙陈清都亲手一剑斩杀。当时陈平安就在城头上，亲眼见到那一幕。

宁姚喝着酒，道："在小董爷爷死后没多久，就有一种说法，说是当年我在海市蜃楼被刺杀，正是小董爷爷亲手布局。"

宁姚笑了笑，道："我是不信的，只不过有人嚼舌头，我也拦不住。"

陈平安问道："不谈真相，听了这些话，会不会伤心？"

宁姚摇头道："没什么好伤心的。"

陈平安点头道："那就好，不然我近期除了去城头练剑，就不出门了。"

宁姚疑惑道："除了绿端那丫头被人刺杀之外，还有事要发生？"

陈平安笑道："肯定的。有人打算试一试我的成色，同时尽可能孤立宁府。说来说去，还是想尽可能让你分心，拖住你的破境。以前没机会，出了海市蜃楼那档子事，董观瀑一事，又惹来了老大剑仙的亲自出剑，谁都不敢对宁府明着出招。现在我来了，就有了切入口。"

宁姚问道："怎么感觉你半点不烦这些？我其实会烦，只是知道烦也无用，便不去管，也不多想半点。"

陈平安伸手去讨要酒壶，宁姚下意识就要递过去，结果很快就瞪了一眼陈平安。

陈平安没能得逞，便继续双手笼袖道："外乡人陈平安的成色如何，无非修为与人心两事。纯粹武夫的拳头如何，任毅，齐狩，庞元济，已经帮我证明过。至于人心，一在高处，一在低处，对方如果善于谋划，就都会试探，比如一旦郭竹酒被刺杀，宁府与郭稼剑仙坐镇的郭家，就会彻底疏远，这与郭稼剑仙如何深明大义，都没关系了，郭家上下，早已人人心中有根刺。当然，如今小姑娘没事，就两说了。人心低处如何勘验，很简单，死个陋巷孩子，叠嶂的酒铺生意，很快就要黄了，我也不会去那边当说书先生了，去了，也注定没人会听我说那些山水故事。杀郭竹酒，还要付出不小的代价，杀一个市井孩子，谁会在意？可我若是不在意，剑气长城的那么多剑修，会如何看我陈平安？我若在意，又该如何在意才算在意？”

宁姚听得愁眉不展。听听，白嬷嬷说得就不对，这家伙明明就是算无遗策，什么都想到了。

陈平安笑道：“愁什么，我都想到了，那他们机会就小了。只不过有些事情，就算想到，也只能等着对方出招。”

宁姚问道：“比如？”

“比如大肆宣扬我是那文圣弟子，左右师弟。这些还好，挠痒而已，剑气长城的剑修，更多还是认实打实的修为。”陈平安说道，“又比如某个没有根脚的年轻剑修，当着我的面，酒后说醉话，将宁府旧事重提，多半言语不会太极端，否则就太不占理，只会引起公愤，说不定喝酒的客人都要帮忙出手。所以对方措辞如何，得打好腹稿，好好酝酿其中火候，既能惹我震怒出手，也不算他挑拨是非，纯粹是有感而发，仗义执言。最后我一拳下去，就算没打死他，事后都是亏本买卖。年轻气盛不长久，城府太深非剑修。”

宁姚想了想，道：“那我们以后就少去叠嶂酒铺那边？你只是往返于城头和宁府，总不会有人刻意拦阻，否则痕迹就太明显了。剑气长城剑修多，傻子不多。”

陈平安摇头道：“得去。”

宁姚有些想不明白。

“账房先生喜欢打算盘，但是也有自己的日子要过，不会一天到晚坐在柜台后面算计盈亏。我是谁？过惯了一无所有的生活，这都多少年了，还怕这些？”陈平安站起身，眺望那座演武场，缓缓道，“你听了那么多年的混账话，我也想亲耳听一听。你之前不愿意搭理他们，也就罢了，如今我在你身边，还敢有人心怀叵测，自己找上门来，我这要是还不直接一拳打下去，难道还要请他喝酒？”

说到这里，陈平安笑道：“肯定就是随手一拳的事情，因为对方境界不能高，一定比任毅还不如，高了，就不会有人同情。”

宁姚问道：“什么时候去铺子那边？”

这就是宁姚的性情，陈平安半点不奇怪。

当年在小镇那边，即便撇开喜欢不说，宁姚的行事风格，对陈平安的影响，其实很大。

其中那句“大道不该如此小”，是一事，这让以后走出骊珠洞天的陈平安，从未真正仰头看待山上神仙。

而宁姚行事的干脆利落，尤其是那种“事已至此，该如何做”才是首要的态度，让陈平安记忆深刻。有了这份澄澈通明的心态，才能够真正不怕意料之外的千百麻烦，万事临头，解决而已。

陈平安转头笑道：“等我养好伤，顺便让对方好好谋划谋划。说实话，很多时候，我都替敌人着急，恨不得亲自教他们如何出招，才能利益最大化，同时还能最恶心人。”

宁姚默不作声。

陈平安坐在她身边，轻声道：“不要觉得我陌生，我从来如此，可就像之前与你说的，唯独一件事，我从不多想。这不是什么好听的话，只是真心话。”

宁姚轻声道：“如果不是喜欢我，如果你不来这里，就没有这么多事，你可以过得更好，你甚至可以等到未来成为剑仙了，再来找我，我一样会等你。”

白嬷嬷说得对，要做宁姚自己，也要相信陈平安，积攒了心里话，就与他说，有一句说一句，不用管有无道理，反正他是最讲道理的人，那就不会担心双方没得话聊天。

陈平安却没有与宁姚说什么，只是取出当年在倒悬山离别之际，宁姚赠送的小小斩龙台，正反篆刻有“宁姚”“天真”。陈平安低头看着“宁姚”二字，双指并拢弯曲，轻轻敲击那个名字，瞪大眼睛，一边敲一边骂道：“你谁啊，胆儿这么肥，本事还这么大，都快伤心死我了。你再这样不懂事，以后我就要假装不理你了啊……”

宁姚侧过身，趴在栏杆上，笑眯起眼，睫毛微颤。

皎皎月光，为她画眉。

这天许久没有露面的酒铺二掌柜，难得现身。他不与客人抢酒桌位置，陪着一些熟脸的剑修蹲在一旁喝酒，一手捧碗，一手持筷，身前地面上，搁着一只装着晏家铺子酱菜的小碟。人人如此，没什么丢人的。按照二掌柜的说法，大丈夫剑仙，顶天立地，菜碟搁在地上咋了，这就叫剑修的平易近人，剑仙的不拘小节。你去别处酒水贼贵的大酒楼喝酒试试看，有这机会吗？你将碗碟搁地上试试看？就算店伙计不拦着，旁边酒客不说什么，但肯定要惹来白眼不是？在咱们这儿，能有这种糟心事？那是绝对没有的。

来此买酒喝酒的剑修，尤其是那些囊中比较羞涩的酒鬼，觉得极有道理啊。

今天尚无剑仙来饮酒，陈平安小口喝着酒，笑着与两旁相熟剑修闲聊。

突然有一个生面孔的年轻人，醉酒起身，端着酒碗，晃晃悠悠，来到陈平安身边，打着酒嗝，醉眼蒙眬道：“你就是那宁府女婿陈平安？”

陈平安笑着点头。

那人刚要说话，陈平安抬起手，手中两根筷子轻轻磕碰一下，叠嶂便板着脸跑去铺子里边，拿了一张纸出来。

那人不管这些，继续说道："你配得上宁姚吗？我看不配，赢了庞元济四人又如何，你还是配不上宁姚。但是你运气好，配得上宁府，知道为什么吗？"

陈平安夹了一筷子酱菜，然后抬起酒壶，指了指自己身后。

叠嶂抖开那张纸，上边写着一句话："今日与我谈及宁府旧事者，且喝罚酒，见字之前所饮酒水，无须花钱。"

当下酒铺所有酒客数十人，都开始屏气凝神，有些不再饮酒吃菜，有些动作稍慢而已，依旧夹菜佐酒。

那人不管不顾，喝了一大口酒，洒出酒水不少，眼眶布满血丝，怒道："剑气长城差点没了，隐官大人亲自打头阵，对方大妖直接避战，此后再战，我们皆赢，一路连胜，只差一场，只差一场，那些蛮荒天下最能打的畜生大妖，就要干瞪眼，可你们宁府两位神仙眷侣的大剑仙倒好，那帮畜生缺什么就合起伙来送什么……蛮荒天下的妖族不要脸，输了还要攻城，但是我们剑气长城，要脸！若不是我们最后一场赢了，这剑气长城，你陈平安还来个屁，要个屁的威风！好家伙，文圣弟子对吧？左右的小师弟，是不是？知不知道倒悬山敬剑阁，前些年为何独独不挂宁府两位剑仙的挂像？你是宁府姑爷，是一等一的天之骄子，你来说说看？"

陈平安抿了一口酒，轻轻将筷子放在菜碟上。

叠嶂丢了那张纸，从袖中再取出一张，猛然抖开，朗声道："谈论宁姚父母者，吃我一拳，求饶无用。"

那人斜瞥一眼，哈哈大笑道："不愧是文圣一脉的读书人，真是学问大，连这都猜到了？怎么，要一拳打死我？"

那人抬起手臂，狠狠将酒碗摔了个粉碎，骂道："吃你宁府的酒水，我都嫌恶心！"

陈平安手持犹有大半酒水的白碗，缓缓起身。

那个年轻人伸长脖子，指了指自己脑袋，挑衅道："来，给我一拳，有本事就朝这里打。"

他讥笑道："真巧啊，你两次来剑气长城，都在那大战间隙，这也是早早被文圣弟子猜到了？打赢了四场架，再打死我这个观海境剑修，本事就大了嘛。去那城头做做样子，练练拳。不是陈平安不想杀妖，是妖族见了陈平安，不敢来攻城吧？我看你的本事都快要比所有剑仙加在一起，还要大了，你说是不是啊，陈平安？"

见陈平安瞥了眼地上的白碗碎片，那个年轻剑修立马瞪大眼睛，嚷嚷道："酒水钱？我有，老子去过城头一次，去过南边一次，挣的钱是不多，但是买你几碗破酒水，足够！"

说着他就要去袖子里边掏神仙钱，突然听到那个身穿青衫的家伙说道："这碗酒水钱，不用你给。"

这个观海境剑修哈哈大笑，笃定那人不敢出拳，便要再说几句。

只是一瞬间，这个年轻剑修的脑袋就挨了一拳。

年轻剑修直接身形倒转，脑袋朝地，双腿朝天，瘫倒在地，当场毙命，不但如此，还魂魄皆碎，死得不能再死了。

陈平安左手持碗，右手指了指那具尸体，微笑道："你替妖族，欠了一碗酒水钱，下一场南边大战，蛮荒天下得还我陈平安！"

陈平安高高举起手中酒碗，环顾四周，大笑道："小杯大碗几两酒，喝尽人间腌臜事！诸位未来剑仙，南下城头之前，谁愿与我陈平安共饮？"

有人率先站起，于是人人皆持杯碗倒满酒起身。

陈平安举目远方，朗声道："我剑气长城！有剑仙只恨杀敌不够者，亦可饮酒！"

今日剑气长城上下，饮酒剑修剑仙尤其多。

离着上次风波，陈平安再来酒铺喝酒，已经过去一旬光阴，年关时分，剑气长城却没有浩然天下那边的浓厚年味。

叠嶂这个大掌柜，拜二掌柜所赐，名气越发大了。叠嶂与陈平安学了不少生意经，迎来送往，越发熟稔，简单而言，就是豁得出去脸面了。

若有人询问："大掌柜，今天请不请客？挣了咱们这么多神仙钱，总得请一次吧？"

叠嶂便回答："你等剑仙，花钱喝酒，与出剑杀妖，何须他人代劳？"

所有酒桌嘘声四起，叠嶂如今也无所谓。

与叠嶂和相熟酒客打过招呼，陈平安搬了条小板凳去街巷拐角处那边坐着，只是今天没有人来听说书先生讲那山水故事，许多少男少女见到了那个青衫身影，犹豫过后，都选择绕路。

那个捧着陶罐的屁大孩子，给爹娘堵在了家里，而张嘉贞要在别处当长工挣钱，其余的，是不敢来。

未必是觉得那个陈平安是坏人，但是那个人，终究在酒铺那边打死了人，有孩子或是他们的长辈亲眼见到。

这是人之常情，陈平安不奇怪，更谈不上失望。

他晒着冬末时分的和煦太阳，嗑着瓜子，坐了一会儿，然后拎起板凳返回酒铺，也不帮忙，在铺子柜台那边打算盘对账本。

叠嶂在为客人端碟送酒的空隙，来到铺子柜台，犹豫了一下，说道："生意没差。"

陈平安合上账本，摊开手掌，轻轻在算盘上抹过，抬头笑问道："是不是一直很想问我，那人到底是不是妖族奸细？不管真相如何，你叠嶂作为宁姚和陈平安的朋友，都希望我明确给你一个答案？"

叠嶂没有犹豫，摇头道："不想问这个，我心中早有答案。"

陈平安娴熟地打着算盘，缓缓说道："因为双方实力悬殊，或是对手用计深远，输了，会服气，嘴上不服，心里也有数。这种情形，我有过，还不止一次，而且很惨。但是我事后复盘，受益匪浅。怕就怕那些你明明可以一眼看穿却被结结实实恶心到的手段，因为对方根本就没想着赚多少，就是逗你玩。"

陈平安还有一句话没说出口。因为蛮荒天下很快就会倾力攻城，哪怕不是下一场，也不会相距太远，所以在这座城池里的一些无足轻重的小棋子，就可以肆意挥霍了。

这也是对一些藏在更深处关键暗棋的一种提醒。

陈平安瞥了眼铺子门外，道："这是有人在幕后蓄势，我如果就这么掉以轻心了，自以为剑气长城的阴谋，比起浩然天下，好像完全不在一个层面上，那么我注定不死也伤，还会连累身边人。那个躲在幕后的谋划之人，是在对症下药，看出我喜欢行事无错为先，就故意让我步步小胜。"

叠嶂笑道："小胜？庞元济和齐狩听了要跳脚骂娘的。不谈齐狩，庞元济肯定是不会再来喝酒了，最便宜的酒水，都不乐意买。"

陈平安笑了起来，道："那就是一场小胜。庞元济和齐狩清楚，观战剑仙知道，该知道的人，都知道。我不是真正的剑修，我也不是剑气长城的本土人氏。先前那人的言语，虽然是故意恶心人，但很多话，确实都说到了点子上。"

叠嶂叹了口气，道："陈平安，你知不知道，你很可怕。"

这就像两人对弈，一方次次猜中对方步步落子在何处，另一方是何感受？

有些事情，已经发生，但是还有些事情，就连陈三秋、晏胖子他们都不清楚，例如陈平安写字和让叠嶂帮忙拿纸张的时候，就笑言自己的这次守株待兔，对方定然年轻，境界不高，却肯定去过南边战场，故而可以让更多的剑气长城的寻常剑修，去"感同身受"，生出恻隐之心，以及泛起同仇敌忾之情。说不定此人在剑气长城的家乡坊市，还是一个口碑极好的"普通人"，常年帮衬街坊邻居的老幼妇孺。此人死后，幕后人都不用推波助澜，只需作壁上观，自然而然，就会形成一股起于青蘋之末的底层舆论，从市井陋巷、大小酒肆、各色店铺，一点一点蔓延到豪门府邸，其中也许有人不予理会，但肯定有人默默记在心中。不过陈平安当时也说，这只是最坏的结果，未必当真如此，何况形势也坏不到哪里去，到底只是一盘幕后人小试牛刀的小棋局。

此时此刻，叠嶂原本担心陈平安会生气，不承想陈平安笑意依旧，而且并不牵强，就像这句话，也在他的意料之中。

这是陈平安第二次听到类似说法。

"能够当着面说这句话，就是真把我当朋友了。"陈平安点头道，"与我为敌者，理当有如此感受。"

叠嶂说道:“有你在宁姚身边,我安心些了。”

陈平安笑道:“下一次南边大战过后,你如果还愿意讲这句话,我也会安心不少。”

叠嶂突然神色凝重起来。

陈平安点点头,轻声道:“对,这也是对方幕后人有意为之。第一,先确定初来乍到的陈平安,文圣弟子,宁府女婿,会不会真的登上城头,与剑修并肩作战。第二,敢不敢出城去往南方战场,对敌杀妖。第三,离开城头后,在自保性命与倾力厮杀之间,做何取舍,是争取先活下来再谈其他,还是为自己颜面,也为宁府颜面,不惜一死。当然,最好的结果是那个陈平安轰轰烈烈战死在南边战场上,幕后人心情若好,估计事后会让人帮我说几句好话。”

陈平安打趣道:“我先生坐过的那张椅子被你当作传家宝,珍藏在你家小宅子的厢房,那你以为文圣先生左右两边的小板凳,是谁都可以坐的吗?”

叠嶂心情沉重,拎起一坛酒揭了泥封,倒了两碗酒,自己先喝了一大口,郁郁不言。

陈平安举起酒碗,抿了口酒,笑道:“少喝点,咱俩虽是掌柜,喝酒一样得花钱的。”

叠嶂手持酒碗,欲言又止。

陈平安问道:“还有问题?只管问。”

叠嶂轻声问道:“当初最先持碗起身之人?是个托?”

陈平安笑得合不拢嘴,摆手道:“不是。”

陈平安指了指叠嶂,道:“大掌柜,就安心当个生意人吧,你真不适合做这些算计人心的事情。若是我如此为之,岂不是当剑气长城的所有剑修,尤其是那些隔岸观火的剑仙,全是只知练剑不知人心的傻子?有些事情,看似可以尽善尽美,得利最多,实则绝对不能做,太过刻意,反而不美。比如我,一开始的打算,便只求不输,打死那人,就已经不亏了,再不知足,画蛇添足,白白给人瞧不起。”

叠嶂重重叹了口气,神色复杂,举起手中酒碗,学那陈平安说话,道:“喝尽人间腌臜事!”

陈平安笑眯眯抬起酒碗,与之一碰,道:“谢过大掌柜请我喝酒。”

城池以西,有一座隐官大人的躲寒行宫,东边其实还有一座避暑行宫,都不大,但是耗资巨万。

今天在躲寒行宫的大堂中,隐官大人站在一张做工精美的太师椅上。太师椅是浩然天下流霞洲的仙家器物,红色木材,纹路似水,云霞流淌。

大堂中还有两位辅佐隐官一脉的本土剑仙,男子名为竹庵,女子名为洛衫,皆是上了岁数的玉璞境。

除此之外还有一位负责谍报汇总的元婴境修士,正在事无巨细地禀报那场酒铺风波的首尾，将那观海境年轻剑修黄洲的祖宗十八代，师承，亲朋好友，相熟的地仙长辈，等等，都给查了出来，正一一向剑仙竹庵详细道出。至于隐官大人，对这些是历来不感兴趣的。

此外还有庞元济与一位儒家君子旁听，君子名为王宰，与上任坐镇剑气长城的儒家圣人，有些渊源。

隐官大人闭着眼睛，在椅子上走来走去，身形摇晃，双手揪着两根羊角辫儿，就好像在梦游。

剑仙竹庵一边听着下属的禀报，一边翻阅着手上那封谍报。因务求精细的缘故，字数自然便多，所以隐官大人从来不碰这些。

女子剑仙洛衫，身穿一件圆领锦袍，头顶簪花，极其艳红，尤为瞩目。

谍报一事，君子王宰类似浩然天下朝廷庙堂上的言官，没资格参与具体事务，不过勉强有建言之权。用隐官大人的话说，就是总得给这些手握尚方宝剑的外来户，一点点说话的机会，至于人家说了，自己听不听，看心情。

王宰听过谍报阐述后，问道："事实证明，并无确凿证据证明黄洲此人是妖族奸细，陈平安会不会有滥杀之嫌？退一步讲，若真是妖族奸细，也该交由我们处置。若不是，只是年轻人之间的意气之争，岂不是草菅人命？"

庞元济皱了皱眉头，没有说话，只是低头喝酒。作为隐官大人的唯一嫡传，庞元济的话，很多时候比竹庵、洛衫两位前辈剑仙都要管用，只不过庞元济不爱掺和这些乌烟瘴气的事情，一向专心修行。

洛衫淡然道："恶人就该恶人磨，磨得他们后悔为恶。在剑气长城说话，确实不用忌讳什么，下五境剑修，骂董三更都无妨，只要董三更不计较。可若是董三更出手，骂他的人自然就是白死。那个陈平安，明摆着就是等着别人去找他的麻烦，黄洲如果识趣，在看到第一张纸的时候，就该见好就收，自己蠢死，就别怨对方出手太重。至于陈平安，真当自己是剑气长城的剑修了？大言不惭！下一场南边大战，我会让人专门记录陈平安的杀妖历程。"

竹庵板着脸道："在这件事上，你洛衫少说话。"

女子剑仙洛衫与宁府那对夫妇，有些瓜葛，早年闹得不太愉快。洛衫这番话，谈不上为陈平安说情，撑死了就是各打五十大板，只不过一半的板子，砸在了死人尸体上。

王宰来剑气长城七八年，参加过一次大战，不过没有如何厮杀，更多担任类似监军剑师的职责——战场记录官。隐官大人说了，既然是君子，定然是饱读诗书的，又是皮娇肉嫩的，那就别去打打杀杀了。当时王宰被气得不轻，与儒家圣人言说此事，却无果。

洛衫冷笑道："那竹庵剑仙意下如何？要不要喊来陈平安问一问？人家是文圣弟子，还有个剑术入神的师兄，在城头那边瞧着呢。"

竹庵脸色阴沉。

按照规矩，当然得问，但是那个年轻人，太会做人，言行举止，滴水不漏，何况靠山太大。

王宰说道："文圣早已不是文圣了，何况陈平安是儒家门生，行事就应该更加合乎规矩，不可随心所欲杀人。就算那位在文庙早已没有神位的老先生在场，我也会如此直言。若是两位剑仙不宜出面，可以让晚辈问话陈平安。"

竹庵问道："问话地点，是在这里，还是在宁府？"

王宰听出这位剑仙的言下之意，便退而求其次，说道："我可以登门拜访，不至于让陈平安觉得太过难堪。"

洛衫扯了扯嘴角，道："这就好，不然我都怕陈平安前脚跟刚到行宫，左大剑仙就要后脚跟赶来。"

庞元济叹了口气，收起酒壶，微笑道："黄洲是不是妖族安插的棋子，寻常剑修心里犯嘀咕，我们会不清楚？"

王宰说道："我只是就事论事。黄洲此人，在剑气长城大庾岭巷，有口皆碑，上阵厮杀记录我早已详细翻阅，当得起倾力而为的评语。容我说句不好听的，黄洲这类剑修，虽然境界不高，杀敌不多，却是剑气长城的立身之本，此事若是轻轻一笔揭过，连半点样子都不做，我敢断言，只会让许多普通剑修寒心。赏罚分明，是剑气长城的铁律。怎的，是圣人弟子，是大剑仙的师弟，便管不得了？"

说到这里，王宰神色坚毅，望向竹庵与洛衫两位剑仙。此刻儒家君子身上，颇有一种虽千万人吾往矣的气概。

隐官大人睁开眼睛，站在椅子边缘，前后摇晃，好似不倒翁，她根本没有去看那个读书人，懒洋洋道："黄洲这种货色，城池里如果有一万个，我只宰了九千九百九十九个，老大剑仙都要骂我失职，又得罚我多少年多少年的不喝酒。"

她一开口说话，竹庵与洛衫两位剑仙立即起身。那位元婴境剑修更是神色肃穆，似竖耳聆听圣旨一般。

隐官大人伸出手掌，打着哈欠，道："你们的脑子，是不是给接连几场大战打得不够用了？那就多吃饭，多喝水，别总是练剑练剑再练剑，容易把脑子练坏掉的。你们还好，至于某些人，读书读坏了脑子，我可救不了。"

君子王宰脸色如常。

隐官大人自顾自点头道："我虽然一直就不喜欢那个陈平安，但是这会儿，一对比，就觉得顺眼多了。唉，这是为啥呢？为啥呢？"

她指向洛衫，命令道："你来说说看。"

洛衫笑道："今夜月色大好。"

隐官大人点点头，说了声“有道理”。

王宰站着不动。

隐官大人有些佩服这些读书人的脸皮，丢了个眼色给竹庵，后者立即说了个由头，带着王宰离开议事堂。洛衫也带着那个元婴境剑修离开。

只剩下师徒二人。

庞元济笑道：“师父，亚圣一脉，就这么对文圣一脉不待见吗？”

隐官大人招招手，庞元济走到那张太师椅旁边，结果脸颊被隐官大人一把揪住，使劲一拧，嘴里骂道：“元济，就数你练剑把脑子练坏掉！”

庞元济在师父这边也没什么讲究，挣脱开隐官大人的小手，揉着脸颊，无奈道：“请师父解惑。”

隐官大人翻了个白眼，道：“我怎么收了你这么个傻徒弟。你真以为那王宰是在针对陈平安？他这是在绑着咱们，一起为陈平安证明清白，这么简单的事情，你都看不出来？我偏不让他顺心如意，反正那个陈平安，是个人精，根本无所谓这些。”

庞元济细细一琢磨，点了点头，同时又有些怒意，这个王宰，竟敢算计到自己师父头上？

隐官大人挥挥手，道：“这算什么，明摆着王宰是在怀疑董家，也怀疑我们这边。或者说，除了陈清都和三位坐镇圣人，王宰看待所有大家族，都觉得有嫌疑，连我这个隐官大人，王宰一样怀疑。你以为输给我的那个儒家圣人，是什么省油的灯，会在自己灰溜溜离开后，塞一个蠢蛋到剑气长城，再丢一次脸？”

庞元济苦笑道：“这些事情，我不擅长。”

隐官大人双手掐剑诀，胡乱挥动，说道：“你擅长这些做什么？你是板上钉钉的下一任隐官大人，出剑嗖嗖嗖，哗哗哗，能够砍死人就行了啊。”

庞元济说道：“师父不就很擅长？”

她说道：“我是你师父啊。”

庞元济点头道：“有道理。”

隐官大人跳脚道：“臭不要脸，学我说话？给钱！拿酒水抵债也成！”

庞元济丢过去一壶竹海洞天酒，被隐官大人收入袖里乾坤当中。

蚂蚁搬家，偷偷积攒起来，如今是不可以喝酒，但是我可以藏酒啊。

年关时分，宁姚询问陈平安为何不准备春联、门神。当年在骊珠洞天那座小镇，有这风俗，宁姚觉得挺喜庆的，便有些怀念。

陈平安笑问：“难不成剑气长城这边还卖这些？”宁姚便说：“你可以自己写、自己画啊。”

陈平安却说入乡就要随俗，不用刻意讲究这些。

宁姚有些恼火，管他们的想法做什么。

陈平安却说要管的。

宁姚真的有些生气了，陈平安就细细说了理由，最后说这件事不用着急，他要在剑气长城待很久，说不定以后还有机会做那春联、门神的生意，就像如今城池大小酒楼都习惯了挂楹联一样。

宁姚这才随他去。

养好了伤势，陈平安就又去了一趟城头，找师兄左右练剑。

这一次学聪明了，直接带上了瓷瓶药膏，想着在城头那边就解决伤势，不至于瞧着太吓人，毕竟是大过年的。只是人算不如天算，大半夜宁姚在斩龙台凉亭修行完毕，苦等没人，便去了趟城头，才发现陈平安躺在左右十步外，趴着给自己包扎呢，估计在那之前，受伤真不轻，不然就陈平安那种习惯了直奔半死去的打熬体魄程度，早就没事人一样，驾驭符舟返回宁府了。

宁姚坐在陈平安身边，转头瞪着左右，埋怨道："大过年的！"

左右憋了半天，点头道："以后注意。"

陈平安偷着乐呵。

左右最后说道："曾有先贤在江畔作天问，留给后人一百七十三题。后有书生在书斋，作天对，答先贤一百七十三问。关于此事，你可以去了解一下。"

陈平安答应下来，买书一事，可以让陈三秋帮忙，这家伙自己就喜欢藏书。

陈平安取出符舟，宁姚驾驭，一起返回宁府。

剑气长城不会家家户户有年夜饭，宁府这边，是陈平安亲自下厨，做了顿丰盛晚餐。

朋友也会有自己的朋友。

除了董画符比较孤僻，没什么说得上话的同龄人，晏琢就有自己另外的小山头，交友广泛的陈三秋则更多。

正月里，陈三秋带着三个要好的朋友，在叠嶂酒铺那边喝酒。

四人一张酒桌，一个名叫范大澈的大姓子弟，喝得酩酊大醉，欲仙欲死，眼泪鼻涕都喝出来了。陈三秋也无奈。其余两个与范大澈差不多出身的年轻男女是一对道侣，在今天酒桌上，更不好多说什么，因为范大澈家世优渥，不承想竟然给那门不当户不对的心仪女子甩了，女子找了另外一个大姓子弟，差不多开始谈婚论嫁了。陈三秋几个好朋友，都想不明白为何那个名叫俞洽的观海境女子，要舍了范大澈，转投他人怀抱。范大澈自己就更想不明白了，所以喝得烂醉如泥，醉话连篇。

见着了陈平安，范大澈大声喊道："哟，这不是咱们二掌柜嘛，难得露面，过来喝酒，喝酒!”

陈平安刚好独自来这边与叠嶂对账,被陈三秋使眼色喊去解围,便有些无奈。他与范大澈和俞洽,只是见过两面,都没怎么打过交道,能聊什么?他拎了两坛酒过去,坐在陈三秋身边的长凳上,自己打开一坛,默默喝酒。范大澈喝高了,自顾自伤心伤肺,醉眼蒙眬泪眼更蒙眬,看来是真伤透了心。

最可怜的,当然还是喝了那么多酒,却没醉死,不能忘忧。

没办法,有些时候喝酒浇愁,反而只是在伤口上撒盐,越心疼,越要喝,求个心死,疼死拉倒。

陈三秋也不是真要陈平安说什么,就是多拉个人喝酒而已。

陈平安听着听着,大致也听出了些门道,只是双方关系浅淡,所以他不愿开口多说。

能够让范大澈如此撕心裂肺,哪怕喝了这么多酒水,都不舍得多说一句重话的那个女子俞洽,陈平安稍稍留心过,是一个喝酒从不会喝醉的女子,气质很好,虽然出身不是太好,却有剑气长城女子少见的书卷气,也有几分豪气。陈平安之所以留心,就在于当时她有个动作,让陈平安记住了——陈三秋、范大澈一帮人围坐酒桌,偶遇一位剑仙,俞洽与之相识,起身去敬酒时,很自然地伸手扶住了剑仙的手臂。这个动作,其实真是点到为止,哪怕是陈平安都不觉得有什么失礼,而那位男子剑仙自然也无任何遐思,但是陈平安偏偏就记得很清楚。因为在浩然天下的大小各色酒桌上,陈平安曾经见过类似女子,气质清雅,谈吐从容,很让男子欣赏。绝不是说那俞洽就是什么水性杨花,恰恰相反,那就只是一种极其讲究分寸的应酬。

陈平安且不说接受不接受,总之理解,人生何处不在修行路上,各有道法安身立命。许多言行,许多他人不见于眼中的平时功夫,便是某些人为自己默默置换而来的一张张的护身符。

但是范大澈对此显然从未上心,大概在他心中,自己心仪的女子,从来就是这般识大体。

归根结底,范大澈喜欢对方,还是死心塌地的那种喜欢,但是他未必真正懂得对方的喜好,以及对方处世的不容易。

听范大澈的言语,他听闻俞洽要与自己分开后,便彻底蒙了,问她是不是自己哪里做错了,他可以改。但是俞洽却很执着,只说双方不合适。所以今天范大澈的诸多酒话当中,便有两句:“怎么就不合适了?怎么直到今天才发现不合适了?”

范大澈突然喊道:“陈平安,你不许觉得俞洽是坏女人,绝对不许如此想!”

陈平安点头道:“好的。”

范大澈捧起白碗,喝了半碗酒,看着坐在陈三秋身边的陈平安,实则两眼无神,颤声问道："你说说看，我错在哪里了？她俞洽为什么说嫁人就嫁人了？情爱一事，真的就是老好人吃亏吗？就因为那个王八蛋，更会说甜言蜜语？更能讨女子欢心？我掏了心窝对她俞洽，怎么就差了？我家里是管得严，神仙钱不多，可只要是她喜欢的物件，我哪次不是自己钱不够，都要与三秋借了钱买给她？"

范大澈停顿片刻，又问道："陈平安，你是外人，旁观者清，你来说说我到底哪里错了？"

陈平安问道："她知不知道你与陈三秋借钱？"

范大澈愣了一下，怒道："我他娘的怎么知道她知不知道！我要是知道，俞洽这会儿就该坐在我身边。知道不知道，又有什么关系？俞洽应该坐在这里，与我一起喝酒的，一起喝酒……"

说到最后，嗓音渐弱，年轻人又只有伤心了。

陈平安喝了口酒，放下酒碗，轻声问道："她知不知道，当真没关系吗？"

范大澈嗓门骤然拔高，嚷嚷道："陈平安，你少在这里说风凉话，站着说话不腰疼！你喜欢宁姚，宁姚也喜欢你，你们都是神仙中人，你们根本就不知道柴米油盐！"

陈三秋刚要开口提醒范大澈少说浑话，却被陈平安伸手轻轻按住胳膊，摇摇头，示意没关系。

陈平安也没继续多说什么，只是默默喝酒。可那范大澈好像终于找到了解忧的法子，开始针对陈平安，说了好些混账话，好在只是关于男女情爱。

陈三秋脸色铁青，就连叠嶂都皱着眉头，想着是不是将其一拳打晕过去算了。

陈平安始终神色平静，等到范大澈说完了连他自己都觉得理亏的气话，号啕大哭起来，陈平安这才说道："自己没做好，留不住人，就认。别给自己找理由，说什么痴心喜欢女子也是错，说什么温柔待人不如他人的嘴上抹蜜花里胡哨。很多人喜欢谁，除了喜欢对方，其实也是喜欢自己。陶醉其中，爱得要死要活，一把鼻涕一把眼泪，是做样子给自己看的。连自己喜欢的人到底是怎么想的，对方到底值不值得自己如此付出，完全不知道，反正先把自己感动了再说。"

范大澈一拍桌子，大喊一声："你给老子闭嘴！"

陈平安淡然道："到了事后，喝酒嘛，再给自己几个由头，安抚自己受伤的心。你范大澈运气不好，但家底在，不然借口更多，更揪心，好像留不住女子，就是没钱惹的祸。至于是不是在一场男女情思当中，能否先对自己负责，才可以对女子真正负责，需要想吗？我看不需要，老子都伤心死了，还想自己是不是有过错，那还怎么感动自己？"

范大澈摇摇晃晃站起身，脸庞扭曲，满眼血丝，气急败坏道："姓陈的，打一架？"

陈平安摆摆手，道："不打架，我是看在你是陈三秋的朋友的分上，才多说几句不讨喜的话。"

陈平安一口饮尽碗中酒水，又倒了一碗，再次喝完，接着道："话说多了，你就当是醉话，我在这里给你赔个罪。"

范大澈哈哈大笑道："我可当不起你陈平安的赔罪！"

范大澈其余的两个朋友，也对陈平安充满了埋怨。哪有你这么劝人的？这不是在火上浇油吗？

范大澈死死盯着陈平安，质问道："你又经历过多少事情，也配说这些大道理？"

陈三秋对范大澈说道："够了！别发酒疯！"

范大澈神色凄凉，一个踉跄，好不容易扶住酒桌，哽咽道："三秋。"

陈三秋叹息一声，站起身，道："行了，结账。"

陈平安充满歉意地看了陈三秋一眼，陈三秋笑了笑，点点头。

陈平安离开酒桌，走向叠嶂那边，范大澈突然拎起酒碗，朝陈平安身边砸去。

陈平安放缓脚步，没有转身，陈三秋已经绕过酒桌，一把抱住范大澈，怒道："范大澈！你是不是喝酒把脑子喝没了！"

叠嶂就要有所动作，背对酒桌那边的陈平安摇摇头。不管伤心有无道理，一个人落魄失意时分的伤心，始终是伤心。

范大澈拼命挣扎，对那个青衫背影喊道："陈平安！你算个屁，你根本就不懂俞洽，你敢这么说她，我跟你没完！"

陈平安转过头，说道："等你酒醒之后再说。"

范大澈不小心一肘打在陈三秋胸口上，挣脱开来，双手握拳，眼眶通红，大口喘气，继续喊道："你说我可以，说俞洽的半点不是，不可以！"

陈平安转过身，看着范大澈道："我与你心平气和地说话，不是你范大澈有多对，只是我有家教。"

叠嶂看着陈平安的背影，这一刻，心里有些畏惧，就像她平常看到那些高高在上的剑仙。

阿良曾经说过，那些将威严放在脸上的剑修前辈，不需要怕，真正需要敬畏的，反而是那些平时很好说话的。因为所谓的性格棱角，不是漏进鞋子里的小石子，处处硌脚，让人每走一步都难受，而是那种溪涧里的鹅卵石，瞧着任人拿捏，但真要咬一口，就会真正磕牙。

陈三秋恼火万分，推了一把范大澈的肩膀，推得后者踉跄向前几步，骂道："走，打，使劲打，自己打去！把自己打死打残了，我就当晦气，认了你这么个好朋友，照样背你回家！"

范大澈猛然站定，好似被风一吹，脑子清醒了，额头上渗出汗水。

不承想那个陈平安笑道："不用上心，谁还没有个发酒疯的时候，记得结账给钱。"

陈三秋悔青了肠子，早知道就不该由着范大澈喊陈平安坐下喝酒，这会儿还得拉着范大澈一起回家。这要是给宁姚知道，自己就算玩完了，以后还能不能进宁府做客，都两说。

叠嶂来到陈平安身边，问道："你就不生气吗？"

陈平安蹲在地上，捡着那些白碗碎片，笑道："生气就要如何如何吗？要是次次如此……"

叠嶂也蹲下身，一起收拾烂摊子，却发现没有后文了，转头望去，有些好奇。

陈平安笑道："只要言语之人初衷不坏，天底下就没有难听的言语。真要有，就是自己修心不够。"

叠嶂忍住笑，问道："先前一拳打死的那个呢？"

陈平安一脸天经地义道："且不说那人本就是心怀叵测，何况我也没说自己修心就够了啊。"

收拾完了地上碎片，陈平安继续收拾酒桌上的残局。除了尚未喝完的大半坛酒，自己先前一同拎来的另外那坛酒尚未揭开泥封，但是陈三秋他们也一起结账了，还是很厚道的。

陈平安心情大好，给自己倒了一碗酒，剩余那坛，打算拎去宁府，送给纳兰前辈。

大掌柜叠嶂假装没看见。

陈平安独自坐在酒桌上，喝着酒，一年过去了，又是一年来。

年年岁岁，岁岁年年，碎碎平安，平平安安。

第二章
天下剑术天上来

陈平安喝着酒，看着忙忙碌碌的大掌柜，有点良心不安，晃了晃酒坛，约莫还剩两碗，铺子这边的大白碗，确实不算大。

陈平安伸手招呼叠嶂一起喝酒。叠嶂落座后，陈平安帮忙倒了一碗酒，笑道："我不常来铺子，今天借着机会，跟你说点事情。范大澈只是朋友的朋友，而且他今天在酒桌上，真正想要听的，其实也不是什么道理，只是心中积郁太多，得有个发泄的口子，而陈三秋他们正因为是范大澈的朋友，所以他们反而不知道如何开口。有些酒水，埋藏久了，一下子突然打开，老酒甘醇，最能醉死人。范大澈下次去了南边厮杀，死的可能性，会很大，也许他觉得这样，就能在她心中活一辈子。当然，这只是我的猜测，我喜欢往最坏处想。白白挨了范大澈那么多骂，还摔了咱们铺子的一只碗，回头这笔账，我得找陈三秋算去。叠嶂，你不一样，你不但是宁姚的朋友，也是我的朋友，所以我接下来的言语，就不会顾虑太多了。"

叠嶂玩笑道："放心，我不是范大澈，不会发酒疯，酒碗什么的，舍不得摔。"

陈平安开门见山问道："你对剑仙，作何感想？远处见他们出剑，近处来此饮酒，是一种感受，还是……"

叠嶂想了想，道："尊敬。"

叠嶂犹豫了一下，补充道："其实就是怕。小时候，吃过些底层剑修的苦头，反正挺惨的，那会儿，他们在我眼中，就已经是神仙人物了。说出来不怕你笑话，小时候每次在路上见到了他们，我都会忍不住打摆子，脸色发白。认识阿良之后，才好了些。我当然想要成为剑仙，但是如果死在成为剑仙的路上，我也不后悔。你放心，跻身了元婴境，再当剑仙，每个境界，我都有早早想好要做的事情。只不过至少买一栋大宅子这件事，可以提前好多年了，得敬你。”

陈平安提起酒碗，与叠嶂的碗碰了一下，然后笑道：“好的，我觉得问题不大，崇拜强者，还能体恤弱者，那你就走在中间的道路上了。不光是我和宁姚，其实三秋他们，都在担心，你次次大战太拼命，太不惜命。晏胖子当年跟你闹过误会，不敢多说，其余的，也都怕多说，这一点，与陈三秋对待范大澈，是差不多的情形。不过说真的，别轻言生死，能不死，千万别死。算了，这种事情，身不由己，我自己是过来人，没资格多说。反正下次离开城头，我会跟晏胖子他们一样，争取多看几眼你的后脑勺。来，敬我们大掌柜的后脑勺。”

叠嶂提起酒碗，与陈平安轻碰，又是饮酒。

陈平安笑道：“接下来这个问题，可能会比较欠揍。事先说好，你先跟我保证，我话说完后，我还是铺子的二掌柜，咱们还是朋友。”

叠嶂笑道：“先说说看。保证什么的，没用，女子反悔起来，比你们男人喝酒还要快。”

陈平安有些无奈，问道：“喜欢那带走一把浩然气长剑的儒家君子，是只喜欢他这个人的性情，还是多少有点喜欢他当时的贤人身份？会不会想着有朝一日，希望他能够带着自己离开剑气长城，去倒悬山和浩然天下？”

叠嶂脸色微红，压低嗓音，点头道：“都有。我喜欢他的为人、气度，尤其是他身上的书卷气。书院贤人，多了不起，如今更是君子了，我当然很在意！再说我认识了阿良和宁姚之后，很早就想要去浩然天下看看了，如果能够跟他一起，那是最好！”

叠嶂很快就神采飞扬起来，道：“如果真有他喜欢我的那么一天，我也只会在成为剑仙后，再去浩然天下！不然就算他求我，我也不会离开剑气长城。”

陈平安啧啧道：“人家喜欢不喜欢，还不好说，你就想这么远？”

叠嶂喝了一大口酒，用手背擦了擦嘴，神采奕奕道：“只是想一想，犯法啊？”

陈平安犹豫了一下，道：“与你说个故事，不算道听途说，也不算亲眼所见，你可以就只当是一个书上故事来听。你听过之后，至少可以避免一个最坏的可能性，其余的，用处不大，并不适用于你和那位君子。”

那是一个关于痴情读书人与嫁衣女鬼的山水故事。

用情至深者，往往与苦相伴。“痴情”二字，往往与辜负为邻。

陈平安当然不希望叠嶂与那位儒家君子如此下场，陈平安希望天下有情人终成眷属。只不过这里边有个前提，别眼瞎找错了人。这种眼瞎，不单单是对方值不值得喜欢。最可怜之人，是到最后，都不知道痴心喜欢自己的人，当初为何喜欢自己，最后又到底为何不喜欢。

就像起先陈平安只问那范大澈一个问题，言下之意，无非是俞洽是否知晓你范大澈宁肯与朋友借钱，也要为她买那心仪物件。这般女子的心思，你范大澈到底有没有瞧见？是不是一清二楚，也依旧接受？如果可以，并且能够妥善解决这条脉络上的枝叶，那也是范大澈的本事。

若是真的完全不清楚，从头到尾迷迷糊糊，范大澈显然就不会那么恼羞成怒。显而易见，范大澈无论是一开始就心知肚明，还是后知后觉，都清楚俞洽是知道自己与陈三秋借钱的，但是俞洽在知道他的这种付出的前提下，选择了继续索取。范大澈到底明不明白这一点意味着什么？他不明白。范大澈兴许只是依稀觉得她这样不对，没有那么好，却始终不知道如何去面对，去解决。

范大澈只知道，离别之后，双方注定愈行愈远，所以他恨不得将心肝剐出来，交给那女子瞧一眼自己的真心。

范大澈如此毫无保留地去喜欢一个女子，有错？自然无错，男子为心爱女子掏心掏肺，竭尽所能，有什么错？可深究下去又岂会无错。如此用心喜欢一人，难道不该知道自己到底喜欢的是个什么样的人？

就像陈平安一个外人，不过远远见过俞洽两次，却一眼就可以看出那名女子的上进之心，以及暗中将范大澈的朋友分出个三六九等。她那种充满斗志的野心勃勃，纯粹不是范大澈身为大姓子弟，保证双方衣食无忧，就足够了。她希望自己有一天，可以仅凭自己俞洽这个名字，就可以被人邀请去那剑仙满座的酒桌上饮酒，并且绝不是那敬陪末座之人。落座之后，必然有人对她俞洽主动敬酒！她俞洽一定会挺直腰杆，坐等他人敬酒。

陈平安不喜欢这种女子，但也绝对不会心生厌恶，他理解并且尊重这种人生道路上的众多选择。

范大澈理解？完全不理解。

叠嶂听完了君子贤人和嫁衣女鬼的故事，愤愤不平，问道："那个读书人，就只是为了成为观湖书院的君子贤人，为了可以八抬大轿、明媒正娶那个嫁衣女鬼？"

陈平安点头道："从来如此，从无变心，所以读书人才会被逼得投湖自尽。只是嫁衣女鬼一直以为对方辜负了自己的深情。"

叠嶂竟是听得眼眶泛红，感慨道："结局怎么会这样呢？书院他那几个同窗的读书人，都是读书人啊，怎么心肠如此歹毒。"

陈平安说道："读书人害人，从来不用刀子。与你说这个故事，便是要你多想些。你想，浩然天下那么大，读书人那么多，难不成都是个个无愧圣贤书的好人。真是如此，剑气长城会是今天的模样吗？"

叠嶂抬起头，神色古怪，瞥了眼青衫白玉簪的陈平安。

陈平安笑道："我尽量去弄懂这些，事事多思多虑，多看多想多琢磨，不是为了成为他们，恰恰相反，而是为了一辈子都别成为他们。"

陈平安举起酒碗，道："如果真有你与那位君子相互喜欢的一天，那会儿，叠嶂姑娘又是那剑仙了，要去浩然天下走一遭，一定要喊上我与宁姚，我替你们提防着某些读书读到狗身上的读书人。无论是那位君子身边的所谓朋友，同窗好友，家族长辈，还是书院学宫的师长，好说话，那是最好，我也相信他身边，还是好人居多，人以群分嘛，只是难免有些漏网之鱼。这些家伙撅个屁股，我就知道他们要拉哪些圣贤道理出来恶心人。吵架这种事情，我好歹是先生的关门弟子，还是学到一些真传的。朋友是什么，就是难听的话，泼冷水的话，该说得说，一些难做的事情，也得做。最后这句话，是我夸自己呢。来，走一碗！"

叠嶂难得如此笑容灿烂，她一手持碗，刚要饮酒，突然神色黯然，瞥了眼自己的一侧肩头。

陈平安说道："真要喜欢，都是无所谓的事情，不喜欢，你再多出两条胳膊都没用。"

叠嶂气笑道："一个人平白多出一条胳膊，是什么好事吗？"

陈平安笑道："也对。我这人，缺点就是不擅长讲道理。"

叠嶂心情重新好转，刚要与陈平安碰碰酒碗，陈平安却突然来了一番大煞风景的言语："不过你与那位君子，这会儿是八字还没一撇的事情，别想太早太好啊，不然将来有得你伤心。到时候这小铺子，挣你大把的酒水钱，我这个二掌柜外加朋友，心里不得劲。"

叠嶂黑着脸。

陈平安感慨道："忠言逆耳，朋友难当。"

叠嶂蓦然笑道："最好的，最坏的，你都已经讲过，谢了。"

叠嶂拎起酒坛，却发现只剩下一碗的酒水。

陈平安摆摆手，道："我就不喝了，宁姚管得严。"

叠嶂也不客气，给自己倒了一碗酒，慢饮起来。

若有客人喊添酒，叠嶂就让人自己去取酒和菜碟酱菜。熟了的酒客，就是这点好，一来二往，不用太过客气。

一开始叠嶂也会担心招待不周，处处亲力亲为，还是有次见着了陈平安与客人笑骂调侃，甚至还让酒客帮着取菜碟，双方竟是半点没觉得不妥，叠嶂这才有样学样。

叠嶂看着陈平安，发现他望向街巷拐角处，以前陈平安每次来铺子，大多时间都会待在那边，当个说书先生。

而今天，孩子们不再围在小板凳周围。

叠嶂知道，其实陈平安内心会有些失落。

只是叠嶂还是不太明白，为什么陈平安会如此在意这种事情，难道因为他是从那个叫骊珠洞天的小镇陋巷走出来的人，哪怕如今已经是他人眼中的神仙中人，还依旧对陋巷心生亲近？可是剑气长城的历代剑修，只要是生长于市井陋巷的，连同她叠嶂在内，做梦都想着去与那些大姓豪门当邻居，再也不用返回鸡鸣犬吠的小地方。

说了自己不喝酒，可是瞧着叠嶂优哉游哉喝着酒，陈平安瞥了眼桌上那坛打算送给纳兰长辈的酒，一番天人交战。叠嶂当没看见，别说客人们觉得占他二掌柜一点便宜太难，她这个大掌柜不也一样？

就在叠嶂觉得今天陈平安肯定要掏钱的时候，陈平安却想出了破解之法，他站起身，拿起酒碗，屁颠屁颠去了别处酒桌，与一桌剑修好一通客套寒暄，白蹭了一碗酒水喝完不说，回到叠嶂这边的时候，白碗里又多出大半碗酒水。落座的时候，陈平安感慨道：“太热情了，顶不住，想不喝酒都难。”

叠嶂无奈道：“陈平安，你其实是修道有成的商家子弟吧？”

陈平安笑道：“天底下人来人往，谁还不是个买卖人？”

叠嶂瞥了眼喝着酒的陈平安，问道：“方才你不是说宁姚管得严吗？”

陈平安今天没少喝酒，笑呵呵道：“我这堂堂四境练气士是白当的？灵气一震，酒气四散，惊天动地。”

叠嶂也笑呵呵，不过心中打定主意，自己得向宁姚告状。

陈平安望向那条大街，大小酒楼酒肆的生意，真不咋地。

当初跟自己抢生意，一个个吆喝得挺起劲啊，这会儿消停了吧？自己这包袱斋，可还没发挥出十成十的功力呢。

叠嶂喝过了酒，去招呼客人，她的脸皮到底还是不如二掌柜。

陈平安那大半碗酒水，喝得尤其慢。

叠嶂干脆帮他拿来了一双筷子和一碟酱菜。陈平安盘腿而坐，慢慢对付那点酒水和佐酒菜。

陆陆续续来了客人，陈平安便让出桌子，蹲在路边，当然还不忘记那坛没揭开泥封的酒。

叠嶂瞥了眼碗里几乎见底可偏偏喝不完的那点酒水，气笑道：“想让我请你喝酒，能不能直说？”

她就纳闷了，一个说拿出两件仙兵当聘礼就真舍得拿出来的家伙，怎么就抠门到了这个境界。不过宁姚与她私底下说起这件事的时候，眉眼动人，便是叠嶂这般女子瞧在眼中，都快要心动了。

陈平安摇头道：“大掌柜这就真是冤枉我了。”于是陈平安又去蹭了另一桌酒客的半碗酒回来，不忘朝叠嶂举了举手中白碗，以示清白。

叠嶂忙了半天，发现那家伙还蹲在那边。叠嶂走过去，忍不住问道："有心事？"

陈平安摇摇头，又点点头，望向远方，道："有心事，也都是些好事。总觉得像是在做梦，尤其是见到了范大澈，更觉得如此了。"

夹了一筷子酱菜入口，陈平安一边嚼着，一边喝了口酒，笑眯眯的。

叠嶂拎了板凳坐在一旁。

有酒客笑道："二掌柜，对咱们叠嶂姑娘可别有歪心思。真有了，也没啥，就请我喝一壶酒，五枚雪花钱的那种，就当是封口费了！"

陈平安冲这人晃了晃拳头。

叠嶂对此完全不在意。何况在剑气长城，真不讲究这些。叠嶂心思再细腻，也不会扭捏，真要扭捏，才是心里有鬼。再者，分寸一事，叠嶂还真没见过比陈平安把握得更好的同龄人。

陈平安与宁姚的感情，其实无论敌我，瞎子都瞧得见，万里迢迢从浩然天下赶来，而且是第二次了，然后还要等着下一场大战拉开序幕，要与她一起离开城头，并肩杀敌。兴许有人会在背后嚼舌根，故意把话说得难听，可事实如何，其实大多数人心里有数。

陈平安今天喝得真不算少了，话也多了起来："我们对人对事对世道，浑然不觉，自以为是，那么往往所有自己身边的悲欢离合，都很难自救自解与呵护善待。

"年纪小，可以学，一次次撞墙犯错，其实不用怕。错的，改对的，好的，变成更好的，怕什么呢？怕的就是范大澈这般，给老天爷一棍子打在心坎上，直接打蒙了，然后开始怨天尤人。知道范大澈为何一定要我坐下喝酒，并且要我多说几句，而不是让陈三秋他们说？因为范大澈内心深处知道，他可以将来都不来这酒铺喝酒，但是他绝对不能失去陈三秋这些真正的朋友。"

听到这里，叠嶂问道："你对范大澈印象很糟糕吧？"

陈平安摇头道："你说反了，能够如此喜欢一个女子的范大澈，不会让人讨厌的。正因为这样，我才愿意当个恶人，不然你以为我吃饱了撑着，不知道该说什么才算合时宜？

"往细微处推敲人心，并不是多舒服的事情，只会让人越来越不轻松。

"可如果这种一开始的不轻松，能够让身边的人活得更好些，安安稳稳的，其实自己最后也会轻松起来。所以先对自己负责，很重要。其中，对每一个敌人的尊重，又是对自己的一种负责。"

叠嶂深以为然，只是嘴上却说道："行了行了，我请你喝酒！"

陈平安哑然失笑，将碗筷放在菜碟旁边，拎着酒坛走了。

陈平安走着走着，突然转头望向剑气长城，有种古怪的感觉一闪而逝，却没多想。

陈清都眉头紧皱，脚步缓慢，走出茅屋，重重跺脚，力道之大，犹胜先前文圣老秀才造访剑气长城！

城头之上，站着一位身材极其高大的女子，背对北方，面朝南方，单手拄剑，一袭白衣飘摇不定。

陈清都看着对方缥缈不定的身形，知道不会长久，便松了口气。

这位已经守着这座城头万年之久的老大剑仙，破天荒流露出一种极其沉重的缅怀神色。

他缓缓走到她脚边的城墙处，好奇问道："你怎么来了？"

她淡然道："来见我的主人。"

陈清都愣了半天，才问道："什么？"

然后她说道："所以你给我滚远点。"

幸亏整座剑气长城都已经陷入停滞的光阴长河，不然高大女子的这一句话，就能让不少剑仙的剑心不稳。当然，如附近的左右，更远处的隐官大人，或是董三更，依旧可以不受拘束，不过他们对于陈清都这边的动静，已经无法感知。老大剑仙如此作为，若有人胆敢擅自行动，那就是问剑陈清都，而陈清都从来都不会太客气，死在陈清都剑气之下的剑仙，可不只有一个十年前的董观瀑。

能见陈清都出剑之人皆剑仙，这句话可不是什么玩笑之言。

此时，听闻高大女子如此说，陈清都竟是半点不恼，他笑了笑，跃上墙头，盘腿而坐，眺望南方的广袤天地，问道："儒家文庙，怎么敢让你站在这里？这帮圣贤不可能不知道后果。难道是老秀才帮你做担保？是了，老秀才刚刚立下大功，又白忙活了，为了自己的闭关弟子，也真是舍得功德。"

城头之上，一站一坐，高下有别。

她皱了皱眉头，缓缓说道："陈清都，万年修行，胆子也练大了不少。"

陈清都笑道："好久没有与前辈言语了，机会难得，挨几句骂，不算什么。"

她只是此处站立片刻，便知道了一些兴许三教圣人、诸多剑仙都无法获悉的秘辛，摇摇头，道："可怜。早知如此，何必当初。可有后悔？"

陈清都点头道："只说陈清都，后悔颇多。当年陈清都之流，其实已经有路可走，天地无拘，甚至可以胜过大部分神灵。可陈清都当年依旧仗剑登高，与那么多同道中人，一同奋起于人间，问剑于天。死了的，都不曾后悔，那么一个陈清都后悔不后悔，不重要。"

陈清都抬起头，反问道："前辈可曾后悔？"

以掌心抵住剑柄的高大女子，沉默片刻，答非所问道："那三缕剑气所在窍穴，你会看不出来?”

陈清都答道:“看出些端倪,只是不敢置信罢了。与此同时,陈清都也担心是儒家的深远谋划。”

陈清都抬头望向天幕,感慨道:“在那个孩子之前,前辈相伴者,何等高高在上,何等举世无匹。此处一剑,别处一剑,随随便便,便是堆积如山的神灵尸骸,便是一座座破碎而出的洞天福地。然后来了一个普普通通的少年郎,地仙资质,却断了长生桥,当时是三境,还是四境武夫来着?前辈让陈清都怎么去相信?我至今百思不得其解,为何你会选择陈平安,所以我便故意视而不见,就是在等这一天。我希望陈清都这一生,开窍之时,是见前辈,将死之际,最后所见,可再看一眼前辈。”

陈清都面带微笑,伸出并拢双指,向前轻轻横抹,骤然之间,极远处,亮起一道剑气长河,却不是一条笔直横线,而是歪歪扭扭,如天上俯瞰人间的一条长河。

陈清都微笑道:“陈清都最早所学剑术,便是如此。说实话,如今的剑修,剑心浑浊,道心不明,真不如我们那一辈人的资质,只见一眼,便知大道。”

这一剑落在蛮荒天下靠近剑气长城的天地间,估计要引发不小的震动。

她问道:“你是在跟我显摆这种雕虫小技?”

陈清都笑道:“岂敢。”

随即这位岁月悠悠的老人,剑气长城人人眼中的老大剑仙,终于有了几分陈清都该有的气魄,道:“何况如今,晚辈剑术,真不算低了。万年之前,若是与前辈等为敌,自然没有胜算,如今若是再有机会逆行光阴长河,带剑前往,去往当年战场——”

她不见动作,长剑倾斜,悬停空中,剑尖指向坐在一旁的陈清都。哪怕剑尖距离头颅不过三寸,陈清都始终岿然不动,在剑尖处,凝聚出一粒芥子大小的光亮。

她说道:“在这座剑气长城,别人拿你陈清都没办法,我是例外。”

天下剑术最早一分为四,剑气长城陈清都是一脉,龙虎山天师是一脉,大玄都观道家剑仙是一脉,莲花佛国那边犹有一脉。

这就是剑术道统极其隐蔽的万年传承,早已不为世人熟知,哪怕是许多北俱芦洲的剑仙,都不知其中渊源根脚,只知道这几座天下拥有四把仙剑。

这四脉剑术道统,各有侧重,可如果只论杀力之大,当然是剑气长城陈清都这一脉,当之无愧,稳居首位。

陈清都当然不是畏惧身边这位远远还未达到剑道巅峰的高大女子。

是尊敬——一种大过天地的尊敬。

可话说回来,怕是不怕,但是岂会当真半点不担忧,就如她所说,暂时不提战力修为,无论陈清都剑术再高,在她面前,便永远不是最高。

这句话,其实要远远比两人万年之后再度重逢,她让陈清都滚蛋那句话,更加惊世骇俗。

须知除非三教圣人手持信物，亲临剑气长城，那么陈清都坐镇剑气长城，就是千真万确的无敌于世，任你道老二手持仙剑，依旧没有胜算。

倒悬山为何存在？倒悬山上为何会有一座捉放亭？道老二为何早年明明已经身在倒悬山，却依旧没有多走一步？这位最喜欢与天地争胜负的道祖二弟子，为何带剑来到浩然天下，不曾出剑便返回青冥天下？要知道一开始这位道人的打算，便是自己脚踩世间最大的山字印，与那屹立于剑气长城之上的陈清都，来一场竭尽全力的厮杀，证明他不光是道法高深，而且自己已经为天下剑术别开生面，开辟出第五脉剑术道统！

只是最后，大驾光临浩然天下仅此一回的道老二，仍是没有出剑。

此时城头上的两人都在眺望远方，从头到尾，她都没有正眼看过陈清都哪怕一眼。

剑气长城南边城墙上，那些刻下大字的一笔一画，皆大如洞府之地，都开始簌簌落下尘土，一些在那边修道的地仙剑修，随之身形摇晃却毫无察觉。

陈清都微笑道："前辈，够了吧？"

她说道："你知不知道，你当年的不作为，让我主人的修道速度，慢了许多许多。原本剑气十八停，主人早就该破关而过了。"

陈清都说道："年轻人，走得慢些，多吃点苦，又有何妨。走得太快，太早登高，又有前辈相伴在侧，对于几座天下来说，并非好事。左右对魏晋说那握剑一事，真是极对，左右真该对他的小师弟说一说。陈平安如果做不成前辈真正的主人，要我看啊，这孩子的修行之路，还不如慢些再慢些，一直提不起剑才好，总之越晚登顶越好。陈平安真要有随心所欲出剑的一天，我都会后悔让他去往藕花福地历练，借机重建长生桥了。如果我没有记错，那座福地洞天衔接之地，正是当初被前辈镇杀一尊真灵神祇时出剑的剑气殃及，才劈出的破碎小天地吧？"

她不再言语，剑尖处，芥子大小的一粒光亮，蓦然大如拳头，陈清都鬓角发丝缓缓飘起，有些被斩落，随风飘散，一缕缕发丝，竟是直接将那些停滞不前的光阴长河，轻易割裂开来。

"陈清都，我给你一点脸，你就要好好接住！"她神色冷漠，一双眼眸深处，孕育着犹胜日月之辉的光彩，接着道，"万年之前，我的上任主人怜惜你们，你们这些地上的蝼蚁接住了。万年之后，我已经陨落太多，你剑道拔高数筹，但这不是你这么跟我说话的理由。老秀才将我送到此地，一路上担惊受怕，与我说了一箩筐的废话，不是没有道理的。"

陈清都苦笑道："该不会是老秀才说了提亲一事，前辈在跟我怄气吧？老秀才真是鸡贼，从来不愿吃半点亏！"

陈清都伸手，握住剑尖处的那团光明，说道："不能再多了，这些纯粹剑意，前辈可以尽管带走，就算是晚辈耽误了前辈砥砺剑锋的赔罪。若是再多，我是无所谓，就怕事后陈平安知晓，心中会难受。”

她皱了皱眉头，收起长剑，那团光明在剑尖处一闪而逝，缓缓流转剑身，她重新恢复拄剑之姿。

陈清都转头望去，笑道：“前辈如今再看人间，作何感想？”

她冷笑道：“太小。”

陈清都点点头，道：“确实，曾经的日月星辰，在前辈剑光之下，都要黯然失色。或者说，正是前辈等人的存在，造就了如今的星河璀璨。”

天上星辰万点，皆是蜉蝣尸骸。

陈清都站起身，身形佝偻，似乎不堪重负，万年以来，再未曾真正挺直脊梁。

几座天下的剑修，除了屈指可数的一小撮人间大剑仙，都早已不知，世间剑术，推本溯源，得自于天。在那之后，才是千万种神通术法，被起于人间的长剑，连同各路神灵一一劈落人间，被大地之上原本身处水深火热之中的人间蝼蚁，一一捡取，然后才有了修道登高，成了山上仙人，从一些只是香火源头的傀儡，从众多神灵饲养的圈养牲畜，摇身一变，成了天下之主。

那是一段极其漫长和苦难重重的岁月。

陈清都便是人间最早学剑的人之一，是资历最老的开山剑修，最后方能合力开天。剑之所以为剑，以及为何独独剑修杀力最为巨大，超乎于天地，便是此理。

只是在那场打得天崩地裂的大战后期，人族内部发生了分歧，剑修沦为刑徒，流徙至剑气长城；妖族被驱逐到蛮夷之地；浩然天下有了中土文庙，建造起九座雄镇楼，矗立于天地间；骑青牛的小道士，远去青冥天下，建造出白玉京的地基；佛祖脚踩莲花，佛光普照大地。

八千年前的蛟龙灭种，与之相比，算得了什么？

陈清都轻声问道：“前辈为何愿意选择那个孩子？”

她说道：“齐静春说有些人的万一，便是一万，让我不妨试试看。”

陈清都问道：“可曾再次失望？”

她随手提剑，一剑刺出。一剑洞穿陈清都的头颅，剑身流淌而出的金色光亮，就像一条悬挂人间的小小银河。

陈清都依旧纹丝不动，只是唏嘘道：“前辈的脾气，依旧不太好。”

她说道：“已经好很多了。”

陈清都横移数步，躲开那把剑，笑道：“那前辈当初还要一剑劈开倒悬山？”

如果不是亚圣亲手阻拦，并且难得在文庙之外的地方露面，估计如今倒悬山已经崩毁了。

她说道:“当时主人昏迷不醒,我可以自行作为。”

陈清都无奈道:“如何都想不到,前辈的主人,会是陈平安。只是稍稍再想,好像换成其他人,反而不对,如何都不对。换成其他任何人,谁才是主人,真不好说。”

陈清都突然笑了起来:“齐静春最后的落子,到底是怎样的一记神仙手啊。”

她随手一抓,剑身当中金光被一拽而出,重新聚拢成一团璀璨光明,被她握在手心,随便捏碎,冷笑道:“赠予剑意?你陈清都?”

陈清都笑着点头,不说话。

她双指并拢,微笑道:“我自取。”

整座剑气长城,皆有粒粒金光,开始凭空出现。

陈清都脸色微变,叹了口气,真要拦也拦得住,可是代价太大,何况他真吃不准对方如今的脾气,那就只好使出撒手锏了。

于是那个在路上震散了酒气,即将走到宁府的青衫年轻人,一个踉跄就走到了城头上,出现在了高大女子身边。

陈平安满脸疑惑和惊喜,轻声喊道:“神仙姐姐?”

高大女子一挥袖子,打散金光,手中长剑消失不见,她转过身,露出笑意,然后一把抱住陈平安。

陈平安有些手足无措,张开双臂,转过头望向陈清都,有些神色无辜,结果被她按住脑袋,往她身前一靠。

陈清都闭上眼睛,然后再睁开眼睛——真不是自己眼花。

这位老大剑仙伸手揉了揉太阳穴,先前一剑,能不疼吗?

陈平安满脸涨红,好在她已经松开手。她微微弯腰低头,凝视着他,笑眯起眼,柔声道:“主人又长高了啊。”

见她又要伸出双手,陈平安赶紧也伸手,轻轻按下她的双臂,苦笑着解释道:“给宁姚瞧见,我就死定了。”

她一脸凄苦,伸手捂住心口,问道:“就不怕我先伤心死吗?”

陈平安双眼之中,满是别样光彩,他笑容灿烂,转头望向天幕,高高举臂,伸手指向那三轮明月,问道:“神仙姐姐,我听说这座天下,少了两轮明月也无妨,四季流转依旧,万物变化如常,那我们有没有可能在将来某一天,将其斩落一轮,带回家去?比如我们可以偷偷搁放在自家的莲藕福地。”

她仰头望去,微笑道:“如今不成,以后不难。”

陈清都站在一旁,都他娘的快要别扭死了。

她斜看了一眼陈清都,陈清都便走了。

只是离去之前,陈清都看似随口说道:“放心,我不会告诉宁丫头。”

陈平安转过身，眼神清澈，笑道：“我自己会说的。”

她站在陈平安身旁，依旧笑眯眯，只是陈清都心湖之间，却响起炸雷，就三个字：“死远点。”

陈清都双手负后，缓缓离去。

陈平安双手笼袖，与剑灵并肩而行。

对于光阴长河，陈平安可谓熟悉得不能再熟悉了，行走其中，如鱼得水，那点魂魄震颤的煎熬，不算什么。如果不是还要讲究一点脸面，如果剑灵不在身边，陈平安都能撒腿狂奔起来，毕竟置身于停滞光阴长河中的裨益，几乎不可遇不可求。

陈平安转头笑问道：“怎么来了？是我先生去了一趟龙泉郡？”

她点点头。

老秀才还是担心自己这个关门弟子在剑气长城这边不够稳妥。当然，老秀才也与她坦言，陈清都这个老不死的，他老秀才的面子不给也就罢了，怎的连陈平安的先生面子都不买，这像话吗？这岂不是连他的弟子也就是她的主人的面子都不买？谁借给陈清都的狗胆嘛。

陈平安说道：“本来以为要等到几十年后，才能见面的。”

她笑道：“磨剑一事，风雪庙那片斩龙崖，已经吃完了。主人放心，我道理还是讲了的，风雪庙一开始发现端倪，吓破了胆子，在那边的驻守剑修，谁都没敢轻举妄动，然后一个长着娃娃脸的小屁孩，偷偷摸摸走了趟龙脊山，在那边做足了礼数，我就见了他一面，传授了一道剑术给风雪庙作为交换，对方还挺高兴，毕竟可以帮他破境。接下来便是阮邛那一片，阮邛答应了，所以如今大骊王朝才会专程为龙泉剑宗另外选址。阮邛比较聪明，没提什么要求，我一高兴，就教了他一门铸剑术，不然就他那点破烂境界，所想之事，不过是痴心妄想。至于真武山那片斩龙崖，就算了，牵扯太多，容易带来麻烦，我是无所谓，但是主人会很头疼。”

有些事情，她不是不能做，只是就像陈清都会担心到底谁才是主人一样。做了，就会是陈平安的麻烦。

一些道理，陈清都其实说得不差，只是她就是觉得一个陈清都，没资格在她面前说三道四。

陈平安双手笼袖，淡然道：“总有一天，在我跟前，麻烦就只是麻烦而已。”

她开心至极。

弯弯绕绕，本以为会岔开千万里之遥，一旦如此，谈不上什么失望不失望，只是多少会有些遗憾，不承想最后，竟然反而恰好成了自己心中想要的递剑人。

她笑问道：“主人如果能够一路登高，到底想要成为怎么样的人？”

“言之有理，行之有道。”陈平安毫不犹豫道，“然后一剑递出天外，一拳下去，天下武夫只觉得苍天在上。”

她叹息一声，道：“为何一定要为别人而活。”

习武练拳一事，崔诚对陈平安影响之大，无法想象。

方才那句话，显然有一半，陈平安是在与已逝之人崔诚重重许诺，生死有别，依旧遥遥呼应。

陈平安摇摇头，道：“不是这样的，我一直在为自己而活，只是走在路上，会有牵挂。我得让一些我敬重之人，长久活在心中。人间记不住，我来记住。如果有机会，我还要让人重新记起。”

她陷入沉思，记起了一些极其遥远的往事——陈平安走出一段路后，便转身重新走一遍，她也跟着再走一遍回头路。

这就是陈平安追求的无错，免得剑灵在光阴长河行走范围太大，出现万一。

世间意外太多，无力阻拦，来则来矣，但是至少在我陈平安这里，不会因为自己的疏忽，而横生枝节太多。

最知我者，齐先生，因我而死。

他们坐在城头之上，一如当年一同坐在金色拱桥上。

陈平安问道：“是要走了吗？”

她说道：“可以不走，不过在倒悬山苦等的老秀才，可能就要去文庙请罪了。”

陈平安说道：“短暂离别，不算什么，但是千万不要一去不回，我可能依旧扛得住，可终究会很难受，难受又不能说什么，只能更难受。”

她笑着说道：“我与主人，生死与共万万年。”

陈平安转过身，伸出手掌。

她抬起手，不是轻轻击掌，而是握住陈平安的手，轻轻摇晃，笑道：“这是第二个约定了。”

陈平安笑着点头，道：“说到的，都会做到。”

她收回手，双手轻轻拍打膝盖，远望那座大地贫瘠的蛮荒天下，冷笑道：“好像还有几个老不死的故人。”

陈平安说道：“那我多加小心。”

她说道：“如果我现身，这些鬼鬼祟祟的远古存在，就不敢杀你，最多就是让你长生桥断去，重新来过，逼着主人与我走上一条老路。”

陈平安摇头道：“不管今后我会怎么想，会不会改变主意，只说当下，我打死不走。”

她笑道：“知道啦。”

陈平安突然笑问道：“知道我最厉害的地方是什么吗？”

她想了想，道："敢做取舍。"

就比如当年在老秀才的山河画卷当中，向穗山递出一剑后，在她和宁姚之间，陈平安就做了取舍。若是错了，其实就没有之后的事情了。

一个谄媚于所谓的强者与权势之人，根本不配替她向天地出剑。

人间万年之后，多少人的膝盖是软的，脊梁是弯的？不计其数。这些人，真该看一看万年之前的人族先贤，是如何在苦难之中，披荆斩棘，仗剑登高，只求一死，为后世开道。

只不过最终这拨人慷慨赴死后，那种与神性大为不同的人性之光辉，也开始出现了变化，或者说被掩盖。当年神祇造就出来的傀儡蝼蚁们之所以是蝼蚁，便在于存在着先天劣性，不单单是人族寿命短暂那么简单。正因为如此，最初才会被高高在天的神灵，视为万年不移的脚下蝼蚁，只能为众多神灵源源不断提供香火，予取予夺，性命与草芥无异。那会儿，俯瞰大地的一尊尊金身神祇，其实有一些存在，察觉到了人间变故，只是凝聚人间香火淬炼金身一事，涉及神灵长生根本，收益之大，无法想象，简直就是取之不尽用之不竭的一口源泉，故而有一些神灵，是视而不见，有一些则是不以为然，根本不觉得碾死一群蝼蚁，需要花费多少气力。

最终结局演变至此，当然还有一个个偶然的必然，例如水火之争。

最大的例外，当然是她的上一任主人，以及其余几尊神祇，愿意将一小撮人，视为真正的同道中人。

那是人间剑术与万法的发轫。

陈平安摇摇头，轻声道："我心自由。"

然后陈平安笑道："这种话，以前没有与人说过，因为想都没有想过。"

她喃喃重复了那四个字：

"我心自由。"

陈平安又被老大剑仙丢回城池之内，纳兰夜行已经出现在门口，两人一同走入宁府。纳兰夜行轻声问道："是老大剑仙拉过去的？"

陈平安点点头，没有多说什么。

纳兰夜行其实本来就谈不上有多担心，既然得知是老大剑仙所为，就更加放心。

不过陈平安以心声说道："纳兰爷爷，与白嬷嬷说一声，有事情要商量，就在芥子小天地那边。"

纳兰夜行神色凝重，问道："与小姐议事？"

陈平安笑道："一起。"

四人齐聚于演武场，陈平安便将剑灵一事，大致说了一遍，只说现况大概，不涉及更多的渊源。

纳兰夜行与白炼霜两位老人，仿佛听天书一般，面面相觑。

仙剑孕育而生的真灵？是那传说中的四把仙剑之一，万年之前，就已是杀力最大的那把？与老大剑仙陈清都算是旧识故友？

宁姚还好，神色如常。

正说着，演武场这处芥子小天地便起涟漪，走出一位一袭雪白衣裳的高大女子，站在陈平安身旁，环顾四周，最后望向宁姚。

宁姚一挑眉。

剑灵笑道："放心，我很快就走。"

宁姚说道："你不走，又如何？"

剑灵凝视着宁姚的眉心处，微笑道："有点意思，配得上我家主人。"

陈平安心知要糟，果不其然，宁姚冷笑道："没有意思，便配不上吗？配不配得上，你说了能算吗？"

纳兰夜行额头都是汗水。

白炼霜更是身体紧绷，紧张万分。

剑灵笑道："不算不算，行了吧？"

宁姚呵呵一笑。

陈平安眼观鼻鼻观心，十八般武艺全无用武之地，这会儿多说一个字都是错。

剑灵打了个哈欠，笑道："走了走了。"

本就已经缥缈不定的身形，逐渐消散，最终在陈清都的护送下，破开剑气长城的天幕，到了浩然天下那边，犹有老秀才帮忙掩盖踪迹，一同去往宝瓶洲。

远行路上，老秀才笑眯眯问道："怎么样？"

剑灵说道："也不算如何漂亮的女子啊。"

老秀才轻轻搓手，神色尴尬道："哪里是说这个。"

剑灵"哦"了一声，道："你说陈清都啊，一别万年，双方叙旧，聊得挺好。"

老秀才皱着脸，觉得这会儿时机不对，不该多问。

剑灵低头看了眼那座倒悬山，随口说道："陈清都答应多放行一人，总计三人，你在文庙那边有个交代了。"

老秀才恼火道："啥？前辈的天大面子，才值一人？这陈清都是想造反吗？不成体统，放肆至极！"

剑灵说道："我可以让陈清都一人都不放行，这一来一回，那我的面子，算不算值四个人了？"

老秀才大义凛然道："岂可让前辈再走一趟剑气长城！三人就三人，陈清都不厚道，我辈读书人，一身浩然气，还是要讲一讲礼义廉耻的。”

剑灵又一低头，便是那条蛟龙沟，老秀才跟着瞥了眼，悻悻然道：“只剩下些小鱼小虾，我看就算了吧。”

在倒悬山、蛟龙沟与宝瓶洲一线之间，白虹与青烟一闪而逝，瞬间远去千百里。别说是剑仙御剑，哪怕是跨洲的传信飞剑，都无此惊人速度。

剑灵抬起一只手，手指微动。

老秀才伸长脖子瞧了眼，有些惴惴不安，试探性问道：“这是做甚？”

剑灵淡然道：“记账。”

老秀才小心翼翼问道：“记账？记谁的账，陆沉，还是观道观那个臭牛鼻子老道？”

剑灵微笑道：“记下你喊了几声前辈。”

老秀才痛心疾首道：“怎可如此？试想我年纪才多大，被多少老家伙一口一个老秀才，我哪次在意了？前辈是尊称啊，老秀才与那酸秀才，都是戏称，有几人毕恭毕敬喊我文圣老爷的？这份心焦，这份愁苦，我找谁说去……”

剑灵收起手，看了眼脚下那座同时矗立着雨师正神第一尊和天庭南天门神将的海上宗门，问道：“白泽如何选择？”

老秀才笑道：“做了个好选择，想要等等看。”

剑灵问道：“这桩功德？”

老秀才摇头道：“不算。还怎么算？算谁头上？人都没了。”

剑灵嗤笑道：“读书人算账本事真不小。”

老秀才点头道：“可不是，真心累。”

剑灵转过头，道：“不对。”

老秀才悻悻然道：“你能去往剑气长城，风险太大，我可以说是拿性命担保，文庙那边真他娘的鸡贼，死活不答应啊，所以划到我闭关弟子头上的一部分功德，用掉啦。亚圣一脉，就没几个有豪杰气的，抠抠搜搜，光是圣贤不豪杰，算什么真圣贤。如果我如今神像还在文庙陪着老头子干瞪眼，早他娘给亚圣一脉好好讲一讲道理了。也怨我，当年风光的时候，三座学宫和所有书院，人人争先恐后地请我去讲学，结果自己脸皮薄，瞎摆架子，到底是讲得少了，不然当时就一门心思扛着小锄头去那些学宫、书院，如今小平安不是师兄胜似师兄的读书人，肯定一大箩筐。”

关于老秀才擅自用掉自己主人那桩功德一事，剑灵竟是没有半点情绪波动，好像如此作为，才对她的胃口。

至于老秀才扯什么拿性命担保，她都替身边这个酸秀才臊得慌。还好意思讲这个？自己怎么个人不人鬼不鬼神不神，你会不清楚？浩然天下如今有谁能杀得了你？至圣先师绝对不会出手，礼圣更是如此，亚圣只是与你文圣有大道之争，不涉半点私人恩怨。

老秀才自顾自点头道:“不用白不用,早早用完更好,省得我那弟子知道了,反而糟心,有这份牵连,本来就不是什么好事。我这一脉,真不是我往自个儿脸上贴金,个个心气高学问好,品行过硬真豪杰。小平安这孩子走过三洲,游历四方,偏偏一处书院都没去,就知道对咱们儒家文庙、学宫与书院的态度如何了。心里边憋着气呢,我看很好,这样才对。”

剑灵笑道:“崔瀺?”

老秀才一脸茫然道:“我收过这名弟子吗?我记得自己只有徒孙崔东山啊。”

剑灵说道:“我倒是觉得崔瀺,最有前人气度。”

“谁说不是呢?”老秀才神色恍惚,喃喃道,“我也有错,只可惜没有改错的机会了。人生就是如此,知错能改善莫大焉,知错却无法再改,悔莫大焉,痛莫大焉。”

只是老秀才很快一扫心中阴霾,揪须而笑。往者不可追,来者犹可追,自己这不是收了个闭关弟子嘛。

前什么辈,咱年纪是小,可咱俩是同一个辈的。

黄昏中,叠嶂有些疑惑,怎么陈平安白天刚走没多久,就又来酒铺喝酒了?

酒铺生意不错,别说是没空桌子,就连空座位都没一个,这让陈平安买酒的时候,心情稍好。

叠嶂递过一壶最便宜的酒水,问道:“这是……”

陈平安无奈道:“遇上些事,宁姚跟我说不生气,言之凿凿说真不生气的那种,可我总觉得不像啊。”

叠嶂也没幸灾乐祸,安慰道:“宁姚说话,从来不拐弯抹角,她说不生气,肯定就是真的不生气,你想多了。”

陈平安闷闷回了一句,道:“大掌柜,你自己说,我看人准,还是你准?”

叠嶂这会儿可以心安理得地幸灾乐祸了,笑道:“那二掌柜就多喝几壶,咱们铺子酒水管够。老规矩,熟面孔,除了刚刚破境的,概不赊账。”

陈平安拎着酒壶和筷子、菜碟蹲在路边,一旁是个常来光顾生意的酒鬼剑修,一天离了酒水就要命的那种,龙门境,名叫韩融,跟陈平安一样,每次只喝一枚雪花钱的竹海洞天酒。早先陈平安跟叠嶂说,这种顾客,最需要拉拢给笑脸。叠嶂当时还有些愣,陈平安只好耐心解释,酒鬼朋友皆酒鬼,而且喜欢蹲一个窝儿往死里喝,比起那些隔三岔五独自喝上一壶好酒的,前者才是恨不得离了酒桌没几步就回头落座的好客人,天底下所有的一锤子买卖,都不是好买卖。

叠嶂当时竟然还认认真真将这些自认为金玉良言的语句,一一记在了账本上,把一旁的陈平安看得愁死。咱们这位大掌柜真不是个会做生意的，这十几年的铺子是怎么开的？再看看自己才当了几年的包袱斋？难不成自己做买卖，真有那么点天赋可言？

韩融笑问道："二掌柜，喝闷酒呢？咋地，手欠，给赶出来了？没事，韩老哥我是花丛老手，传授你一道锦囊妙计，就当是酒水钱了，如何？这笔买卖，划算！"

陈平安嚼着酱菜，抿了一口酒，优哉游哉道："听了你的，才会狗屁倒灶吧。何况我就是出来喝个小酒。再说了，谁传授谁锦囊妙计，心里没个数儿？铺子墙上的无事牌，韩老哥写了啥，喝了酒就忘干净啦？我就不明白了，铺子那么多无事牌，也就那么一块，名字那面贴墙面，敢情韩老哥你当咱们铺子是你告白的地儿了？那个姑娘还敢来我铺子喝酒？今天酒水钱，你付双份。"

"别介啊。兄弟谈钱伤交情。"韩融五指托碗，慢慢饮酒一口，然后唏嘘道，"咱们这儿，光棍汉茫茫多，可像我这般痴情种，稀罕。以后我若是真的抱得美人归，我就当是你铺子显灵，以后保管来还愿，到时候五枚雪花钱的酒，直接给我来两壶。"

陈平安笑道："好说，到时候我再送你一壶。"

韩融问道："当真？"

陈平安点头道："不过是一枚雪花钱的。"

韩融失望道："太不讲究，堂堂二掌柜，年少有为，出类拔萃，人中龙凤一般的年轻俊彦……"

陈平安笑骂道："打住打住，韩老哥儿，我吐了酒水，你赔我啊？"

叠嶂在远处，看着聊得挺热乎的两人，有些心悦诚服，这位二掌柜是真能聊。

韩融嘿嘿笑着，突然想起一事，道："二掌柜，你读书多，能不能帮我想几首酸死人的诗句，水准不用太高，就'曾梦青神来倒酒'这样的。我喜欢的那姑娘，偏偏好这一口。你要是帮老哥儿一把，不管有用没用，我回头准帮你拉一大帮子酒鬼过来，不喝掉十坛酒，以后我跟你姓。"

"你当拽文是喝酒，有钱就一碗一碗端上桌啊，没这样的好事。"陈平安摇头道，"再说老子还没成亲，不收儿子。"

韩融端起酒碗，恳求道："咱哥俩感情深，先闷一个，好歹给老哥儿折腾出一首，哪怕是一两句都成啊。不当儿子，当孙子成不成？"

陈平安举起酒碗，道："我回头想想？不过说句良心话，诗兴能不能大发，得看喝酒到不到位。"

韩融立即转头朝叠嶂大声喊道："大掌柜，二掌柜这坛酒，我结账！"

叠嶂点点头，总觉得陈平安要是愿意安心卖酒，估计不用几年，都能把铺子开到城头上去吧。

一位身材修长的年轻女子姗姗而来，走到正在为韩老哥解释何为“飞光”的二掌柜身前，笑道：“能不能耽误陈公子片刻工夫？”

陈平安笑着点头，转头对韩融说道：“你不懂不重要，她听得懂就行了。”

陈平安跟那女子一起走在大街上，笑道：“俞姑娘有心了。”

来者便是俞洽，那个让范大澈魂牵梦萦肝肠断的女子。

俞洽神色微微不自然，嗓音轻柔缓缓道：“那晚的事情，我听说了，虽然我与范大澈没能走到最后，但我还是要亲自来与陈公子道声歉，毕竟事情因我而起，连累陈公子受了一些冤枉气。兴许这么说不太合适，甚至会让陈公子觉得我是说些虚情假意的客套话，不管如何，我还是希望陈公子能够体谅一下范大澈，他这人，真的很好，是我对不住他。”

“范大澈若是人不好，我也不会挨他那顿骂。”陈平安说道，“谁还没有喝酒喝高了的时候？男子醉酒，念叨女子名字，肯定是真喜欢了，至于醉酒骂人，则完全不用当真。”

“多谢陈公子。”俞洽施了一个万福，“那我就不叨扰陈公子与朋友喝酒了。”

俞洽走后，陈平安返回店铺那边，继续蹲着喝酒，韩融已经走了，当然没忘记帮忙结账。

叠嶂凑近问道：“啥事？”

陈平安笑道：“就是范大澈那档子事，俞洽帮着赔罪来了。”

叠嶂扯了扯嘴角，道：“还不是怕惹恼了陈三秋，陈三秋在范大澈那些大大小小的公子哥山头里边，可是坐头把交椅的人。陈三秋真要说句重话，俞洽以后就别想在那边混了。”

陈平安笑了笑，没多说。哪有这么简单。

陈平安突然说道：“咱们打个赌，范大澈会不会出现？”

叠嶂点头道：“我赌他出现。”

陈平安笑了笑，刚要点头。

叠嶂就改口道：“不赌了。”

看到陈平安有些惋惜神色，叠嶂便觉得自己不赌，果然是对的，不承想不到半炷香，范大澈就来了。

叠嶂翻了个白眼。

范大澈到了酒铺这边，犹犹豫豫，最后还是要了一壶酒，蹲在陈平安身边。

陈平安笑道：“俞姑娘说了，是她对不住你。”

范大澈低下头，一下子就满脸泪水，也没喝酒，就那么端着酒碗。

陈平安提起酒碗，与范大澈手中白碗轻轻碰了一下，然后说道：“别想不开，恨不得明天就打仗，觉得死在剑气长城的南边就行了。”

范大澈一口喝完碗中酒水："你是怎么知道的？"

陈平安说道："猜的。"

范大澈说道："别因为我的关系，害你跟三秋做不成朋友，或者你们还是朋友，但是心里有了芥蒂。"

陈平安笑道："你想多了。"

范大澈点头道："那就好。"

陈平安说道："你今天不来找我，我也会去找你。"

范大澈苦笑道："好意心领了，不过没用。"

陈平安说道："你这会儿，肯定难受。蚊蝇嗡嗡如雷鸣，蚂蚁过路似山岳。我倒是有个法子，你要不要试试看？"

范大澈疑惑道："什么法子？"

陈平安笑道："打一架，疼得跟心疼一样，就会好受点。"

范大澈将信将疑道："你不会只是找个机会揍我一顿吧？摔你一只酒碗，你就这么记仇？"

陈平安说道："不信拉倒。"

不过最后范大澈还是跟着陈平安走向街巷拐角处，不等范大澈拉开架势，就被陈平安一拳撂倒了。几次倒地后，范大澈最后满脸血污，摇摇晃晃站起身，踉踉跄跄走在路上。陈平安打完收工，依旧气定神闲，走在一旁，转头笑问道："咋样？好受不？"

范大澈抹了抹脸，一摊手，抬头骂道："好受你大爷！我这个样子回去，指不定三秋他们就会认为我是真想不开了。"

陈平安笑道："大老爷们吐点血算什么，不然就白喝了我这竹海洞天酒。记得把酒水钱结账了再走，那只白碗就算了，我不是那种特别斤斤计较的人，记不住这种小事。"

陈平安停下脚步，又道："我有点事情，你先走。"

范大澈独自一人走向店铺。

陈平安转身笑道："没吓到你吧？"

是那少年张嘉贞。

张嘉贞摇摇头，说道："我是想问那个'稳'字，按照陈先生的本意，应该作何解？"

陈平安说道："稳，还有一解，解为'人不急'三字，其意与慢相近。只是慢却无错，最终求快，故而急。"

张嘉贞思量片刻，会心一笑，仰起头，望向那个双手笼袖的陈平安，问道："陈先生，我习武练剑都不行，那么我以后一有闲暇，恰好先生也在铺子附近的话，可以与陈先生请教解字吗？"

陈平安笑道："当然可以。我以后会常来这边。"

张嘉贞眨了眨眼睛，告辞离去，转身跑开。

陈平安转头望去，是宁姚。陈平安快步走上前，轻声问道：“你怎么来了？”

宁姚问道：“又喝酒了？”

陈平安无言以对，一身的酒气，如果胆敢打死不认账，可不就是被直接打个半死？

宁姚突然牵起他的手。两人都没有说话，就这么走过了店铺，走在了大街上。

宁姚问道：“你怎么不说话？”

陈平安想了想，学某人说话：“陈平安啊，你以后就算侥幸娶了媳妇，多半也是个缺心眼的。”

宁姚破天荒没有言语，沉默片刻，自顾自地笑了起来，眯起一眼，向前抬起一手，拇指与食指留出寸余距离，好像自言自语道：“这么点喜欢，也没有？”

宁姚发现陈平安停步不前了，有些疑惑，于是她转头望去，不知为何，陈平安嘴唇颤抖，沙哑道：“如果有一天，我先走了，你怎么办？如果还有了我们的孩子，你们怎么办？”

自己早已不是那个泥瓶巷草鞋少年，更不是那个背着草药箩筐的孩子陈平安，突然想到这个，就有些伤心，然后很伤心。

所有能够言说之苦，终究可以缓缓消受，唯有偷偷隐藏起来的伤感，只会细细碎碎，聚少成多，年复一年，像个孤僻的小哑巴，躲在心房的角落，蜷缩起来，只要一抬头，便与长大后的每一个自己，默默对视，不言不语。

春风喊来了一场春雨。

宁府的屋檐下，坐在椅子上翻看一本文人笔札的陈平安，站起身，伸手去接雨水。

当初在从城头返回宁府之前，陈清都问了一个问题，要不要留下一盏本命灯，如此一来，倘若下一场大战死在南边战场，虽说会伤及大道根本，可好歹多出半条命。这就是魂魄拓碑之法。

此法第一个步骤，比较熬人，寻常修士，吃不住这份苦。浩然天下的山水神祇，责罚辖境内的鬼魅阴灵，点燃水灯山灯，以魂魄作为灯芯，厉害在长久，但只说短暂的苦痛，却远远不如拓碑法。

熬过了第一步，第二步就是在自家祖师堂点灯。这本命灯的最大缺点，就是耗钱，灯芯是以仙家秘术打造，每天烧的都是神仙钱。故而本命灯一物，在浩然天下，往往是家底深厚的“宗”字头仙家，才能够为祖师堂最重要的嫡传弟子点燃。会不会这门术法，是一道门槛，本命灯的打造，是第二道门槛，此后消耗的神仙钱，也往往是一座祖师堂的重要支出。因为一旦点燃，就不能断了，若是灯火熄灭，会反过来伤及修士的原本魂魄，因此跌境是常有的事。

第三步，就是凭借本命灯，重塑魂魄阴神与阳神真身，而且也未必一定成功，哪怕成功了，以后的大道成就，也会大打折扣。

故而打造本命灯一事，就真的是不得已而为之，是山上宗门的修道之人，应对一个个“万一”的无奈之举。可不管如何，总好过修士兵解离世，魂魄飞散，只能寄希望于投胎转世，再被人带回山头师门，再续香火。可这样的修士，前世的三魂七魄，往往残缺，更换多少，看命，能否开窍，还得看命，开窍之后，前世今生到底又该怎么算，难说。

陈平安回过神，收起思绪，转头望去，晏胖子一伙人来了，叠嶂难得也在。酒铺就怕下雨的日子，一下雨就只能关门打烊，不过不搬走桌椅，就放在铺子外面。按照陈平安教的法子，每逢雨雪天气，铺子不做生意，但是每张桌子上都摆上一坛最便宜的竹海洞天酒，再放几只酒碗，这坛酒不收钱，见者可以自行饮酒，但是每人最多只能喝一碗。

宁姚还在斩龙崖那边潜心修行，上次从大街返回宁府后，白嬷嬷和纳兰夜行就发现自家小姐有些不一样了，对待修行一事，认真了起来。

晏胖子是来谈陈平安与叠嶂一起入伙绸缎铺子的事情，陈三秋和董画符纯粹就是凑热闹的。一伙人撑着伞走入屋檐下，收起伞将伞斜靠在墙根那边。晏胖子跟着一手持书、一手拎着椅子的陈平安走入厢房，看着干净到过分的屋子，痛心疾首。我晏琢的好兄弟，宁家的乘龙快婿，为何住在如此寒酸的小地方？陈三秋从方寸物当中取出一套据说是中土神洲某个大王朝的御用茶具，开始煮茶。他倒是想拉着陈平安喝酒，敢吗？以后还想不想来宁府做客了？

陈三秋煮茶的时候，笑道：“范大澈的事情，谢了。”

陈平安摆摆手。

桌上那本文人笔札《花树桐荫丛谈》，便是陈三秋帮着从海市蜃楼买来的善本，还有许多殿本史书，应该花了不少神仙钱，只是跟陈三秋这种排得上号的公子哥谈钱，打脸。

至于同样出身头等豪门的董黑炭，就算了吧，这家伙的省钱本事，比陈平安还要出神入化，从小到大，据说兜里就没往外掏出过一枚雪花钱。陈平安都想要找人帮忙坐庄，押注董画符什么时候主动花钱，然后他与董画符合伙，偷偷大赚一笔。

陈平安觉得有赚头，就与董画符说了这事。

董画符摇头道：“我反正不花钱，挣钱做什么，我家也不缺钱。”

陈平安吃瘪，好像是这么个理儿？

叠嶂笑得最开心，只是没笑一会儿，就听陈平安对董画符说道：“不用你花钱，我与那坐庄之人商量一下，分别可以押注你一旬之内花钱，一月之内花钱，以及一月之内继续不花钱，至于具体花多少钱，也有押注，是一枚还是几枚雪花钱，或是那小暑钱，然后让他故意泄露风声，就说我陈平安押了重注赌你近期花钱，但是打死不说到底是一旬之内还是一月之内，可事实上，我是押注你一个月都不花钱。你看，你也没花钱，酒照喝，还能白白挣钱。”

叠嶂觉得眼前这个二掌柜，坐庄起来，好像比阿良更心狠手辣些。

陈三秋有些想喝酒。

晏琢跃跃欲试，笑道：“那我也要白赚一笔，押注董黑炭不花钱！”

陈平安斜眼道：“你当然帮着那个重金聘请来的坐庄之人稳定赌局啊，在某些奸猾赌棍游移不定的时候，你晏胖子也是一个‘不小心’，故意请府上仆役送钱去，不承想露了马脚，让人一传十十传百，晓得你晏大少偷偷砸了大笔神仙钱，押注在一旬之内，这就坐实了之前我押注董黑炭花钱的小道消息，不然就这帮死精死精的老赌棍，多半不会上钩。你晏大少先前砸多少钱，还不是就在我兜里转一圈，又回你口袋了？事后你再跟我和董黑炭分账。”

晏琢以拳击掌，赞道：“绝妙啊！”

叠嶂跟陈三秋面面相觑。

叠嶂刚想要入伙——不多，就几枚雪花钱，这种昧良心的钱，挣一点就够了，挣多了，心里过意不去——不料陈三秋摇头道：“别想拉我下水，我良心疼。”叠嶂便犹豫起来。

陈平安一脸嫌弃道：“本来就不能一招用滥，用多了，反而让人生疑。”

陈三秋双手抱拳，晃了晃，道：“我谢谢你啊。”

董画符干脆利落道：“我要五成，其余五成，你们俩自己分账去。”

陈平安语重心长道：“黑炭啊，我听说满城的人都知道宁姚一只手打一百个陈平安的事情啊，我倒是觉得没什么。你看那范大澈，在我的地盘上骂我不说，还朝我摔碗，我记仇吗？我完全不记仇啊，如今都成了不打不相识、一笑泯恩仇的好朋友了。”

董画符面不改色心不跳，道：“我方才是说你独占五成，我跟晏胖子分账。”

之后便聊到了正事，挂在晏琢名下的那间绸缎铺子，陈平安和叠嶂打算入伙，两人都只各占一成。

陈平安带着他们走到了对面厢房，推开门，桌上堆满了高高低低、大大小小的各色印章，不下百方，还有一本陈平安自己编撰的印谱，命名为《百剑仙印谱》。陈平安笑道：“印文都刻完了，都是寓意好、兆头好的喜庆文字，女子送给女子，女子送给男子，男子送给女子，都绝佳。到咱铺子，光买绸缎布料，不送，唯有给咱们铺子预先缴纳一笔定金，一枚小暑钱起步，才送印章一方。先给钱者，先选印章。若要多刻些字，尤其是想要有我陈平安的署名，就得多掏钱了，除一成之外，我得额外抽成。女子在铺子里垫了钱，往后购买衣裳布料，铺子这边亦可稍稍打折，若有女子直接掏出一枚谷雨钱，砸在咱们晏大少脸上，打折狠些无妨。”

晏琢拈起一方印章，篆文为“最相思室”，犹豫道：“咱们这边，虽说有些大族女子，也会舞文弄墨，可其实学问都很一般，会喜欢这些吗？何况这些印章材质，会不会太普通了些？”

陈平安说道：“如果印章材质太好，何必在绸缎铺子当彩头，赔本赚吆喝的买卖，毫无意思。这些其实就是个手把件，玩赏皆可。再者，天底下其实没有不喜欢好话与好字的人，只是以前没太多机会见到。”

陈三秋翻翻拣拣，最后一眼相中那枚印文为“心系佳人，思之念之”的小巧印章，丢了一枚谷雨钱给晏琢，笑道：“就当是放了一枚谷雨钱在你铺子里，这方印章归我了。”

晏琢知道陈三秋在这种事情上，比自己识货多了，只是仍然不太确定，说道：“陈平安，入伙一事，没问题，你与叠嶂一人一成，只不过这些印章，我就担心只会被陈三秋喜欢，我们这边，像陈三秋这种吃饱了撑着喜欢看书翻书的人，到底太少了，万一到时候送也送不出去，我是无所谓，铺子生意本来就一般，可如果你丢了脸，千万别怪我铺子风水不好。再就是不买东西先掏钱，真有女子愿意当这冤大头？”

陈平安从别处拿起一本小册子，递给晏琢，笑道：“你拿去翻阅几遍，照搬就行，反正铺子生意也差不到哪里去了。”

董画符突然说道：“我要这方印章。”

陈平安瞥了眼，朱文是那“游山恨不远，剑出挂长虹”。

晏琢笑道：“这就掏钱了？那还怎么坐庄？”

董画符说道：“原本四一分账，现在我三你二。”

晏琢毫不犹豫道：“成交！”

叠嶂也在那边翻看印文，有那“清澈光明”，还有“少年老梦，和风甘雨”，“一生低首拜剑仙”，“身后北方，美目盼兮”，“呦呦鹿鸣，啾啾莺飞，依依不舍”，“天下此处剑气最长”，“不敢仗剑登城头，唯恐逐退三轮月”。

在叠嶂翻出最后这方印章的时候，晏琢突然红了眼睛，对陈平安颤声说道：“这方印章，我如果想要，怎么算账？”

叠嶂惊讶，董画符也错愕。陈三秋却有些神色感伤。

晏琢的父亲，没了双臂之后，除了那次背着身受重伤的晏胖子离开城头，就不再去城头那边登高望远了。

陈平安轻轻从叠嶂手中拿过印章，递给晏琢，道：“做生意，讲究的是亲兄弟明算账。这方印章我送你，又不是买卖，不谈钱。”

宁姚来找陈平安的时候，刚好在院门口遇到晏胖子他们撑伞离开。送走这一拨人后，宁姚跟陈平安一起走入院子，问道："怎么回事？"

陈平安大致解释了一下，宁姚便去了那间搁放印章的厢房，坐在桌旁，拿起一方印章，问道："你这些天就忙活这个？不只是为了挣钱吧？"

陈平安摇头道："确实不为挣钱。"

宁姚说道："方才白嬷嬷说了，辅佐第四件本命物炼化的天材地宝，差不多暗中收集完毕了。放心，宁府库藏之外的物件，有纳兰爷爷亲自把关，肯定不会有人动手脚。"

陈平安点头道："确实该加把劲了，每天置身于一堆金丹境前辈之中，战战兢兢，害得我说话都不敢大声。"

陈平安是在北俱芦洲狮子峰破的柳筋境瓶颈，如今是修士四境骨气境，儒家修士在此境界，有得天独厚的优势，养气功夫最出众。至于练气士第五境，"人生天地间，体魄为熔炉"的筑庐境，佛道两家的练气士，优势更大。三教之所以超乎其余诸子百家，这两境的各自优势，十分显著，也是一个重要原因。修士下五境，虽然境界低，却被誉为登山五境，是大道根本所在，对于此后能否跻身中五境的洞府境，至关重要。

宁姚趴在桌上，一方一方印章看过去，缓缓说道："府门洞开，开窍纳气，人身小天地，气海纳百川，即为洞府境，从这一刻开始，修道之人，才可以真正有序炼化天地灵气，人体三百五十六个窍穴，就像三百六十五座天然而生的洞天福地，静待修士登山结庐修道。像我们剑气长城，能否孕育而生先天剑坯，是天才与常人的分水岭，同理，在蛮荒天下，妖族能否早早化作人形，以人之姿修行炼气，也很关键。在洞府境这一层，男子修士，开九窍，就能跻身观海境，女子要困难些，需开十五窍，所以洞府境女修的数量，要远远多于男子，只不过观海境的女修，往往战力大于男子。

"你比较特殊，已经有了三座本命窍穴，又有三处窍穴被剑气浸染多年，加上剑气十八停的往返，又有初一、十五坐镇其中两座，这就算五座半了。等到你炼化其余两件本命物，凑足五行之属，那就是开辟出了七座半洞府，只要你跻身洞府境，说不定很快就可以破境，成为观海境。洞府境，本来就是说府门大开，八方迎客，寻常修士在此境，会受很大煎熬，因为受不住那份灵气如潮水倒灌的折磨，将其视为水灾之祸殃，魂魄与肉身一个不稳，修行路上，往往要走三步退两步，举步维艰，你最不怕这个。随后的观海境，对你也不算什么大关隘，你同时是纯粹武夫，还是金身境，一口真气流转极为迅猛，修士本该通过一点点灵气积攒，开辟、扩充道路，在你这里，也不是什么难题。只有到了龙门境，你才会有些麻烦。"

陈平安笑道："难为你了。"

这些琐碎，肯定是她从纳兰夜行那里临时问来的，因为宁姚自身修行，根本无须知晓这些。

宁姚拈起一方印章，攥在手心，晃了晃，随口说道："你应该比我更清楚这些，那就当我没说。”

陈平安双手笼袖，放在桌上，下巴搁在手臂上，看着那些印章。

屋外雨水不停，最近一个月，下雨较多。

连雨不知春将去。

陈平安侧过头，望向窗外。

在家乡的时候，有一次与自己的开山大弟子裴钱，坐在登山台阶上。裴钱看风吹过松柏，树影婆娑，光阴缓缓，便偷偷与自己师父说，只要她仔细看，世间万物，无论是流水，还是人的走动，就会很慢很慢，慢到她都要急死了。

裴钱也会经常与暖树和米粒一起，趴在竹楼二楼栏杆上，看着下雨或是下雪，看那些挂在屋檐下的冰凌，然后手持行山杖，一棍子打个稀烂，再询问朋友自己剑术如何。米粒偶尔被欺负得厉害了，也会与裴钱怄气，扯开大嗓门，与裴钱说“我再也不跟你耍了”，估摸着山脚的郑大风都能听见，然后暖树就会当和事佬，裴钱也就会给米粒台阶下，很快就有说有笑起来。不过陈平安在落魄山上的时候，裴钱是绝对不敢将床单当作披风，拉着米粒四处乱窜的。

到了剑气长城这里，其实如果用心去看，也会有这样那样的活泼可爱。

比如陈平安有些时候去城头练剑，故意驾驭符舟落在稍远处，也能看到一排孩子趴在城头上，撅着屁股，对着南边的蛮荒天下指指点点，说着各种各样的故事，或者忙着给剑气长城的剑仙们排座位比高低，光是董三更、陈熙和齐廷济三位老剑仙到底谁更厉害，孩子们就能争个面红耳赤。若是再加上剑气长城历史上的所有剑仙，那就更有得吵架了。

听说郭竹酒在家里，也没少练拳，朝手掌呵一口气，驾驭灵气，嚷一句“看我这一手烈焰掌，哼哼哈哈”，一套拳法，从大门一路打到后花园，到了花园，就要气沉丹田，金鸡独立，使出旋风腿，飞旋转他个十八圈，必须一圈不多一圈不少，可怜那些郭稼剑仙精心培育的名贵花卉，拳脚无眼，遭殃极多，折腾到最后，整座郭府都有些鸡飞狗跳，都担心这丫头是不是走火入魔了。说不定郭稼剑仙已经后悔将这个闺女禁足在家了。

如今陈平安再去酒铺那边的街巷拐角处，张嘉贞偶尔会来，那个最早捧陶罐要学拳的屁大孩子，是最早凑到小板凳旁边的，所以比起同龄人，多听了好多个山水神怪故事。听说靠这些个谁都没听过的故事，他如今跟隔壁巷子一个漂亮丫头，混得挺熟，一次玩过家家的时候，终于不再是只当那轿夫、马夫、杂役什么的，与那个小姑娘总算当了回丈夫媳妇，为此在陈平安身边蹲着一起嗑瓜子的时候，孩子傻乐呵了半天。

屋内，寂静无声，无声胜有声。

之后陈平安又去了趟城头，依旧无法走入剑气三十步内，所以小师弟还是小师弟，大师兄还是大师兄。

练剑完毕，左右询问远处那个取出瓶瓶罐罐涂抹膏药的可怜家伙，有无捎话给先生。

最近两次练剑，左右比较有分寸。

陈平安一本正经道："怎么可能?!"

左右便问道："酒铺生意如何?"

陈平安说道："很好。"

左右转过头。

陈平安立即亡羊补牢："不过还是劳驾师兄帮着锦上添花。"

左右这才没破罐子破摔，开始转移话题，问道："之前与你说的天问天对，可曾读过?"

陈平安点头道："都已经读过。"

左右说道："你来作天对，答一百七十三问。"

陈平安有些措手不及，左右淡然道："可以开始了。若有不知，就跳过。"

陈平安硬着头皮一一解题，勉勉强强答了约莫半数问题。

左右说道："答案如何，并不重要。在先生成圣之前，最负盛名的一场辩论，不过是争吵两件事，第一件正是'如何治学'，是从一事一物着手，日积月累，缓缓建功，还是首要先立乎其大者，不可盲目沉浸在支离事业中。其实回头来看，结果如何，重要吗？两位圣贤尚且争执不下，若真是非此即彼，两位圣贤如何成得圣贤。当时先生便与我们说，治学一事，邃密与简易皆可取，少年求学与老人治学，是两种境界，少年先多思虑求邃密，老人返璞归真求简易。至于需不需要先立下大志向，没那么重要，早早立了，也未必当真立得住，当然有比没有还是要好些，没有，也无须担心，不妨在求学路上积土成山。世间学问本就最不值钱，如一条大街豪门林立，花圃无数，有人栽培，却无人看守，房门大开，满园烂漫，任君采撷，满载而归。"

陈平安点头道："先生博闻，师兄强识。"

左右忍不住转头，问道："你就从来没有在先生身边久留过，你哪里学来的这些套话?"

陈平安有些委屈，道："书上啊。尤其是先生的著作，我已经烂熟于心。"

左右板着脸道："很好。"

演武场芥子小天地当中，陈平安与纳兰夜行学剑。

说是学剑，其实还是淬炼体魄，是陈平安自己琢磨出来的一种法子，最早是想让师兄左右帮忙出剑，只是那位师兄不知为何，只说这种小事，让纳兰夜行做都行。结果饶是纳兰夜行这样的剑仙，都有些犹豫不决，终于明白为何左右大剑仙都不愿意出剑了，因为按照陈平安的法子，即便出剑之人是剑仙，陈平安自己也是一个金身境武夫，依旧有些凶险，会有意外，一个不小心，陈平安就得在病榻上躺个把月，这可比事后白骨生肉要凄惨多了。

陈平安希望纳兰夜行依次出剑，从上往下，契合“二十四节气”之法，帮忙打熬脊椎骨这条人身大龙的大小窍穴。

颈椎起始，大椎、陶道、身柱、神道、灵台、至阳、中枢、悬枢、命门、腰阳关……这些关键窍穴，尤其需要出剑，以剑气与剑意淬炼这条路径和这些关隘。

因为还要配合一口纯粹真气的火龙游走，陈平安也不可能站着不动，那是死练练死，加上各座气府之内，灵气残余的多寡不同，所以越发考验纳兰夜行的出剑精准程度。

宁姚与董不得、董画符坐在斩龙台凉亭里。

今天董不得与董画符一起来宁府做客，她想要跟陈平安讨要一方印章，晏胖子那铺子实在太黑心，还不如直接跟陈平安购买。

陈平安与纳兰夜行的练剑，也没有刻意对董不得隐藏什么。

去年大街接连四场对战，陈平安的大致底细，包括董家在内的大族豪门，其实心中有数。

董不得身姿慵懒歪斜，趴在栏杆上，问道：“宁姚，他这么练，你不心疼啊？”

宁姚没说话。

这次练剑，纳兰夜行极其小心翼翼，所以收效不大。

陈平安本来就没想要什么立竿见影的裨益，之后与纳兰夜行一起离开演武场，然后独自走上斩龙崖。

董不得说，她以及几个要好的朋友，都想要一方自用藏书印，印文她们想不好，都交由陈平安定夺。董不得还带来了三块足可雕琢出印章的美玉，说是一方印章一枚小暑钱，刻成印章后剩余材质，就当是陈平安的工钱。

陈平安又不傻，钱有这么好挣吗？他立即望向宁姚，宁姚点点头，他这才答应下来。这一幕，把董不得给酸得不行，啧啧出声，也不说话。

董不得此次登门，还说了一件与宁府有一丁点关系的趣事。

倒悬山那边，近期来了一伙中土神洲某个大王朝的历练修士，由一位以前来此杀过妖的剑仙领头护送，一位元婴境练气士负责具体事务，其余的是七八个来自不同宗门、山头仙府的年轻天才，要去剑气长城练剑，约莫会待上三五年工夫。据说年纪最小的，才十二岁；最大的，也才三十岁出头。

这伙人到了倒悬山，直接住在了与猿蹂府齐名的四座私宅之一梅花园子，一看就来头不小。

剑气长城董不得这些年轻一辈，大的山头其实就三座：宁姚、董黑炭他们这一拨，当然如今多出了一个陈平安；然后就是齐狩他们一拨；再就是庞元济、高野侯这拨，相对前两者，比较分散，凝聚力没那么强，这些年轻剑修，大多是市井出身，但是只要有人号召，就愿意聚在一起，无论是人数，还是战力，都不容小觑。

只要有浩然天下的年轻人来此历练，前有曹慈，后有陈平安，都得过这三拨人的关，是老规矩了。

但是谁来负责把守这三关，也有些不成文的规矩，例如从中土神洲来的天之骄子，都是齐狩与朋友们负责待客。

宁姚这座小山头，则不太喜欢这套。偶尔，陈三秋会露个面，凑个热闹。不过十多年来，陈三秋也就出手过两次，宁姚更是从未掺和过这些小打小闹。

只是先前齐狩一伙人被陈平安打得灰头土脸，而且连庞元济也没逃过一劫，所以此次，按照道理，宁姚这边得有人出马才行。

像这种来剑气长城历练的外乡人队伍，往往是与剑气长城各出三人。当然，对阵双方如果谁能够一人撂倒三人，那才叫热闹。

从一个被人看热闹的，变成看热闹的人，陈平安觉得挺有意思，就问能不能把战场放在那条大街上，照顾照顾自己的酒铺生意。

董不得笑道："地点放在哪里，历来很随意，没个规矩的，一般是看最后守关之人的意思。你要是愿意出手，别说是那条大街，放在叠嶂酒铺的酒桌上都没问题。"

陈平安摇头道："要是我被人打伤了，挣来的那点酒水钱，都不够我的药钱。我们那酒铺是出了名的价格低廉，都是挣辛苦钱。"

董不得笑容玩味，陈平安这家伙还真是跟传闻如出一辙，脸皮厚得可以。

董画符说道："范大澈好像准备打第一场架，三秋估摸着也会陪着，第三人，可能是高野侯，也可能是司马蔚然，暂时还不好说。"

司马蔚然，陈平安知道，也是金丹境剑修，只不过比起庞元济和高野侯，还是要略逊半筹。不过前些年她一直在闭关，而且有意思的是她有两位传道之人，一位是隐官一脉的巡察剑仙竹庵，还有一位来历更大，是位负责镇守牢狱的老剑仙，有传闻说这位深居简出的老人，是妖族出身。不知道如今出关的司马蔚然，会不会后来者居上。

陈平安问道："对方那拨剑修天才，什么境界？"

董画符愣了愣，"需要知道吗？"

董不得附和道："不需要知道吧？"

陈平安看了眼宁姚，好像也是差不多的态度，便无奈道："当我没说。"

那拨来自中土神洲的剑修，走过了倒悬山大门，下榻于城池内剑仙孙巨源的府邸。

剑仙孙巨源的家族，如晏家差不多，跟浩然天下的生意往来频繁，所以交友广泛。只不过孙巨源当下应该有些头疼，因为这帮客人，到了剑气长城第一天，就放出话来，他们会出三人，以不同的三境分别过三关——观海境，龙门境，金丹境，输了一场就算他们输。

这天陈平安在铺子里喝酒，宁姚依旧在修行，至于晏琢、陈三秋他们都在，还有个范大澈，所以二掌柜难得有机会坐在酒桌上喝酒。

铺子生意好，蹲路边喝酒的剑修就有十多个，一个个骂骂咧咧，说："这帮外乡来的小崽子，真是不要脸，太他娘的嚣张了，厚颜无耻，鸡贼小气……"

不知为何，说这些话的时候，酒鬼们唾沫四溅，义愤填膺，却一个个望向那个青衫白玉簪的二掌柜。

陈平安笑眯眯道："大掌柜，咱们铺子的竹海洞天酒，是该提一提价格了。"

四周顿时鸦雀无声，然后哀鸿遍野。

叠嶂得了二掌柜的眼神示意，摇头道："不加价，加什么价，钱算什么?!"

有酒客直接喊道："就凭大掌柜这句公道话，再来一壶酒！"很快又有人纷纷嚷着买酒。

叠嶂笑道："你们自己拿去。"

晏琢瞥了眼那个率先加酒的家伙，再看了看陈平安，以心声问道："托儿?"

陈平安微笑点头，答道："我还治不了这帮王八蛋？托儿遍地，防不胜防。"

然后陈平安对范大澈说道："这群外乡剑修不是眼高于顶，不是不知天高地厚，而是在算计你们，他们一开始就占了天大便宜，还白白得了一份声势。若是三战皆金丹，他们才会必输无疑。所以对方真正的把握，在于第一场观海境，那些中土剑修当中，必然有一个极其出彩的天才，不但最有希望赢，说不定还可以赢得干脆利落。第二场胜算也不小，哪怕输了，也不会太难看，反正输了，就没第三场的事情了，你们憋屈不憋屈?至于第三场，对方根本就没打算赢，退一万步说，对方就算能赢都不会赢，当然，对方还真赢不了。范大澈，你是龙门境，所以我劝你最好别出战，但如果你自认输得起，也就无所谓了。"

范大澈果断道："输不起。"

陈平安伸出大拇指，赞道："佩服。不愧是陈三秋的朋友。"

陈三秋无奈道："关我屁事。"

这时候大街那边，几个少男少女，直奔这座酒铺而来，只不过也就只是买酒。有个少年买了一壶五枚雪花钱的青神山酒水，边走边揭了泥封，嗅了嗅，以中土神洲的浩然天下大雅言笑道："看来我回了浩然天下，得走一趟竹海洞天，告诉他们有人打着山神夫人的幌子卖酒，都卖到了剑气长城，真是有本事。"

晏琢望向陈平安，问道："能忍？"

陈平安点头笑道："可以忍。"

一位身材高大的少年转头望向店铺酒桌那边，笑道："文圣一脉，不忍又能如何。"

一瞬间，这个身材魁梧的背剑少年，被一袭青衫用五指抓住头颅，高高提起。陈平安一手负后，侧过头，笑问道："你说什么？大声点说。"

从中土神洲而来的这拨外乡剑修，总计五人。

除了拎酒少年还算镇定自若，其余三人都稍稍后退，随时准备祭出飞剑。其中一人，二十岁出头，神色木讷，无论是退避还是牵引灵气准备出剑，都比同伴慢了半步。还有一个少女，最早伸手按住腰间长剑。她亭亭玉立，对襟彩领，外罩纱裙，点缀百花，是中土神洲女子修士颇为喜好的玉逍遥样式。

至于最后一人，当然就是被陈平安悬空提起的那个背剑少年，被陈平安禁锢住后，受到拳意罡气压制，几处关键窍穴的灵气不得出，试图冲关，却一次次被击退，竟是无法动弹，一来二去，脸色涨红，转为青紫色，就像一条挂在墙上晒着的死鱼，估计此刻心中的羞愧，半点不比杀意少。

陈平安问拎酒少年道："他不愿意说，你替他说？"

拎酒少年笑容灿烂，道："他方才说了什么？我没听清啊。"

陈平安笑问道："亚圣一脉，耳朵都这么不灵光吗？"

那名少女怒道："陈平安，你给我放开蒋观澄！别以为在剑气长城小有名气，就可以肆意妄为！一言不合，你就要杀人吗？文圣一脉的弟子，真是一个比一个好脾气！先有崔瀺欺师灭祖，后有左右，毁了多少中土神洲的先天剑坯！我那师伯……还有你，陈平安！身为儒家门生，文圣高徒，竟然在这里操持贱业，亲自卖酒！斯文扫地！"

说到师伯，少女咬牙切齿，眼眶当中竟是莹莹泪光，等到重新提及陈平安，立即就恢复正常，尤其愤懑恼火。

陈平安置若罔闻。这种当面指着鼻子骂人的，他反而还真不太在意。再说了又不是骂先生，骂先生的学生、自己的师兄们而已，他是先生一脉的老幺，还需要他这小师弟去为师兄们仗义执言？陈平安觉得不需要。

崔瀺和左右，一个要一洲即一国，阻滞妖族北上，阻止妖族一鼓作气吞并桐叶洲、宝瓶洲和北俱芦洲三洲版图；一个要成为浩然天下之外的其他天下的剑术最高者，其实都很忙。至于他陈平安，也忙。习武练剑炼气读书，即将炼化第四件本命物，外加挣钱坐庄刻印章，能不忙吗？

不过最重要的，还是这个小姑娘的言语，无论有理无理，道理够不够大，终究没有什么坏心。

那么陈平安就可以理解，并且接受。

“朱枚，怎么跟陈先生说话的。”少年教训了一句少女，然后继续笑眯眯与陈平安言语道，“陈先生辈分高，晚辈聆听教诲，陈先生无论说什么，晚辈有则改之无则加勉。还有啊，陈先生手中这个蒋观澄，是我们苦夏剑仙的嫡传弟子，苦夏剑仙又是我们家乡那边，十人之一的某位的师侄，很麻烦的。当然了，陈先生的师兄，左大剑仙，晚辈仰慕已久，如今左大剑仙就在剑气长城练剑，想来不用太过担心。不过天下剑仙是一家，伤了和气，终究不美。”

陈平安问道：“你是观海境剑修？第一战人选？”

少年没有回答这个问题，微笑着反问道：“陈先生是宝瓶洲人氏，该不会帮着剑气长城剑修守关吧？”

少年剑修与陈平安，一个用浩然天下大雅言，一个用剑气长城的方言。

陈平安轻轻一推，将那高大少年摔出去十数丈，抱怨道：“长这么高的个儿，害我踮脚半天。”

然后陈平安看着这个拎酒的有趣少年，笑道：“年纪轻轻，就有这么高的境界，在咱们这儿晃荡，再说些有的没的，真不怕吓死我们这些胆小的，境界低的？”

陈三秋用家乡方言，与四周酒客们解释两人的对话内容。

酒铺那边口哨声四起，尤其是蹲着喝酒的酒鬼与光棍们，很是配合二掌柜。他娘的以前只觉得二掌柜抠搜鸡贼，没想到跟这帮中土神洲小崽子一对比，好一个玉树临风。以前真是冤枉了二掌柜，以后来此喝酒，是不是菜碟酱菜少拿些？何况从二掌柜身上，靠吃酱菜好不容易占点便宜，事后总觉得不太妥当，吃多了，容易多喝酒。

陈平安转头望向铺子那边，笑问道：“不如我就以四境修士的身份，来守第一关？你们要是都押注我输，我就坐这个庄了。”

酒客们人人拍桌笑骂不已，很不客气，还有人直接为那帮外乡剑修加油鼓劲，说咱们这二掌柜除了卖酒写对联，其实屁本事没有，真要打起来，三两拳撂倒，怕什么？身为外乡中土剑修，就该拿出一点英雄气概来，那陈平安就是从宝瓶洲这种小地方来的，任毅、溥瑜、齐狩、庞元济，这四个家伙，是合起伙来坐庄呢，故意输给陈平安这个王八蛋的，你们只要不是傻子，就千万别信啊。

那个名叫朱枚的少女，冷笑道：“原来不光是卖酒的酒鬼，还是个赌棍。文圣老先生，真是瞎了眼，才找到你这么个关门弟子！”

陈平安微笑道：“喝酒，赌钱，杀妖，确实不值一提，都是你们中土神洲修士眼中很不入流的事情。”

这句话一说出口，陈三秋那边一个个闹哄哄大声喝彩，拍桌子敲筷子。

朱枚被噎得不行，而且内心深处还有些畏惧，就好像自己莫名其妙置身于一座陌生的小天地。因为陈平安虽然离着那些剑气长城的大小剑修有些远,但好像这个名不副实的文圣小弟子,与他身后那些剑修,遥相呼应。

陈平安笑道:“知道我这句话没道理在何处吗?就在于喝酒赌钱两事,在浩然天下,确实不该是读书人所为,就因为我故意扯上杀妖一事,你便无言以对了,因为你还是个有点良心的中土剑修,诚心觉得杀妖一事,是壮举,故而才会理亏心虚。其实不用,世间讲理,需有个先后,有一说一,大小对错,不可相互涵盖抵消,比如你若是先承认了杀妖一事,极对,对了万年,再来与我讲酒鬼赌棍的极其不对,你看我认不认?如何?我文圣一脉,是不是脾气当真不错,还愿意讲道理?”

少女瞪大眼睛,脑子里一团糨糊,眼前这个青衫酒鬼,怎么说出来的混账话,好像还真有那么点道理?

可她就是忍不住一阵火大啊。

陈平安最后对那个再没了笑意的拎酒少年说道:“放心,我不会以四境练气士的身份,守这第一关。为什么?不是我不想教你做人,教你好好说话,而是我尊敬你们身为中土剑修,却愿意来剑气长城走上一遭,好歹愿意亲眼看一看那座蛮荒天下。外乡修士走三关,是公事。你我之间,是私人恩怨,以后再说。”

陈平安走回酒铺那边。

有个下筷如飞吃酱菜的汉子喊道:“二掌柜,威风大了,请客喝酒,庆贺庆贺?”

陈平安笑呵呵道:“我拜托诸位剑仙要点脸啊,赶紧收一收你们的剑气。尤其是你,叶春震,每次喝一壶酒,就要吃我三碟酱菜,真当我不知道?老子忍你很久了。”

那汉子双指拈起地上那只剩下半碟的酱菜碟,笑道:“还你?”

陈平安哑口无声。

那汉子扬扬自得,他娘的老子不要脸起来,自己都怕,还怕你二掌柜?再说了,还不是跟你二掌柜学的?

陈平安咳嗽一声,没有落座,拍了拍手掌,大声道:“咱们铺子是小本买卖,本来打算近期除了酱菜之外,每买一壶酒,再白送一碗阳春面,这就是我打肿脸充胖子了,现在看来,还是算了,反正阳春面也不算什么美食,清汤寡淡的,也就是面条筋道些,葱花有那么几粒,再加那么一小碟酱菜倒入其中,筷子那么一搅拌,滋味其实也就凑合。”

叶春震立即就察觉到四周酒鬼眼神如飞剑。

谁都知道与二掌柜讲理,讲不过的。

叶春震一咬牙,嚷道:“二掌柜,来一壶好酒,五枚雪花钱的!今儿不小心稍稍多吃了些酱菜,有点咸了,喝点好酒,压一压。”

“好嘞,叶老哥等着。”说完那家伙屁颠屁颠去铺子拿好酒,不忘转头笑道,“过两天就有阳春面。”

背剑少年蒋观澄已经被搀扶起身，以剑气震碎那些拳意罡气，脸色好转许多。

朱枚轻声问道："严律，你没事吧？"

名叫严律的拎酒少年，轻轻摇头，笑道："我能有什么事？如果对方借机守关，我才会有事，会被君璧骂死的。"

朱枚轻声埋怨道："你也真是，由着蒋观澄来这边胡闹，君璧叮嘱过我们的，到了孙剑仙府邸后，不要轻易外出。"

一身素雅长袍的少年转头望了一眼酒铺，很快收回视线。那种乱糟糟的氛围，他不喜欢，甚至有些厌恶。

修道之人，没有半点洁身自好，没有半分山上仙气。

严律拎起手中的那壶青神山酒，笑道："我这不是想要知道这仙家酒酿，到底与青神山有无渊源嘛。我家老祖，每次竹海洞天的青神宴，都会参加。"

朱枚白眼道："就你严律最喜欢翻家谱和老皇历，生怕别人不知道你家祖上有多阔。蒋观澄的家族与师门传承，又不比你差，你见他吹嘘过自己的师伯是谁吗？不过他就是脑子不好使，听风就是雨，做什么事情都不过脑子，稍稍给人撺掇几句，就喜欢炸毛。真当这儿是咱们家乡中土神洲啊。此次赶来剑气长城，我家老祖叮嘱了我好些，不许我在这边摆架子，乖乖当个哑巴聋子就成。唉，算了，我也没资格说这些，方才我就没少说话。说好了，你不许去君璧那边有什么说什么，就说我从头到尾都没讲话。君璧虽然只是观海境，可他生气的时候，太可怕。我还好，反正境界不高，瞧瞧你们，还不是一个个照样学我噤若寒蝉。"

严律神色微微不太自然。

朱枚有个家族叔祖，如今是流霞洲的书院山主，而且据说朱枚自幼就福报深厚，与他们所在王朝的一尊大岳女子山君，签订过一桩古怪山盟契约。如果没这两重关系的话，严律还真想给她一个大耳光，让她长点记性，说点人话，不至于句句戳人心窝子。

酒桌这边。

叠嶂也是刚刚听说铺子要白送一碗阳春面，等陈平安落座后，轻声道："又要做阳春面，又要管生意，我怕一个人忙不过来。"

陈平安笑道："乐康那小屁孩的爹，听说厨艺不错，人也厚道，这些年也没个稳定营生，回头我传授给他一门阳春面的秘制手法，就当是咱们铺子雇用的长工。张嘉贞有空的时候，也可以来酒铺这边打短工，帮个忙打个杂什么的，这样大掌柜也能歇着点。反正这些开销，一年半载的，加在一起，也不到一碗酒水的事情。"

叠嶂笑着点头，尤为开心，半点不比挣钱差了。

陈三秋和晏胖子他们都已经习以为常，这些都是陈平安会想会做的事情。

不过范大澈就有些纳闷，玩笑道："陈平安，你是真不嫌麻烦啊？你到底是怎么才有的如今修为？天上掉下来的？"

陈平安喊道："大澈啊。"

范大澈有些紧张："干吗？"

陈平安循循善诱道："你看与这么多金丹境前辈一起喝酒，这么小一张桌子，就有三秋、晏胖子、黑炭、叠嶂，多大面儿，结果只喝最便宜的酒水，不妥当啊。"

范大澈不太情愿当这冤大头，因为桌上还有个四境练气士。

陈平安小声说道："那个拎酒少年，如果我没有猜错，应该是负责打第二场的人，与你一般是龙门境。人家年纪才多大，你要是输了，得丢多大的脸。"

范大澈便与大掌柜叠嶂要了一壶好酒，忍不住问道："你就这么确定，一定会有第二场？"

陈平安想了想，解释道："如果绿端没被郭剑仙禁足在家中，还不好说。现在嘛，肯定会有第二场。理由很简单，中土剑修最要脸。如果没有意外，我们这边的观海境守关之人，是高野侯的妹妹高幼清。对吧？就厮杀经验与飞剑杀力而言，剑气长城的金丹境剑修，相较于浩然天下的同龄人，足可甩开对方几条街。金丹境之下，优势当然也不小，却没有你们想象中那么大。高幼清的资质当然很好，但是她只上过一次城头，暂时尚未去往南边战场。何况中土神洲，天才辈出，那蒋观澄是中土十人之一的徒孙辈，师父还是剑仙苦夏，但依旧在这一行人当中，不算什么可以说得上话的人物，由此可见，高幼清会输。而那拎酒少年，分明也不是那座山头的主事人，我先前出手之后，只看对方其余同伴一个个紧张万分，下意识就想要帮忙，也未曾人人同时望向那个拎酒少年，就可以推断出那个拎酒少年，不是什么主心骨。不是主心骨，哪敢拉着所有年轻天才，赌上中土神洲剑修的脸皮，打那三场架？孙剑仙府邸，肯定另有其人，是他们心中认定的领袖人物，我估计是一个年纪小境界低、战力却极其出类拔萃的天之骄子，他的实力能够让高出一两个境界的同行剑修，都愿意听命于他。所以此次三关规矩，是那人的手笔无疑。毕竟苦夏剑仙，曾经来过剑气长城，不至于如此无聊，那名元婴境剑修，更不敢如此。说句难听的，这帮小少爷大小姐，真是一名元婴境修士可以罩得住的？这就又可以从侧面佐证那个年轻剑修的心智不俗，能够让一位剑仙和元婴境前辈都听之任之。"

范大澈听得一惊一乍，问道："陈平安，你是不是早就知道这行人的来历？还是说倒悬山那边有消息传到了宁府？"

陈平安笑眯眯道："你猜。"

叠嶂翻了个白眼，很想提醒范大澈，千万别猜，会心累的。

晏琢问道："如今有不少人坐庄在赌这个，咱们怎么赌？"

陈平安摇头道："押注自己人输，挣来的神仙钱，拿着也窝心。"

范大澈递过酒碗，道："就凭这句话，我这壶酒，买了不亏。"

陈三秋补了一句："反正也是跟我借的钱。"

晏琢赞叹道："范大澈，可以的可以的。与董黑炭有异曲同工之妙。"

董画符摇头道："比我还是要差些。"

陈三秋笑问道："之前怎么不干脆把那帮崽子一锅端了？"

陈平安无奈道："那拎酒的崽子，贼油滑，不给我机会啊。"

董画符说道："随便找个由头呗，你反正擅长。"

陈平安笑道："董黑炭你少说话，多喝酒。"

范大澈举起酒碗，满脸笑意，问道："那就一起走一个？"

一桌人都举起酒碗，纷纷饮酒。

陈平安独自返回宁府的路上，遇上了一位儒衫男子——君子王宰。

王宰言语简明扼要，询问了一些关于剑修黄洲的事情，也与陈平安说了一些剑气长城这边的勘验过程。

再简而言之，就是黄洲之死，专门负责这类事务的隐官一脉，两位剑仙都不愿太过追究，但是黄洲到底是不是妖族奸细，并无定论，至少没有确凿证据。故而你陈平安打杀黄洲，可以不受责罚，但是隐官一脉，还有他王宰，绝对不会帮忙证明清白，以后任何风言风语，都需要陈平安自己承受。言语最后，王宰也说了些黄洲在街巷那边的事情，他会负责收尾，照顾抚恤一些老幼，稍稍劳心劳力而已。

陈平安好奇问道："不偏不倚，为何如此？"

王宰以心声说道："我家先生，与茅先生是故交好友，曾经一起远游求学，一直以茅先生未能去礼记学宫砥砺学问，视为生平憾事。"

陈平安心中了然，抱拳作揖。

王宰只得还以揖礼。其实此举不太合适，只不过自己先前那点心思，未必逃得过隐官大人与竹庵、洛衫两位剑仙的法眼，也就无所谓了。

王宰突然笑道："听闻陈先生亲自编撰、装订有一本《百剑仙印谱》，其中一方印章，篆文为'日以煜乎昼，月以煜乎夜'。我有个同窗好友，名字中有'煜'字，刚好可以送给他。"

称呼年轻人为陈先生，君子王宰并无半点别扭。

陈平安笑道："我与晏琢打声招呼，王先生若是不嫌弃绸缎铺子的脂粉气，只管自取。若是觉得麻烦，我让人送去王先生的书斋，稍稍劳力而已，连劳心都不用。"

王宰笑着点头，"那就有劳了。若有边款与署名，更佳。"

陈平安说道："举手之劳。"

王宰问道："知道为何我愿意如此？其实我大可以保持沉默，就已经心中无愧自家先生与茅先生的友谊。"

陈平安摇头道："不知。"

王宰感慨道："不知才好，大善。"

王宰告辞离去，儒衫风流。

陈平安回了宁府，先在演武场那边站立片刻，看着宁姚在凉亭中修行，哪怕只是远远看着，也是一幅美好画卷，足可悦畅心神。

此后才回到自己的小宅厢房，陈平安继续刻印章，那部极为粗糙的《百剑仙印谱》，以后肯定还要重新装订一本，《百剑仙印谱》，又不是真的只有一百方印章。

桌上先前那百余印章，都已经被晏琢一股脑拿去铺子，当那镇店之宝了。这会儿摆在桌上的，依旧是素章居多，刻字印章寥寥无几。

对于陈平安而言，刻章一事，除了用以静心，也是对自己所学学问的一种复盘。

此外，如何将自己的那点学问，以几个字或十几个字，连同材质普通的印章"送"出去，并且让人心甘情愿拿走，甚至是专程花钱买走，难道是一门小学问？其实很大。

剑气长城历史上，礼圣与亚圣两脉的那么多圣人、君子、贤人，一位位来而复走，甚至有些就战死在了南边沙场上，难道那些浩然正气的读书人，不希望剑气长城这边，有那琅琅书声？只不过各有苦衷，各有为难，各有束缚，使得他们最终无法真正把儒家学说推广开来。当然，陈平安也不觉得自己有这份本事，一样只能做些眼前事、手边事罢了。

陈平安手持刻刀，缓缓刻下一方印章篆文："观道观道观道。"

先前董不得与几名朋友的私家藏书印这单生意，陈平安其实一开始不太愿意接，是宁姚点了头，他才点的头。

有些事情，不是自己风高月明，就可以全然不去注意的。

当然，董不得故意当着宁姚的面，与陈平安提及此事，也是董不得的聪明之处。

那几方美玉私章，陈平安刻得规规矩矩，在雅致与文气两个说法上，多下功夫。既然是实打实的买卖，就得童叟无欺。先前与董黑炭在铺子里喝酒，就说他姐姐觉得很不错，以后有机会还会帮着拉拢生意，但是她董不得要抽成，被陈平安婉拒了。董画符也无所谓，本就不希望自己姐姐隔三岔五往宁府跑，跑多了，天晓得又要传出去什么混账话，吃苦头的，会先是陈平安，但最后苦头最大的，肯定还是他董画符。陈平安在宁姐姐那边受了气，不找他董画符算账找谁？

他又不是不知道陈平安怎么对付的范大澈。范大澈傻了吧唧的，给人揍了一顿，还挺开心，他董画符又不傻。

董不得不愧是董家嫡女，她的朋友也都不小家子气，先前多出来的那些美玉边角料，说好了送给陈平安作为刀工费用，还真就给陈平安雕刻成极小极小的小章，约莫十余方，而篆文偏偏繁密，其中一方，甚至多达百余字。这些印章材质，可不是寻常白玉，而是仙家材宝当中极负盛名的霜降玉，陈平安得用飞剑十五作为刻刀刻字才行。当然不会当作绸缎铺子的彩头送人，得客人拿真金白银来买，一方私章一枚小暑钱，恕不杀价，爱买不买。

兴许是觉得剑气长城这边，会去逛绸缎铺子的富贵女子，未必解得其妙，这方初看好似重复“观道”三遍的印章，多半要吃灰很久，陈平安便换了一方素章来雕琢，刻了八个字：“花月团圆，神仙眷侣。”

刻完后陈平安抖了抖印章，还低头吹了口气，在手心掂量一番，很是心满意足，就这刀工，就这寓意，这方印章若是没人争抢，老子就不姓陈。

铺子那边的生意，不能光有女子掏钱，得有男子去买，那才算自己这绸缎铺子二掌柜的真本事，于是陈平安略作思量，吹着小口哨，又优哉游哉刻了一方印章：“人间有女美姿容，羞走天上三盏灯。”

剑仙孙巨源府邸。

朱枚与蒋观澄低着脑袋，站在一座凉亭台阶下，其余严律等人，也没敢有什么笑脸。

凉亭内，是一位正在独自打谱的少年，名为林君璧。

棋盘与棋盒都是少年自己随身携带的心爱之物，皆是一等一的山上重宝，传闻最早是白帝城珍藏之物，后来辗转到了林君璧手上。其中两只棋盒，分别有一句铭文：“在在处处，神灵护持”和“人人事事，天心庇护”。而棋盘之上的众多黑白棋子，如两种剑光熠熠，一颗颗各自生出不同色泽的剑气，棋盘中棋局对峙，棋盘上又有剑气纵横交错。

林君璧每次拈子落在棋盘，光是绕过那些纠缠剑气的落子轨迹，便让人眼花缭乱，直通神意。

林君璧其实并未训斥两人，只是听了一遍事情经过，问了些细节，不过朱枚和蒋观澄两人自己比较担惊受怕。

很难想象，林君璧其实是山泽野修出身，只是后来的人生经历，短短几年，便显得太过精彩绝艳，使得旁人很容易忽略这个少年的市井身世。

三天后，三人过三关。

林君璧看了眼棋局，再看了眼摊放在手边的棋谱，转头对众人笑道：“不用紧张，棋局依旧，大家各自修行去吧。”

然后林君璧朝一个人喊道：“边境师兄，我们下盘棋？”与严律他们一起去过那酒铺的年轻人，点了点头，独自走入凉亭落座。

先前在大街上，陈平安出手之后，他显得最为迟钝。

与先前大为不同，这个名叫边境的年轻剑修，挪了一只棋盒到自己这边后，反而意态慵懒，单手托腮，帮着林君璧收拾棋子到盒子中。对于那些剑气，不像林君璧那般有意绕开，边境选择了强行破开，硬提棋子。

林君璧刚要说话。

边境抱怨道："你都说了两遍了，我记性有那么差吗？假装输给那个司马蔚然嘛，不然剑气长城的面子没地方搁，以后我们麻烦不断，难免会耽误严律和朱枚他们的安静修行。"

林君璧笑道："这就好。"

边境说道："你赢第一场，毫无悬念。可是严律的第二场，你有把握？"

林君璧说道："把握有，却不大。如果边境师兄如今才龙门境，就万事无忧了。你我两场过后，估计对方以后都没有找我们麻烦的心气。"

边境调侃道："我运气好，破境快，也有错？"

对面这个金丹境边境，是唯一一个不属于他们绍元王朝的剑修，看着二十岁出头，实则即将而立之年，但哪怕三十岁，有金丹境瓶颈修为，依旧是惊世骇俗的事情。

林君璧的师父，是浩然天下第六大王朝的国师，而边境是林君璧师父的不记名弟子。

林君璧对于这名寂寂无名的剑修的真正来历，所知不多，师父也不愿多说。此次一路赶赴倒悬山，除了剑仙苦夏稍稍看出些端倪，哪怕是那位元婴境老修士，都不知道边境的真实境界，至于严律他们，更不清楚自己身边有一条蛟龙摇曳，只是乐得看些笑话。

如果说林君璧此次历练的最大个人兴趣，是找人下棋，同时见识一下左右大剑仙的剑术，那么只能算半个师兄的边境，就是奔着那个宝瓶洲剑道天赋第一人的剑仙魏晋而来。

不过在倒悬山那个梅花园子，边境师兄好像福缘不浅，与那边负责坐镇院子的一位夫人，挺投缘。

而在家乡绍元王朝那边，边境哪怕只以观海境剑修的身份，至多就是顶着个国师不记名弟子的头衔，依旧混得如鱼得水，机缘不断。有些时候连林君璧都要怀疑，边境是不是那种传说中生而开窍的人间谪仙人。

林君璧问道："听说那个陈平安有一把仙兵，与那庞元济打了个天翻地覆，都没有派上用场。你与之厮杀，胜负如何？"

边境手指拈住一枚棋子，放在棋盘外的石桌上，双指并拢，将那枚珍贵至极的雪白棋子，随意抹来抹去，似乎在跟棋子怄气，随口说道："修道修道，结果要与人争个输赢，没啥意思啊。"

林君璧微微一笑，抓起一把棋子，问道："猜先？"

边境不着急下棋，抬头问道："你知道了？"

林君璧点点头，道："你回来的时候，明明受了伤，却比平日里笑脸更多，嗓门更大，我就猜到了。"

边境哀叹一声，道："可对方是曹慈啊，输了不丢人吧？"

林君璧点头道："输给曹慈不丢人，但是自己找上门去挨揍，我觉得不太明智。"

边境默不作声。

林君璧好奇地问道："几拳？"

边境下巴撇了撇，指向自己双指按住的棋子。

林君璧疑惑道："一拳？"

边境气笑道："就这么瞧不起师兄？两拳！一拳破我飞剑，一拳打得我七荤八素。不过说实话，如果我不要脸一点，还是可以多挨几拳的。"

林君璧笑着不再说话。

边境问道："既然严律没有必胜把握，你就没有些其他打算？"

林君璧说道："我最早有个打算，如果第二场剑气长城是郭竹酒出战，我会当场破境，如果第三场是高野侯，或者司马蔚然，那么我再破境。但是我在这边住下后，改变主意了，因为没必要。如此一来，只会为他人做嫁衣裳，万一陈平安在场，就会有那第四场，我终究不是师兄，肯定会输给同样打过四场的陈平安，只会让那个陈平安更得人心。"

边境打趣道："你这么在意陈平安？朱枚他们跑去酒铺那边撞墙，也是你有意为之？"

林君璧微笑道："能被我林君璧惦记在心，陈平安应该感到高兴。"

那个被人惦念自身却不知的陈平安，正在宁府一处密室，开始着手炼化第四件本命物。

水府水字印、山祠五色土、木胎神像之后，便是五行之金，最后才是尚未找到合适本命物的五行之火。

水字印炼化于宝瓶洲最南端，老龙城的云海之巅。五色土，炼化于济渎入海的北俱芦洲入海口附近。得自仙府遗址山巅道观的木胎神像，炼化于龙宫洞天的岛屿之上。

现在即将炼化的五行之金，是一张金色材质的金字书页，准确说来就是一部佛经。

关于此事，陈平安询问过师兄左右是否妥当，左右只说了一句"君子不器，有何不妥"。

鼎炉依旧是得自桐叶洲老元婴境陆雍之手的那只五彩金匮灶，品秩极高，但是因为姜尚真的关系，半卖半送，只收了陈平安五十枚谷雨钱。

陆雍曾言“金性不败朽,故为万宝物”,所以这只丹灶,其实最适宜炼化之物,本就是五行之金。

密室内,众多天材地宝都已准备妥当。密室外,纳兰夜行盘腿而坐,负责守关压阵。

在斩龙崖凉亭,白嬷嬷陪着宁姚闲聊。

老妪笑道:“放心吧,吉人自有天相,咱们姑爷是有道之人,天必助之。何况姑爷学问精深,虽说是儒家门生,可远游四方,走在人间,活脱脱的菩萨行。小姐无须担心此次炼化。”

宁姚依然有些忧虑,不过仍是笑了笑,说道:“白嬷嬷,这些话别在他面前说,说了他反而不自在。”

老妪故意说道:“是称呼姑爷一事?姑爷最多就是言语不自在,心里边别提多自在了。”

宁姚被这么一打岔,心情舒畅了几分,笑道:“若是炼化成功,过两天,我就陪他一起去看看三关之战。”

老妪说道:“小姐以前对这些可半点没兴趣。”

宁姚说道:“我如今也没兴趣,只是陪他散散心。”

沉默片刻,宁姚说道:“白嬷嬷可能看不出来,在炼化五行之金时,陈平安最难过。”

老妪问道:“是心情难过,还是关隘难过?”

宁姚说道:“都是。”

老妪顿时有些提心吊胆,比自家小姐还要紧张了。

宁姚笑道:“白嬷嬷,没事,陈平安总能自己解决难题,从来都是这样的。如果知道我们不放心,他才会不放心。不然的话……”

宁姚望向凉亭外的演武场,道:“没什么苦头,是他嚼不烂咽不下的。”

老妪点头道:“这就好。”

宁姚从袖子里取出一方印章,递给老妪,轻声道:“是我偷来的。”

老妪哭笑不得,接过手后,看了眼印文,怔怔出神,小心翼翼收入袖中,难掩笑容,赞道:“姑爷的字,真是好。”

尤其那些篆文,极慰人心——青丝染霜雪,依旧是美人。

宁姚摇摇头,道:“他自己说过,他的字,呆板得很,除了楷体字还凑合,其余行草篆,只是学了些皮毛,落在行家眼中,只会贻笑大方,不过拿来对付这些材质寻常的印章,绰绰有余。”

密室外,纳兰夜行有些奇怪,为何一个时辰过去了,陈平安尚未点燃丹灶。密室内,陈平安始终闭目凝思,怔怔出神。

在晏家那座恨不得将“我家有钱”四个大字贴满墙头的辉煌府邸，胖子晏琢惴惴不安，早早拿到了那方印章，兴冲冲到了家，竟是为难起来，根本不敢拿出手。

今天在父亲书房外的廊道中，他还是犹豫不决，徘徊不去。

父亲书房无门，只为了让这位晏家家主更方便出入。其实原本不用如此，是晏琢父亲自己的决定，说没了双臂，就是没了，以剑气开门关门，图个好玩吗？于是拆了房门。

晏溟早就察觉到自己儿子在廊道上的动静，晏琢那么胖一人，走路震天响，他晏溟如今修为再不济，好歹还是个元婴境，岂会不知？

晏溟皱眉道：“不进屋子，就赶紧滚蛋。”

晏琢对于父亲，始终敬畏得要死，没办法，打小就给打怕了。后来父亲大概是对他这个晏家独苗彻底死心了，竟是连打骂都不乐意了，直到最后那次背着晏琢返回家中，男人才对儿子稍稍有了点好脸色，偶尔会问问晏琢的修行进展。在那之后，一辈子最大的本事就是宠溺独子的母亲，大概是得了授意，反而破天荒开始对晏琢严厉起来，无论是修行、做生意，还是交朋友，都对晏琢管得颇严。

晏琢下意识就要听话滚蛋，只是走出去几步后，还是咬咬牙，走向书房，跨过门槛。

晏溟是一个不苟言笑的中年男子，两只袖管空荡荡的，坐在椅子上，身前书案摆满了书籍，有一头小精魅，负责翻书。

晏溟皱眉问道：“有事？”

晏琢战战兢兢拿出那方印章，轻轻放在桌上，道：“爹，送你的。没事我走了啊。”

晏溟愣了一下，问道：“缺钱花了？然后就送这个？”

晏琢涨红了脸，没敢解释什么，低着头加快脚步，离开了书房。直到离开了廊道，晏胖子才如释重负。

书房里，那只乖巧温驯的小精魅，蹦蹦跳跳地走到印章前，蹲下身，如扛木头般将印章底款展示给主人看。

晏溟看了许久，突然问道：“你说我是不是对琢儿太严厉了些？”

小精魅使劲点头。

晏溟笑了起来，转头望向窗外，极远处有一座高大城头。

不敢仗剑登城头，唯恐逐退三轮月。你爹我哪有这本事。

小精魅眨了眨眼睛，它这都兢兢业业服侍老爷多少年了，从没见过老爷有这笑脸啊。

城头之上。

君子王宰刚刚把一本新刊印出来的《百剑仙印谱》，交给那位如今坐镇剑气长城的儒家圣人，叶老莲。

这本印谱十分粗糙，远远无法与浩然天下的一般印谱媲美，更不用说书香门第精心收藏的印谱。

圣人一页页翻过，见到会意处，便会心一笑。

并无山水形胜地，却是人间最高城。

稚童嬉闹处，剑仙豪饮时。

当这位儒家圣人翻到其中一页时，便停下手上动作，轻轻点头。王宰望去，是那“霜降橘柿三百枚”，于是也是一笑，说道：“在剑气长城，兴许暂时无人知晓此间趣味。”

儒家圣人笑道：“可能，就只是一种可能，会有那既有闲又有钱之人，去翻书买书，查一查印文出处。”

今天这场三关之战，观者如堵。

地点选在了剑气长城大姓毗邻、豪门扎堆的玄笏街。

之所以不是选在陈三秋、董画符家族所在的那条太象街，自然是不敢，而且如果双方有胆子选址于此，估计都没人会去观战。

晏胖子踮起脚尖，环顾四周，疑惑道：“我那陈兄弟怎么还不来?”

董画符在啃着一只大饼。董家小少爷买东西，从来记账在陈三秋和晏琢头上。

范大澈瞥了眼远处一户人家的大门口，陈三秋拍了拍他的肩膀，范大澈笑道：“没事。”

大街两头，分别站着以齐狩、高野侯为首的一拨本土剑修，以及严律、蒋观澄那拨将少年林君璧众星拱月于其中的外乡剑修。而边境在那人群中，依旧是最不起眼的存在。

高野侯的妹妹高幼清会守第一关。上次都没有露面观战的高野侯，今天自然到场了。庞元济站在高野侯身边，正在与个子小小的高幼清，说些注意事项。不是高野侯不想，实在是这个妹妹，从来不爱听他唠叨。

林君璧缓缓向前走出，高幼清大步向前。双方都没有祭出飞剑的意思，逐渐拉近距离。

有一拨地仙剑修蹲在一座府邸门口台阶上，笑道：“高丫头，对方长得真俊，配你足够了，只要打赢了他，扛在肩上就跑，找个没人的地儿，还不是想做啥就做啥!”

高幼清置若罔闻，心神专注，死死盯住那个愈行愈近的少年。

林君璧竟有闲情逸致，左右张望，打量起了玄笏街两侧的豪门府邸。

两个观海境剑修，只是一剑，便分出了高下。

高幼清率先祭出本命飞剑，破空而去，转瞬即逝，不求声势。林君璧飞剑后发制人，轻松击飞了高幼清的本命飞剑不说，还瞬间悬停在了高幼清的眉心处。

高幼清脸色惨白，眉心处的飞剑倏忽不见，林君璧已经转身而走。

严律深呼吸一口气，走出人群，与林君璧擦肩而过。

林君璧与之微笑道："你倒是可以慢些分胜负。"

严律重重点头。

街道两侧茫茫多的观战剑修，倒是没有嘘声或是谩骂，同境之争，刹那之间分了输赢，就是对方的本事。

可那少年也太欠揍了，都快要赶上那位酒铺二掌柜了。

想谁谁来。

那个二掌柜，与宁姚并肩走来，刚好是从林君璧这边的街道现身。

林君璧望向那个脸色微白、似乎抱恙的青衫男子，笑了笑，看了眼就不再多看。倒是那人身边的女子，据说更加了不起，对她的溢美之词，数不胜数，在倒悬山的梅花园子，他林君璧听了不少，只不过不到十岁的观海境，怎么就了不起了？二十多岁的金丹境瓶颈剑修，尚未跻身元婴境，就更算不上什么天下无敌吧？

林君璧摇摇头，多瞧了她几眼，甚至没觉得是多好看的女子，比起想象中的那个剑气长城宁姚，差了许多。

陈平安双手笼袖，缓缓而行，转头瞥了眼那个少年，笑道："管好眼睛。"

整条大街顿时口哨声四起。打趣自己人，剑气长城其实从来不遗余力。尤其是那个二掌柜，又不是高幼清这样的小姑娘，这家伙脸皮厚得很，挣钱比打架还昧着良心。

陈平安说完之后，也不再看这个少年，反而望向了那个躲在人群中的边境。

边境神色如常，心中却有些犯嘀咕。先前在酒铺那边，自己露出马脚了？不至于吧？

宁姚扯了扯陈平安的袖子，陈平安停下脚步。宁姚看着他，陈平安笑着点头。

然后宁姚说了一番话，整条大街都瞬间沉寂下去。

陈三秋与晏琢对视一眼，都瞧出了对方眼中的怜悯神色，于是两人辛苦地憋着笑。

一位驻守城头的剑仙，甚至直接御剑赶来，连掌观山河的神通都不用了。

因为宁姚说道："你要是敢临时破境，以龙门境出剑，我就压在观海境，你要是再破境，以金丹境出剑，我就压在龙门境。你现在要不要认输？"

第三章

有朋自远方来

修道之人，不喜万一。林君璧尤其不喜欢在自己身边发生意外。

严律、朱枚和蒋观澄，有边境陪伴，三天前去往酒铺买酒，不是什么意外，而是他刻意为之。

严律的老祖，与竹海洞天相熟。严律本人的性情，偏向阴沉，笑脸藏刀，擅长挑事拱火。朱枚的师伯，早年先天剑坯碎于剑仙左右之手，她本人又深受亚圣一脉学问熏陶浸染，最是喜欢打抱不平，心直口快。蒋观澄性子冲动，此次南下倒悬山，隐忍一路。有这三人，在酒铺那边，不怕那个陈平安不出手，也不怕陈平安下重手。如果陈平安让自己失望，也就是说陈平安性子急躁，喜欢炫耀修为，比蒋观澄好不到哪里去。

所以在本土剑仙孙巨源府邸凉亭外，朱枚等人愧疚难当，连心高气傲的严律都有些忐忑，但林君璧根本没有生气。对于自己棋盘上的棋子，需要善待才对，这是传授自己学问的先生，同时也是传授道法的师父，绍元王朝的国师大人，教林君璧下棋第一天的开宗明义之言。况且人与棋子终不同，人有性命要活，有大道要走，有七情六欲种种人之常情，若一味视之为死物，随意操弄，自己也就离死不远了。

事实上，林君璧一路南下，对于严律等人，撇开这次算计，确实称得上坦诚相待，以礼相待，无论是谁向自己请教治学、剑术与棋术，林君璧都知无不言，言无不尽。

南下之路，林君璧详细了解了中土神洲之外的八洲骄子，尤其是那些性格极其鲜明之人，例如北俱芦洲的林素，皑皑洲的刘幽州，宝瓶洲的马苦玄。皆有可取之处，观其人生，可以拿来砥砺自己的道心。

但是林君璧当下，有些措手不及，就像棋盘之上，只有孤零零自己一人，万法不可借，大势不可取，唯有自己与那把本命飞剑，置身于险境当中。

先前在孙巨源府邸，林君璧就与边境坦言，不想这么早与陈平安对峙，因为确实没有胜算，毕竟他如今才不到十五岁。

对于陈平安尚且如此，对于宁姚，更是如此。林君璧的自信，来源于他将十年后的自己，与今天的陈平安和宁姚做对比。或者说是今日之林君璧，相比于十年前的陈平安和宁姚。

这也是当初国师先生的第二句教诲，与人争胜争气力，不愿认输者容易死。

林君璧心思急转，希望找出一个可以帮助自己解围的万全之策。

至于为何林君璧如此针对或者说惦念陈平安，当然还是那场三四之争的涟漪所致。儒家门生，最讲究天地君亲师，修行路上，往往师承最亲近，早期会相伴最久，影响最深，一旦投身于某一支文脉道统，往往也会同时继承那些过往恩怨。林君璧也不例外，自家先生与那个老秀才，积怨深重。早年禁绝文圣书籍学问一事，绍元王朝是最早，也是最为不遗余力的中土王朝。只是私底下每每谈及老秀才，原本有望走上学宫副祭酒、祭酒，文庙副教主这条道路的国师，却并无太多仇视怨怼。若是不谈为人，只说学问，国师反而对其颇为欣赏，这让林君璧更加不痛快。

此时宁姚说完那番话后，便不再言语。对于她而言，林君璧的选择很简单，不出剑，认输；出剑，还是输，多吃点苦头。

宁姚不太明白这有什么好多想的。

宁姚不喜欢这个少年，除了管不住眼睛又不太会讲话之外，再就是心思太重，且不纯粹。剑修练剑，一往无前，故意压境，当真是半点不愿意尊重自己的本命飞剑吗？若说三教诸子百家，对剑修飞剑，指摘非议颇多，可以理解为道不同不相为谋，那么为何连剑修本人，都不愿意多拿出一点诚心诚意。所以对方出剑输了之后，宁姚准备只说一句话，世间千万神仙法，唯有飞剑最直接。若是不出剑便认输，那么连这句话都不用说。

其实除了林君璧，大街不远处对峙两人中的严律，也很尴尬。

至于剑气长城这边的守关第二人，龙门境剑修刘铁夫，自然不会尴尬，反而开心得很，原因很简单，他自封为剑气长城仰慕宁姚第一人。此人成长于市井陋巷，却生得一副厚脸皮，最早的时候就使出浑身解数，想要混入宁府，比如跟崔嵬一样，先成为纳兰夜行的不记名弟子，或是试图去宁府打杂帮工，当个看门护院的。但是每一次在街上遇到宁姚，刘铁夫都涨红了脸，低头弯腰，远远跑开，一气呵成，说自己远观宁姚一两眼就心满意足，要是离宁姚近了，就会脸色发白，手心冒汗，容易让宁姚厌烦自己。

所以刘铁夫大声告诉严律，等那边尘埃落定，咱俩再比试。至于严律听不听得懂自己的方言，刘铁夫懒得管，反正他已经蹲在地上，远远看着那位宁姑娘，几次挥手，大概是想要让宁姑娘身边那个青衫白玉簪的年轻人挪开些，不要妨碍他仰慕宁姑娘。

对于那个外乡人陈平安，刘铁夫还是比较佩服的，可哪怕此人先后打赢了齐狩和庞元济，刘铁夫觉得他依旧配不上宁姑娘，但既然宁姑娘自己喜欢，自己也就忍了。不忍也没办法啊，打又打不过，只能找机会去了趟酒铺，喝了酒，刻了自己名字，偷偷在无事牌后面写下一句"宁姑娘，你有了喜欢的人，我很伤心"。结果第二次刘铁夫去喝酒，就看到那个陈平安站在铺子门口，笑着朝他招手，说"咱们聊聊"。刘铁夫二话不说，撒腿狂奔，之后又托人打听，自己那块无事牌有没有被丢掉。得知没有，就觉得那个陈平安还不错。

宁姑娘喜欢的人，若是小肚鸡肠，太不像话。

一个个从城头赶来的剑仙，纷纷落在大街两侧的府邸墙头之上。不但如此，在剑气长城与城池之间的空中，分明还有剑仙不断御剑而来。

林君璧神色自若，向宁姚抱拳道："年少无知，多有得罪。林君璧认输。"

边境松了口气，不出剑是对的，出了剑，边境就要担心林君璧这个绍元王朝的未来剑道顶梁柱，会剑心崩溃在异国他乡，到时候国师大人可不会轻饶了他边境。与林君璧的思虑周密不同，边境不会去想太多，只会拣选一两条脉络去考虑。他知道剑气长城有个说法，宁姚是一种剑修，其余剑修是另外一种。再者，宁姚多次出城厮杀，并且年纪轻轻就独自游历过浩然天下，她绝对不是那种资质极好的井底之蛙，故而宁姚如此说，便意味着她稳操胜券。宁姚之言语，即出剑。

边境根本不用去深究宁姚到底飞剑为何，杀力大小，她身负什么神通，境界如何。没有必要。

宁姚说道："那你来剑气长城练剑，意义何在？"

林君璧微笑道："不劳宁姐姐费心，君璧自有大道可走。"

宁姚皱眉道："把话收回去。"

林君璧无奈道："难道外乡人在剑气长城，到了需要如此谨言慎行的地步？君璧以后出剑，岂不是要战战兢兢？"

宁姚转头望向陈平安。

陈平安笑道："别管我的看法，宁姚就是宁姚。"

边境走出一步。总不能眼睁睁看着林君璧进退维谷，他终究是个少年郎，所谓的沉稳，更多是在国师大人身边耳濡目染多年，暂时还是模仿更多，并未学到精髓。何况观战剑仙如云，带给林君璧的压力太大。严律、朱枚等人看不出端倪，边境却很清楚，林君璧几乎到了隐忍的极限，思虑多者，一旦出手，会格外不管不顾。离开绍元王朝前，国师大人专门跟边境提及此事，希望身为他的半个弟子的边境，能够在关键时刻拦上一拦，为的就是以不伤及大道根本的"输棋"为代价，换来林君璧在人生道路上的赢棋。

因为在国师眼中，这个得意弟子林君璧，来剑气长城，不为练剑，首重修心。不然林君璧这种不世出的先天剑坯，无论在哪里修行剑道，在离尘的山巅，在市井泥泞，在庙堂江湖，相差都不大。问题恰恰在于林君璧太自负而不自知。林君璧将来的剑术造诣很高，这是必然，根本无须着急，但是君璧心性却须往“中庸”二字靠拢，切忌去往另外一个极端，不然道心蒙尘，剑心碎裂，便是天大灾殃。

边境其实都有些嫉妒林君璧这小子了，值得国师如此小心翼翼引领修道之路。

此时陈平安面带笑意，几乎同时，与边境一起向前走出一步，笑望向这个擅长装蒜功夫的同道中人，可惜对方只有装儿子的境界，装孙子都算不上，还是差了不少火候。先前在酒铺的冲突当中，这个兄弟的表演，不够水到渠成，至少对方脸色与眼神的那份惊慌失措，那份看似后知后觉的手忙脚乱，不够娴熟自然，过犹不及。

至少在陈平安这里不管用。

宁姚说道：“外乡人过三关，你们可能会觉得是我们欺辱他人，实则不然，是我剑气长城剑修的一种礼敬。不过三关、连输三场又如何？敢来剑气长城历练，敢去城头看一眼蛮荒天下，就已经足够证明剑修身份。但是你既然在此事上处心积虑，自己制定规矩，算计剑气长城，也无妨，战场厮杀，能够算计对手成功，便是你林君璧的本事。毕竟剑修靠剑说话，赢了就是赢了。”

观战剑仙们暗自点头，大多会心一笑。绝大多数的本土剑仙，哪个不曾在年轻时亲自守过三关？

反而是一些年轻剑修，面面相觑，给宁姚这么一说，才发现原来咱们如此高风亮节。可不对啊，咱们本意就是想着打得那些外来户灰头土脸吧？就像齐狩那伙人外加一个本该只是凑热闹的庞元济，合伙打那个二掌柜，咱们起先都当笑话看的嘛。至于那个黑心鸡贼吝啬的二掌柜最后竟然赢了，当然就是另外一回事了。不过按宁姚这么说也没说错，剑气长城，对于真正的强者，无论来自浩然天下何处，并无芥蒂，或多或少，都愿意由衷礼敬几分。

剑仙，有狗日的阿良，剑术高出云霄外的左右，小小宝瓶洲的潇洒魏晋。

年轻人，先有神仙风采的曹慈，后有臭不要脸的陈平安。

林君璧深呼吸一口气，问道：“难道你一定要我出剑厮杀，才肯罢休？”

“先前这番话，只是客气话。我希望你出剑，只是看你不顺眼。”宁姚说道，“你既然说自己年少无知，那我就压境比你更低，这都不敢出剑，还要如何才敢出剑，与高幼清？”

说到这里，宁姚转头望去，望向那个站在高野侯和庞元济之间眼眶红肿的少女，厉声道：“哭什么哭，回家哭去。”

高幼清这会儿其实脸上已经没什么泪痕，依旧吓得赶紧擦了擦脸庞。

边境刹那之间，心知不妙，就要有所动作，却瞧见了那个陈平安的眼神，便有了一瞬间的迟疑。

林君璧如坠冰窖。

大街上、两侧大门与墙头，先是处处剑光一闪，再一瞬间，林君璧仿佛置身于一座飞剑大阵当中。

数十把上五境剑仙、地仙剑修亲自祭剑现世的“本命飞剑”，围困住了少年林君璧，剑意之纯粹，杀气之浓郁，根本没有任何仿造迹象。

每一把悬停在林君璧四周的飞剑，剑尖所指，各有不同，却无一例外，皆是林君璧修行最紧要的那些关键窍穴。

但这还不算最让林君璧背脊发凉、肝胆欲裂的事情，最让少年感到绝望的一幕，是一把飞剑，悬停在前方一丈外，剑尖直指眉心。

林君璧的本命飞剑名为“杀蛟”，而自己眼前那一把，正是“杀蛟”。

林君璧的本命飞剑自然栖息于本命窍穴，眼前飞剑，当然是一把仿造飞剑，可是除了林君璧无法与之心意相通，只说气息、剑气、神意，竟是与自己的本命飞剑，如出一辙。林君璧甚至怀疑，这把绝对不该出现在人间的杀蛟仿剑，会不会果真拥有杀蛟的本命神通。

别说是林君璧，就连陈平安也是在这一刻，才明白为何宁姚当初与他闲聊，会轻描淡写说那么一句，“境界于我，意思不大”。

只可惜宁姚一向不喜欢在陈平安面前谈论自己的修行，更多的是耐心听陈平安聊那些鸡毛蒜皮的琐碎，最多就是拍掉他鬼鬼祟祟伸过去的手。

林君璧没想到在最大的绝望之后，竟然还有更大的绝望。

若说宁姚祭出这么多深浅不知的飞剑，将他围困起来，已经足够惊世骇俗，而宁姚那边，又有数十把飞剑结阵，剑剑牵引，不知以什么神通，造就出一座名副其实的小天地，果真将境界修为压制在观海境的宁姚。就那么置身其中，是观海境不假，可这还算什么观海境？

别说是林君璧，就算金丹境瓶颈修为的师兄边境，想要以飞剑破开一座小天地，容易吗？

宁姚淡然道：“出剑。”

林君璧神色呆滞，没有出剑，颤声问道：“为何明明是剑术，却可以出神入化通玄？”

宁姚说道：“天下术法之前是剑术，这都不知道？你该不会觉得剑气长城的剑仙，只会用佩剑与飞剑砸向战场吧？”

宁姚看着那个少年，摇摇头，撤去了飞剑与身边的小天地，林君璧四周的数十把飞剑消失不见。

边境轻声喝道：“不可！”边境一步前掠，再顾不得隐藏修为，也要阻拦林君璧冒冒失失祭出本命飞剑。

陈平安不是没有察觉到那少年的险恶用心，依旧没有任何动作，双手笼袖，安心将战场交予宁姚。

宁姚的境界是同辈第一人，而战阵厮杀之多，出城战功之大，又何尝不是？

宁姚身前出现一座小巧玲珑的剑阵，金光牵引，林君璧突兀出现的那把飞剑杀蛟，被牢牢拘押其中。

不但如此，先前林君璧四周一闪而逝的数十把飞剑，如箭矢攒射，同时刺透林君璧身躯数十座窍穴，然后骤然悬停，剑尖纷纷朝外，剑柄朝向少年。其中就有那杀蛟仿剑，从林君璧眉心处一闪而逝，悬停在少年身后一丈外，剑尖凝聚出一粒鲜血。

林君璧浑身浴血，摇摇欲坠，双眼死死盯住那个好似早已成为剑仙的宁姚。

必输无疑且该认输的少年，两点金光在眼眸深处，骤然亮起。竟是两把在眼中隐蔽温养多年的本命飞剑，这意味着林君璧与那齐狩如出一辙，皆有三把先天飞剑。

只是那些点到为止、轻伤少年的数十把悬停飞剑，画出一条条各色剑光的弧线，剑尖攒集，簇拥在林君璧双眼之前。

林君璧纹丝不动，少年却有阴神出窍，横移数步，手中持有一把长剑，就要向宁姚出剑。

宁姚岿然不动，同样有身姿飘摇如神仙的一尊阴神，手持一把早已大炼为本命物的半仙兵，看也不看那林君璧阴神，单手持剑，剑尖却早早抵住少年额头。

宁姚真身，缓缓说道："我忍住不杀你，比随手杀你更难，所以你要惜命。"

林君璧直到此时此刻，才知道何谓国师先生所说的同为天才，依旧有那云泥之别。

林君璧浑身浴血，眼神晦暗，心如槁木。

边境为表诚意，没有刻意求快，大步走到林君璧身边，伸手按住少年肩头，沉声道："下棋岂能无胜负？！"

林君璧眼神恢复几分往昔明亮。

有观战剑仙笑道："太不尽兴，宁丫头即便压境，依旧留力大半。"

一旁的剑仙好友说道："可以了，咱们如那脑子进水的少年这般岁数，估计更不济事。"

剑仙陶文突然蹦出一句："估计是喝陈平安的酒水喝多了吧？"

不少剑仙剑修深以为然。

一位仙人境老剑仙笑道："宁丫头，我这把'横星斗'，仿得不行，还是差了些火候啊。怎么，瞧不起我的本命飞剑？"

一位在太象街自家府邸观战的老剑仙嗤笑道："你那把破剑，本就不行，每次出战，都是顾头不顾腚的玩意儿，仿得像了，有屁用。"

刘铁夫抹了抹眼眶，激动万分，不愧是自己只敢远观、偷偷仰慕的宁姑娘，太强了。

陈平安双手笼袖，对那林君璧挑明说道：“胜负对你而言，只是小事，面子也不过是稍大事，何况能够让我家宁姚出剑，你能输多少？所以别在这里跟我装，得了便宜就开开心心接住，收好，回家偷着乐。不然我可真要对你不客气了。”

然后陈平安对那个边境笑道：“你白担心他了。”

林君璧置若罔闻，阴神收剑且归窍，抱拳低头道：“感谢宁前辈指点剑术，君璧此生没齿难忘。”

宁姚收起了持剑阴神，说道：“随你，反正我记不住你是谁。”

然后宁姚望向大街之上的严律与刘铁夫，皱眉道：“还看戏？”

刘铁夫一个蹦跳起身，娘咧，宁姑娘竟然破天荒看了我一眼，紧张，真是有些紧张。

严律却觉得自己这一架，打或不打，好像都没甚趣味了——赢了没劲，输了丢人。估计不管双方接下来怎么个打生打死，都没几人提得起兴致看几眼。

见宁姚收手，一位位剑仙早已成群结队御剑远去，一个个高高在上的神仙人物，离去之时，好像挺乐呵？

林君璧转身离去，摇摇晃晃。对方出剑，没有伤到他的修行根本，就是模样凄惨了点。

对于这场胜负，就像那个陈平安所言，宁姚证明了她的剑道确实太高，虽然没有伤他林君璧太多道心，影响还是会有，此后数年，估计都要如阴霾笼罩林君璧剑心，如有无形山岳镇压心湖。但是林君璧自认可以驱散阴霾，搬走山岳，唯独那个陈平安在战局之外的言语，才真正恶心到他了，让他林君璧心中积郁不已。

边境率先走到林君璧身边。

林君璧脸色惨白，轻声笑道：“我没事，输得起。”

边境转头望向那个怎么看怎么欠揍的青衫年轻人，感觉有些古怪。这个陈平安，与白衣曹慈的那种欠揍，还不太一样。

曹慈的武学，气象万千，与之近身，如抬头仰望大岳，故而哪怕曹慈不言语，都带给旁人那种“你真打不过我，劝你别出手”的错觉。而那个陈平安却好像额头上写着“你肯定打得过我，你不如试试看”。

边境难免有些唏嘘，这是碰到同道中人的得道前辈了不成？

林君璧和边境一走，蒋观澄几个也跟着走了。

林君璧不忘与一位金丹境剑修点点头，后者也向他点头致意。

朱枚依旧不愿离开，林君璧也就留下了五六人陪着她一起待在原地。毕竟接下来还有两关要过。

朱枚心情有些古怪，她只看那个厉害至极的宁姚出剑一次，遮天蔽日的仰慕之情，便油然而生，可宁姚为何会喜欢她身边的那个男人，在男女情爱一事上，宁仙子这得是多么缺心眼啊？

陈平安和宁姚一起走到晏琢他们身边。

宁姚出现后，这一路上，就没人敢喝彩吹口哨了。

难怪剑气长城流传着一句言语——宁姚出剑当如何？高她一境没啥用。

这让陈平安心中既高兴，又委屈。凭啥只有自己这么不受待见？那些个王八蛋，在酒桌上喝酒，或是路边蹲着吃酱菜，也没少跟自己称兄道弟啊。

叠嶂神采奕奕，与宁姚悄悄说话。

陈平安用手心摩挲着下巴，转头对范大澈道："大澈啊……"

范大澈有些慌张，反问道："又干吗？"

陈平安诚心问道："你觉得我这个人怎么样？"

范大澈小心翼翼瞥了眼一旁的宁姚，使劲点头道："好得很！"

陈平安虚心求教，问道："有没有需要改善的地方？我这个人，最喜欢听别人直言不讳说我的缺点。"

范大澈摇头道："没有！"

一旁宁姚微笑点头。

范大澈差点眼泪都要流下来了，原来自己要是没说一个好，宁姑娘就真要上心啊。宁姑娘你以前好像不是这样的人啊。

大街之上。

严律和刘铁夫开始了第二关之战。

相较于林君璧和高幼清两个观海境剑修之间的瞬分胜负，这两人打得有来有往，手段迭出。

陈平安看得全神贯注。

陈三秋疑惑道："需要这么用心观战吗？"

陈平安点点头，细心打量双方飞剑的复杂轨迹，笑道："除了你们这些朋友之外，我都先以生死大敌视之。"

范大澈犹豫不决，试探性问道："我也算朋友？"

陈平安下意识收回视线，看着范大澈道："当然。"

范大澈鼓起勇气道："朋友是朋友，但还是不如三秋他们，对吧？你与我言语之时，都不会刻意与我对视。"

陈平安都忍不住愣了一下，没有否认，笑道："你说你一个大老爷们，心思这么细腻做什么？"

除了宁姚，所有人都笑呵呵望向陈平安。

范大澈悄悄挪步，笑容牵强，轻轻给陈三秋一肘，道：“五枚雪花钱一壶酒，我明白。”

陈三秋没好气道：“你明白个屁。”

陈平安突然说道：“大澈，以后跟着三秋常去宁府，我们轮番上阵，跟你切磋切磋。记得万一真的破境了，就跑去酒铺那边饮酒，嚎几嗓子。那壶五枚雪花钱的酒水，就当我送你的道贺酒。”

范大澈愣着没说话。陈三秋一脚踩在范大澈脚背上，范大澈这才回过神，“嗯”了一声，说没问题。

第二关，果然如陈平安所料，严律小胜。刘铁夫输得也不算太难看。

大街两侧，嘘声四起，脸皮不薄的刘铁夫咧着嘴，双手抱拳，笑着感谢诸位剑仙观战。

第三关，司马蔚然负责守关。

对方是一个名叫金真梦的金丹境剑修，刚刚破境跻身地仙剑修没多久，三十多岁，亦是绍元王朝极负盛名的天之骄子，只是此次南下离乡，所有光彩都被林君璧、严律的剑道天赋和朱枚、蒋观澄的显赫家世所掩盖了。而且金真梦本身也不是那种喜欢强出头的剑修，此次过三关，哪怕明知是林君璧的唯一“弃子”，心中也无多少芥蒂。能够与剑气长城的同龄人比试，向真正的天才问剑，同行人当中年纪最大的金真梦并无遗憾。此次跟随一众年少天才南下倒悬山，入住梅花园子，再来到剑气长城孙剑仙府邸，林君璧如何安排，金真梦照做不误，却有着自己的许多小打算，皆与剑有关。

这场过关守关，虽然胜负其实无悬念，却最像一场正儿八经的问剑。司马蔚然也没有刻意出剑求快，就只是将这场切磋当作一场历练。

故而一炷香后，金真梦收剑认输，一直很心高气傲的司马蔚然也难得有个笑脸，收剑之后还礼。

其实只说三关之战，林君璧一方是大胜而归。只不过事到如今，林君璧那边谁都不会觉得自己赢了分毫便是。

三关结束，大街上观战剑修皆散去，不少人直接去了叠嶂的酒铺。方才观战，多看了一场，今天的佐酒菜，很带劲，比那一碟碟咸死人不偿命的酱菜，滋味好多了。不过如今有了一碗同样不收钱的阳春面，也就忍那二掌柜一忍。

宁姚没去酒铺凑热闹，说是要回去修行，只是提醒陈平安有伤在身，就尽量少喝点。

晏琢问道：“怎么受伤了？”

陈平安以心声笑答道：“这几天都在炼制本命物，出了点小麻烦。”

晏琢没有多问。陈三秋也没有多说什么。

先前宁府似乎发生了点异象，竟然将老祖陈熙都给惊动了。当时正在练剑的陈三秋一头雾水，不知为何老祖宗会现身。老祖宗只是与陈三秋笑言一句："城头那边打盹好多年的蒲团老僧，估计也该睁眼看看了"。

剑仙孙巨源的府邸，与浩然天下的世俗豪门无异，但是为了经营出这份"类似"，所耗的神仙钱，却是一笔惊人数字。

孙巨源坐在一张近乎铺满廊道的竹席之上，凉席四角，各压有一块不同材质的精美镇纸。

中土剑仙苦夏站在一旁，神色凝重。

孙巨源笑道："开头不顺，不怪林君璧算有遗漏，得怪你名字取得不好，正值夏季，结果你苦夏苦夏的，可不就连累了林君璧。"

苦夏无奈道："他不该招惹宁姚的。"

孙巨源笑道："这不是废话吗？先前观战剑仙有多少？三十？算上没露面的，咱们这里好久没这么热闹了。"

苦夏感慨道："若是这般女子，能够嫁入绍元王朝，就是天大的幸事，我朝剑道气运，说不定可以凭空拔高一山峰。"

孙巨源嗤笑道："少在这里痴心妄想了，林君璧就已经算是你们绍元王朝的剑运所在，如何？被咱们宁丫头记住名字的份都没有啊。再说了，宁丫头曾经独自离开剑气长城，走过你们浩然天下许多洲，不一样没人留得住？所以说啊，自己没本事兜住，就别怪宁丫头眼光高。"

孙巨源突然惊讶道："你们绍元王朝那位国师，该不会真有心，想要林君璧来咱们这儿挖墙脚吧？林君璧自己清不清楚？"

苦夏默然无声。

孙巨源再无半点玩笑神色，沉声道："如果真有，我劝你打消了这个念头，你也要直接打消林君璧心中此念。有些事情，绍元王朝国师大人的面子再大，总大不过一位剑仙的自家性命和大道。一旦林君璧这初出茅庐的愣头青不知轻重，根本无须宁姚出手，只凭那个陈平安一人的心计手腕，林君璧这帮人，连同那个边境在内，就都要吃不了兜着走。"

苦夏转过头，疑惑道："那个年轻人，我听过一些事迹。剑气长城的年轻人忌惮他，我不奇怪，为何连你这种剑仙，都如此高看一眼？"

至于某些内幕，哪怕是跟孙巨源有着过命交情，剑仙苦夏依旧不会多说，所以干脆不去深谈。

孙巨源盘腿而坐，翻转手掌，多出一只酒杯，只是轻轻摇晃，杯中便自行生出美酒，此杯是天下仙家酒鬼的第一等心头好，比那酒虫更胜万分，因为此杯名为"酒泉"，除非一天到晚喝酒不停，一口气痛饮百斤，那么这只小小酒杯，简直就是饮之不竭的大酒缸。然而此杯，在酒鬼不计其数的剑气长城，总计也不过三只——一只在孙巨源手中，还有一只在晏溟手上，只是自从这位剑仙断了双臂并且跌境后，好像再无饮酒，最后一只在齐家老剑仙手上。

历史上剑气长城曾有五只酒泉杯之多，但是给某人当年坐庄开设赌局，先后连蒙带骗坑走了一对，还美其名曰好事成双，凑成夫妻俩，不然跟主人一样形单影只打光棍，太可怜。如今它们不知是重返浩然天下，还是直接给带去了青冥天下之外的那处天外天。

孙巨源一口饮尽杯中酒，杯中酒水随之如泉涌，自行添满，孙巨源微笑道："苦夏，你觉得一个人，为人厉害，应该是怎样光景？"

苦夏摇头道："不曾想过此事，也懒得多想此事，所以恳请孙剑仙明言。"

孙巨源双指拈住酒杯，轻轻转动，凝视着杯中的细微涟漪，缓缓说道："让好人觉得此人是好人，让与之为敌之人，无论好坏，不管各自立场，都在内心深处，愿意认可此人是好人。"

苦夏思量许久，点头道："可怕。"

孙巨源摇头道："这还不算最可怕的。"

苦夏皱眉道："何解？"

孙巨源缓缓说道："更可怕的，是此人当真是好人。"

我心如此看世道，世道看我应如是。

孙巨源想起那本《百剑仙印谱》，其中一方印章，篆文为"观道观道观道"，极有意思。

只可惜那方被孙巨源一眼相中的印章，早已不知所终，不知被哪位剑仙偷偷收入囊中了。

孙巨源突然哑然失笑，瞥了眼远处，眼神冰冷道："这都是一帮什么小鸡崽子，林君璧也就罢了，毕竟是聪明的，只可惜碰到了宁丫头。其余的，那个蒋什么，是你嫡传弟子吧，跑来咱们剑气长城玩呢？不打仗还好，真要开战，给那些嗷嗷叫的畜生送人头吗？你这剑仙，不心累？还是说，你们绍元王朝如今便是这种风气了？我记得你苦夏当年与人同行来此，不是这个鸟样吧？"

剑仙苦夏没有说什么，沉默片刻，才开口道："国师大人有令，即便大战拉开序幕，他们也不可走下城头。"

孙巨源一拍额头，饮尽杯中酒，借以浇愁，哀怨不已道："我这地儿，算是臭大街了。苦夏剑仙啊，真是苦夏了，原来是我孙巨源被你害得最惨。"

剑仙苦夏有些歉意，但是没多说什么，与好友孙巨源无须客气。

只不过这位中土神洲十人之一的师侄，成名已久的绍元王朝中流砥柱，难免有些怀疑，难道自己苦夏这名字，还真有点灵验？

孙巨源府邸凉亭里，林君璧已经换上一身法袍，恢复正常神色，依旧清清爽爽，年少谪仙人一般的风采。

已经露出痕迹的边境坐在台阶上，大概是唯一一个愁眉不展的剑修。其余年轻人，大多愤懑不已，骂骂咧咧，剩下的一些，也多是在说着一些自以为公道的宽慰言语。

连这守三关的意义都不清楚，边境真不知道这些孩子，到底为何要来剑气长城，难道临别之前，长辈不教吗？还是说，小的不懂事，根本缘由就是自家长辈不会做人？只晓得让他们到了剑气长城夹着尾巴做人，所以反而让他们起了逆反心理？

对于蛮荒天下，以及攻城妖族的凶狠，这群人中其实没有人知道到底是个什么情形。边境甚至可以笃定，连同林君璧在内，一个个脑海中的潜在敌人，就只是剑气长城的同龄人剑修，至于蛮荒天下和妖族，全然不曾上心。边境自己还好，因为游历流霞洲的时候，亲身领教过一头元婴境妖物的蛮横战力与坚韧体魄。他与一位身为元婴境剑修的同伴合力，出剑无数，依旧无法真正伤及对方根本，只能加上另外一位掠阵的金丹境剑修，才将其困杀，活活磨死。

三关难跨过。

就是剑气长城希望他们这些外乡剑修，多长点心眼，知晓剑气长城每一场大战的胜之不易，顺便提醒外乡剑修，尤其是那些年纪不大、厮杀经验不足的，一旦开战，就老老实实待在城头之上，稍稍出力，驾驭飞剑即可，千万别意气用事，一个冲动，就掠下城头赶赴沙场。剑气长城的诸多剑仙对此种莽撞行事，不会刻意去约束，其实也根本无法分心顾及太多。至于纯粹是来剑气长城这边砥砺剑道的外乡人，剑气长城也不排斥，至于能否真正立足，或是得某位剑仙青眼相加，愿意让其传授上乘剑术，无非是各凭本事而已。

“君璧如今才多大，那宁姚又是多大？胜之不武，还用那般言语压人，这就是剑气长城的年轻第一人？要我看，这里的剑仙杀力哪怕极大，气量真是针眼般大小了。”

“那宁姚分明是知道三关之战，剑气长城这帮人从咱们身上讨不到半点好，便故意如此，才会盛气凌人，逼迫君璧出剑。”

“对！还有那些观战的剑仙，一个个居心叵测，故意给君璧制造压力。”

蒋观澄冷笑道：“要我看那宁姚，根本就没压境，皆是假象，就是想要用下作手段，赢了君璧，才好维护她的那点可怜名声。宁姚尚且如此，庞元济，齐狩，高野侯，这些个与我们勉强算是同辈的剑修，能好到哪里去？不愧是蛮夷之地！”

边境伸手揉着太阳穴，头疼。

好在林君璧皱眉提醒道：“蒋观澄！谨言慎行！”蒋观澄这才住嘴，只是神色依旧愤懑难平。

人群当中，朱枚默不作声，金丹境剑修金真梦也没怎么说话。

朱枚是想起了那个输了第一场的高幼清，皱着脸，流着眼泪，默默站在高野侯和庞元济身边，还有那个年纪不大的刘铁夫输剑之后，被观战剑修喝倒彩，嘘声不断，却能嬉皮笑脸，在笑骂声中依旧抱拳致谢。

金真梦则是想起了那个司马蔚然赢了自己之后，微笑还礼，以及当那个宁姚现身之后，大街之上的氛围，骤然之间便肃穆起来，不单单是屏气凝神看热闹那么简单。

一个年纪最小的十二岁少女，尤其愤恨，轻声道："尤其是那个陈平安，处处针对君璧，分明是自惭形秽了。打赢了那齐狩和庞元济又如何，他可是文圣的关门弟子，师兄是那大剑仙左右，日日月月，年复一年，得到一位大剑仙的悉心指点，靠着师承文脉，得了那么多他人赠送的法宝，有此能耐，便是本事吗？若是君璧再过十年，他陈平安，估计站在君璧面前，大气都不敢喘一口了！"

边境心中哀号不已：我的小姑奶奶，你不能因为喜欢咱们君璧，就说这种话啊。

林君璧摇头道："陈平安这个人，很不简单，没你说的那么不堪。"

林君璧随即笑了起来，道："若是我的对手太差，岂不是说明自己庸碌？"

那少女闻言后，更是眼中少年万般好。

边境打定主意，以后打死不掺和这帮公子哥、千金小姐的糊涂事了。

爱咋咋地吧，老子不伺候了。

不过真说起来，他边境也没如何伺候他们，只是一路上看笑话而已。唯一的幸运，是身为半个师父的国师大人，坦言这帮家伙不会参加大战，一旦剑气长城与妖族拉开大战序幕，就立即退回倒悬山梅花园子，然后动身起程返回中土神洲，最好连那座南婆娑洲都不要逗留。

边境双手搓脸，心中默默念叨，你们看不见我看不见我。可惜蒋观澄没有放过他，兴高采烈道："原来边境师兄藏得最深！那个陈平安，分明很紧张边境师兄会不会出手。"

边境一脸无奈，你小子完全眼瞎不好吗？

蒋观澄这么一说，便像捅破了窗户纸，众人顿时纷纷赞美起来。边境听着那些其实挺真诚的溜须拍马，却当真半点高兴不起来。

一想到那个双手笼袖笑眯眯的年轻人，边境就有些没来由的不自在，总觉得事情没这么简单。

边境不理睬那些家伙的恭维，以及某些充满小心机的拱火，转头望向林君璧。

林君璧会意地微笑道："我会注意的。"

边境这才微微松了口气。

如今看来，其实小师弟林君璧最早的那个打算，两次破境，以一己之力分别以观海境、龙门境和金丹境，连战三人，连过三关，好像才是最佳选择。

如果当初选择如此，兴许许多观战剑仙，会对林君璧有更多的好感，而不是如今像看林君璧笑话一般，一边倒向那个宁姚。

即便给那陈平安机会，多出一场第四战，占便宜又如何？林君璧届时即使输也是赢，打得越是酣畅淋漓，越得人心，与那陈平安打庞元济是一样的道理。若是能够直接让宁姚出剑，而不是好似捡漏的陈平安，林君璧当然就赢得更多。

只不过这些就只是一个“如果”了。

边境不会蠢到去问小师弟有无后悔，更不会去说，当时他边境那句“与人争输赢没意思”，是在提醒他林君璧要与己争高低。

因为说了，就是结仇。

小满时分，日头高照。

在酒铺没有喝酒，并不知道自己已经挨了多少骂的陈平安，拎了板凳去街巷拐角处，与重新出现的孩子们，解释二十四节气的由来，扯几句类似“小满不满，无水洗碗，麦有一险”的家乡谚语，不忘偶尔显摆一句东拼西凑而来的“小穗初齐稚子娇，夜来笑梦荞麦香”。

可惜今天孩子们对识文断字和二十四节气什么的，都没啥兴趣，至于陈平安的拽文酸文，更是听不懂，叽叽喳喳问的，都是仙子姐姐宁姚在那条玄笏街的破例出剑，到底是怎么个光景。陈平安手里拎着那根竹枝，一通挥动，讲得天花乱坠。名叫康乐的那个屁大孩子，仗着他爹如今成了帮着酒铺做那阳春面的厨子，每次到了家里，可了不得，都敢在娘亲面前硬气说话了。这个孩子依旧最喜欢拆台，就问到底需要几个陈平安，才能打过得宁姚姐姐，陈平安便给难住了，于是被孩子们一阵白眼嫌弃。

小屁孩冯康乐摇摇头，拍了拍陈平安的膝盖，老气横秋道：“陈平安，你总这么来咱们这边瞎晃荡，不好好习武练剑，我看啊，宁姐姐迟早要嫌弃你没本事的。打赢了庞元济又咋了，看把你小尾巴翘的，就喜欢在咱们跟前装大爷，三天打鱼两天晒网，这样不成啊。”

一旁孩子们都点头。

陈平安将竹枝横放在膝，伸出双手按住那康乐的脸颊，笑眯眯道：“你给我闭嘴。”

小屁孩伸手要捶那陈平安，可惜手短，够不着。

有一个少年蹲在最外面，记起先前的一场风波，嬉皮笑脸道：“康乐，你大声点说，我陈平安，堂堂文圣老爷的闭关弟子，听不清楚。”

周围立即响起震天响的哄笑声。如今关于这位二掌柜的小道消息，可真多。

陈平安笑道:“我也就是看你们这帮崽子年纪小,不然一拳打一个,一脚踹一双,一剑下去跑光光。”

冯康乐揉着脸颊,抬起屁股,伸长脖子,糟糕,那个天底下长得最好看的妍媸巷小姑娘,果然就站在不远处,瞧着自己。咋办?

最早靠着几个陈平安的山水故事,让她在过家家的时候,答应给自己当了一回小媳妇,后来陈平安解释了她家那条小巷子的名字意思,他又去跟她说了一遍。如今在路上见到她,虽然她还是不太与自己说话,可那双眼睛眨巴眨巴,可不就是在与他打招呼吗?这可是陈平安听说过后与他讲的,让他每天睡觉前都能乐得在被子里打滚。

于是冯康乐立即端正坐好,偷偷给陈平安使了个眼色,然后轻声埋怨道:“陈平安,都怪你,以后要是她不理我,看我不骂死你。”

陈平安便笑道:“看在康乐他爹的阳春面上,我今天与你们多说一个关于水鬼的神怪故事!保证精彩万分!”

有少年满脸的不以为然,说道:“陈平安,你先说那个降妖除魔替天行道的主人公,到底啥个境界,别到最后又是个稀烂的下五境啊,不然按照你的说法,咱们剑气长城那么多剑修,到了你家乡那边,个个是江湖大侠和山上神仙了,怎么可能嘛。”

有人附和道:“就是就是,故意每次将那鬼怪精魅的出场,说得那么吓唬人,害我次次觉得它们如蛮荒天下的大妖一般。”

陈平安咳嗽几声,记起一事,转过头,摊开手掌,一旁蹲着的小姑娘,赶紧递出一捧瓜子,全部倒在陈平安手上,陈平安笑着还给她一半,这才一边嗑起瓜子,一边说道:“今天说的这位仗剑下山游历江湖的年轻剑仙,绝对境界足够,而且生得那叫一个玉树临风,风流倜傥,不知有多少江湖女侠与那山上仙子,对他心生爱慕,可惜这位姓刘名景龙的剑仙,始终不为所动,暂时尚未遇到真正心仪的女子。而那头与他最终会狭路相逢的水鬼,也肯定足够吓唬人,怎么个吓唬人?且听我娓娓道来,就是你们遇到任何的积水处,例如下雨天巷子里边的随便一个小水坑,还有你们家里桌上的一碗水,掀开盖子的大水缸,冷不丁一瞧,好家伙!别说是你们,就是那位名叫刘景龙的剑仙,路过河边掬水而饮之时,骤然瞧见那一团水草丛中露出的一张惨白脸庞,都吓得面无人色了。”

一个孩子已经被吓了一大跳,哭丧着脸骂道:“陈平安,你大爷的!”

突然有人问道:“这个刘景龙是谁啊?”

陈平安笑道:“是一个很爱喝酒却假装自己不爱喝酒的年轻剑仙,这个家伙最喜欢讲道理,烦死个人。”

冯康乐问道:“多大岁数的剑仙?”

陈平安说道:“不到百岁吧。”

冯康乐啧啧道:“这也好意思说是年轻剑仙?你赶紧改一改,就叫老头儿剑仙。”

陈平安拧了一把小屁孩的脸颊，道："他可是我陈平安的好朋友，你敢如此放肆？"

冯康乐龇牙咧嘴，撅起屁股，反手就是给陈平安肩头一捶，嚷道："我对你都不客气，还对你朋友客气？"

远处那个皮肤白皙的小姑娘，微微张大嘴巴。大概是没有想到原来康乐在那个陈平安面前，如此胆大，看来康乐真的没有吹牛。

陈平安给冯康乐丢了个眼神，小屁孩轻轻点头，表示我懂。

一旁有个眼尖的少年，忍不住翻了个白眼。这二掌柜也够无聊的，每天真不用修行吗？就跟他们厮混瞎扯，这会儿又当起了牵红线的月老啦？

说完了那个让孩子们一惊一乍的山水故事，陈平安拎着板凳收工了。

酒铺有陈三秋在，就有一点好，保证有酒桌长凳可以坐。

少年张嘉贞在铺子里帮忙，负责端酒、菜、面给剑修们。少年不爱说话，却有笑脸，也就够了。

陈平安今天上了酒桌，却没喝酒，只是跟张嘉贞要了一碗阳春面和一碟酱菜，归根结底，还是陈三秋、晏胖子这拨人的劝酒本事不行。

陈平安回宁府之前，与范大澈提醒道："大澈啊。"

正在那边扒一碗阳春面的范大澈，立即如临大敌，如今他反正是一听到陈平安说这三字，就会心慌。范大澈赶紧说道："我已经请过一壶五枚雪花钱的酒水了！你自己不喝，不关我的事。"

陈平安放下筷子，没好气道："先前说了常去，别不上心，别让我每天蹲在你家门口求你切磋，到时候我一个不小心，出手重了，打得你一出门就爬回家，结果爹娘不认得你，又把你赶出大门。"

范大澈点点头，陈平安笑望向范大澈，范大澈一脸迷惑。

陈三秋转过头，望向那个时时刻刻盯着酒客们的少年，喊道："张嘉贞，给我拿一壶酒，最便宜的！我给钱，但是记得提醒我，记在范大澈头上。下次喝酒的时候，你问我一声，范大澈有无还钱。"

张嘉贞使劲点头，赶紧去铺子里边捧来一壶竹海洞天酒。

对于这位陋巷少年而言，陈先生是天上人。住在那条太象街上的公子哥陈三秋，也是。

如果不是来酒铺打短工，张嘉贞可能这辈子都没有机会与陈三秋说上半句话，更不会被陈三秋记住自己的名字。

张嘉贞长这么大，都还没去过太象街和玄笏街，一次都没有。

没有人拦着，但不光是张嘉贞，其实住在灵犀巷、妍媸巷这些名字好听却极其贫寒之地的市井孩子，他们不会想着去那边走一趟，可能偶尔也会想，却最终不会壮起胆子真去走一走。

陈平安朝张嘉贞笑了笑，然后指了指范大澈，拎着酒起身走了。范大澈继续低头吃着那碗阳春面。

说实话，如果没有陈平安最后这句话，范大澈还真不知道该怎么去宁府。

万一是客气话呢？所谓的经常切磋，是怎么个经常？三天一次，一月一次？宁府大门，是那么容易跨过的吗？

范大澈抬起头，看着大街上那个青衫背影。那人侧着头，看着沿途大小酒楼的楹联，时不时摇摇头。

到了宁府，纳兰夜行开的门。

一起走向演武场，纳兰夜行手中拎着那壶酒，笑问道："自己掏的钱？"

陈平安笑道："跟董黑炭学来的，喝酒花钱非好汉。"

纳兰夜行爽朗大笑，道："等会儿我先喝几口酒，再出剑，帮着校大龙，便有劲了。"

陈平安笑不出来了。

在斩龙崖凉亭里，说是回家修行的宁姚，其实一直在与白嬷嬷闲聊呢，发现陈平安这么快回来后，老妪不用自家小姐提醒，就笑呵呵离开了凉亭，然后宁姚便开始修行了。

演武场的芥子小天地之中，纳兰夜行收起喝了小半的酒壶，开始凌厉出剑。然后一个纳兰夜行再小心也无用的不小心，陈平安就得躺一旬半个月了。

白嬷嬷闻讯匆匆忙忙赶来演武场，纳兰夜行吓得差点离家出走。好在陈平安与白嬷嬷解释自己此次收获颇丰，这条修行路是对的，而且都不用煮药，自行疗伤本身便是修行。

纳兰夜行不敢胡说八道，实话实说道："确实如此。"

之后陈平安被宁姚搀扶着去往小宅。

纳兰夜行战战兢兢等着狗血淋头，不承想那白炼霜只是看着两人背影，半天没说话。纳兰夜行觉得这不是个事儿啊，早骂好过晚骂，刚要开口讨骂，但是老妪却没有半点要以"老狗"开头训话的意思，只是轻声感慨道："你说姑爷和小姐，像不像老爷和夫人年轻那会儿？"

纳兰夜行取出酒壶，点头道："不像。"

老妪板着脸道："这些日子，辛苦了。"

纳兰夜行疑惑道："啥？"

老妪怒道："老狗滚去看门！"

纳兰夜行点点头，这就对了，转身去往大门那边。现在，老人心里边踏实许多。

陈平安坐在床上，开始呼吸吐纳，心神沉浸于人身小天地当中。

宁姚坐在一旁，趴在桌上，看着陈平安。他似乎在自己心中，遇见了想要遇见的人，有些笑意，情不自禁。

她知道是谁，因为第四件本命物，陈平安跌跌撞撞，好不容易炼制成功后，出了密室，见到宁姚后，便当着纳兰爷爷的面，一把抱住了宁姚。宁姚从未见过卸下担子的陈平安，纳兰爷爷立即识趣离开，她便有些心疼他，也抱住了他。

他兴高采烈，神采飞扬，说那个小家伙还在，原来就在他心里面，只是如今变成了一颗小光头。他们重逢之后，在一条心路上，小光头骑着那条火龙，追着他骂了一路。

宁姚很少见到那么直白流露出雀跃神色的陈平安，尤其是长大后的陈平安。宁姚也会有些担心，因为陈平安的心境，几乎就像一个活了许久许久光阴岁月、见过太多太多悲欢离合的枯槁老僧，宁姚不希望陈平安这样。所以当时看着那个宛如回到当初他们还是少男少女时的陈平安，宁姚很高兴。

有朋自远方来，是一颗小光头。却不是身披袈裟，而是依旧身穿儒衫，只是除了佩剑，小人儿的袖中，多了一部佛经。

那是一场陈平安想都不敢去想的久别重逢，唯有梦中依旧愧疚难当，醒后久久无法释怀，又无法与任何人言说的遗憾。

他的人生中有太多的不告而别和再也不见。

宁姚趴在桌上，凝视着陈平安，自顾自地笑了起来。记得先前在玄笏街上，陈平安犹豫了半天，牵起她的手，偷偷问道："我与那林君璧差不多岁数的时候，谁更英俊些？"

当时宁姚反问："你自己觉得呢？"

然后陈平安便开始挠头，觉得那个答案，真是令人忧愁。

于是宁姚诚心诚意说出了自己心中的答案，告诉他道："你好看多了！"

陈平安便伸出双手，轻轻抹过她的眉头，笑道："我的傻宁姚，真是好眼光！"

夏至之前，陈平安几乎足不出户，一天将近十个时辰，都在炼气。宁姚更加夸张，直接闭关去了。

一有宁府的飞剑传信，范大澈就会去宁府历练，不是吃陈平安的拳头，就是挨晏琢或者董黑炭的飞剑。晏琢和董画符各有佩剑紫电、红妆，一旦拔剑，范大澈更惨。陈三秋不会出手，得背着范大澈回家。范大澈现在只恨自己资质太差，光有"大澈（彻）"没个"大悟"，还无法破境。陈平安说只要他范大澈跻身了金丹境，练剑就告一段落，然后去酒铺嚎几嗓子，便大功告成。

剑气长城的龙门境剑修，哪有那么简单破开瓶颈，跻身金丹境，于剑气长城剑修而言，这就像一场真正的及冠礼。

剑气长城的剑修之所以能够成为几座天下的最强，还能够引来浩然天下一拨又一拨的剑修来此磨砺，自然大有玄机，就在于剑修在此，如纯粹武夫被喂拳，片刻不停，境境底子都打得极好。底子打得牢固，就意味着破境瓶颈更大，如有大道压肩，不得直腰。

范大澈若是去往浩然天下的倒悬山，破境就要容易许多，只是如此破境，金丹境品秩，就要差许多，长远来看，得不偿失。除非是那些在剑气长城真正破境无望的地仙修士，才会去倒悬山修行一段时日，碰一碰运气，毕竟金丹境之后，每高出一境，便是多出实打实的百年乃至千年的寿命。

但是修士金丹境之下，不得去往倒悬山修行，是剑气长城的铁律，为的就是彻底打杀年轻剑修的那份侥幸心。所以当初宁姚离家出走，偷偷去往倒悬山，哪怕以宁姚的资质，根本无须走什么捷径，依旧非议不小。只是老大剑仙对此睁一只眼闭一只眼，加上阿良暗中为她保驾护航，亲自一路跟着宁姚到了倒悬山捉放亭，旁人也就只是发了几句牢骚，不会有哪位剑仙真正去阻拦宁姚。

最近几次演武，陈平安与范大澈合伙，晏琢、董画符联手，本命飞剑随便用，却不用佩剑，四人只持木棍为剑，分胜负的方式也很古怪，如有人木剑先碎，所在的一方皆输。结果搁放在演武场上的一堆木棍，几乎都被范大澈用掉了，这还是陈平安次次救援范大澈的结果。

不管如何，范大澈总算能够站着离开宁府，每次回家之前，都会去酒铺喝一壶最便宜的竹海洞天酒。

陈三秋也会与范大澈聊一些练剑的得失、出剑之瑕疵。范大澈喝酒的时候，听着好朋友的悉心指点，眼神明亮。

尤其是陈平安建议，以后他们四人合力，与前辈剑仙纳兰夜行对峙搏杀，更是让范大澈跃跃欲试。

晏琢的绸缎铺子，除了陆陆续续卖出去的百余剑仙印章之外，铺子又推出一本崭新装订成册的《皕剑仙印谱》，并且还多出了附赠竹扇一把的优惠。竹扇扇骨、扇面依旧皆是寻常材质，钤印有一些不在《皕剑仙印谱》上的私藏印文，功夫只在诗词章句、印章篆文上。

就像大小酒楼给叠嶂酒铺逼着去悬挂楹联差不多，剑气长城如今大小布庄绸缎铺子，也被晏琢这家铺子逼着去赠送折扇、脂粉香囊等精巧什物，只是客人，尤其是那些家境殷实、不缺私房钱的富贵女子，似乎对其他铺子，都不太买账。其实不少女子也未必是真的如何喜欢晏家铺子的印章、折扇，只是包括郦采在内的几位女子剑仙，还有许多豪阀出身的妇人，都光顾了晏家铺子，所以其他女子便觉得不去那边买些什么，眼光便要差人一等似的。

不但如此，一些平日里迟钝不堪的大老爷们，也不知道是在叠嶂酒铺喝了酒，听说了些什么，竟是破天荒自己登门或是请府上下人去晏家铺子，买了些中看不中用的精美绸缎，连同折扇一并送给自己的女人。不少女子其实都觉得买贵了，只是当她们看着自家木讷男子眼中的期待，也只得说一句喜欢的。事后盛夏时分，避暑纳凉，打开折扇，凉风习习，看一看扇面上的美好文字，不懂的，便与旁人轻声问，知晓其中寓意了，便会觉得是真的好了。

陈平安这天炼气完毕，在夜幕中散步，独自来到斩龙崖凉亭。

宁姚如今在密室闭关，闭关之前，宁姚没有多说，只说此次破关不为破境，反正没有什么风险。

陈平安在剑气长城至少要待五年，若是到时候大战依旧未起，就得匆匆忙忙回一趟宝瓶洲，毕竟家乡落魄山那边，事情不少，然后就立即动身返回倒悬山。如今的跨洲飞剑传信，剑气长城和倒悬山都管得极严，需要过两道手，都勘验无误，才有机会送出或是拿到手。这对于陈平安来说，就会特别麻烦。

不是不可以掐准时机，去倒悬山一趟，然后将密信、家书交给老龙城范家的桂花岛，或是孙嘉树的山海龟，双方大体上不坏规矩，可以争取到了宝瓶洲再帮忙转寄给落魄山。如今的陈平安，做成此事不算太难，代价当然也会有，不然剑气长城和倒悬山两处勘验飞剑一事，就成了天大的笑话，真当剑仙和道君是摆设不成？但陈平安不是怕付出那些必需的代价，而是并不希望将范家和孙家，在光明正大的生意之外，与落魄山牵扯太多，人家好心与落魄山做买卖，总不能尚未获得分红收益，就被他这位落魄山山主给扯进诸多旋涡当中。

陈平安走下斩龙崖，返回小宅，原本只摆放了一张桌子的厢房，如今又多出了一张桌子，放了一张陈平安手绘的龙泉郡堪舆图，窑务督造署官员见到了，应该会不太高兴，因为这张地图上，精确画出了大大小小的所有龙泉龙窑，天魁窑，星斗窑，文昌窑，武隆窑，冲霄窑，花卉窑，桐荫窑，纸镇窑，灵芝窑，玉沁窑，荷花窑……

桌上还放有两本册子，都是陈平安手写的，一本记录所有龙窑窑口的历史传承，一本写了小镇总计十四个大姓大族的渊源流转，皆以小楷写就，密密麻麻，估计槐黄县衙与大骊刑部衙门瞧见了，也不会开心。

许多记载，是陈平安凭借记忆写下，还有大半的秘密档案，是前些年通过落魄山一点一滴、一桩一件暗中收集而来。

陈平安双手笼袖，身体轻轻前后摇晃，凝视着那张地图。头也不转，伸手出袖，双指翻开其中一本册子的书页，是正阳山，瞥了眼，再翻，是清风城许氏。

都是老熟人。

祖宗十八代，都在册子上记载得清清楚楚。估计陈平安比这两座仙家豪门的祖师堂嫡传子弟，要更清楚他们各自山头、家族的详细脉络。

这是两本已经大致完工的正册，接下去还会有两本副册，文字内容只会更多，一本关于龙窑买卖本命瓷事宜，以及有可能是买家的那些宝瓶洲仙家、别洲宗门，除了看似市井最底层的杏花巷马家，还会有高高在上、钱能通神的琼林宗。写到了北俱芦洲的那个琼林宗，就自然绕不开徐铉，然后就是清凉宗宗主贺小凉，故而又要牵扯到宝瓶洲山上仙家执牛耳者的神诰宗。另外一本，写小镇大族与骊珠洞天外诸多仙家的千丝万缕，两本副册，自然会纵横交错，互有牵连。

陈平安走出屋子，纳兰夜行站在门口，有些神色凝重，还有几分愤懑，因为老人身边站着一个不记名弟子——在剑气长城土生土长的金丹境剑修崔嵬。

纳兰夜行杀机浓重，似乎一个忍不住，就要将此人当场打杀。

陈平安心中了然，对老人笑道："纳兰爷爷不用如此自责，以后得空，我与纳兰爷爷说一场问心局。"

纳兰夜行点点头，转头对崔嵬说道："从今夜起，你与我纳兰夜行，再没有半点师徒之谊。"

崔嵬神色淡漠，向这位剑仙抱拳赔罪而已。至于崔嵬当下心中到底作何想，一个能够隐忍至今的人，肯定不会流露出来丝毫。

纳兰夜行一闪而逝。

陈平安搬了两张椅子出来，崔嵬轻轻落座，道："陈先生应该已经猜到了。"

陈平安点头道："一开始就有些怀疑，因为姓氏实在太过扎眼，一朝被蛇咬十年怕井绳，由不得我不多想。只是经过这么长时间的观察，原本我的疑心已经减退大半，毕竟你应该从未离开过剑气长城。很难相信有人能够如此隐忍，更想不明白你为何愿意如此付出。最初将你领上修行路的真正传道之人，是崔瀺在很早之前就安插在剑气长城的棋子？"

崔嵬点了点头："陈先生所猜不错。不单是我，几乎所有自己都不愿意承认是奸细的存在，例如那大庾岭巷的黄洲，修行之路，都源自一个个不起眼的意外，毫无痕迹，故而我们甚至一开始就是被全然蒙在鼓里，此后该做什么，该说什么，都在极其细微的操控之中。最终会在某一天，突然得知某个契合暗号的指令，然后自愿走入宁府，来与陈先生表明身份。"

崔嵬直截了当道："过往种种，陈先生即便细问，我也不会说，说了，也无半点意义，最先为崔嵬传道之人，早已战死于南边战场。崔嵬今日造访宁府，只说一件事，陈先生以后只要是寄往宝瓶洲的密信，交予崔嵬负责即可。陈先生当然可以选择相信，也可以不信。"

陈平安摇头道："我当然不信你，也不会将任何书信交给你。但是你放心，你崔嵬如今于宁府无益也无害，我不会多此一举。以后崔嵬还是崔嵬，只不过少去纳兰夜行的不记名弟子这层牵连而已。"

听闻此言，崔嵬从袖中摸出一颗鹅卵石，递给陈平安，这个金丹境剑修，没有说一个字。

陈平安接过手，是春露圃玉莹崖溪涧中的石子，崔东山捡取而得。

陈平安接过石子，收入袖中，当即笑道："以后你我见面，就别在宁府了，尽量去酒铺那边。当然，你我还是争取少碰头，免得让人生疑。从下个月起，若要寄信收信，我便会先挪无事牌，然后只会在初一这天与你见面。如无例外，下下个月，则顺延至初二，若有例外，我与你见面之时，也会先打招呼。一般来说，一年当中寄信收信，最多两次足够了。如果有更好的联系方式，或是关于你的顾虑，你可以想出一个章程，回头告诉我。"

"记住了。"崔嵬站起身，默默离去。

陈平安站起身，没有送行。

纳兰夜行出现在屋檐下，感慨道："知人知面不知心。"

陈平安笑道："应该庆幸身边少去一个'不好的万一'。"

至于为崔嵬说什么好话，或是帮着纳兰夜行骂崔嵬，都无必要。

纳兰夜行苦笑不已，更唏嘘不已。陈平安领着老人去对面厢房，老人取出两壶酒，没有佐酒菜也无妨。

陈平安只说了书简湖那场问心局的大概，诸多内幕多说无益。大体上还是为了让老人宽心，觉得输给崔瀺不奇怪。

纳兰夜行听得忍不住多喝了一壶酒，最后问道："如此糟心，姑爷怎么熬过来的？"

陈平安笑道："纳兰爷爷不是已经说了答案？熬呗。"

纳兰夜行一愣，随即会意，爽朗大笑。

剑气长城正值酷暑，浩然天下的宝瓶洲龙泉郡，却下了入冬后的第一场鹅毛大雪。

落魄山祖师堂不在主峰，离着宅邸住处有些距离，但是陈暖树每半旬都要去霁色峰祖师堂，打开大门，仔细擦拭清洗一番。

今天裴钱与周米粒跟着陈暖树一起去，说要帮忙。去的路上，裴钱一伸手，落魄山右护法便毕恭毕敬双手奉上行山杖，裴钱耍了一路的疯魔剑法，打碎雪花无数。

到了祖师堂府邸最外面的大门口，裴钱双手拄剑站在台阶上，环顾四周，大雪茫茫，师父不在落魄山上，她这个开山大弟子，便有一种天下无敌的寂寞。

拎着小水桶的陈暖树掏出钥匙开了大门，大门后面是一座大天井，再往后，才是那座不关门的祖师堂。周米粒接过水桶，深呼吸一口气，使出本命神通，在积雪深重的天井里撒腿狂奔，双手使劲晃荡水桶，很快就变出一桶清水，高高举起，交给站在高处的陈暖树。陈暖树就要跨过门槛，去往悬挂画像、摆放座椅的祖师堂内，裴钱突然一把扯住陈暖树，将她拉到自己身后。裴钱微微弯腰，手持行山杖，死死盯着祖师堂内最前面居中的椅子附近——那张便是自己师父的椅子。

涟漪阵阵，然后凭空出现了一位身穿儒衫、须发雪白的老先生。

裴钱看着那个瘦小老头，怔怔出神。

人间灯火万点如星河。

那是她从来没有见过的一种心境，一望无垠，好像不管她怎么瞪大眼睛去看，风景都无穷尽时。

老秀才站在椅子旁边，身后高处，便是三张挂像，看着门外那个个子高了不少的小姑娘，感慨颇多。

不枉费自己豁出去一张老脸，又是与人借东西，又是与人打赌的。说到底，还是自己的关门弟子，从来不让先生与师兄失望啊。

裴钱问道："文圣老老爷？"

老秀才愣了一下，还真没被人如此称呼过，好奇问道："为何是老老爷？"

裴钱一本正经道："显得辈分额外高些。"

老秀才拈须而笑，轻轻点头："这就很善啊。"

自己这一脉的某门学问，只可意会的不传之秘，这么快就发扬光大啦？

裴钱看了眼最高处的那幅挂像，收回视线，朗声道："文圣老老爷，你这么个大活人，好像比挂像更有威严了！"

陈暖树眨了眨眼睛，不说话。周米粒歪着脑袋，使劲皱着眉头，在挂像和老秀才之间来回瞥，她真没瞧出来啊。

老秀才咳嗽几声，扯了扯领口，挺直腰杆，问道："当真？"

裴钱使劲点头，缩着脖子，左右摇晃脑袋，左看右看，踮起脚尖上看下看，最后点头道："千真万确，准没错了！大白鹅都夸我看人贼准！"

老秀才笑得合不拢嘴，压低嗓音道："我到落魄山这件事，你们仨小丫头知道就行了，千万不要与其他人说。"

裴钱咳嗽一声，喊道："暖树，米粒！"

陈暖树立即点头道："好的。"

周米粒扛着裴钱"御赐"的那根行山杖，挺起胸膛，紧紧闭着嘴巴。从现在起，她就要当个哑巴了。再说了，她本来就是来自哑巴湖的大水怪。

老秀才在祖师堂内缓缓散步。陈暖树开始熟门熟路清洗一张张椅子。裴钱站在自己那张座椅旁边，周米粒想要坐在那张贴了张右护法小字条的座椅上，结果被裴钱瞪了一眼。没点礼数，自己师父的长辈大驾光临，老先生都没坐下，你坐啥坐。周米粒立即站好，心里有些小委屈，自己这不是想要让那位老先生，晓得自己到底是谁嘛。

老秀才看在眼里，笑在脸上，也没说什么。

能够一步步将裴钱带到今天这条大路上，自己那个闭关弟子为之耗费的心神，真不少了。教得这么好，更是难能可贵。

这其实是老秀才第三次来到落魄山了，之前两次，来去匆匆，都没踏足此地。此次过后，他就又有得忙活了，劳苦命。

先前老人只是偷偷摸摸去了趟小镇学塾，身处其中，站在一个位置上，举目望去。

早些年，这个课堂上，应该会有一个红棉袄小姑娘，正襟危坐，看似专心听课，实则神游万里。

会有凝神专注的林守一，先生说到哪里，便想到哪里。

会有小鸡啄米打瞌睡的李槐。

会有那个当时肯定无法想象自己未来的赵繇，竟然有一天会离开先生身边，坐着牛车远游，最终又独自远游中土神洲。

会有一个大智若愚的董水井，一个扎着羊角辫儿的小女孩。

老人当时站在那边，也想到了一个与茅小冬差不多的记名弟子，马瞻，一步错步步错，幡然醒悟后，明明有那悔改机会，却只愿意以死明志。

老人发现到最后，好像一切过错，都在自身，身为传道授业解惑的先生，传授弟子之学问，不够多，传授弟子安身立命之法，更是一塌糊涂。

老秀才低头拈须更揪心。

今天到了自己关门弟子的这座落魄山的祖师堂，高高的挂像，井然有序的椅子，窗明几净，一尘不染，尤其是看到了三个活泼可爱的小姑娘，老人才有了几分笑颜。可老秀才却越发愧疚起来，自己那幅画像怎么就挂在了最高处？自己这个狗屁混账的先生，为弟子做了多少？可有悉心传授学问，为其细细解惑？可有像崔瀺那般，带在身边，一起远游万里？可有像茅小冬、马瞻那般，心中一有疑惑，便能向先生问道？除了当年三言两语、稀里糊涂灌输给一个少年郎那份顺序学说，让弟子年纪轻轻便困顿不前，思虑重重，也就只剩下些醉话连篇了，怎么就成了人家的先生？

某些学问，早早涉足，难如入山且搬山。

老秀才愧疚难当。

当时在学塾，老人转头向外面望去，就好像有个面黄肌瘦的孩子，孤零零一人站在学塾外，一双干干净净的眼眸里，充满了憧憬。就这么踮起脚尖，站在窗台外，张大眼睛，竖起耳朵，听着书声，闻着书香，望着里面的先生学生。

那个孩子在以后的人生当中，兴许会背着大箩筐，独自在山上采药，为自己壮胆，大声喊着并不解其意的“人之初，性本善”；在下山路上，兴高采烈背诵着“天地玄黄，宇宙洪荒”；在上山下山之间，大日曝晒，大汗淋漓，孩子躲在树荫下歇息，自己玩着斗草，输赢都是自己，高高举起一手，嚷嚷着赢喽赢喽，才会略显童真稚趣。

世间苦难重重，孩子如此人生，并不罕见，只是小小年纪，便自己消受了，却不多见。

老秀才甚至后悔当初与陈平安说了那番言语，少年郎的肩头应当挑起杨柳依依和草长莺飞。

与裴钱她们这些孩子说，没有问题，与陈平安说这个，是不是也太站着说话不腰疼了？

可是老秀才转念一想，再看如今的落魄山，好像早年与那草鞋少年如此言语，又是最对的。

最后裴钱她们发现那个远道而来的老先生，安安静静坐在了最靠近门槛的一张椅子上，抬头望向三幅挂像。

不去看居中那幅自己的挂像，却看了崔诚挂像许久，轻轻点头，喃喃言语，谁都听不真切。最后老先生便一直望向那个自己弟子的挂像，默不作声。

老先生自言自语道："或曰：'以德报怨如何？'"

老先生自问自答道："子曰：'何以报德？以直报怨，以德报德。'"

一艘来自宝瓶洲的跨洲渡船桂花岛上，走下一对家乡是那北俱芦洲的剑修师徒。

当师父的那位青衫剑仙，大概还不清楚，他如今在剑气长城的许多巷子，莫名其妙就小有名气了。

第四章 问拳之前便险峻

范大澈今天一身细碎伤痕,在酒铺里喝着酒,怔怔出神。

陈三秋也好不到哪里去,受伤不少。

说好的五人合力,在宁府演武场的芥子小天地当中,围杀剑仙纳兰夜行。

结果除了陈平安,陈三秋、晏琢、董画符,加上最拖后腿的范大澈,就没一个有好下场,伤多伤少而已。

晏胖子回家继续练剑,董黑炭又不知道去哪儿瞎晃荡,然后吃吃喝喝,买这买那,反正所有的账都算在陈三秋和晏琢头上。

范大澈说道:"三秋,我突然有些害怕成为金丹境剑修了。破了金丹境,就不会有剑师扈从。"

陈三秋笑道:"那我比你好些,投胎好,姓氏大,家里有钱有人,哪怕破了金丹境,还是有家族剑师帮着护阵。开心,真开心,我先喝一个。"

陈三秋果然自己举碗喝了一口酒。陈三秋如今也发现了,与范大澈这种心细如发的朋友,言语不如直截了当些,不用太过刻意照顾对方的心情。

范大澈跟着笑起来,道:"陈平安答应下次大战打起来,我就跟随你们一起离开城头,那么他陈平安就是我的剑师嘛。"

这么多次的演武练剑,范大澈就算再傻,也看出了陈平安的一些用意,除了帮着范大澈砥砺境界,还要让所有人娴熟配合,争取在下一场厮杀当中,人人活下来,同时尽可能杀妖更多。

陈三秋举起酒碗，跟范大澈的碗碰了一下，道："那你范大澈了不起，有这待遇，能让陈平安当扈从。"

范大澈又倒了一碗酒，抹了一把嘴，得意道："这么一想，就又愿意当金丹境剑修了。"

范大澈压低嗓音道："陈平安如今竟然是五境修士了，又是刚好在咱们剑气长城破的境，为何他自己不来酒铺嚷嚷？"

陈三秋笑道："估计是不太好意思宣扬吧，毕竟尚未跻身洞府境。"

范大澈摇头道："他有啥不好意思的。"

先前一起在酒铺喝酒，陈平安站起身向所有客人敬酒，语重心长讲了一番言语："诸位剑仙啊，你们怎么还不破境？别跟我客气啊，这有啥好客气的，喝着咱们剑气长城最便宜的酒水，吃着最好吃的阳春面和不收钱的酱菜，却迟迟不破境，这就是蹲茅坑不拉屎啊，你们对得起我铺子的酒水吗？对得起酒铺楹联和横批吗？你们再不争气点，以后光棍来此喝酒，一律加钱！"

当时所有酒客都给说蒙了，总觉得哪里不对劲，可好像较真到最后，例如推敲那句"蹲茅坑不拉屎"，还是自己吃亏。

其实这些还好，最让人跳脚骂娘的，还是押注董画符主动掏钱这件事，大小赌棍们，几乎就没人赢钱。一开始大家还挺乐呵，反正二掌柜跟那晏家小胖子都跟着赔钱极多，后来唯一在明面上赢了钱的庞元济，来酒铺这边笑眯眯喝酒，于是就有人开始逐渐回过味来了。加上那个坐庄的元婴境老贼，可不就是先前莫名其妙写出了一首诗词的王八蛋。

狗日的，好熟悉的路数！

所以今天陈平安就没跟着陈三秋和范大澈去铺子喝酒，而是去了一趟剑气长城的城头。

去的路上，分账后还挣了好几枚谷雨钱的陈平安，打算下一次坐庄之人，得换人了，例如剑仙陶文，就瞧着比较憨厚。

在城头，陈平安没有直接驾驭符舟落在师兄身边，而是多走了百余里路程。

其间遇到一群下五境的孩子剑修，在那边跟随一个元婴境剑修练剑。

旁观这类练剑，并无忌讳。

陈平安就坐在城头上，远远看着，不远处还有七八个小屁孩趴在那儿吵架，刚好在争吵到底几个林君璧才能打得过一个二掌柜。

能够登上城头玩耍的孩子，其实都不简单，非富即贵，或是天生有那练剑资质的。

像妍媸巷、灵犀巷这些地方的孩子，就不会来这里，一来城池离着剑气长城太过遥远，寻常市井孩子，脚力不济；再者城头之上，剑意沉重，剑气浓郁，体魄孱弱的孩子，根本扛不住这份煎熬。这就是人生，有些人，从小如鱼得水，有些人越长大，越水深火热。

有个孩子瞧见了坐在旁边的陈平安，扯开嗓子喊道："二掌柜，你来说说看，你是不是一只手能够打五个林君璧。你要是点个头，以后就是我元造化的朋友了！"

陈平安没有转头，只是挥挥手，示意滚蛋。

那个名字意思不算小的小屁孩，不愿死心，继续问道："三个呢？三个总可以吧？"

陈平安笑道："没打过，不清楚。"

元造化喊道："那我去帮你下一封战书？就说二掌柜打算用一只手，单挑包括林君璧、严律和蒋观澄在内的所有人！"

陈平安站起身，来到那个双手叉腰的孩子身边，愣了一下，竟是个假小子，便按住她的脑袋，轻轻一拧，一脚踹在她屁股上，笑骂道："一边去。你会写字吗？还下战书。"

元造化站稳后，恼火道："我识字可多呢！比你学问大多了！"

陈平安笑道："'吹牛不打草稿'这几个字，会不会写？"

元造化说道："会写，我偏不写。其实是你自己不会写，想要我教你吧？想得美！"

她明显是个孩子王，其余孩子们都同仇敌忾，纷纷附和元造化。

陈平安一屁股坐下，面朝北边的那座城池，手腕拧转，取出一片竹叶，吹起了一支曲子。

元造化听过之后，不以为意道："不好听。"

其余的孩子就一起点头如小鸡啄米。

元造化见陈平安不搭话，只是双手轻轻拍打膝盖，眺望北方，她反而有些失落。城池更北，是那座商贸繁荣、鱼龙混杂的海市蜃楼。

陈平安突然笑问道："你们觉得如今是哪十位剑仙最厉害？不用有先后顺序。"

元造化白眼道："没有个先后顺序，那还说个屁，没意思。你自己瞎猜去吧。"

陈平安打算起身，练剑去了。如今跟师兄学剑，比较轻松，以四把飞剑抵御剑气，少死几次即可。

元造化伸出手，道："陈平安，你要是送我一把折扇，我就跟你泄露天机。"

陈平安笑道："算盘打得可以啊。"

元造化伸开双手，阻拦陈平安离开，眼神倔强道："赶紧的！一定得是字写得最好、最多的那把折扇！"

陈平安原本不想理会，突然记起一事，便坐回去，道："你先讲，我看心情。"

元造化竹筒倒豆子，一鼓作气道："老大剑仙，董三更，阿良，隐官大人，陈熙，齐廷济，左右，纳兰烧苇，老聋儿，陆芝。就这十个了！折扇拿来！"

陈平安站起身，还真从咫尺物当中拣选出一把玉竹折扇，拍在这个假小子的手掌上，道："记得收好，值好多神仙钱的。"

元造化打开折扇，挺喜欢的，只是扇面上的字有些少，她也认不得几个，便怒道：

“换一把,我要字多一些的。”

陈平安按住她的小脑袋,轻轻一拧,将她的脑袋转向一旁,笑道:“小丫头片子还敢跟我讨价还价?见好就收,不然小心我反悔。”

元造化合拢那把得手的折扇,藏到身后,又伸出另一只手,道:“那我再跟你买一把字数最多的折扇!”

陈平安笑问道:“钱呢?”

元造化一本正经道:“老大剑仙,董三更,阿良,隐官大人,陈熙,齐廷济,左右,纳兰烧苇,老聋儿,陆芝。从今天起,再加上一个二掌柜陈平安!这就是我们剑气长城的最强十一大剑仙!”

陈平安乐得不行,又给了她一把字数确实很多的折扇,笑眯眯道:“小丫头可以啊,能够从我这边坑走钱的,你是剑气长城头一号。”

元造化哪里会计较这种“虚名”,她这会儿两手皆有折扇,十分开心,突然用商量的语气,压低嗓音问道:“你再送我一把,字数少点没得事,我可以把你排进前十,前五都可以!”

可惜那个傻乎乎的二掌柜笑着走了。

不过走之前,他取出一方小小的印章,呵了口气,让元造化将那把字数少的折扇交给他,轻轻钤印,这才将折扇还给小丫头,把一群孩子看得面面相觑。

那个元婴境老剑仙传授剑术告一段落,在陈平安走远后,来到这帮孩子附近。

元造化正趴在墙头上,眼前摊开两把折扇,在那边使劲认着字,她当然是喜欢那把密密麻麻写满扇面的扇子,瞧着就更值钱些。

老人却弯腰打量着那把字数更少的折扇,哑然失笑。

大都好物不坚牢,彩云易散琉璃脆。

彩云易散还复来,心如琉璃碎未碎。

前面那句,是浩然天下极其有名的诗句。后面的,狗尾续貂,都什么跟什么哦,前后意思差了十万八千里,应该是那个年轻人自己胡乱编撰的。

不过到底寓意是好的,一改前句的颓然悲苦意味,只能说用心不错,仅此而已了。

老剑仙“咦”了一声,蹲下身,看着那方不太显眼的朱印,笑了起来,有点意思。印文是那“人间多离散,破镜也重圆”。

一想到元造化这丫头的身世,原本有望跻身上五境的父亲战死于南边,只剩下母女相依为命,老剑仙便抬头看了一眼远处那个年轻人远去的背影。

不管怎么说,与以往那些学宫、书院的读书人,还是不太一样的。不是说那些读书人不愿做些什么,可几乎都是处处碰壁的结局,久而久之,自然也就心灰意冷,黯然返回浩然天下。

陈平安到了左右那边。

左右问道:“这么快就破境了?”

陈平安点头道:“已经是练气士第五境了。”

左右说道:“治学修心,不可懈怠。”

大概天底下就只有左右这种师兄,不担心自己师弟境界低,反而担心破境太快。

陈平安无奈道:“有师兄盯着,我哪怕想要懈怠也不敢啊。”

左右冷笑道:“怎么不说‘哪怕想要在剑气之下多死几次也不能’?”

陈平安便知此次练剑要遭罪了。

桂花岛渡船上的桂花小娘金粟,实则是桂夫人的唯一嫡传弟子,十年前是什么境界,如今还是,毕竟瓶颈难破,所以这次跨洲渡船停靠倒悬山,桂夫人故意让她在倒悬山多散散心。此地山海相依,是一处得天独厚的风水宝地。不但如此,桂夫人此次还给了金粟一枚谷雨钱作为零花钱,并与弟子笑言,见到那些惦念了将近小二十年的心爱物件,就莫要犹犹豫豫了。这让金粟吓了一大跳,想要拒绝,桂夫人却摆摆手,同时叮嘱了金粟一句:“刘先生与他弟子两人,都是第一次登上倒悬山,记得尽量帮衬。”

金粟也没多想。

那刘景龙与弟子白首,并没有报上师门,金粟便当作是出门游学的儒家门生与书童。

北俱芦洲是出了名的剑修如云,但是师徒二人都无佩剑在身。此次他们乘坐桂花岛远游倒悬山,因为听说是陈平安的朋友,金粟就安排他们住在早已记在陈平安名下的圭脉院子。金粟与师徒二人打交道不多,偶尔会陪着桂夫人一起去往小院做客,喝个茶什么的。金粟只知道刘景龙来自北俱芦洲,乘坐骸骨滩披麻宗渡船,一路南下,中途在大骊龙泉郡停留,然后直接到了老龙城,刚好桂花岛要去倒悬山,便住在了一直无人居住的圭脉院子。

师父桂夫人不说对方修为,金粟也懒得多问对方根脚,只视为那种见过一次便再不会碰头的寻常渡船客人。

家世如何,境界如何,为人如何,与她金粟又有什么关系?只是师父交代下来的事情,金粟不敢怠慢。

桂花岛此次停泊处,依旧是捉放亭附近,她向刘景龙介绍了捉放亭的由来,不承想那个名字古怪的少年,只是见过了道老二亲笔撰写的匾额后,便没了去小亭子凑热闹的兴致,反而是刘景龙一定要去凉亭那边站一站。金粟是无所谓,少年白首是不耐烦,只有刘景龙慢悠悠挤过人群,在人头攒动的捉放亭里边驻足许久,最后离开了倒悬山八处景点当中最没意思的小凉亭,还要抬头凝视着那块匾额,好像真能瞧出点什么门道来。这让金粟有些微微不喜,这般惺惺作态,好像还不如当年那个陈平安。

好在金粟本就是性子冷清的女子,脸上看不出什么端倪。加上身边还站着几个关系亲近的桂花小娘,此后三天会结伴游玩,金粟想起小心翼翼藏起的那枚谷雨钱,便有了些笑意。

那个白首倒是实在到了缺心眼的地步,大大咧咧一路发牢骚,埋怨“姓刘的”耽误自己去那座雷泽台了。

少年不尊称刘景龙为师父,也不喊齐先生,偏偏一口一个“姓刘的”,其实挺奇怪。带了这么个不知尊卑、欠缺礼数的弟子一起远游山河,金粟觉得其实这个刘景龙更奇怪。

离开了人山人海的捉放亭,金粟按例询问刘先生是否有心仪的客栈,灵芝斋客栈风光最好,就是贵,所以许多桂花岛的熟客,一般都会住在那间鹳雀客栈,之前陈平安便是如此。只是客栈不大,位于陋巷深处,不太起眼,也不算多好的客栈,好在价格实惠。刘景龙笑着说劳烦金粟姑娘领我们去鹳雀客栈。

白首一百个不乐意了,刚要瞎嚷嚷,被刘景龙转头看了眼,少年便将跑到嘴边的言语乖乖咽回肚子,只敢腹诽。

一行到了那家果真躲在陋巷深处的鹳雀客栈,白首看着那个笑脸灿烂的年轻掌柜,总觉得自己是被人牵到猪圈挨宰的货色,所以与姓刘的在一间屋子坐下后,便开始埋怨:“姓刘的,咱们北俱芦洲的剑修到了倒悬山,不都住在倒悬山四大私宅之一的春幡斋吗?住这小破地儿做啥嘛。咋地,你觊觎那几个桂花小娘的美色?”

刘景龙倒了两杯茶水,白首接过茶杯一饮而尽,继续絮絮叨叨:“姓刘的,我真要与你说几句肺腑之言了,哪怕是那个最好看的金粟,姿色也不如对你痴心一片的卢仙子吧?哦,对了,春幡斋的主人,听说早年与水经山卢仙子的师祖,差点成了神仙道侣,你怕有人给卢仙子通风报信,赶来倒悬山堵你的路?不会的,这位卢仙子,又不是彩雀府那位孙府主。不过要我说啊,喜欢你的女子当中,姿色,当然是卢穗最佳,性情嘛,我最喜欢孙清,大大方方的,却又有些小小的含蓄。三郎庙那位,实在是过于热情了些,眼神好凶,见了你姓刘的,就跟酒鬼见着了一壶好酒似的,我一看你们俩就没戏,根本不是一路人。”

刘景龙笑道:“将来返回太徽剑宗时,要不要再走一趟龙泉郡落魄山?”

白首立即闭嘴,装聋作哑,似乎依旧觉得不稳妥,还拧着性子,客客气气给姓刘的倒了一杯茶。

么(没)得法子,白首一想到某个心狠手辣还爱装蒜的黑炭,他就头皮发麻肝儿疼。

不承想我堂堂白首大剑仙,第一次出门游历,尚未建功立业,一世英名就已经毁于一旦!

去他娘的落魄山，老子这辈子再也不去了。狗日的陈平安教出来的好徒弟！

落魄山这地儿，估摸着与他白首是八字不合，命里相克，何况一听名字就不吉利。不去了，打死也不去了！

刘景龙想起一些自家事，有些无奈和伤感。

此次离开北俱芦洲，既是刘景龙暂时无事，三位剑仙三次问剑太徽剑宗，他都已顺利接下，所以就想走一走浩然天下的其余八洲，而且也有祖师黄童的暗中授意，说是宗主韩槐子有令，要他立即去一趟剑气长城，有话要与他交代。刘景龙岂会不知韩槐子的用意，是有心想要让他刘景龙在相对安稳的大战间隙，赶紧走一趟剑气长城，甚至会直接将宗主之位传给他，那么随后至少百年，他就不用再想以北俱芦洲新剑仙的身份，参加剑气长城的杀妖守城。

太徽剑宗其余事，都交予韩槐子一人便足矣。

白首再不敢说那男女之事，识趣地换了个话题，道："咱们真不能去春幡斋住一住啊？我很想去亲眼瞧瞧那条葫芦藤。在山上，我与好些师弟师侄拍过胸脯，保证替他们见一见那些未来的养剑葫芦，见不着，回了太徽剑宗，我多没面子。难不成我就只能躲在翩然峰？我没面子，说到底，还不是你没面子？"

春幡斋是倒悬山四大私宅之一。

名气最大的，当然还是皑皑洲刘大财神爷的那座猿蹂府，纯粹是用神仙钱堆出来的金山银山，猿蹂府刘氏家主年轻时与那位道家大天君的恩怨，更是流传广泛的一桩笑谈。

中土神洲宗修士建造的梅花园子，传闻里面有一个活了不知多少年月的上五境精魅。当年园主为了将那棵祖宗梅树从家乡顺利搬迁到倒悬山，就直接雇用了一整艘跨洲渡船，所耗钱财之巨，可想而知。

春幡斋，是由北俱芦洲一位失意剑仙打造而成，经常接待家乡剑修，只是斋主却从来不会抛头露面。

最后一座水精宫，是一座海上宗门仙家的别院，听说这些年靠着近水楼台，收拢了那条蛟龙沟的残余底蕴，宗门声势暴涨。

像太徽剑宗宗主韩槐子、祖师堂掌律祖师黄童，以及之后赶赴倒悬山的浮萍剑湖宗主郦采，都曾下榻于春幡斋。春幡斋内种植有一条葫芦藤，经过一代代得道仙人的栽培，最终被春幡斋主人得了这桩天大福缘，继续以灵气持续浇灌千年之久，已经孕育出十四枚有望打造出养剑葫芦的大小葫芦，只要炼化成功，品秩皆是法宝起步，品相最好的一枚葫芦，一旦炼化成养剑葫芦，传闻是那半仙兵。

山上法宝或是半仙兵，哪怕是同一品秩的仙家重宝，也有高下之分，甚至是云泥之别。

一件半仙兵品秩的养剑葫芦，几乎可以媲美道祖当年遗留下来的养剑葫芦，故而当以仙兵视之。

那位北俱芦洲剑仙远离家乡，带着那株葫芦藤，来到此处扎根，是极其明智之举，春幡府得到倒悬山庇护，不受外界纷扰的影响。

只不过十四枚尚未彻底成熟的葫芦，最终能够炼化出一半的养剑葫芦，就已经相当不错，春幡斋就足以名动天下，挣个钵满盆盈，最关键的是还可以凭借七枚或者更多的养剑葫芦，结交至少七位剑仙。说不定凭借这些香火情，春幡斋主人，都有希望在浩然天下随便哪个洲，直接开宗立派，成为一位开山鼻祖。

所以白首才会对春幡斋如此心心念念。何况陈平安那只朱红色酒壶，竟然就是一只传说中的养剑葫芦，当初在翩然峰上，都快把少年眼馋死了。

若是自己也能与陈兄弟一般无二，拿一只养剑葫芦装酒饮酒，行走江湖多有面儿？只不过陈兄弟到底还是脸皮薄了些，没有听自己的建议，在那酒壶上刻下“养剑葫芦”四个大字。

刘景龙点头道：“会去的，先逛过了其余七处景点再说。如今外乡人想要从倒悬山去往剑气长城，极难，我们需要春幡斋打点关系和帮忙担保。”

在落魄山很是失魂落魄的白首，一听说有戏，立即还魂几分，兴高采烈道：“那你能不能帮我预订一枚春幡斋养剑葫芦？我也不要求太多，只要品秩最差最低的那枚，就当是你的收徒礼了。太徽剑宗这么大的门派，你又是玉璞境剑修了，收徒礼，可不能差了。你看我那陈兄弟，落魄山祖师堂一落成，送东送西的，哪一件不是价值连城的玩意儿？姓刘的，你好歹跟我陈兄弟学一点好吧？”

养剑葫芦这种千金难买的剑修至宝，尤其是品秩够高的养剑葫芦，剑仙都未必拥有，因为养剑葫芦这类凤毛麟角的存在，比方寸物和咫尺物的处境更加尴尬。剑修境界高了，养剑葫芦的品秩低了，反而耽误本命飞剑的温养，可能够让剑仙都瞧上眼的养剑葫芦，何等可遇不可求。

其实少年也就是瞎扯，没想到刘景龙真会答应，那个慢慢饮茶的家伙，点头道：“我开个口，试试看。成与不成，我不与你保证什么。若是听了这句话，你自己期待过高，到时候大为失望，迁怒于我，结果藏得不深，被我察觉到迹象，就是我这个师父传道有误，到时候你我一起修心。”

白首头一回不反感姓刘的如此絮叨，大喜过望，惊讶道：“姓刘的！真愿意为我开这个口？”

姓刘的，浑身的臭毛病，只有一点好，言出必行。

刘景龙反问道：“在祖师堂，你拜师，我收徒，身为传道之人，理应有一件收徒礼赠送弟子，你是太徽剑宗祖师堂嫡传剑修，拥有一件不俗的养剑葫芦，裨益大道，以堂堂正正之法养剑更快，便可以多出光阴去修心，我为何不愿意开口？我又不是强人所难，与春幡斋硬抢硬买一枚养剑葫芦。”

白首愣了一下，嘀咕道：“我这不是见你出门都不带钱的，根本就不像是个大方的人嘛。”

刘景龙笑道：“一个人大方不大方，又不只在钱财上见品性。此语在字面意思之外，关键还在‘只’字上，世间道理，走了极端的，都不会是什么好事。我这不是为自己开脱，是要你见我之外的所有人，遇事多想。免得你在以后的修行路上，错过一些不该错过的朋友，错交一些不该成为好友的朋友。”

白首疑惑道：“你是不是明知道春幡斋不会卖你养剑葫芦，只是借此机会，跟我唠叨这些大道理？”

刘景龙笑道：“修行之人，尤其是有道之人，光阴悠悠，只要愿意睁眼去看，能看多少回的水落石出？我用心如何，你需要问吗？我与你说，你便信吗？”

白首双手捂住脑袋，哀号道：“脑阔(壳)疼。不听不听，王八念经。”

在落魄山，少年还是学到好些乡野俗语的。

刘景龙也不生气，笑着饮茶。

白首突然问道：“姓刘的，以后都要跟着金粟她们一起逛街啊？多没劲，这些姐姐逛起街来，比咱们修行还要不怕劳累，我怕啊！”

刘景龙说道：“老龙城符家渡船刚好也在倒悬山靠岸，桂夫人应该是担心金粟她们在倒悬山这边游玩，会有意外发生。符家子弟行事跋扈，自认家法就是城规，我们在老龙城是亲眼见过的。我们这次住在圭脉院子，跨海远游，衣食住行，一枚雪花钱都没花，总得礼尚往来。”

白首双手抱胸，说道：“这样的话，那我就多陪陪姐姐们好了。若真有符家人暗中使绊子，可别怪我展露剑仙风采了。”

刘景龙笑问道：“说说看，怎么个剑仙风采？”

披麻宗渡船在牛角山渡口停靠之前，少年也是这般信心满满，后来在落魄山台阶顶部，见着了正在嗑瓜子的一排三颗小脑袋，少年也还是觉得自己一场武斗，稳操胜券。

白首恼羞成怒道：“姓刘的，我到底是不是你弟子啊？”

说到这里，少年的眼神有些黯然。

那个说话不着调偏能气死人的黑炭丫头，是陈平安的开山大弟子。自己其实也算姓刘的唯一嫡传弟子。陈平安如今是练气士境界，还远远不如姓刘的。结果他在落魄山那么惨，自己没了面子，多多少少也会害得姓刘的丢了点面子。

刘景龙轻声道：“我没觉得自己的弟子不如人。”

白首涨红了脸，气呼呼道：“姓刘的，你少自作多情啊，我如今都没真心实意把你当师父!”

刘景龙正色道:“与他人争道,总是输赢皆有,与己争胜,只分赢多赢少。那么我们应该如何取舍,白首,你觉得呢?”

少年趴在桌上,哀叹不已,真羡慕那个皮肤黑心更黑的小丫头片子,她的师父三天两头往外跑,不会在身边经常唠叨。

不过这都不算什么。最可怕的一件事,是那黑炭赔钱货在临别之际,竟然贼开心,说她有可能也要去一趟剑气长城见师父,关键要看种夫子何时动身。她也不管白首愿不愿意,直接帮着他做好决定了,下次双方只文斗,不武斗。

白首一想到这个,便窝火糟心。

宁姚依旧在闭关。

陈平安炼气之余,就在演武场上,放开手脚,与纳兰夜行捉对厮杀。

没有范大澈他们在场,倾力出拳出剑的陈平安,那一袭青衫,在芥子小天地之中,完全是另外一幅风景。

白嬷嬷如今习惯了在凉亭那边看着,怎么看怎么觉得自家姑爷就是剑气长城最俊的后生,还是那百年不出千年没有的学武奇才。至于修道炼气一事,急什么,姑爷一看就是个后发制人的,如今不就是五境练气士了?修行资质不比自家小姐差多少啊。

这天在铺子不远处的街巷拐角处,陈平安坐在小板凳上,嗑着瓜子,总算说完了那位喜好饮酒的刘剑仙的一段山水故事。

冯康乐觉得有些意犹未尽,便问陈平安关于这位剑仙,还有没有其他的神怪传奇。陈平安想了想,觉得可以再随便杜撰几个,便说“还有,故事一箩筐”,于是起了个头,说“那年轻剑仙夜行至一处老鸦振翅飞的荒郊古寺,点燃篝火,正要痛快饮酒,便遇上了几个婀娜多姿的女子,带着阵阵香风,莺声燕语,衣袂翩翩,飘入了古寺。年轻剑仙一抬头,便皱眉,因为身为修道之人,凝神一望,运转神通,便瞧见了那些女子身后的一条条狐狸尾巴,于是年轻剑仙便痛饮了一壶酒,缓缓起身”。

说到这里,陈平安便打住,来了一句最惹人烦的“且听下回分解”。

陈平安去酒铺依旧没喝酒,主要是范大澈几个没在,其余那些酒鬼赌棍,如今对自己一个个眼神不太善,再想要蹭个一碗半碗的酒水,难了。没理由啊,我是卖酒给你们喝的,又没欠你们钱。陈平安蹲在路边,吃了碗阳春面,只是突然觉得有些对不住刘景龙,故事似乎说得不够精彩,么(没)得法子,自己终究不是真正的说书先生,已经很尽心尽力了。

陈平安倒也不是真的贪杯,只是觉得在自家地盘卖酒,竟然蹭不到半碗酒喝,不像话。这是半碗酒一碗酒的事吗？

陈平安对身边两位喝酒、吃面、夹菜都使劲瞪着自己的熟人剑修，费了不少劲，成功将两位押注输了不少神仙钱的赌棍，变成了自己的托儿。作为蹭酒喝的代价，就是陈平安暗示双方，下次再有哪个王八蛋坐庄挣黑心钱，他这二掌柜，可以带着大家一起挣钱。结果两位剑修抢着要请陈平安喝酒，还不是最便宜的竹海洞天酒，最后两个穷光蛋酒鬼赌棍，非要凑钱买那五枚雪花钱一壶的，还说“二掌柜不喝，就是不赏脸，瞧不起朋友”。

陈平安放下碗筷，安安静静等待别人拎酒来，觉得有些寂寞，朋友多，想要不喝酒都难。

之前在城头上，元造化那个假小子，关于剑气长城杀力最大的十位剑仙的说法，其实与陈平安心目中的人选，出入不大。

老大剑仙，董三更，阿良，隐官大人，陈熙，齐廷济，左右，纳兰烧苇，老聋儿，陆芝。

陈清都一旦倾力出剑，杀力到底如何，从来没个确切说法，往往都只在一代代孩子们极尽浪漫色彩的言语和想象力当中。

董观瀑勾结妖族被老大剑仙亲手斩杀一事，让董家在剑气长城有些伤元气，所以董三更这些年好像极少露面，上次为太徽剑宗剑仙黄童送行，算是破例。

阿良早已不在剑气长城，戴着斗笠，悬佩竹刀，后来从魏晋那边骗了一头毛驴，一枚银白养剑葫芦，然后与身边跟着一个红棉袄小姑娘的草鞋少年，就那样相逢了。

隐官大人，战力高不高，显而易见。唯一的疑惑，在于隐官大人的战力巅峰，到底有多高，因为至今还没有人见识过隐官大人的本命飞剑，无论是在宁府，还是在酒铺，至少陈平安不曾听说过。即便有酒客提及隐官大人，如果细心，便会发现，隐官大人好像是剑气长城最不像剑修的一位剑仙。

陈熙是陈氏当代家主，但是在老大剑仙面前，从来抬不起头。哪怕剑气长城上那个“陈”字，是陈熙刻下的，但在陈清都面前，好像依旧是个没长大的孩子。所以陈氏子弟，是剑气长城所有大姓豪门当中，最不喜欢跑去城头的一拨人。

齐廷济，陈平安第一次赶来剑气长城，在城头上练拳，见过一位姿容俊美的“年轻”剑仙，便是齐家家主。

左右，自己的大师兄，不用多说。

纳兰烧苇，闭关许久。纳兰在剑气长城是一等一的大姓，只是纳兰烧苇实在太久没有现身，才使得纳兰家族略显沉寂。至于纳兰夜行是不是纳兰家族一员，陈平安没有问过，也不会去刻意探究。人生在世，质疑事事，可总得有那么几个人几件事，得是心中的天经地义。

老聋儿，正是那个传闻妖族出身的老剑修，管着那座关押许多头大妖的牢狱。

陆芝，如今差不多已经被人遗忘她那浩然天下的野修身份，金丹境界就赶来剑气长城，一步步破境。每次守城，必然死战，战功彪炳。

董不得与叠嶂心中最神往之人，便是陆芝。

阿良曾经找她喝过酒，说过一句好玩的言语，“离群索居者，不是野兽便是神灵”，不知怎么就流传开来了。

阿良喝酒的时候，信誓旦旦，否认是自己传出去的，还拍桌子怒骂：“也不知道是哪个剑仙，太不要脸了，竟然偷听我与陆芝的对话！这种私底下与姑娘家家说的悄悄话，是可以随便流传散布的吗？哪怕这句话说得极有学问，极有嚼头，极有风范，又如何？征得我阿良与陆姑娘的同意了吗？”

陈平安喝着不花钱的酒，怡然自得，觉得自己年纪轻轻的，就在元造化心目中排在第十一，也不差了。

有酒鬼随口问道：“二掌柜，听说你有个北俱芦洲的剑仙朋友，斩妖除魔的本事不小，喝酒本事更大？”

陈平安伸手揉了揉下巴，认真思量一番，点头道：“你们加一起都打不过他吧。”

自然没人相信。

张嘉贞在闹哄哄的喧嚣中，看着那个怔怔出神的陈先生。好像这一刻，陈先生是想要与那人喝酒了？

陈平安笑了起来，转头望向小街，憧憬一幅画面——刘景龙与曹晴朗并肩而行。

陈平安为之痛饮一碗酒，拿起碗筷和酒壶，站起身，朗声道：“诸位剑仙，今天的酒水……”

所有酒客瞬间沉默。

咋地，今儿太阳打西边出来，二掌柜要请客？

不料那家伙笑道：“记得结账！”

此后三天，姓刘的果然耐着性子，陪着金粟那几个桂花小娘，一起逛完了所有倒悬山形胜之地。白首对上香楼、灵芝斋都没啥兴趣，哪怕是那座悬挂众多剑仙挂像的敬剑阁，也没太多感触，归根结底，还是少年尚未真正将自己视为一名剑修。白首还是对雷泽台最向往，噼里啪啦、电闪雷鸣的，瞅着就得劲，听说中土神洲那位女子武神，前不久就在这儿炼剑来着。那些姐姐在雷泽台，纯粹是照顾少年的感受，才稍稍多逗留了些时分，然后转去了麋鹿崖，便立即莺莺燕燕叽叽喳喳起来。麋鹿崖山脚，有那一整条街的铺子，脂粉气重得很，哪怕是相对稳重的金粟，到了大大小小的铺子那边，也要管不住钱袋子了，看得白首直翻白眼，女人啊。

刘景龙一直慢悠悠跟在最后，仔细打量各处景点，哪怕是麋鹿崖山脚的店铺，逛起来也一样很认真，偶尔还帮着桂花小娘掌掌眼。

白首算是看出来了，至少有两个桂花小娘，对姓刘的有想法，与他言语的时候，嗓音格外柔糯，眼神格外专注。

白首就奇了怪了，她们又不知道姓刘的是谁，不清楚什么太徽剑宗，更不知道什么北俱芦洲的陆地蛟龙，怎么看都只是个没啥钱的迂腐书生，怎么就这么猪油蒙心喜欢上了？这姓刘的，本命飞剑的本命神通，该不会就是让女子犯痴吧？如果真是，白首倒是觉得可以与他用心学习剑术了。

不管如何，终究没有意外发生。

刘景龙也不会与少年明言，其实先后有两拨人鬼祟跟踪，却都被自己吓退了。一次是自己流露出金丹境剑修的气息，但暗中之人犹不死心，随后又有一位老者现身，刘景龙便只好再加一境，作为待客之道。

然后就没有然后了。

白首看似抱着双臂，不厌其烦地跟在她们身边，后来还要帮着她们拎东西，实则身为太徽剑宗祖师堂嫡传，却更像是早年的割鹿山刺客，小心谨慎地观察着四周动静。

刘景龙其实有些欣慰。

诸多本心，细微体现。

符家人，反正注定在他刘景龙跟前掀不起风浪，那么白首是不是就可以高枕无忧，全然不在意，优哉游哉，挑三拣四，或是满腹牢骚，逛遍倒悬山？

即便是自家的太徽剑宗，又有多少嫡传弟子，拜师之后，心性微妙转变而不自知？言行举止，看似如常，恭谨依旧，恪守规矩，实则处处是心路偏差的细微痕迹。一着不慎，长久以往，人生便去往别处。刘景龙在自家太徽剑宗和翩然峰修行之余，也会尽量帮着同门晚辈们守住清澈本心，只是某些涉及大道根本，依旧无法多说多做什么。

所以刘景龙不太喜欢“神仙种”和“先天剑坯”这两个说法。

金粟她们满载而归，人人心满意足，返回桂花岛。这趟短暂游历后，饶是金粟，也对刘景龙的印象改观许多，离别之际，诚心道谢。

刘景龙将她们一路送到捉放亭，这才带着白首去鹳雀客栈结账，打算去春幡斋那边住下。

回了客栈，少年幸灾乐祸了个半死。因为客栈里，站着一位熟悉的女子，姿容极美，正是水经山仙子卢穗，北俱芦洲年轻十人当中的第八位，被誉为与太徽剑宗刘景龙最般配的神仙眷侣。

卢穗柔声道：“景龙，春幡斋那边听说你与白首已经到了倒悬山三天，就让我来催促你。我已经帮忙结账了，不会怪我吧？”

刘景龙心中无奈，笑着摇头，好像说了句“怪或不怪，都是个错，那就干脆不说话了”。

每当这种时候，刘景龙便有些想念陈平安。

客栈掌柜很是奇怪，春幡斋亲自来请？这个年纪不大的青衫外乡人，架子有点大啊？

春幡斋、猿蹂府这些眼高于顶的著名私宅，一般情况下，不是上五境修士领衔的队伍，可能连门都进不去。

刘景龙与客栈掌柜笑着道别。

年轻掌柜趴在柜台上，笑着点头。他觉得自己一个小客栈的屁大掌柜，也无须与这般神仙中人太客气，反正注定大献殷勤也高攀不上，何况他也不乐意与人低头哈腰，挣点小钱，日子安稳，不去多想。偶尔能够见到陈平安、刘景龙这样浑身云遮雾绕的年轻人，不也很好？说不定他们以后名气大了，鹳雀客栈的生意就跟着水涨船高。只不过想要在藏龙卧蛟的倒悬山有点名气，却也不容易就是了。

到春幡斋之前，一路上都是白首在与卢穗热络闲聊。白首对水经山很向往，那边的漂亮姐姐很多。少年其实不花心，只是喜欢女子喜欢自己而已。

卢穗显然也比平日里那个冷冷清清、一心问道的卢仙子，言语更多。

白首大为惋惜，替卢仙子很是打抱不平。姓刘的竟然连这样的都不喜欢，活该打光棍，被那云上城徐杏酒两次往死里灌酒。

春幡斋的主人，破天荒现身，亲自款待刘景龙。卢穗在一旁为两位年龄悬殊的剑仙煮茶，少年白首有些局促不安。

不知为何，白首对太徽剑宗没什么敬畏，对姓刘的更是不怕，可上次见到了掌律祖师剑仙黄童后，白首便开始慌张起来。

其实这次远游剑气长城，要见宗主韩槐子，白首更怕。

这会儿见到了与自己师父相对而坐的春幡斋邵云岩，白首同样浑身不自在。

到底是一位传说中的剑仙啊，能够在剑修如云的北俱芦洲，站在山巅的大人物啊。

至于为何自己师父也是剑仙，朝夕相处，自己称呼他一口一个姓刘的，白首却完全没这份担惊受怕？少年从未深思。

眼前的师父，在金粟那些桂花岛小修士面前如何，到了春幡斋见着了剑仙主人，好像还是如何。

看着云淡风轻的师父，白首双手接过卢穗笑着递来的一杯茶，低头饮茶，便渐渐心静下来。

刘景龙提及预订养剑葫芦一事，邵云岩笑着点头答应下来，还给了一个极为公道的价格。刘景龙道谢。

白首听着谷雨钱之前那个数字，当场额头冒汗。

邵云岩说道："买卖之外。太徽剑宗不欠我人情，只是刘道友你却欠了我一个人情。实话实说，假定十四枚葫芦，最终炼化成功七枚养剑葫芦，在这千年之内，皆是早有预定，不可悔改，那么只有先前其中一人，无法按约购买了，刘道友才有机会开口，我才敢点头答应。千年之内，偿还人情，只需出剑一次即可。而且刘道友大可放心，出剑必然占理，绝不会让刘道友为难。"

刘景龙笑道："可以。"

然后刘景龙犹豫了一下，问道："若是养剑葫芦在七枚之上，我是否可以再预订一枚？"

邵云岩微笑道："只能是价高者得了，我相信刘道友很难得偿所愿。"

其实还有一些实在话，邵云岩没有坦言罢了，哪怕多出一枚养剑葫芦，还真不是谁都可以买到手的。刘景龙之所以可以占据这枚养剑葫芦，原因有三：第一，春幡斋与他邵云岩，看好如今已是玉璞境剑修的刘景龙的未来大道成就。第二，刘景龙极有可能是下一任太徽剑宗宗主。第三，邵云岩自己出身北俱芦洲，也算一桩可有可无的香火情。

这些话之所以不用多讲，还是因为这位年纪轻轻的陆地蛟龙，心中明了。

刘景龙说道："确实是晚辈多想了。"

邵云岩笑道："托刘道友的福，我才能够喝上卢丫头的茶水。"

卢穗是水经山宗主最器重的嫡传弟子，而邵云岩此生唯一亏欠之人，便是卢穗的师父。

当年春幡斋内的那根先天至宝葫芦藤，是两人一起机缘巧合得到的，甚至可以说她出力更多，但是最终两人却因为各种缘由，没能走到一起，成为神仙道侣。对于葫芦藤的归属，她更是从未改变主意。她越是如此，邵云岩越是心中难安。故而对于她的得意弟子卢穗，膝下无儿女的邵云岩，几乎视如己出。再者，卢穗对刘景龙痴心一片，与当年邵云岩与卢穗的师父，何其相似？

邵云岩喝过了茶，谈妥了那枚养剑葫芦的归属，很快便告辞离去。

卢穗依旧留下煮茶。

白首看着这位仙子姐姐的煮茶手法，真是赏心悦目。

卢穗微笑道："景龙，可曾看出倒悬山一些内幕？"

刘景龙点头道："包括捉放亭、师刀房在内八处风景形胜，是一座大阵的八处阵眼。倒悬山不单单是一座山字印那么简单，早已是一件层层淬炼、攻守兼备的仙兵了。至于阵法渊源，应该是传自三山九侯先生留下的三大古法之一，最大的精妙处，在于以山炼水，颠倒乾坤，一旦祭出，便有翻转天地的神通。"

卢穗神采奕奕，哪怕她只是看了一眼姓刘的，很快就低头去盯着火候，也依旧难以掩饰那份百转千回的女子心思。刘景龙却自顾自沉浸于对倒悬山大阵的思考中。

白首看得恨不得一锤砸在姓刘的脑阔(壳)上。

卢穗仿佛临时记起一事,道:“我师父与郦剑仙是好友,刚好可以与你一起去往剑气长城。与我同行游历倒悬山的,还有珑璁那丫头,景龙,你应该见过的。我这次就是陪着她一起游历倒悬山。”

刘景龙点点头,似乎觉得这是一件理所应当的事情。

白首在一旁看得心累不已,将杯中茶水一口闷了。卢仙子怎么来的倒悬山,为何去的剑气长城,你倒是开点窍啊! 还点头,点你大爷的头!

这种事情,真不是他白首胳膊肘往外拐,我那陈兄弟,真要甩你姓刘的十八条大街!

算了,等见到了陈平安再说吧。到时候他白大爷委屈一点,恳请好兄弟陈平安传授你个三五成功力。

卢穗却已经习惯了,为刘景龙添茶水的时候,轻声说道:“水精宫那边,听说来了一位中土神洲的天才女武夫,是以最强六境跻身的金身境,在金甲洲那边破的瓶颈,受过曹慈不少指点。此次前来剑气长城,是想要去城头,学先前曹慈在那边练拳几年。”

刘景龙微笑道:“我有个朋友如今也在剑气长城那边练拳,说不定双方会碰上。”

白首现在一听到纯粹武夫,还是女子,就难免心慌。

卢穗好奇道:“是那个宝瓶洲的陈平安?”

上次在三郎庙,刘景龙说起过这个名字。好像就是为了陈平安,刘景龙才会在三场问剑之前,跑去恨剑山和三郎庙购买东西,所以卢穗对此人,印象极其深刻。

刘景龙笑着点头。

卢穗笑道:“我都对这个陈平安有些好奇了,竟然能够让景龙如此刮目相看。”

刘景龙依旧没说什么。

白首忍不住说道:“卢姐姐,我那好兄弟,没啥长处,就是劝酒本事,天下第一!”

刘景龙转头,面带笑意,看着白首。

少年一身正气,斩钉截铁道:“这陈平安的酒品实在太差了! 有这样的兄弟,我真是感到羞愤难当!”

卢穗哭笑不得,景龙怎么找了这么个混不吝的弟子。

城头之上。

剑仙苦夏正对林君璧、严律一行人,传授剑术。苦夏所授,正是剑气长城准许外来剑修研习的一门剑术。

此时,一群人坐在蒲团之上,竖耳聆听苦夏剑仙的指点。

苦夏先阐述了一遍剑道口诀的大意，然后拆解一系列关键窍穴的灵气运转、牵引、呼应之法，讲述得极其细微，然后让众人询问各自不解处，或是提出自以为是关隘处的症结。苦夏大多是让资质最佳、悟性最好的林君璧，代为解惑，林君璧若有不足，苦夏才会补充一二，查漏补缺。

这门上乘剑术的古怪之处，在于唯有置身于剑气长城这座剑气沛然的小天地，才有显著效果，到了浩然天下，也可以强行演练，只是收效极小。简而言之，这门剑术，太过讲究天时地利，想要裨益剑道和魂魄，哪怕是林君璧这般身负一国气运的天之骄子，依旧只能在城头之上，靠着滴水穿石的水磨功夫，精进道行。

苦夏其实心中颇有忧虑，因为传授剑诀之人，本该是本土剑仙孙巨源，但是孙巨源对这帮绍元王朝的未来栋梁，观感太差，竟然直接撂挑子了，推三阻四。苦夏也是那种死脑筋的，起先不愿退而求其次，由自己来传道，后来孙巨源被纠缠得烦了，才与苦夏坦言，绍元王朝如果还希望下次再带人来剑气长城，依旧能够住在孙府，那么这次就别让他孙巨源太为难。

苦夏看了眼自己的嫡传弟子蒋观澄，心中叹息不已，既忧愁这个弟子的直肠子，又觉得剑修学剑与为人，确实无须太过与林君璧相似。何况比起蒋观澄身边某些个小肚鸡肠、充满算计的少男少女，苦夏还是看自己弟子更顺眼些。苦夏之所以选择蒋观澄作为弟子，自然有其道理，大道相近，是前提。只不过蒋观澄的登高之路，确实需要磨砺更多。

林君璧哪怕只是坐在蒲团上，双手摊掌叠放在腹部，笑意恬淡，依然是山上亦少见的谪仙人风范。

严律一直在学林君璧，极为用心。无论是小处的待人接物，还是更大处的为人处世，严律都觉得林君璧虽然年纪小，却值得自己好好去琢磨推敲。

严律以前看人，很简单，只分蠢人和聪明人，至于好坏善恶，根本不在意，能为我所用者，便是朋友，不为我所用者，便最多是与之笑言的陌路人。

此次同行剑修之中，其实没有蠢人，只有足够聪明和不够聪明之分。

不够聪明的，像苦夏剑仙的嫡传弟子蒋观澄，还有那个对林君璧痴心一片的傻子少女。

足够聪明的，像那些当初为林君璧仗义执言的“蠢人”，看似颠倒黑白，混淆是非，真以为这群人不知晓轻重利害？不过是想着在林君璧面前，说些讨巧的漂亮话，惠而不费，可内心深处，说不定是在希望林君璧年少轻狂，一个不小心，被众口一词，添油加醋，于是意气用事，与那陈平安不死不休。哪怕退一步，双方最终撕破脸皮，结果强龙压不过地头蛇，在陈平安那里碰了一鼻子灰，林君璧道心受损，也是一个不差的结果。

修行路上，少了一个林君璧，再好不过了。对于这帮人而言，损人也不利己的事情，就已经愿意去做，更何况还有机会利己。

毕竟在绍元王朝，利益关系，盘根交错，此次携手游历，林君璧实在太过出彩，冥冥之中，他们这些绍元王朝的修行晚辈，都察觉到一个真相，一旦让林君璧顺利登顶，未来百年千年，绍元王朝的所有剑修，都会面临一种“一人独占大道”的尴尬处境。

绍元王朝的林君璧，就像是中土神洲武学路上的曹慈，与之同道者，皆是可怜人。

在这些人之外，朱枚和金真梦，又是另外一种人，相对少些算计。

可严律更喜欢打交道的，愿意去多花些心思笼络关系的，反而不是朱枚与金真梦，恰恰是那帮养不熟的白眼狼。

与身世不输自己的朱枚打交道，或是拉拢道心坚定、剑意纯粹的金真梦，需要付出严律许多不愿意或者说不擅长付出的东西。

林君璧在充当半个传道人的同时，早已分心别处。

这处城头之上，每隔一段，便有剑仙坐镇一方。

对于身边众人，包括那个严律，林君璧从来不觉得他们是自己的同道中人。林君璧认为他们心性太弱，资质太差，脑子太蠢，故而他们的所有靠山与背景，皆是虚妄。林君璧甚至有些时候，想要笑着与他们说句心里话：“你们应该珍惜如今的光阴，能够与我林君璧勉强同行，大道路上，好歹还能够看到我林君璧的背影，如今更是有幸在城头上，一起练剑，算是平起平坐。”

边境没有跟随苦夏剑仙在城头学剑，而是跑去了海市蜃楼那边凑热闹。那边有个好地方，说是演武场，其实有点类似北俱芦洲的砥砺山，对峙双方，不分胜负，只分生死。

不过比起砥砺山，又有不同，这座演武场只有同境厮杀，赌的是双方性命，赢的是对方的所有家底，以及一笔数目极为可观的赌注抽成。

剑修之争，其实不是最精彩的，而且机会不多，一般除非是双方结下死仇，不然不会来此。再者，剑修捉对厮杀，往往瞬间结束，没什么看头，屁股没捂热就得起身离开，太没趣味。

真正精彩的，是那种剑修与其他练气士的搏杀。最精彩的，当然还是一个练气士，能够侥幸与那杀力最大的剑修换命。

一小撮剑修为何主动来此涉险？除了砥砺自身道行之外，当然是为了挣钱，好养飞剑。

其余练气士为何愿意冒着送死的风险，也要进入演武场？自然不是自己找死，而是身不由己。这些练气士，几乎全部都是被跨洲渡船秘密押送至此，是浩然天下各大洲的野修，或是一些覆灭仙家门派的孤魂野鬼。若是赢了同境练气士三场，就可以活命。如果之后还敢主动下场厮杀，就可以按照规矩赢钱，如果能够击杀一名剑修，即可恢复自由。

曾有儒家门生，对此痛心疾首，觉得如此荒唐行径，太过草菅人命，质问剑气长城为何不加约束，任由一艘艘跨洲渡船送来那么多野修。

有一位中土神洲大王朝的豪阀女子，靠山极硬，自家便拥有一艘跨洲渡船，到了倒悬山，直接下榻于猿蹂府，好似女主人一般的作态，在灵芝斋那边一掷千金，更是惹人注目。她身边两个扈从，除了明面上的一位九境武夫大宗师，还有一位深藏不露的上五境兵家修士。到了海市蜃楼的演武场，女子观战后，不但怜悯被抓来剑气长城的浩然天下练气士，还怜悯那些被当作“磨剑石”的妖族剑修，觉得它们既然已经化作人形，便已经是人，竟受如此虐待，惨无人道，不合礼数，于是便在海市蜃楼演武场大闹了一场，然后趾高气扬地离开。结果当天她的那位兵家扈从，就被一位离开城头的本土剑仙打成重伤，至于那位九境武夫，根本就没敢出拳，因为除了出剑的剑仙之外，分明还有剑仙在云海中随时准备出剑。她只得忍气吞声，跑去求助于与家族交好的剑仙孙巨源，结果吃了个闭门羹，被孙巨源赏了个“滚”字，他们一行人的所有物件还被丢到孙府外的大街上。

女子梨花带雨，带人仓皇退出剑气长城。据说回到了浩然天下之后，她凭借家世和财力，让人聚拢了一大波文坛士林的文豪大儒，大肆抨击剑气长城的野蛮风俗，其中言语最重的一句话，当然是“剑气长城的剑修，与那蛮荒天下的妖族，又有何异”。只不过在那之后，她所在的家族、宗门和王朝，便再没有一人能够进入倒悬山——不是剑气长城，而是直接连倒悬山都无法登上。若有人胆敢偷偷登上倒悬山，自有守门剑仙一剑劈入大海，至于下场如何，生死看天。

当年此事闹得极大，连老大剑仙都没说什么，曾经亲自负责处理此事的董家，便底气十足。

边境今天不但观战，还押注了好几种。押生死，往往输赢都有数，毕竟悬念不大，在这里厮混多年的赌棍，一个个眼光奇好。所以真正赚钱或是亏惨的，还是押注多久会有人毙命。至于押注双方皆死的，一旦真给押中了，往往可以赢个两三年的喝酒钱。在剑气长城喝那仙家酒酿，真心不便宜。

边境坐在人满为患的看台一处角落，默默喝着酒，安静等待今日演武场搏命双方的入场。

率先出来的一人是来此历练的浩然天下观海境剑修，随后是一个衣衫褴褛、浑身有伤的同境妖族剑修。伤痕累累，却不影响战力，更何况妖族体魄本就坚韧，受了伤后，凶性勃发，身为剑修，杀力更大。

这种对峙，不太常见。

听说在那座一墙之隔的蛮荒天下，只要能够成为剑修，都被誉为“大道种子”，有点类似浩然天下的读书种子。

边境看着那个眼神麻木的年轻妖族剑修。据说这个妖族，是在一场大战落幕后，偷偷潜入战场遗址，想碰碰运气，试图捡取残破剑骸，却被剑气长城的巡视剑修抓获，带回了那座牢狱，最终与许多妖族的下场差不多，被丢入此地，死了就死了，若是活了下来，就会再被带回那座牢狱，养好伤，等待下一次永远不知对手是谁的捉对厮杀。

边境一点不奇怪，为什么会有不少浩然天下的游历之人，对此生出恻隐之心。所以边境这会儿喝着酒，期待着剑气长城被攻破的那一天，期待着到时候占据浩然天下的妖族，会不会对这些好心肠的人，怀有恻隐之心。

边境的心神沉浸于小天地，知晓他所有念头的某个存在，隐匿于边境心湖极深处，见到了边境的芥子心神后，咧嘴一笑。那个存在，浑身充斥着无可匹敌的蛮荒气息，只是这么一个细微动作，便牵扯得一名金丹境瓶颈剑修身体小天地诸多本命窍穴灵气，齐齐随之摇晃起来，沸腾如油锅。所幸那股气息稍稍流散几分，无须边境以心意压制，很快就被那个存在自己收敛起来，以免露出蛛丝马迹。这些剑仙，可不是什么玉璞境的小猫小狗，说不定就会有董、齐、陈这几个姓氏当中的某个老匹夫，这才棘手。为山九仞功亏一篑，浩然天下的读书人，讲起大道理来，还是有点意思的。

那个存在只与边境的芥子心神说了一番言语，道："事成之后，我的功劳，足以让你获得某把仙兵，加上之前的约定，我可以保证你成为一个仙人境剑修，至于能否跻身飞升境剑仙，只能看你小子自己的造化了。成了飞升境，又有一把好剑，还管什么浩然天下什么蛮荒天下？你小子哪里去不得？脚下何处不是山巅？林君璧、陈平安这类货色，无论敌我，就都只是不值得你低头去看一眼的蝼蚁了。"

如今倒悬山与剑气长城的往来，有两处大门。

刘景龙和白首这对师徒，以及卢穗和任珑璁这对朋友，四人一起走入剑气长城。

白首头晕目眩，蹲在地上干呕。刘景龙蹲下身，轻轻按住少年的肩头。

任珑璁也好不到哪里去，只是强忍着，同样被卢穗握住手，帮着稳固气府灵气，脸色惨白的任珑璁，这才稍稍好转几分。

而几乎同时，另外一处大门，有女子独自离开水精宫，来到剑气长城，站定之时，一身拳意流淌，对于剑气长城那股遮天蔽日的天然厌胜，毫无不适感觉。

她此次剑气长城之行，原本是要追寻曹慈的足迹，借住在城头那座由曹慈打造的小茅屋内，砥砺金身境，希望能够以最强第七境，跻身远游境。只是在水精宫听闻了某些事迹后，让她只觉得天意如此！故而她当下所求唯一事，就是要与那曹慈和刘幽州多次提及之人，在城头之上，以拳对拳，让他再次连输三场！

白首一时半会儿不太适应剑气长城的风土，病恹恹的，与那任珑璁同病相怜。

这就是为何地仙之下的练气士，不愿意来剑气长城久留的根本原因，因为熬不住，简直就是重返洞府境、时刻经受海水倒灌之苦。年轻剑修还好，长久以往，终究是份裨益，能够滋养魂魄和飞剑，剑修之外的三教百家练气士，光是抽丝剥茧，将那些剑意从天地灵气当中剥离出去，便是天大苦头。历史上，在剑气长城相对安稳的大战间隙，不是没有不知天高地厚的年轻练气士，从倒悬山那边走来，强撑着去了那座城头，陪着一起“游山玩水”的身边扈从，又刚好境界不高，结果等到给扈从背去大门口，竟然已经直接跌境。

卢穗试探性问道：“既然你朋友就在城内，不如随我一起去往太象街白脉府吧？那位宋律剑仙，本就与我们北俱芦洲渊源颇深。”

卢穗其实知道自己的提议，有些不近人情，可是她就怕今天分别后，刘景龙便安心练剑，沉浸其中，物我两忘，到时候她怎么办？万里迢迢赶来倒悬山相逢，才看了景龙几眼，难道便要咫尺天涯？说不定最后一次见面，就是她准备重返倒悬山，与他道别。可如果是一起入住宋律剑仙的白脉府，哪怕刘景龙一样是在潜心练剑，闭关谢客，卢穗也会觉得与他同在一片屋檐下，风雨也好晴也好，终究两人所见风景是一样的啊。

白首附和道：“有道理！咱们就不去打搅宗主修行了，去打搅宋律剑仙吧。”

白首不太敢见那位从未见过的太徽剑宗宗主韩槐子，在翩然峰听许多同龄人闲聊，好像这位宗主是个极其严厉的老家伙，人人说起，都敬畏不已，反而是那个白首只见过一面的掌律祖师黄童，趣事多多。可问题是等到白首真正见着了黄老祖师，一样如履薄冰，十分畏惧。剑仙黄童尚且如此让人不自在，见到了那个太徽剑宗的头把交椅，白首担心自己会不会一句话没说对，就要被老家伙当场驱逐出祖师堂，到时候最尊师重道的姓刘的，岂不是就要乖乖听命？白首不觉得自己是心疼这份师徒名分，只是心疼自己在翩然峰积攒下来的那份风光和威严罢了。

卢穗会心一笑。任珑璁不太喜欢这个口无遮拦的少年。

刘景龙摇头道：“我与宋律剑仙此前并不认识，直接登门，太过冒失，而且需要浪费卢姑娘与师门的香火情，此事不妥。何况于情于理，我都该先去拜会宗主。再者，郦前辈的万壑居距离我太徽剑宗府邸不远，先前问剑过后，郦前辈走得急，我需要登门道谢一声。”

来此出剑的外乡剑仙，在剑气长城和城池之间，有许多闲置私宅可住，自行挑选，与隐官一脉的竹庵、洛衫剑仙打声招呼即可。若是被本土剑仙邀请，入住城内，当然亦可。愿意待在城头上，拣选一处驻守，更不阻拦。

北俱芦洲的太徽剑宗，自从韩槐子、黄童两位剑仙联袂赶赴剑气长城之后，凭借杀妖战功，直接挣来了一座占地不小的府邸，名为甲仗库，太徽剑宗所有子弟，便有了落脚之地，到了剑气长城，再无须寄人篱下。反观浮萍剑湖宗主郦采，却是刚到，也无相熟的本土剑仙,故而直接挑选了那位本洲战死剑仙前辈的下榻处万壑居。郦采丝毫不惧那点“晦气”,大大方方入住的当天,便有不少的本土剑仙,愿意高看郦采一眼。

卢穗微笑道:“景龙,那我有机会就去拜访韩宗主。”

刘景龙点头道:“当然可以啊,宗主对卢姑娘的大道,十分赞赏,卢姑娘愿意去我们那边做客,宗主定然欣喜。”

卢穗笑了笑,眉眼弯弯。

任珑璁深呼吸一口气,转过头不去看卢穗与那呆头鹅刘景龙,看多了,她就忍不住要骂人。

白首也觉得姓刘的太欠骂了。咱们太徽剑宗的宗主欣喜不欣喜的,是卢仙子真正在意的事情吗?卢仙子抛了那么多媚眼,就算是个瞎子,好歹也该接住一两次吧?你姓刘的倒好,凭本事次次躲过。

双方分开后,刘景龙照顾弟子白首,没有御剑去往那座已经记在太徽剑宗名下的甲仗库府邸,而是步行前往,让少年尽可能靠自己熟悉这一方天地的剑意流转。不过刘景龙似乎有些后知后觉,轻声问道:“先前我与卢姑娘的言语当中,是不是有不近人情的地方?”

白首没好气道:“开什么玩笑?”

刘景龙松了口气,没有就好。

白首没好气道:“你根本就没有一句近人情的好话。”

刘景龙感叹道:“原来如此。”

白首疑惑道:“姓刘的,你为什么不喜欢卢姐姐啊?没有半点不好的万般好,咱们北俱芦洲,喜欢卢姐姐的年轻俊彦,数都数不过来,怎就偏偏她喜欢你,你不喜欢她呢?”

刘景龙无奈道:“唯独此事,无理可说。”

沿着城池边缘,一直南下,行出百余里,师徒二人找到了那座甲仗库。

修道之人,哪怕不御风御剑,百余里路途,依旧是穿街过巷一般。即便白首暂时无法完全适应剑气长城的那种窒息感,步伐相较于市井凡夫的跋山涉水,依然显得健步如飞,快若奔马。

沿途稀稀疏疏的大小府邸宅子,多是上五境剑仙坐镇,或是外乡地仙剑修暂居。

太徽剑宗宗主韩槐子站在门口,刘景龙作揖道:“翩然峰刘景龙,拜见宗主。”

白首偷偷咽了口唾沫,学着姓刘的,作揖弯腰,颤声道:“太徽剑宗祖师堂第十六代嫡传弟子,翩然峰白首,拜见宗主!”

韩槐子是太徽剑宗的第四代宗主,但是祖师堂传承,自然远远不止于此。

太徽剑宗虽然在北俱芦洲不算历史久远,但是胜在每一位宗主皆剑仙,并且宗主之外,几乎都会有类似黄童这样的辅佐剑仙,站在北俱芦洲山巅之侧。而每一任宗主手上的开枝散叶，也有多寡之分，像并非以先天剑坯身份跻身太徽剑宗祖师堂的刘景龙，其实辈分不高，因为带他上山的传道恩师，只是祖师堂嫡传第十四代弟子，故而白首就只能算是第十六代。不过浩然天下的宗门传承，一旦有人开峰，或是一举继任道统，祖师堂谱牒的辈分，就会有大小不一的更换。例如刘景龙一旦接任宗主，那么刘景龙这一脉的祖师堂谱牒记载，都会有一个水到渠成的"抬升"仪式，白首作为翩然峰开山大弟子，自然而然就会晋升为太徽剑宗祖师堂的第六代"祖师爷"。

只不过在辈分称呼一事上，除了破格升迁得以继承一脉道统的新宗主、山主之外，此人的嫡传弟子，外人依循祖师堂旧历，也无不可。

韩槐子笑着抬了抬手，道："无须多礼。以后在此的修行岁月，无论长短，我们都入乡随俗，不然宅子就我们三人，做样子给谁看？对不对，白首？"

白首哭丧着脸。对？肯定不对啊。不对？那更加不对啊。

白首可怜兮兮望向姓刘的，刘景龙笑道："怎么天大的胆子，到了宗主这边便米粒大小了？"

在姓刘的面前，白首还是胆大包天的，脱口而出道："怪那哑巴湖小水怪，取了个名字叫米粒。"

突然意识到一旁还有个高入云霄的宗主剑仙，白首汗流浃背，竟是直接说出了心声，道："宗主，我知道自己说错话了，求你老人家千万别把我赶出太徽剑宗！"

韩槐子哭笑不得，幸好景龙在先前那封信上，早有明言，介绍自己收了个怎样的徒弟，不然他这宗主还真有点措手不及。

韩槐子笑着安慰道："在剑气长城，确实言行忌讳颇多，你切不可依仗自己是太徽剑宗剑修，还是刘景龙嫡传，便妄自尊大，只是在自家府邸，便无须太过拘谨了。在此修行，要多想多问。我太徽剑宗弟子，在修行路上，剑心纯粹光明，便是尊师最多；敢向不平处一往无前出剑，便是重道最大。"

白首愣在当场，这与想象中那个一言不合就要摆剑仙架子、宗主气势的韩槐子，实在差了十万八千里。

刘景龙笑道："这会儿应该大声说一句'记住了'。"

白首赶紧说道："记住了！"

刘景龙无可奈何，以前就没见过这么听话的白首。

韩槐子忍住笑，与那少年打趣道："记住个什么记住，不用记住，年纪轻轻的剑修，哪里需要刻意记住这些大话。"

白首都快给这位宗主整蒙了。

韩槐子领着两人，一起走入甲仗库大门，说了些这座宅子的历史，曾经有哪些剑仙居住于此，又是何时战死、如何战死的。

白首便肃然起敬，不由自主放慢了呼吸与脚步，因为少年只觉得自己的每一次呼吸，每一次脚步，仿佛都是在打搅那些前辈剑仙的休歇。

韩槐子悄然看了眼少年的脸色和眼神，转头对刘景龙轻轻点头。

一名故意以自身拳意牵引剑气为敌的年轻女子，脚穿麻鞋，身着赤衣，满头青丝，绾了个干脆利落的盘踞发髻，只背了个装有干粮的包裹。

她没有径直入城，离墙根还有一里路途，便开始狂奔向前，高高跃起，一脚踩在十数丈高的城墙上，然后弯腰上冲，步步登高。

距离城头数丈时，一脚重重踩踏墙壁，身形蓦然跃起，最终飘然落在城头之上，然后往左手边缓缓走去。

按照曹慈的说法，那座不知有无人居住的小茅屋，应该相距此地不足三十里。

一路行去，并无遇到驻守剑仙，大小两栋茅屋附近，根本无须有人在此提防大妖袭扰，也不会有谁登上城头，耀武扬威一番，还能够安然返回南边天下。

因为有那位老大剑仙。

她突然皱了皱眉头，察觉到对面城头之上，有极重剑气。应该就是那个传闻中的大剑仙左右——一个出海访仙之前，打碎了无数先天剑坯道心的怪人。

当她越发临近茅屋的时候，发现在自己前行的路线上，还有位瞧着年轻容貌的剑仙，已经转头朝她望来。

她依旧向前而行，瞥了眼不远处的小茅屋，收回视线，抱拳问道："前辈可是暂住于茅屋？"

魏晋笑着点头，说道："你要是不介意，我这就搬出茅屋。"

她点头道："介意，所以前辈只管继续借住。"

她停下脚步，盘腿而坐，摘下包裹，取出一只烙饼，大口嚼了起来。

魏晋笑了笑，不以为意，继续闭眼修行。

女子吃过了烙饼，取出水壶喝了口水，问道："前辈可知道那位来自绍元王朝的苦夏剑仙，如今身在城头何处？"

魏晋睁眼，道："约莫七百里之外，便是苦夏剑仙修道和驻守之地。如果没有意外，此刻苦夏剑仙正在传授剑术。"

女子点头道："谢了。"

她背好包裹，起身后，开始走桩，缓缓出拳，一步往往跨出数丈，去往七百里之外。

其间遇到一只巨大金色飞禽破开云海，阴影笼罩城头，如昼入夜，金色飞禽落在一位白衣剑仙身畔，落地之时，便化作麻雀大小，跃上剑仙主人的肩头。

有剑仙身姿慵懒，斜卧一张榻上，面朝南方，仰头饮酒。

女子只是看过一眼便不再多看。

剑仙苦夏坐在蒲团上，包括林君璧在内的众多晚辈剑修正在闭目凝思，呼吸吐纳，尝试着汲取天地间流散不定、快若剑仙飞剑的精粹剑意，而非灵气，不然就是捡了芝麻丢西瓜，白走了一趟剑气长城。只不过除了林君璧收获显著，哪怕是严律，依旧暂时毫无头绪，只能碰碰运气。其间有人侥幸收拢了一缕剑意，稍稍流露出雀跃神色，一个心神不稳，那缕剑意便开始翻江倒海。剑仙苦夏见状祭出飞剑，将那缕极其细微的远古剑意，从剑修人身小天地内，驱逐出境。差点就要伤及大道根本的年轻剑修，面无人色。

剑仙苦夏以心声与之言语，声音沉稳，帮着年轻人稳固剑心，至于气府灵气紊乱，那是小事，根本无须这位剑仙出手安抚。

能够从众多绍元王朝的年轻俊彦当中脱颖而出，赶赴剑气长城，若是连这点事情都摆不平，那么明天就可以离开孙府，返回倒悬山，老老实实待在那边等着同行众人了，反正梅花园子，一向待客周到。

剑仙苦夏突然站起身，转头望去，认出对方后，这位天生苦相的剑仙，破天荒露出笑容，转身迎接那位女子。

不管这位喜好游走江湖的晚辈，在外用了多少个化名，或是习惯被人称呼为什么，在她家族的祖师堂谱牒上，是个与脂粉气半点不沾边的名字——姓郁，名狷夫。

中土郁家，是一个历史极其久远的顶尖豪阀，曾经一手扶植起了一座比如今绍元王朝更加强势的大澄王朝，大澄王朝覆灭之后，不过百年，便又扶起了一个更加庞大的玄密王朝。

郁狷夫与那未婚夫怀潜，皆是中土神洲最拔尖的那一小撮年轻人。郁狷夫为了逃婚，跑去金甲洲，在一处上古遗址，独自练拳多年。怀潜也好不到哪里去，一样跑去了北俱芦洲，据说是专门狩猎、收集地仙剑修的本命飞剑。

听说怀家老祖在去年破天荒露面，亲自出门，找了同为中土神洲十人之一的好友，至于缘由，无人知晓。

剑仙苦夏的那位师伯，周神芝，与怀家老祖一样，皆在十人之列，而且名次还要更前，曾经被人说了句脍炙人口的评语，“从来眼高于顶，反正剑道更高”。周神芝在中土神洲广袤版图上，是出了名的难打交道，对师侄苦夏——这位享誉天下的大剑仙，依旧没个好脸色。

他们这一脉，与郁家世代交好，郁狷夫更是剑仙苦夏那位师伯最喜欢的晚辈，没有之一。

周神芝与人坦言我家子孙皆废物，配不上郁狷夫。要知道周神芝的子嗣，是以英才辈出、天生神仙种著称于世。

周神芝宠溺郁狷夫到了什么地步？郁狷夫最早在中土神洲的三年游历，周神芝一直在暗中护道，结果性情耿直的郁狷夫不小心闯下大祸，惹来一位仙人境大修士的暗算，然后那位大修士直接被周神芝砍断了一只手，逃回了祖师堂，凭借一座小洞天，选择闭关不出。周神芝慢悠悠尾随其后，最终整座宗门全部跪地，周神芝从山门走到山巅，一路上，敢言语者，死，敢抬头者，死，敢流露出丝毫愤懑心思者，死。而郁狷夫的心大到了什么境界？反而埋怨周神芝退敌即可，应该将仇家交予她自己去对付。不承想周神芝非但不恼火，反而继续一路护送郁狷夫这个小丫头，直到郁狷夫离开中土神洲，到达金甲洲才作罢。

见到了迎面走来的剑仙苦夏，郁狷夫停步抱拳道："见过苦夏前辈。"

剑仙苦夏笑着点头，问道："怎么来这儿了？"

郁狷夫说道："练拳。"说了其实等于没说。

剑仙苦夏却笑了起来，说了句干巴巴的言语，道："已经是金身境了，再接再厉。"

然后双方便都沉默起来，只是两人都没有觉得有何不妥。

剑仙苦夏不是那种擅长钻营之人，更不会希冀着自己多照拂郁狷夫一二，以此赢得自家师伯的好感，他纯粹只是看好郁狷夫。至于郁狷夫，更是被笑称为"所有长辈缘都被周神芝一人吃光"的郁家人。

虽说怀家与郁家结下了那桩娃娃亲，但随着时间推移，怀家老祖对这个脾气又臭又硬的丫头，越来越不喜欢，所以后来郁狷夫为了逃婚去走江湖，怀家上下，根本没有任何怨言。怀家许多长辈反过来安慰诸多郁家好友，年轻人多走走是好事，那桩婚事不着急，怀潜是修道之人，郁狷夫虽然是纯粹武夫，但凭她的武道资质，寿命也注定绵长，让两个孩子自己慢慢相处便是。

此时两人一起走回剑仙苦夏教剑处，苦夏示意郁狷夫坐在蒲团上，她也没客气，摘了包裹，又开始就水吃烙饼。

林君璧睁开眼睛，微微一笑。

郁狷夫明明看见了，却当作没看见。

宁府大门外的那条街上，一袭青衫的年轻剑仙，带着自己的弟子缓缓而行。

少年压低嗓音道："姓刘的，我听说陈平安如今可牛气了，有了个'二掌柜'的响当当绰号。而且他那个媳妇，在剑气长城这边，可厉害了。郦剑仙私底下与我说了，她见不得那个宁姚，不然心里会觉得窝囊。"

刘景龙没说什么。

敲了门，开门之人正是纳兰夜行，刘景龙自报名号。

纳兰夜行先是神色古怪，然后立即笑着领那师徒二人去往斩龙崖。原本正在勤勉炼气的陈平安，已经离开凉亭，走下斩龙台，笑眯眯招着手。

白首瞧见了自家兄弟陈平安，总算松了口气，不然在这座剑气长城，每天太不自在。只是刚乐呵了片刻，白首突然想起那家伙是某人的师父，立即耷拉着脑袋，觉得人生了无生趣。

纳兰夜行已经告辞离去。陈平安带着两人走入凉亭，笑问道："三场问剑过后，觉得一个北俱芦洲不够显摆，来咱们剑气长城抖搂来了？"

刘景龙说道："闲来无事，来见宗主与郦剑仙，顺便来看看你。"

陈平安双手笼袖，斜靠栏杆，瞥了眼那个白首，难得，瞧着有些闷闷不乐？

到了凉亭，少年一屁股坐在陈平安身边。刘景龙倒是无所谓这些，自己这个弟子，确实与陈平安更亲近些。

刘景龙笑着道破天机："来这里之前，我们先去了一趟落魄山，某人听说你的开山大弟子才学拳一两年，就说他压境在下五境，外加让她一只手。"

陈平安已经知道白首大概的下场了。

刘景龙又说道："你那弟子胆子小，就问能不能再让一条腿。"

陈平安瞥了眼白首，憋着笑："这都答应了？"

刘景龙点头道："答应了，某人还开心得要死，于是又说站着不动，让裴钱只管出手。"

陈平安摇摇头，笑道："不用跟我说结果了。"

陈平安抖了抖袖子，取出一壶前不久从店铺那边蹭来的竹海洞天酒，招呼白首道："来，庆贺一下咱们白首大剑仙的开门大吉。"

刘景龙摆摆手。

白首抬起头，咬牙切齿道："我敢保证，她绝对肯定必然十成十，学拳不止一两年！陈平安，你跟我说老实话，裴钱到底学拳多少年了，十年？"

陈平安直接将酒壶抛给刘景龙，然后自己又拿出一壶，反正还是蹭来的，揭了泥封，抿了一口酒，这壶酒的滋味似乎格外好。陈平安盘腿坐在那边，一手扶在栏杆上，一手手心按住长椅上的那只酒壶，道："我那开山大弟子是一拳下去，还是一腿横扫？她有没有被咱们白首大剑仙的剑气给伤到？没事，伤到了也没事，切磋嘛，技不如人，就该拿块豆腐撞死。"

白首恼火得差点把眼珠子瞪出来，双手握拳，重重叹息，使劲砸在长椅上。

刘景龙将那壶酒放在身边，笑道："你那弟子，好像自己比横飞出去的某人，更蒙，也不知为何，特别心虚，蹲在某人身边，与躺地上那个七窍流血的家伙，双方大眼瞪小眼。然后裴钱就跑去与她的两个朋友，开始商量怎么圆场了。我没多偷听，只听到裴钱说绝对不能再用摔跤这个理由了，上次师父就没信，这次一定要换个靠谱些的说法。"

白首黑着脸，背靠栏杆，双手捂脸。

刘景龙提醒道："我跟裴钱保证过，不许泄露此事，所以你听过就算了，并且不许因为此事责罚裴钱，不然以后我就别想再去落魄山了。"

陈平安笑着点头，本来就没想着说她什么。

白首嘀咕道："我反正不会再去落魄山了。裴钱有本事下次去我太徽剑宗试试看？我下次只要不掉以轻心，哪怕只拿出一半的修为……"

陈平安不等少年说完，就点头笑道："好的，我跟裴钱说一声，就说下一场武斗，放在翩然峰。"

白首顿时委屈万分，一想到姓刘的关于那个赔钱货的评价，便嚷嚷道："反正裴钱不在，你让我说几句硬气话，咋了嘛！"

当初裴钱那一脚，真是够心黑的，白首不光是七窍流血倒地不起，事实上，他竭力睁开眼睛后，就像醉酒之人，看见有好几个裴钱蹲在眼前晃来晃去。

关键是那个赔钱货的言语，更恶心人，她蹲一旁，兴许见他眼神游移，没找到她，还"好心好意"小声提醒他道："这儿这儿，我在这儿。你千万别有事啊，我真不是故意的，你先前说话口气那么大，我哪晓得你真的就只是口气大呢。也亏得我担心力气太大，反而会被传说中的仙人剑气给伤到，所以只出了七八分气力，要不然以后咋个与师父解释？你别装了，快醒醒！我站着不动，让你打上一拳便是……"

然后白首便昏死过去了。

陈平安笑眯眯道："巧了，你们来之前，我刚好寄了一封信回落魄山，只要裴钱她自己愿意，就可以立即赶来剑气长城。"

白首转头问道："师父，我们啥时候回宗门啊？翩然峰如今都没个人打理茅屋，刮风下雨的，弟子心里不得劲儿。"

这应该是白首在太徽剑宗祖师堂之外，第一次喊刘景龙为师父，并且如此诚心诚意。

刘景龙想了想，道："好歹等到裴钱赶来吧。"

白首眼神呆滞。

刘景龙说道："对了，听说有个很了不起的武学天才，来自中土神洲，名叫郁狷夫，想要找你练拳。"

陈平安笑道："没兴趣。"

白首有气无力道："别给人家的名字骗了，那是个娘们。"

陈平安愣了一下，总不能那么巧吧。

刘景龙点头道："确实是一位女子，跟你差不多岁数，同样是底子极好的金身境。"

看到陈平安的脸上有些莫名其妙的神色，白首眼睛一亮，狡黠地笑道："至于好不好看嘛，我是不清楚，你到时候跟她打来打去的，多看几眼，何况拳脚无眼，嘿嘿嘿……"

突然，白首整个人就像是炸毛一般，毛骨悚然，手脚冰凉，然后僵硬转头，看到了一位缓缓走入凉亭的女子。

她明明没有说什么，甚至没有任何不悦神色，更没有刻意针对他白首，少年依旧敏锐察觉到了一股仿佛与剑气长城“天地契合”的大道厌胜。她兴许只是稍稍流转心意，她不太高兴，那么这一方天地便自然对他白首不太高兴了。

白首再次僵硬转头，对陈平安说道：“千万别毛手毛脚，武夫切磋，要守规矩。当然了，最好是别答应那谁谁谁的练拳，没必要。”

陈平安伸手按住少年的脑袋，微笑道：“小心我拧下你的狗头。”

第五章
一拳就倒二掌柜

刘景龙站起身，笑道：“太徽剑宗刘景龙，见过宁姑娘。”

宁姚笑道：“很高兴见到刘先生。”

白首伸手拍掉陈平安搁在头顶的五指山，一头雾水，称呼上，有点嚼头啊。

陈平安双手笼袖，跟着笑。

至于长椅上那壶酒，在双手笼袖之前，早已经偷偷伸出一根手指，推到了白首身边。这对师徒，大小酒鬼，不太好，得劝劝。

宁姚坐在陈平安身边。白首坐到了刘景龙那边去，起身的时候没忘记拎上那壶酒。

宁姚主动开口道：“我早年游历过北俱芦洲，只是不曾拜访太徽剑宗，多是在山下行走。”

刘景龙点头道：“以后可以与陈平安一起重返北俱芦洲，翩然峰的风景还算不错。”

宁姚摇头道：“近期很难。”

刘景龙说道：“确实。”

宁姚沉默片刻，转头望向少年白首。

白首立即下意识正襟危坐。

宁姚说道：“既然是刘先生的唯一弟子，为何不好好练剑。”

虽然言语中有“为何”二字，却不是什么疑问语气。

白首如学塾蒙童遇到查询课业的教书夫子，战战兢兢地说道：“宁姐姐，我会用心的!”

宁姚说道:“剑修练剑,需问本心。问剑问剑,是自己百思不得其解,便于无言天地以剑问之,要教天地大道,不回答也要回答。”

少年委屈得都不敢将委屈放在脸上,只能小鸡啄米,使劲点头。不过宁姐姐说话,真是有豪杰气概,这会儿听过了宁姐姐的教诲,都想要喝酒了,喝过了酒,肯定好好练剑。

刘景龙并不觉得宁姚言语有何不妥。

换成别人来说,兴许就是不合时宜,可是在剑气长城,宁姚指点他人剑术,与剑仙传授无异。更何况宁姚为何愿意有此说,自然不是宁姚在佐证传言,而只是因为她对面所坐之人,是陈平安的朋友,以及朋友的弟子,同时因为双方皆是剑修。

宁姚起身告辞道:“我继续闭关去了。”

刘景龙起身道:“打搅宁姑娘闭关了。”

宁姚对陈平安说道:“家里还有些珍藏酒水,只管与纳兰爷爷开口。”

刘景龙愣了愣,解释道:“宁姑娘,我不喝酒。”

宁姚笑道:“刘先生无须客气,别怕宁府酒水不够,剑气长城除了剑修,就是酒多。”

陈平安深以为然,点头道:“是啊是啊。”偷偷朝宁姚伸出大拇指。

其实那本陈平安亲笔撰写的山水游记当中,刘景龙到底喜不喜欢喝酒,早就有写,宁姚当然心知肚明。

宁姚一走,白首如释重负,瘫靠在栏杆上,眼神幽怨道:“陈平安,你就不怕宁姐姐吗?我都快要怕死了,之前见着了宗主,我都没这么紧张。”

陈平安笑呵呵道:“怕什么怕,一个大老爷们,怕自己媳妇算怎么回事。”

刘景龙突然转头望向廊道与斩龙崖衔接处,陈平安立即心弦紧绷,伸长脖子举目望去,并无宁姚身姿,这才笑骂道:“刘景龙,好家伙,成了上五境剑仙,道理没见多,倒是多了一肚子坏水!”

刘景龙微笑道:“你跟我老实讲,在这剑气长城,如今到底有多少人,觉得我是个酒鬼?慢慢想,好好说。”

陈平安问道:“你看我在剑气长城才待了多久,每天多忙,要勤勉练拳,对吧,还要经常跑去城头上找师兄练剑,经常一个不留神,就要在床上躺个十天半月,每天更要拿出整整十个时辰练气,所以如今练气士又破境了。五境修士,在满大街都是剑仙的剑气长城,我有脸经常出门晃荡吗?你扪心自问,我这一年,能认识几个人?”

刘景龙说道:“解释得这么多?”

陈平安哑口无言,是有些过犹不及了。

刘景龙起身笑道:“对宁府的斩龙台和芥子小天地慕名已久,斩龙台已经见过,下去看看演武场。"

白首疑惑道:"斩龙台咋就见过了,在哪儿?"

陈平安笑道:"白长了一颗小狗头,狗眼呢?"

白首怒道:"看在宁姐姐的面子上,我不跟你计较!"

陈平安跺了跺脚,道:"低下狗头,瞪大狗眼。"

白首呆若木鸡,低头看道:"凉亭下边的整座小山,都是斩龙台?"

陈平安已经陪着刘景龙走下斩龙崖,去往那座芥子小天地。白首没跟着去凑热闹,什么芥子小天地,哪里比得上斩龙台更让少年感兴趣。起先在甲仗库,只听说这里有座斩龙台极大,可当时少年想象力的极限,大概就是一张桌子大小,哪里想到是一栋屋子大小!此刻白首趴在地上,撅着屁股,伸手摩挲着地面,然后侧过头,弯曲手指,轻轻敲击,聆听声响,结果没有半点动静。白首用手腕擦了擦地面,感慨道:"乖乖,宁姐姐家里真有钱!"

与陈平安一起走在芥子小天地当中,刘景龙说道:"在甲仗库,听说了不少关于你的事迹,二掌柜的名号,别说是剑气长城,我在春幡斋都听说了。"

陈平安无奈道:"好事不留名,坏事传千里。"

刘景龙说道:"此处说话?"

陈平安说道:"一般言语,不用忌讳。"

有纳兰夜行帮忙盯着,加上双方就在芥子小天地,哪怕有剑仙窥探,也要掂量掂量三方势力聚拢的杀力。

除了纳兰夜行这位跌境犹有玉璞境的宁府剑仙,刘景龙本身就是玉璞境剑仙,身后更有宗主韩槐子与女子剑仙郦采,或者说整座北俱芦洲,至于陈平安,有一位师兄左右坐镇城头,足矣。

刘景龙这才说道:"你有三件事,都做得很好。天底下不收钱的学问,丢在地上白捡的那种,往往无人理会,捡起来也不会珍惜。"

陈平安神色认真,说道:"继续。你一个剑气长城的局外人,帮我复盘,会更好。"

刘景龙缓缓道:"开酒铺,卖仙家酒酿,重点在楹联和横批,以及铺子里那些喝酒时也不会瞧见的墙上无事牌,人人写下名字与心声。

"绸缎铺子那边,从《百剑仙印谱》,到《皕剑仙印谱》,再到折扇。

"街巷拐角处的说书先生,与孩子们蹭些瓜子、零食。"

刘景龙说完三件事后,开始盖棺定论,道:"天底下家底最厚也是手头最穷的练气士,就是剑修,为了填补养剑这个无底洞,人人砸锅卖铁,倾家荡产一般,偶有闲钱,在这剑气长城,男子无非是喝酒与赌博,女子剑修,相对更加无事可做,无非各凭喜好,买些有眼缘的物件,只不过这类花钱,往往不会让女子剑修觉得是一件值得说道的事情。

便宜的竹海洞天酒，或者说是青神山酒，一般而言，能够让人来喝一两次，却未必留得住人，与那些大小酒楼，争不过回头客。但是不管初衷为何，只要在墙上挂了无事牌，心中便会有一个可有可无的小牵挂，看似极轻，实则不然。尤其是那些秉性各异的剑仙，以剑气做笔，落笔岂会轻了？无事牌上诸多言语，哪里是无心之语，某些剑仙与剑修，分明是在与这方天地交代遗言。

“换成我刘景龙，去往那酒铺饮酒之时，表面上是坐着老旧桌凳，喝着粗劣的酒水，吃着不要钱的阳春面和酱菜，甚至是蹲在路边饮酒，可真正与我为邻者，是那百余位剑仙、剑修的明志，是一生剑意凝聚所在，是某种酒后吐真言，更希望将来有一天，有后人翻开那些无事牌，便可以知晓，曾有先贤来过这一方天地，出过剑。

“当然，有了酒铺，只要生意不错，你这个二掌柜，就可以在那里，以最自然而然、不露痕迹的方式，听到最多的剑气长城故事，让你极快地了解剑气长城这块形势复杂的棋盘。”

陈平安点头道：“帮着宁姚的朋友——如今也是我的朋友——叠嶂姑娘拉拢生意。这才是最早的初衷，后续想法，是渐次而生。初衷与机谋，其实两者间隔很小，几乎是先有一个念头，便念念相生。”

刘景龙笑道：“能够如此坦言，以后成了剑修，剑心走在澄澈光明的道路上，足够在我太徽剑宗挂个供奉了。”

陈平安问道：“没劝一劝韩宗主？”

刘景龙苦笑道：“劝了，讨了顿骂而已，还能如何？其实我自己不愿意劝，是黄童祖师让我去劝宗主，长辈所求，不敢推辞。”

先前刘景龙忘记长椅上的那壶酒，陈平安便帮他拎着，这会儿派上了用场，递过去，道：“按照这边的说法，剑仙不喝酒，元婴境走一走，赶紧喝起来，一不小心再偷偷摸摸破个境，同样是仙人境了，再仗着年纪小，让韩宗主压境与你切磋，到时候打得你们韩宗主跑回北俱芦洲，岂不美哉？”

刘景龙接过了酒壶，却没有饮酒，根本不想接这一茬，他继续先前的话题，道：“印章此物，原是文人案头清供，最是契合自身学问与本心，在浩然天下，读书人至多是假借他人之手，重金聘请大家，篆刻印文与边款，极少将印章与印文一并交由他人处置，所以你那两百方印章，不管不顾，先有《百剑仙印谱》，后有《皕剑仙印谱》，爱看不看，爱买不买，其实最考究眼缘。但是话说回来，虽然你很有心，可若无酒铺那么多传闻事迹、小道消息帮你做铺垫，让你有的放矢，去悉心揣摩那么多剑仙、剑修的心思，尤其是他们的人生道路，你绝无可能像现在这样被人苦等下一方印章，哪怕印文不与心相契，依旧会被一扫而空。因为谁都清楚，那座绸缎铺子的印章，本就不贵，买了十方印章，只要转手卖出一方，就有得赚。所以你在将第一部《皕剑仙印谱》装订成册的时候，其实会有些忧心，担心印章此物，只是剑气长城的一桩小买卖，一旦有了第三拨印章，导致此物泛滥开来，甚至会牵连之前那部《百剑仙印谱》上的所有心血，故而你并未一条道走到黑，耗费心神，全力雕琢下一百方印章，而是另辟蹊径，转去售卖折扇，扇面上的文字内容，更加随心所欲。这就类似‘次一等真迹’，不但可以拉拢女子买家，还可以反过来，让收藏了印章的买家自己去稍稍对比，便会觉得先前入手的印章，买而藏之，值得。”

陈平安说道：“所说不差。而且还有一点，我之所以转去做折扇，也希望能够尽可能掩藏用心，免得被剑仙随意看破，觉得此人城府过深，心生不喜。可如果到了这一步，依旧被人看破，其实就无所谓了，反正万事不用一味求全，终究也要给一些回过味来的剑仙，笑骂一句‘小子贼滑’的机会。为何可以不介意？因为我从一开始，就不是针对这一小撮心思最为剔透、人生阅历足够厚重的剑仙前辈。当然，这些人当中，有谁看破真相却不道破，甚至还愿意收下一方入得法眼的印章，我更会由衷敬重，有机会的话，我还要当面说一句‘以贱卖之法兜售学问，是晚辈失礼’。”

刘景龙点头说道：“思虑周密，应对得体。”

陈平安重重一拍刘景龙的肩膀，道：“不愧是去过我那落魄山的人！没白去！白首这小兔崽子就不成，悟性太差，只学到了些皮毛，先前言语，那叫一个转折生硬，简直就是帮倒忙。”

刘景龙破天荒主动喝了口酒，望向那个酒铺方向，那边除了剑修与酒水，还有妍媸巷、灵犀巷这些陋巷，还有许多一辈子看腻了剑仙风采却全然不知浩然天下半点风土人情的孩子。刘景龙抹了抹嘴，沉声道：“没个几十年，甚至上百年的工夫，你这么做，意义不大的。”

陈平安沉默许久，最终说道：“不做点什么，心里难受。这件事，就这么简单，根本没多想。”

刘景龙举起酒壶，似乎是想要与陈平安碰一碰，与之豪饮。

结果陈平安气笑道：“老子在酒铺那边十八般武艺齐出，费了好大劲，才好不容易蹭来了两壶酒，一壶给了你，一壶又给白首摸走了，真当我是神仙啊，本事那么大，一口气能蹭三壶酒？”

刘景龙“哦”了一声，不再饮酒。刘景龙问道：“先前听你说要寄信让裴钱赶来剑气长城，陈暖树与周米粒又如何？若是不让两个小姑娘来，那你在信上，可有好好解释一番？你应该清楚，就你那位开山大弟子的性格，对待那封家书，肯定会像看待圣旨一般，同时还不会忘记与两个朋友显摆。”

陈平安笑道：“当然，这可不是什么小事。”

刘景龙点头道：“这就好。”

陈平安带着刘景龙走出芥子小天地，道：“带你看样东西。”

白首已经走下斩龙崖，绕着小山走了好几圈，总觉得这么大一块斩龙台，得请人帮自己画两幅画卷，站在山脚来一幅，坐在凉亭再来一幅，回了太徽剑宗和翩然峰，画轴那么一摊开，旁边那些脑袋还不得一个个倒抽冷气瞪圆眼，这就都是白首大剑仙嗖嗖嗖往上涨的宗门声望了。所以说靠姓刘的，不太成，还是要自力更生，靠着自家兄弟陈平安，更靠谱些。

白首见两个同样是青衫的家伙走出演武场，便跟上两人，一起去往陈平安住处。白首看到那可怜兮兮的小宅子，顿时悲从中来，对陈平安安慰道："好兄弟，吃苦了。"

陈平安一抬腿，白首直接跑出去老远。

自己都觉得有些丢脸，少年慢悠悠走入宅子，在院子里挑了张本就搁放在屋檐下的椅子，坐在那儿装大爷。一想到说不定哪天就要蹦出个黑炭赔钱货，白首就很珍惜自己当下的悠闲时光。

姓刘的，与自己兄弟分明是在谈正事，不是那种闲聊瞎扯，少年这点眼力还是有的，所以就不去掺和了。

陈平安带着刘景龙走入那间摆放了两张桌子的厢房，一张桌上，还有尚未打磨彻底的玉竹扇骨，以及许多空白无字的扇面，并无印文边款的素章也有不少，许多纸张上密密麻麻的小楷，都是关于印文和扇面内容的草稿。

隔壁桌上，则是一幅大骊龙泉郡的所有龙窑堪舆形势图。

如今龙泉郡的许多地界，例如老瓷山、神仙坟，还有那些龙窑窑口，依旧云雾重重，哪怕是乘坐仙家渡船路过上方，依旧无法窥见全貌。

刘景龙站在桌边，将酒壶轻轻放在桌上，低头望去，所有龙窑窑口，并非杂乱布局，而是形成了一条弯曲长线，在这条长线之外，稍有距离处，有一个小圆圈。刘景龙指了指此地，问道："是小镇那口铁锁井？"

陈平安点点头。

刘景龙凝视片刻，说道："龙衔骊珠飞升图。"

陈平安感叹道："好眼光！"

刘景龙淡然道："我会些符箓阵法，比你眼光好些，不值得奇怪。"

陈平安啧啧道："用一种最轻描淡写的语气，说着自己有多么的了不起，我算是学到了。"

刘景龙神色凝重，伸手轻轻抚过那幅地图，眯眼道："哪怕只看此图，依旧可以感觉到一股扑面而来的戾气和杀意，看来最后一条真龙身死道消之际，一定恨不得天翻地覆，山水倒转。"

陈平安双手笼袖，弯腰趴在桌上。

刘景龙将那些龙窑名称一个一个看过去，一手负后，一手伸出，在一处处龙窑上轻轻抹过，道："果然是在那条真龙尸骸之上，以一处处脊柱关键窍穴，打造出来的窑口，故而每一座龙窑烧造而成的本命瓷器，便先天身负不同的本命神通。龙生九子，各有不同，许多能够传承下来的市井俗语，皆有大学问。先前我逛过龙泉小镇，那不太起眼的七口水井，除了自身蕴含的七元解厄，承担一些佛家因果之外，实则与这条真龙尸骸，遥相呼应，是争珠之势。当然，本意并非真要抢夺'骊珠'，依旧是厌胜的意思更多。并且还没有这么简单，原本是在天格局，针锋相对，等到骊珠洞天坠落人间，与大骊版图接壤，便巧妙翻转了，瞬间颠倒为在地形势，加上龙泉剑宗挑选出来的几座西边大山，作为阵眼，堂堂正正，牵引气运进入七口水井，最终形成了天魁天钺、左辅右弼的格局，大量山水气运反哺祖师堂所在神秀山。只说这一口口龙窑的设置，其实与如今的地理堪舆、寻龙点穴，简直就是对冲的，但是偏偏能够以天理压地理，真是惊天动地的大手笔。比如这文昌窑与毗邻武隆窑，按照如今浩然天下阴阳家推崇的经纬至理，那么在你绘制的这张地图上，文昌窑就需下移半寸，或是武隆窑右迁一寸，才能达到文武相济，只是如此一来，便差了好多意思。不对，牵一发而动全身，肯定是其余窑口，与这两窑环环相扣。是这座冲霄窑？也不对，应该是这座拱璧窑使然。可惜当时游历此地，还是看得模糊，不够真切，应该御风去往云海高处，居高临下，多看几眼的……"

刘景龙的每一句话，陈平安当然都听得懂，至于其中的意思，当然是听不明白的，反正自己就是一脸笑意，你刘景龙说你自己的，我听着便是，我多说一个字就算我输。

刘景龙突然转头问道："告诉我你的确切生辰八字，不然这局棋，对我目前而言，还是太难，棋盘太大，棋理太深，以你作为切入口，才有机会破局。"

陈平安放了一把瓜子在桌上，摇摇头。

刘景龙皱眉道："你已经在谋划破局，怎么就不许我帮你一二？如果我还是元婴境剑修，也就罢了，跻身了上五境，意外便小了许多。"

陈平安嗑着瓜子，笑道："你管不着，气不气？"

刘景龙倒是没生气，坐在椅子上，继续凝视着那幅气象万千的小小升龙图，偶尔伸手掐诀，同时开始翻阅桌上的两本册子。

看书的时候，刘景龙随口问道："寄信一事如何了？"

陈平安说道："稳当的。"

刘景龙便不再多问。

陈平安只是忙着嗑瓜子，那是真的闲。后来干脆跑去隔壁桌子，提笔书写扇面，写下一句'八风摧我不动，幡不动心不动'。想了想，又以更小的楷体蝇头小楷，写了一句类似旁白批注的言语："万事过心，皆还天地；万物入眼，皆为我有。"

陈平安手持扇面，轻轻吹了吹墨迹，点了点头。好字，离着传说中的书圣之境，约莫从万步之遥，变成了九千九百多步。

刘景龙转过身，问道："你知不知道那位水经山卢姑娘？"

陈平安疑惑道："堂堂水经山卢仙子，肯定是我知道人家，人家不知道我啊。问这个做什么？怎么，人家跟着你一起来的倒悬山？可以啊，精诚所至，金石为开。我看你不如干脆答应了人家，百来岁的人了，总这么打光棍也不是个事儿。在这剑气长城，酒鬼赌棍，都瞧不起光棍。"

刘景龙解释道："不是跟随我而来，是刚好在倒悬山遇到了，然后与我一起来的剑气长城。"

陈平安一手持笔，换了一张崭新扇面，打算再掏一掏肚子里的那点墨水。说实话，又是印章又是折扇的，陈平安那半桶墨水不够晃荡了。他抬起一手，示意刘景龙别说废话，道："先把事情想明白了，再来跟我聊这个。"

刘景龙好似顿悟开窍一般，点头说道："那我现在该怎么办？"

陈平安都没转头，只是埋头书写扇面，随口道："能怎么办？发乎情止乎礼而已。姑娘要见你，你就见，别板着脸，人家喜欢你，又不是欠你钱。见了几次后，哪怕你不愿意主动找她，不想让人误会，可最终分别之际，无论是谁先离开剑气长城，你都要主动找她一次，道一声别即可。你反正如今并无心仪女子，其实可以更加洒脱，你若一味拘谨，她反而容易多想。"

刘景龙豁然开朗。

陈平安当下所写，没先前那幅扇面那么一本正经，有意多了些脂粉气，终究是搁放在绸缎铺子的物件，太端着，别说什么讨喜不讨喜，兴许卖都卖不出去，便写了一句："所思之人，翩翩公子，便是世间第一消暑风。"

刘景龙瞥了眼扇面题字，有些无言以对。真希望自己能够把先前那些好话，收回大半。眼前这个在北俱芦洲当了一路包袱斋的家伙，分明没少想着挣钱一事！

世间许多念头，就是那般一线牵引，念念相生，文思泉涌，陈平安很快又题写了一款扇面："此地自古无炎暑，原来剑气已消之。"

对这句话比较满意，陈平安便拈起一方篆刻完毕的印章，打开印盒，轻轻钤印在诗句下方，印文为"金风玉露，春草青山，两两相宜"。

如此一来，无论是女子还是男子购买折扇，都可。

刘景龙笑道："辛苦修心，顺便修出个精打细算的包袱斋，你真是从来不做亏本买卖。"

陈平安笑呵呵道："你少在这里说风凉话，小心遭报应。我跟你打个赌，我赌卢仙子会送你一枚我篆写的印章或是一把我题写的折扇，如何？"

刘景龙起身道："我先走了，还需要去往城头，为太徽剑宗弟子传授剑术。"

陈平安也没挽留，一起跨出门槛。白首还坐在椅子上，见到了陈平安，提了提手中那只酒壶。陈平安笑道："如果裴钱来得早，能跟你遇到，我帮你说说她。"

白首嗤笑道："我如今又不是真打不过她。只不过她年纪小，练拳晚，又是个小姑娘家家的，我怎么好意思倾力出招？就算赢了她又如何，反正怎么看都是我输，这才不愿意有第二场武斗。"

陈平安冷笑道："好好说话。"

白首立即站起身，屁颠屁颠跑到陈平安身边，双手奉上那只酒壶，道："好兄弟，劳烦你劝一劝裴钱，莫要武斗了，伤和气。"

陈平安接过酒壶，一巴掌拍在少年脑袋上，笑道："不管在甲仗库还是在城头上，多练剑少说话！你这张嘴巴，比较容易招惹剑仙的飞剑。"

白首恼火道："陈平安，你对我放尊重点，没大没小，讲不讲辈分了？"

陈平安笑道："裴钱来了之后，你敢当她面喊我一声兄弟，我就认了你这个兄弟，咋样？"

白首权衡利弊一番，才道："兄弟不兄弟的，还是裴钱走了之后，再当吧。"

陈平安讥笑道："瞧你这尿样。"

白首双手并拢掐剑诀，仰头望天，道："大丈夫顶天立地，不与小姑娘做意气之争。"

陈平安笑了笑，揉了揉少年的脑袋。有他陪在刘景龙身边，挺不错，不然师徒若都是闷葫芦，不太好。

陈平安把刘景龙送到宁府大门口那边，白首快步走下台阶后，摇晃肩头，幸灾乐祸道："就要问拳喽，你一拳我一拳哟。"

陈平安对刘景龙无奈道："不管管？"

于是刘景龙对白首道："这些大实话，可以搁在心里。"

刘景龙转身，对一旁的纳兰夜行作揖拜别。白首见状，只得站在远处，跟着姓刘的一起作揖抱拳。

之后师徒二人离开城池去往甲仗库。

陈平安和纳兰夜行并肩而行，老人微笑道："小姐闭关之前，让我与姑爷捎句话，就两个字，别输。"

陈平安如释重负，低声道："那我就知道出手的轻重了。"

关于自己和郁狷夫的六境瓶颈高度，陈平安心中有数，到达狮子峰被李二喂拳之前，确实是郁狷夫更高，但是在他打破瓶颈跻身金身境之时，已经超出郁狷夫的六境武道一筹。

撇开曹慈这位陈平安默默追赶之人，其余纯粹武夫，只要是同境之争，陈平安不想输，也不可以输。

至于曹慈，哪怕将来再输三场，甚至是三十场，只要曹慈还愿意出拳，那么陈平安便会出拳不停，心气绝不下坠丝毫。

我心之神往处，是齐先生的学问，是崔诚的拳意，是阿良曾经说过的强者之大自由，故而大道之上，我心中并无敌手，唯有陈平安与陈平安为敌。

纳兰夜行微微讶异，转头望去。陈平安笑着点头，意气风发，拳意盎然。

于是之后陈平安在病榻上足足躺了半个月。

在城头之上，那个绾了个包子头发髻的女子，啃着烙饼。她先前已经传出消息给城池那边，明明白白说了希望与陈平安切磋三场，结果通过一些小道消息，听说宁府那个二掌柜托病不出半个月了，便有些震惊，天底下真有这么不要脸的纯粹武夫啊？

是不是曹慈当时说错了话，也看错了人？不然曹慈怎么会说那岁数相差不多的天下武夫，就是他曹慈独自前行，身后紧跟陈平安，之后才是包括你郁狷夫在内的所有人，三者而已？

关键是曹慈只要愿意开口言语，从来无比认真，既不会多说一分好话，也不会多说一丝坏话。也就是怕她郁狷夫心气受损，曹慈才拧着性子多说了一句，算是提醒她郁狷夫："陈平安韧性尤其强大，并且他的武道会走得极其沉稳踏实，只要今日输他一次，此后极有可能便是次次皆输，说不定我也不例外，所以武学路上，根本不会给陈平安走到我身边的机会。"

郁狷夫猛然起身，就陈平安这种人，也有资格让曹慈如此刮目相看？明明有同辈武夫光明正大邀战，偏偏有拳不出，你要留着当饭吃吗？难不成是忌惮我郁狷夫的那点家世背景？只是因为这个，一位纯粹武夫，便要束手束脚？

郁狷夫吃完烙饼，收起水壶放入包裹，让剑仙苦夏帮忙看管，自己则一个人向城头北边奔去，一跃而上，最终在城头边缘一步踏出，脚踩城墙，狂奔而去。

她在离地数十丈之时，一脚重重蹬在墙上，如箭矢掠出，飘然落地，往城池那边一路掠去，气势如虹。

不知是哪位剑仙率先泄露了天机，不等那位女子武夫入城，城池里，不同街巷的大小赌庄，生意就已经兴隆起来，人人像打了鸡血一般，好似过年一般，"买定离手""赌大赢大""一笔赚个小媳妇"，五花八门的押注声此起彼伏，热闹非凡。还有一些昧着良心的坐庄，居然押注那个二掌柜赢拳之后，会不会与那郁姓女子打得对了眼，惺惺相惜，结果就被宁姚痛打了一顿。

至于那位郁狷夫的底细，早已被剑气长城吃饱了撑着的大小赌棍们，查得一清二楚，简而言之，不是一个容易对付的。尤其是那个心黑奸猾的二掌柜，如果必须纯粹以拳对拳，便要白白少去许多坑人手段。不过绝大多数人，依旧押注陈平安稳稳赢下这第一场，而赢在几十拳之后，才是挣大挣小的关键所在。但是也有一些经验丰富的赌棍，心里一直犯嘀咕，天晓得这个二掌柜会不会押注自己输？到时候他娘的岂不是被他一人通杀整座剑气长城？这种事情，需要怀疑吗？如今随便问个路边孩子，都觉得二掌柜十成十做得出来。

郁狷夫入城后，越是临近宁府大街，脚步便愈慢愈稳。当她走到大街那边时，发现道路两边已经蹲满了人，一个个看着她。

郁狷夫有些疑惑，两位纯粹武夫的切磋问拳，至于让这么多剑修观战吗？

剑仙苦夏与她说的一些事情，多是帮忙复盘陈平安早先的那四场街战，以及一些传闻。

剑仙苦夏本就不是喜欢多说话的人，每次与郁狷夫言语，都是力求言之有物，故而一些乌烟瘴气的小道消息，郁狷夫还是从一个名叫朱枚的少女剑修那里听来的。

郁狷夫一路前行，在宁府大门口停步，正要开口说话，蓦然之间，四周的人哄然大笑。

郁狷夫皱了皱眉头，她环顾四周，发现几乎所有人都望向了自己擦肩走过的一处墙头，那边蹲着一个胖子、一个精瘦少年、一个独臂女子、一位俊俏公子哥，还有一个正在与人窃窃私语的青衫年轻人。

那个年轻人缓缓起身，笑道："我就是陈平安，郁姑娘问拳之人。"

郁狷夫一股怒火油然而生，戏耍我郁狷夫？

陈平安独自走到大街上，与郁狷夫相距不过二十余步，笑望向郁狷夫，然后一手负后，一手摊掌，轻轻伸出，下压了两次。

郁狷夫瞬间心神凝聚为芥子，再无杂念，拳意流淌全身，绵延如江河循环流转，她向那个青衫白玉簪好似读书人的年轻武夫，点了点头。

眼前这家伙，还算有点武夫气度。

陈平安问道："问拳在不在多？"

郁狷夫沉声道："那么这第一场，我们就各自倾力，互换一拳？"

陈平安笑道："你先出一拳，我扛住了，再还你一拳，你若扛不住，自然就是输了。然后如此反复，谁先倒地不起，算谁输。"

郁狷夫干脆利落道："可以！半个月后，打第二场，前提是你伤好了。"

这是他自找的一拳。

此言一出，周围口哨声四起。这都不算什么，竟然还有个小姑娘在一座座府邸的墙头上，撒腿狂奔，敲锣震天响，喊道："未来师父，我溜出来给你鼓劲来了！这锣儿敲起来贼响！我爹估计马上就要来抓我，我能敲多久是多久啊！"

有一位此次坐庄注定要赢不少钱的剑仙，喝着竹海洞天酒，坐在墙头上，看着大街上的对峙双方，一低头，任由那嚷着"陶文大剑仙让让啊"的丫头脚尖一点，从头上一跨而过。

晏胖子笑到脑袋后仰，撞到了墙壁。这绿端丫头，说话的时候能不能先别敲锣了？很多凑热闹的下五境剑修，真听不见你说了啥。

陈平安转头望向郭竹酒，笑着点头。

一瞬间，郁狷夫拳罡大震。

一拳过后，即使是那些对郁狷夫心存轻视的地仙境剑修，都皱起了眉头。

这小姑娘，好重的拳。

那个原先站着不动的陈平安，被直直一拳砸中胸膛，倒飞出去，直接摔在了大街尽头。

大街之上风雷声势大作，除了那些岿然不动的元婴境剑修，哪怕是金丹境剑修，都需要以剑气抵御那四散的拳意。

陈平安躺在地上片刻，坐起身，伸出大拇指擦拭嘴角血迹，摇摇欲坠，但依旧是站起身了。

有不少剑修嚷嚷道："不行了不行了，二掌柜太托大，肯定输了。"

这拨人，是经常去酒铺混酒喝的，对于二掌柜的人品，极其信任，显然是押注二掌柜几拳就能把郁狷夫打个半死的。

但是连同陈平安在内，所有人都没有想到，那个郁狷夫转身就走，朗声道："第一场，我认输。半月之后，第二场问拳，没这讲究，随便出拳。"

做买卖就没亏过的二掌柜，顾不得藏藏掖掖，大声喊道："第二场接着打，如何？"

郁狷夫停下脚步，转头说道："你心目中的武夫问拳，就是这般场景？"

陈平安转头吐出一口血水，点点头，沉声道："那现在就去城头之上。"

郁狷夫能说出此言，就必须敬重几分。

纯粹武夫应该如何敬重对手？自然唯有出拳。

陈平安的眼神，以及他身上内敛蕴藏的拳架拳意，尤其是某种稍纵即逝的纯粹气息，当初在金甲洲古战场遗址，郁狷夫曾经对曹慈出拳不知几千几万，所以既熟悉，又陌生。两人果然十分相似，又大不相同！

"陈平安，不管你信不信，我对你并无任何私怨，只是问拳而已，但是你我心知肚明，不分生死，只分胜负，那种不痛不痒的点到为止，对于双方拳法武道，其实毫无意义。"郁狷夫问道，"所以能不能不去管剑气长城的守关规矩，你我之间，除了不分生死，哪怕打碎对方武学前程，各自无悔？"

陈平安缓缓卷起袖管，眯眼道："到了城头，你可以先问问苦夏剑仙，他敢不敢替郁家老祖和周神芝答应下来。郁狷夫，我们纯粹武夫，不能只管自己埋头出拳，不顾天地与他人。即便真有那么一拳，也绝对不是今天的郁狷夫可以递出的。说重话须有大拳意。"

郁狷夫沉默无言。

陈平安双臂一震，袖管舒展，微笑道："只剩下最后一场，随时随地恭候。"

墙头上的郭竹酒已经忘了敲锣，抬起手肘擦了擦额头汗水，然后重重摇晃手中棒槌，感慨道："太强了，我师父太强了，竟是一招半式都不用，便能以言语退敌，乱敌道心，原来这才是真正的大道之巅！了不得，我找了一个多么了不得的师父啊……"然后小姑娘就被郭稼剑仙扯着耳朵带回了家。

陈平安心中哀叹一声。果不其然，原本已经有了去意的郁狷夫，说道："第二场还没打过，第三场更不着急。"

陈平安刚要说话，那些差点全部蒙了的赌棍连同大小庄家，就已经帮着二掌柜答应下来，若是平白无故少打一场，得少挣多少钱？

斩龙崖凉亭内，宁姚皱眉道："白嬷嬷，凭什么我的男人一定要帮她喂拳，答应打一场，就很够了，对吧？"

老妪伸手握住自己小姐的手，轻轻拍了拍，轻声笑道："有什么关系呢？姑爷眼中，从来只有他的那位宁姑娘啊。"

宁姚嘴角翘起，恼羞成怒道："白嬷嬷，这是不是那个家伙早早与你说好了？"

老妪学自家小姐与姑爷说话，笑道："怎么可能？"

宁姚站起身，又闭关去了。

她的闭关出关，似乎很随意，但是老妪却无比清楚，小姐此次闭关，其实所求极大。

因为她是剑气长城万年唯一的宁姚。

今天陈三秋他们都很默契，没跟着陈平安走入宁府。

大门关上后，陈平安伸手捂嘴，摊开手掌后，皱了皱眉头。

看来城头之上的第二场问拳，撇开以神人擂鼓式成功开局这种情况不谈，自己必须争取百拳之内就结束，不然越往后推移，胜算越小。

纳兰夜行说道："这小姑娘的拳法，已得其法，不容小觑。"

陈平安笑道："不过她还是会输，哪怕她是一个身形极快的纯粹武夫，哪怕我到时候不可以使用缩地符。"

陈平安跻身金丹境之后，尤其是经过剑气长城轮番上阵的各种打熬过后，其实一直不曾倾力奔走过，所以连陈平安都好奇，自己到底可以"走得"有多快。

然后陈平安有些无奈道："只不过今天过后，哪怕我赢了之后的两场，我在剑气长城都会有'一拳倒地陈平安'的绰号了。"

纳兰夜行摇摇头。

陈平安疑惑道："不会？"

纳兰夜行笑道："站着不动陈平安，一拳倒地二掌柜。"

陈平安停下脚步，转身跑向大门口，转头笑道：“纳兰爷爷，万一宁姚问起，就说我被拉着喝酒去了。”

不行，他得赶紧去酒铺那边，杀一杀这股歪风邪气。

返回城头之上的郁狷夫，盘腿而坐，皱眉深思。

剑仙苦夏问道：“第二场还是会输？”

郁狷夫点头道：“只要被他用对付齐狩的那一拳打中我，就等于分出了胜负，我在想破解之法，好像很难。我如今的出拳与身形，还是不够快。”

剑仙苦夏不再言语。

郁狷夫说道：“那人说的话，前辈听到了吧？”

剑仙苦夏点点头，这是当然，事实上他非但没有用掌观山河的神通远看战场，反而亲自去了一趟城池，只不过没露面罢了。

郁狷夫说道：“第二场其实我真的已经输了。”

苦夏疑惑道：“何解？”

郁狷夫举目远眺那座城池，道：“他陈平安哪怕在剑气长城，不远处就有师兄左右，依旧可以对自己的言语负责，无须问过左右答不答应，我敢断言，左右甚至根本就不会观战。我却不行，比如前辈会不放心我，会悄悄离开城头前去观战，免得我有意外。我若是真有意外，我家老祖，还有周老剑仙，确实不会管我郁狷夫当初的承诺，早晚都会有些动作，报复对方。即便暂时不会出手，至少心中都会有些疙瘩，大道漫长，人生路远，将来一有机会，仍旧会落井下石，甚至是直接出手。因为在他们眼里，我如今依旧是晚辈。”

剑仙苦夏更加疑惑，问道：“虽说道理确实如此，可纯粹武夫，不该纯粹只以拳法分高下吗？”

郁狷夫摇头道：“没这么简单，曹慈说过，只要能够跻身十境，那么第一层气盛的底子，往往就可以决定一个武夫，这辈子到底能否跻身传说中的十一境。早早踏入那个归真范畴，绝非好事。曹慈这些年就一直在思虑这个气盛境界，应该如何打底子，所以他做了一个最有意思的选择。”

饶是剑仙苦夏这般不愿意理会俗世纷争的剑修，都有些好奇，问道：“那曹慈的选择，怎么个有意思？”

郁狷夫双拳撑在膝盖上，道：“三教诸子百家，如今曹慈都在学，所以当初他才会去那座古战场遗址，揣摩一尊尊神像真意，然后一一融入自身拳法。”

剑仙苦夏摇摇头，道：“疯子。”

郁狷夫抬起一臂，伸手指了指那座城池，道：“那个陈平安，也很奇怪。可能是我的错觉，虽然他今天在大街上，一拳未出，但是我还是觉得，他与曹慈，看似是在一条路上，实则两人方向截然相反，各自走向一处极端。”

剑仙苦夏笑道：“会不是你想多了。”

郁狷夫神色复杂道：“我希望如此！又不希望如此！”

城池那边。

陈平安走到酒铺，发现刘景龙和白首正与两名女子同桌，只有刘景龙在吃阳春面，似乎心情不咋地。

刘景龙看见陈平安便抬起头，道：“辛苦二掌柜帮我扬名立万了。”

陈平安呵呵一笑，转头望向那个水经山卢仙子。

刘景龙犹豫片刻，说道：“都是小事。”

卢穗站起身，兴许是清楚身边朋友的性子，起身之时，就握住了任珑璁的手，根本不给她坐在那儿装聋作哑的机会。

卢穗微笑道：“见过陈公子。”

陈平安笑道：“卢仙子称呼我二掌柜就可以了。”

卢穗微微一笑，似乎眼中有话要讲。

陈平安笑道：“那我也称呼你卢姑娘。”

在酒铺帮忙的张嘉贞已经跑来，只带酒碗不带酒。

卢穗帮着陈平安倒了一碗酒，举起酒碗，陈平安也举起酒碗，双方只是互相示意，之后便各自饮尽碗中酒。

任珑璁也跟着抿了口酒，仅此而已，然后与卢穗一起坐回长凳。

白首双手持筷，搅拌了一大坨阳春面，却没吃，啧啧称奇，然后斜眼看着那姓刘的。学到没，学到没，这就是我家兄弟的能耐，全是学问。当然，卢仙子也是极聪慧得体的。白首甚至会觉得卢穗如果喜欢这个陈好人，那才般配，跑去喜欢姓刘的，就是一株仙家花卉丢到了菜圃里，山谷幽兰挪到了猪圈旁，怎么看怎么不合适。只是刚有这个念头，白首便摔了筷子，双手合十，满脸肃穆，在心中念念有词：“宁姐姐，我错了我错了，卢穗配不上陈平安，配不上陈平安。”

任珑璁先前与卢穗一起在大街尽头那边观战，然后遇到了刘景龙和白首，双方都仔细看过陈平安与郁狷夫的交手，如果不是陈平安最后说了那番“说重话须有大拳意”的言语，任珑璁甚至不会来铺子里喝酒。

任珑璁其实更接受刘景龙这种修道之人，有道之人，对于这会儿坐在同一张酒桌上的陈平安，印象实在平平。倒不是瞧不起陈平安卖酒卖印章卖折扇，事实上，任珑璁有一次下山历练，险象环生，同行师门长辈和同辈尽死，她独自流落江湖，日子极苦，酒铺这边的老旧桌凳，非但不会令她厌恶，反而让她有些怀念当年那段煎熬岁月的摸爬滚打。可是陈平安身上，总是有一种让任珑璁觉得别扭的感觉，说不清道不明，可能是陈平安太像剑气长城这边的人，反而没有浩然天下修道之人的气息，可能是那么多不同阵营、不同境界的观战剑修，都对这个二掌柜很不客气，而那种不客气，却是任珑璁自己，以及她许多师长根本无法想象的场景。

只能说任珑璁对陈平安没意见，但是不会想成为什么朋友。

毕竟一开始她脑海中的陈平安，那个能够让陆地蛟龙刘景龙视为挚友的年轻人，应该也是风度翩翩、浑身仙气的。只可惜眼前这位二掌柜，除了穿着还算符合印象，其余的言行举止，太让任珑璁失望了。

至于陈平安如何看待她任珑璁，她根本无所谓。

其实原本一张酒桌位置足够，可卢穗和任珑璁还是坐在一起，好像关系要好的女子都是这般。关于此事，刘景龙是不去多想，陈平安是想不明白，白首是觉得真好，每次出门，可以有机会多看一两个漂亮姐姐嘛。

卢穗聊了些关于郁狷夫的话题，都是关于那位女子武夫的好话。

陈平安一一听在耳中，没有不当回事。

第一，卢穗这般言语，哪怕传到城头那边，依旧不会得罪郁狷夫和苦夏剑仙。

第二，郁狷夫武学天赋越好，为人也不差，那么能够一拳未出便赢下第一场的陈平安，自然更好。

第三，卢穗所说，夹杂着一些有意无意的天机，春幡斋的消息，当然不会无中生有，以讹传讹。显而易见，双方作为刘景龙的朋友，卢穗更偏向于陈平安赢下第二场。

任珑璁不爱听这些，更多注意力，还是在那些喝酒的剑修身上。这里是剑气长城的酒铺，所以她根本分不清楚到底谁的境界更高。但是在浩然天下，哪怕是在风俗习气最接近剑气长城的北俱芦洲，无论是上桌喝酒，还是聚众议事，身份高低，境界如何，一眼便知。

这里倒好，生意太好，酒桌长凳不够用，还有愿意蹲在路边喝酒的，但是任珑璁通过那些剑修相互间的话语，发现蹲在那吭哧吭哧吃阳春面的剑修当中，分明有个元婴境剑修！元婴境剑修，哪怕是在剑修如云的北俱芦洲，很多吗？可是这个元婴境剑修竟然蹲在连一条小板凳都没有的路边，跟个饿死鬼投胎似的？

在浩然天下任何一个大洲的山下世俗王朝，元婴境剑修，哪个不是帝王君主的座上宾，恨不得端出一盘传说中的龙肝凤髓来招待他？

可是这个蹲着的元婴境老剑修方才见着了那个陈平安，就只是骂骂咧咧，说坑完了他辛苦积攒多年的媳妇本，又来坑他的棺材本。那个与卢穗闲聊的二掌柜，便与卢穗告罪一声，然后伸长脖子，对那个老剑修说了个“滚”字，然后冷笑着使了个眼色，结果堂堂元婴境剑修，瞥见路边某位已经吃喝起来的男子背影，哎哟喂一声，说“误会了误会了，只怪自己赌艺不精，二掌柜这种最讲良心的，哪里会坑人半枚铜钱，只会卖天底下最实惠的仙家酒酿”。说完老人拎了酒掏了钱就跑,一边跑还一边朝地上吐唾沫,说:“二掌柜你良心掉地上了,快来捡,小心被狗叼走。”酒铺里的剑修们见此情景一个个大声叫好,只觉得大快人心,有人一个冲动,便又多要了一壶酒。

任珑璁觉得这里的剑修,都很怪,没脸没皮,言行荒诞,不可理喻。

陈平安微微一笑,环顾四周。众人疑心重重,有人一说破,也就不疑了,至少也会疑心骤减许多。

我这路数,你们能懂?

不过一想到要给那个老王八蛋再代笔一首诗词,便有些头疼,于是笑望向对面那个家伙,诚心问道:“景龙啊,你最近有没有吟诗作对的想法?我们可以切磋切磋。”至于切磋过后,是给那老剑修,还是刻在印章上或写在扇面上,你刘景龙管得着吗?

刘景龙微笑道:“不通文墨,毫无想法。我这半桶水,好在不晃荡。”

陈平安对白首说道:“以后劝你师父多读书。”

白首问道:“你当我傻吗?”

姓刘的已经读很多书了,还要再多?就姓刘的那脾气,自己不得陪着看书?翩然峰是我白大剑仙练剑的地儿,以后就要因为是白首的练剑之地而享誉天下的,读什么书?茅屋里那些姓刘的藏书,白首觉得自己哪怕只是随手翻一遍,这辈子估计都翻不完。

陈平安点头道:“不然?”

白首拿起筷子一戳,威胁道:“小心我这万物可做飞剑的剑仙神通!”

刘景龙会心一笑,只是言语却是在教训弟子:“饭桌上,不要学某些人。”

白首欢快地吃着阳春面,味道不咋地,只能算凑合吧,但是反正不收钱,要多吃几碗。

卢穗笑眯起眼,这会儿的刘景龙,让她尤为喜欢。

陈平安笑道:“我这铺子的阳春面,每人一碗,此外便要收钱了,白首大剑仙,是不是很开心?”

白首抬起头,含糊不清道:“你不是二掌柜吗?”

陈平安点头道:“规矩都是我定的。”

白首非但没有恼火,反而有些替自家兄弟伤心,一想到陈平安在那么大的宁府,只住米粒那么小的宅子,便轻声问道:“你这么辛苦挣钱,是不是给不起聘礼的缘故啊?实在不行的话,我硬着头皮与宁姐姐求个情,让宁姐姐先嫁了你再说嘛。聘礼没有的话,彩礼也就不用了。而且我觉得宁姐姐也不是那种在意聘礼的人,是你自己多想了。一个大老爷们没点钱就想娶媳妇,确实说不过去,可谁让宁姐姐自己不小心选了你。说真的,如果我们不是兄弟,我先认识了宁姐姐,我非要劝她一劝。唉,不说了,我难得喝酒，千言万语，反正都在碗里了，你随意，我干了。”

看着那个喝了一口酒就打哆嗦，然后默默将酒碗放在桌上的少年，陈平安挠挠头，自己总不能真把这少年狗头拧下来吧，所以便有些怀念自己的开山大弟子。

剑仙陶文蹲在路边吃着阳春面，依旧是一脸打从娘胎里带出来的愁苦神色。先前有酒桌的剑修想要给这位剑仙前辈挪位置，陶文摆摆手，独自拎了一壶最便宜的竹海洞天酒和一碟酱菜，蹲下没多久，刚觉得这酱菜是不是又咸了些，所幸很快就有少年端来一碗热腾腾的阳春面，那几粒鲜绿葱花，瞧着便可爱喜人，陶文都不舍得吃，每次筷子卷裹面条，都有意无意拨开葱花，让它们在比酒碗更小的小碗里多待会儿。

这次挣钱极多，光是分账后他陶文的收益，就得有个七八枚谷雨钱的样子。因为几乎谁都没有想到二掌柜，能够一拳败敌。

最开始的陶文也不信，毕竟对方是郁狷夫，不是什么绣花枕头，纯粹武夫问拳切磋，相互打生打死，没个几十上百拳，说不过去，又不是很容易瞬间分胜负的剑修问剑，但是二掌柜言之凿凿，还保证若是自己无法一拳赢下，本次坐庄，陶大剑仙输多少神仙钱，他酒铺全部用酒水还债。陶文又不傻，当时便继续埋头吃面，没兴趣坐这个庄了，二掌柜便退了一步，说以钱还钱也行，但是先前说好的五五分账，他陈平安得多出两成，七三分。陶文觉得可行，连杀价都懒得开口，若陈平安真能够一拳撂倒郁狷夫，只要自己这坐庄盘子开得大，不会少赚。不承想二掌柜人品过硬，说跟陶大剑仙做买卖，光是剑仙就该多赚一成，所以还是六四分账。不要白不要，陶文便点头答应下来，说万一输了钱，老子就只砸那些破酒桌，不出飞剑。

陶文身边蹲着个唉声叹气的年轻赌棍，这次押注，输了个底朝天，不怨他眼光不好，已经足够心大，押了二掌柜十拳之内赢下第一场，结果哪里想到那个郁狷夫明明先出一拳，占了天大便宜，然后就直接认输了。所以今儿年轻剑修都没买酒，只是跟少输些钱就当是挣了钱的朋友，蹭了一碗酒，再白吃酒铺两碟酱菜和一碗阳春面，找补找补。

陶文说道：“程荃，以后少赌钱，只要上了赌桌，肯定赢不过庄家。就算要赌，也别想着靠这个挣大钱。”

年轻人从小就与这位剑仙相熟，双方是邻近巷子的人，可以说陶文是看着程荃长大的长辈。而陶文也是一个很奇怪的剑仙，从不依附豪阀大姓，常年独来独往，在战场上，也会与其他剑仙并肩作战，不遗余力，可回了城中，就是守着那栋不大不小的祖宅。陶剑仙如今虽然是光棍，但其实比没娶过媳妇的光棍还要惨些，以前家里那个婆娘疯了很多年，年复一年，心力交瘁，心神萎靡，她走的时候，神仙难留下。陶文好像也没怎么伤心，每次喝酒依旧不多，从未醉过。

程荃无奈道：“陶叔叔，我也不想这么赌啊，可是飞剑难养，我缺了好多神仙钱。陶叔叔你看我这些年才喝过几次酒，去过几次海市蜃楼？我真不喜欢这些，实在是没法子了。”

说到这里，程荃抬起头，遥遥望向南边的城头，伤感道：“天晓得下次大战什么时候就开始了，我资质一般，本命飞剑品秩却凑合，可是被境界低拖累，每次只能守在城头上，能杀几头妖？挣多少钱？若是飞剑破了瓶颈，可以一鼓作气多提升飞剑倾力远攻的距离，至少也有三四里路，杀妖便多了，钱就多了，成为金丹境剑修才有希望。再说了，光靠那几枚小暑钱的家底，缺口太大，不赌不行。”

陶文问道：“怎么不去借借看？”

程荃苦笑道：“身边朋友也是穷光蛋，即便有点余钱的，也需要自己温养飞剑，每天吃掉的神仙钱，不是小数目，我开不了这个口。”

陶文吃了一大口阳春面，夹了一筷子酱菜，咀嚼起来，问道：“在你婶婶走后，我记得当时跟你说过一次，将来遇到事情，不管大小，我可以帮你一回，为何不开口？”

程荃咧嘴笑道：“这不是想着以后能够下了城头厮杀，让陶叔叔救一次命嘛。如今只是缺钱，再忧心，也还是小事，总比没命好。”说到这里，程荃脸色惨白，既愧疚，又忐忑，眼神满是后悔，恨不得给自己一耳光。

陶文神色自若，点头道：“能这么想，很好。”

程荃也跟着心情轻松起来，道：“再说了，陶叔叔以前有个屁的钱。”

陶文笑了起来，点头道：“也对。”

陶文以心声说道：“帮你介绍一份活计，我可以预支给你一枚谷雨钱，做不做？这也不是我的意思，是那个二掌柜的想法。他说你小子面相好，一看就是个实诚人厚道人，所以比较合适。”

程荃听到了心声涟漪后，疑惑道：“怎么说？酒铺要招长工？我看不需要啊，有叠嶂姑娘和张嘉贞，铺子又不大，足够了。何况就算我愿意帮忙，猴年马月才能凑足钱啊？”

陶文无奈道：“二掌柜果然没看错人。”

一个小口吃阳春面的剑仙，一个小口喝酒的观海境剑修，鬼鬼祟祟聊完之后，程荃狠狠揉了揉脸，大口喝酒，使劲点头，这桩买卖，做了！

陶文记起一件事，想起那个二掌柜之前说过的一番话，就照搬拿来，提醒程荃道：“坐庄有坐庄的规矩，赌桌有赌桌的规矩，你要是与朋友义气混淆在一起，那以后就没有合作机会了。”

程荃点点头。

程荃走后没多久，陈平安那边，刘景龙等人也离开酒铺，二掌柜端着酒碗来到陶文身边，笑眯眯道：“陶剑仙，挣了那么多谷雨钱，还喝这种酒？今儿咱们大伙儿的酒水，陶大剑仙不意思意思？”

陶文想了想，无所谓的事情，刚想要点头答应下来，不料二掌柜急急忙忙以言语心声说道：“别直接嚷着帮忙结账，就说在座各位，无论今天喝多少酒水，你陶文帮着付一半的酒水钱，只付一半，不然我就白找你这一趟了，刚入行的赌棍，都晓得咱俩是合伙坐庄坑人。可我要是装作与你不认识，更不行，就得让他们不敢全信或是全疑，将信将疑刚刚好，以后咱俩才能继续坐庄，要的就是这帮喝个酒还抠抠搜搜的王八蛋一个个自以为是。”

陶文以心声骂了一句道：“这都什么玩意儿，你脑子里成天都想的啥？要我看，你要是专心练剑，不出十年，早他娘的成剑仙了。”

不过陶文还是板着脸与众人说了句：“今天酒水，五壶以内，我陶文帮忙付一半，就当是感谢大家捧场，在我这个赌庄押注，可五壶及以上的酒水钱，跟我陶文没一文钱的关系，兜里有钱就自己买酒，没钱滚回家喝尿吃奶去吧。”

陈平安听着陶文的言语，觉得他不愧是一位实打实的剑仙，极有坐庄的资质！不过说到底，还是自己看人眼光好。

陈平安小口喝着酒，以心声问道：“那程荃答应了？”

陶文放下碗筷，招招手，又跟少年多要了一壶酒水，说道：“你应该知道为什么我不刻意帮程荃吧?”

陈平安说道：“知道，其实不太愿意他早早离开城头厮杀，说不定还希望他就一直是这么个不高不低的尴尬境界，赌棍也好，赌鬼也罢，就他程荃那性子，人也坏不到哪里去，如今每天大小忧愁，终究比死了好。至于陶叔叔家里的那点事，我哪怕这一年都捂着耳朵，也该听说了。剑气长城有一点好也不好，言语无忌，再大的剑仙，都藏不住事。”

陶文摆摆手，道：“不谈这个，喝酒。”

陶文突然问道：“为什么不干脆押注自己输？好些赌庄，其实是有这个押注的，你要是狠狠心，估计最少能赚几十枚谷雨钱，让好多赔本的剑仙跳脚骂娘。”

陈平安没好气道：“宁姚早就说了，让我别输。你觉得我敢输吗？为了几十枚谷雨钱，丢掉半条命不说，然后一年半载夜不归宿，在铺子这边打地铺，划算啊?”

陶文破天荒大笑了起来，拍了拍年轻人的肩膀，道：“怕媳妇又不丢人，挺好，再接再厉。”

陈平安笑了笑，与陶文酒碗碰酒碗。

陶文轻声感慨道：“陈平安，对他人的悲欢离合，太过感同身受，其实不是好事。”

陈平安笑道：“能说出这种话的人，就该自言自语，自问自答，自消自受。”

陶文错愕，然后笑着点头，只不过换了个话题，道：“关于赌桌规矩一事，我也与程荃直说了。”

陈平安晃了晃酒碗，说道：“能够一直守着生意上的规矩，是好事。如果哪天一直守着规矩的程荃，依旧愿意为了哪个朋友坏了规矩，那就说明程荃这个人，真正值得结交，到时候就算陶叔叔你不借钱给他，不帮他修行，我来。实不相瞒，在二掌柜之前，我曾经有两个响彻浩然天下的绰号，一个叫陈好人，一个叫善财童子！”

陶文指了指陈平安手中的酒碗，笑道：“低头瞧瞧，有没有脸。”

陈平安低头一看，震惊道：“这后生是谁，刮了胡子，还挺俊。”

晏家家主的书房，晏胖子战战兢兢站在书房门口。

先前父亲听说了那场宁府门外的问拳，便给了晏琢一枚谷雨钱，押注陈平安一拳胜人。

晏琢哪怕对陈平安极有信心，依旧觉得这枚谷雨钱要打水漂，可父亲晏溟却说押错了，无所谓。所以晏琢得了钱后，想着稍稍安稳些，便自作主张，替父亲偷偷押注三拳之后、十拳之内分出胜负，除了这枚谷雨钱，自己还花了两枚小暑钱的私房钱，押注陈平安百拳之内撂倒那个中土豪阀女子郁狷夫。结果谁能想到，陈平安与郁狷夫提出了那么一个自己吃亏极大的切磋法子，而那郁狷夫更是脑子拎不清，一拳过后，直接认输。你他娘的倒是多打几拳啊，陈平安是金身境，你郁狷夫不一样是底子无敌好的金身境？

晏胖子不想来父亲书房，可是不得不来，道理很简单，他晏琢掏光私房钱，就算是与娘亲再借些，都赔不起父亲这枚谷雨钱本该挣来的一堆谷雨钱，所以只能过来挨骂，挨顿打也是不奇怪的。

晏溟头也不抬，问道：“押错了？”

晏琢“嗯”了一声。

晏溟说道：“此次问拳，陈平安会不会输？会不会坐庄挣钱？”

晏琢说道：“绝对不会。陈平安对于修士厮杀的胜负，并无胜负心，唯独在武学一途，执念极深，别说郁狷夫是同等金身境，哪怕是对峙远游境武夫，陈平安都不愿意输。”

晏溟问道：“陈平安身边就是宁府，宁府当中有宁丫头。此次问拳，你觉得郁狷夫怀揣着必胜之心、砥砺之意，那么对于陈平安而言，赢了，又有什么意义？”

晏琢摇头道：“先前不确定。后来听过了陈平安与郁狷夫的对话，我便知道，陈平安根本不觉得双方切磋，对他自己有任何裨益。”

晏溟抬起头，继续问道：“那么如何才能够让郁狷夫少些纠缠？你现在有没有想明白，为何陈平安要提出那个建议了？如果没有，那么我的那枚谷雨钱，就真打水漂了。所有关于这枚谷雨钱带来的损失，你都给我记在账上，以后慢慢还。晏琢，你真以为陈平安是故意让一先手？你还以为郁狷夫出拳却认输，是随心所欲吗？你信不信，只要郁狷夫舍了自身武学优势，学那陈平安站着不动，然后挨上陈平安一拳，郁狷夫会直接没脸喊着打此后两场？你真以为宁府白炼霜这位曾经的十境武夫，纳兰夜行这位昔年的仙人境剑修，每天就是在那边看大门或是打扫房间吗？他们只要是能教的，都会教给自家姑爷，而那陈平安只要是能学的，都会学，并且学得极好极快。更别提城头那边，隔三岔五还有左右帮着教剑，这一年来，你晏琢其实也不算虚度，可人家却偏偏像是过了三五年光阴。”

晏琢委屈道：“我也想与剑仙切磋啊，可咱们晏家那位首席供奉，架子比天还大，从小看我就不顺眼，如今还是死活不愿意教我剑术，我死皮赖脸求了好多次，老家伙都不乐意搭理我。”

晏溟神色平静，问道：“为什么不来请我开口，让他乖乖教你剑术？晏家谁说话，最管用？家主晏溟，什么时候，连一个小小剑仙供奉都管不了了？”

晏琢一下子就红了眼睛，哽咽道：“我不敢啊。我怕你又要骂我没出息，只会靠家里混吃混喝，什么晏家大少爷，猪已肥，南边妖族只管收肉……这种恶心人的话，就是我们晏家自己人传出去的，爹你当年就从来没管过……我干吗要来你这边挨骂……”

晏溟神色如常，始终没有开口。

晏琢一口气说完了心里话，自己转过头，擦了擦眼泪。

这位双臂袖管空荡荡的晏家家主，这才开口说道：“去与他说，教你练剑，倾囊相授，不可藏私。”

晏琢“嗯”了一声，跑出书房。

书房角落处，涟漪阵阵，凭空出现一位老人，微笑道：“非要我当这恶人？”

晏溟微笑道：“你一个每年收我大把神仙钱的供奉，不当恶人，难道还要我这个给人当爹的，在儿子眼中是那恶人？”

老人打算立即返回晏府修道之地，毕竟那个小胖子得了圣旨，这会儿正在撒腿狂奔而去的路上，不过老人又笑道：“先前家主所谓的‘小小剑仙供奉’，其中二字，措辞欠妥当啊。”

晏溟轻轻摆了摆头，那头负责帮忙翻书的小精魅，心领神会，双膝微蹲，一个蹦跳，跃入桌上一只笔筒当中，从里边搬出两枚谷雨钱，然后砸向那老人。

老人将两枚谷雨钱收入袖中，微笑道：“很妥当了。”

晏溟想了想，神色别扭，说道：“同样的练剑效果，记得下手轻些。”

老人一闪而逝。

晏溟其实还有些话，没有与晏琢明说，比如晏家希望某个女儿小名是葱花的剑仙，能够成为新供奉。

那个原本大道前程极好的少女，离开城头，战死在了南边沙场上，死状极惨。父亲是剑仙，当时战况惨烈，最终这个男人，拼着重伤赶去，仍是救之不及。

后来少女的娘亲便疯了，只会日日夜夜，反反复复，询问自己男人一句话：“你是剑仙，为何不护着自己女儿？”

一个男人，回到没了他便是空无一人的家中。先前从铺子那边多要了三碗阳春面，藏在袖里乾坤当中，这会儿，一碗一碗放在桌上，去取了三双筷子，一一摆好，然后男人埋头吃着自己那碗。

桌上其中一碗阳春面，葱花多放了些。

暮色里，陈平安双手笼袖，坐在门槛上，斜靠门轴，看着生意极好的自家铺子，以及更远处生意冷清的大小酒楼。

听说当年那位中土豪阀女子，大摇大摆走出海市蜃楼之后，剑气长城这边，向那位上五境兵家修士出剑之剑仙，名叫陶文。

这些个其实只是他人悲欢离合的故事，原本听一听，喝过几壶酒，吃过几碗阳春面，也就过去了，可在陈平安心中，偏偏盘桓不去，总会让这个离乡千万里的年轻人，没来由想起家乡的泥瓶巷。

剑气长城无论老幼，只要是个剑修，那就是人人在等着战死，已经死了一茬又一茬，死到都没人愿意去长久记住谁了。

然而浩然天下这么些个王八蛋，跑这儿来讲那些站不住脚的仁义道德、礼仪规矩？

为什么不是看遍了剑气长城，才来说这里的好与不好？又没要你们去城头上慷慨赴死，死的不是你们啊，那么只是多看几眼，稍稍多想些，很难吗？

少年张嘉贞忙里偷闲，擦了擦额头汗水，无意间看到那个陈先生，脑袋斜靠着门轴，怔怔望向前方，眼神中有从未有过的恍惚。

陈先生好像有些伤心，有些失望。

剑气长城的秋季，没有什么萧萧梧桐，芭蕉夜雨，乌啼枯荷，帘卷西风，鸳鸯浦冷，桂花浮玉，却也有那树树秋色，草木摇落，秋夜凉天，城满月辉。

浩然天下，当下则是春风春雨打春联，春山春水生春草，天下同春。

宝瓶洲龙泉郡的落魄山，惊蛰时分，老天爷莫名其妙变了脸，阳光高照变成了乌云密布，然后下了一场倾盆大雨。

三个丫头一起趴在竹楼二楼廊道栏杆上赏雨。

黑衣小姑娘身边一左一右，放着一根翠绿欲滴的行山杖和一条小小的金扁担。身为落魄山祖师堂正儿八经的右护法，周米粒偷偷给行山杖和小扁担，取了两个“小右护法”“小左护法”的绰号，只是没敢跟裴钱说这个。裴钱规矩贼多，烦人，好几次都不想跟她做朋友了。可是若是双方真的闹了别扭，才刚开始，周米粒就要开始掰手指数数，等着裴钱来找她玩。

陈暖树有些担心，因为陈灵均前不久好像下定决心，只要他跻身了金丹境，就立即去北俱芦洲济渎走江。

裴钱换了个姿势，仰面躺着，双手交错当作枕头，跷起二郎腿，轻轻晃荡。她想了想，又一点一点挪动身体，换了一个方向，二郎腿朝着竹楼屋檐外的雨幕。裴钱最近也有些烦，与老厨子练拳，总觉得差了好些意思，没劲，有次她还急眼了，朝老厨子怒吼了一句，然后就给老厨子不太客气地一脚踩晕过去。事后裴钱觉得其实挺对不起老厨子的，但也不太乐意说对不起。除了那句话，自己确实说得比较冲，其他的，本来就是老厨子先不对，喂拳，就该像崔爷爷那样，往死里打她啊，反正又不会真的打死她，挨揍的她都不怕，一闭眼一睁眼，打几个哈欠，就又是新的一天了，真不知道老厨子怕个啥。

你老厨子知道我每泡一次药缸子，得花掉师父多少银子？裴钱跟暖树合计过，按照她现在这么个练武的法子，就算她在骑龙巷那边，拉着石柔姐姐一起做买卖，哪怕晚上不关门，就她挣来的那点碎银子，不知道多少个一百年才能赚回来。所以你老厨子干吗扭扭捏捏，跟没吃饱饭似的，喂拳就用心出拳，反正她都是个晕死睡觉的下场。她其实先前忍了他好几次，最后才忍不住发火的。

那天半夜醒过来后，她就跑去喊老厨子起来做了顿宵夜，然后还多吃了几碗饭。老厨子应该明白这是她的道歉了吧？应该是懂了的，老厨子当时系着围裙，还帮她夹菜来着，不像是生气的样子。老厨子这人吧，老是老了点，丑是丑了点，但是有一点还好——不记仇。

还有个更大的烦心事，就是裴钱担心自己死皮赖脸跟着种夫子，一起到了剑气长城那边，师父会不高兴。

这时那家伙又来看竹楼后面的那个小池塘了，裴钱翻了个白眼。

大骊北岳山君魏檗站在了廊道中，微笑道："裴钱，最近闷不闷？"

裴钱无聊道："闷啊，怎么不闷，闷得脑阔(壳)疼。"

裴钱一巴掌轻轻拍在地板上，一个鲤鱼打挺站起身。那一巴掌极其巧妙，行山杖跟着弹起，被她抄在手中。

裴钱跃上栏杆，就是一通疯魔剑法，无数水珠崩碎，水花四溅，不少往廊道这边溅射而来，魏檗挥了挥手，打掉溅来的水花，也没着急开口说事情。

裴钱一边酣畅淋漓出剑，一边扯开嗓子喊道："晴天霹雳锣鼓响啊，大雨如钱扑面来哟，发财喽发财喽……"

落魄山是真缺钱，这点没假，千真万确。不过这么想要天上掉钱的，应该就只有这个自己都觉得自己是赔钱货的丫头了。

魏檗笑道："我这边有封信，谁想看？"

裴钱立即收了行山杖，跳下栏杆，一挥手。早已站起身迎接北岳山君的陈暖树，以及慢悠悠爬起身的周米粒，与裴钱一起低头弯腰，齐声道："山君老爷大驾光临寒舍，蓬荜生辉，财源滚滚来！"

魏檗笑眯眯点头，这才将那信封上以蝇头小楷写着"暖树亲启、裴钱读信、米粒收起信封"的家书，交给暖树丫头。

陈暖树赶紧把手在袖子上擦了擦，双手接过书信后，小心拆开，然后将信封交给周米粒，把信递给裴钱。裴钱接过信纸，盘腿而坐，正襟危坐，其余两个小姑娘也跟着坐下，三颗小脑袋几乎都要碰在一起了。裴钱转头埋怨了几句："米粒你小点劲儿，信封都给你捏皱了，怎么办的事？再这样手笨脚笨的，我以后怎能放心把大事交给你去做？"

黑衣小姑娘立即皱着脸，泫然欲泣。裴钱笑了起来，摸了摸小米粒的小脑阔(壳)，安慰了几句，周米粒很快笑了起来。

魏檗趴在栏杆上，眺望远方，大雨急骤，天地朦胧，唯独廊道这边，风景明亮。

三个小姑娘看信极慢，都不愿意错过一个字，期待着信上出现自己，哪怕只是一两句话，她们都可以开心很久。

裴钱仔仔细细看完一遍后，周米粒说道："再看一遍。"

裴钱没好气道："当然，说啥废话呢。"

翻来覆去看了三遍，裴钱小心翼翼将总共才两张信纸的家书放回信封，咳嗽几声，说道："师父在信上如何说的，都看清楚了吧？师父不让你们俩去剑气长城，反正理由是写了的，明明白白，无懈可击，天经地义。那么现在问题来了，你们心里有没有一丁点怨气？有的话，一定要大声说出来，我身为师父的开山大弟子，一定会帮你们开开窍。"

陈暖树笑道："我可去不了剑气长城，太远了，离了落魄山去龙泉郡城，只是一夜，我就眼巴巴盼着回山上。"

她是真习惯了待在一个地方不挪窝，以前是在黄庭国的曹氏芝兰府藏书楼，如今是更大的龙泉郡，何况以前还要躲着人，做贼似的，如今不光是在落魄山上，去小镇骑龙巷，去龙泉州城，都正大光明的，所以陈暖树喜欢这里，而且她更喜欢那种每天的忙忙碌碌。

周米粒双臂抱胸，使劲绷着脸，依旧难掩那份得意扬扬，道："山主说了，要我这位右护法，好好盯着那处小水塘，职责重大，所以下了竹楼，我就把铺盖搬到水塘旁边去。"

黑衣小姑娘其实如果不是辛苦忍着，这会儿都要笑开了花。陈平安在信上说了，他在剑气长城那边，与好些人说了哑巴湖大水怪的山水故事！而且听说戏份极多，不是好些演义小说里一露面就给人打死的那种。我了个乖乖隆咚锵，那可是另外一座天下，以前是做梦都不敢想的事。

裴钱"嗯"了一声，缓缓道："这说明你们俩还是有点良心的。放心，我就当替你们走了一趟剑气长城。我这套疯魔剑法，浩然天下不识货，想必到了那边，一定会有茫茫多的剑仙，见了我这套自创的绝世剑法，眼珠子都要瞪出来，然后立即哭着喊着要收我为徒，然后我就只能轻轻叹气，摇头说一句，对不起，我已经有师父了，你们只能哭去了。对于那些生不逢时的剑仙来说，这真是一个可悲可叹可怜的伤感故事。”

陈暖树笑问道：“到了老爷那边，你敢这么跟剑仙说话?”

裴钱一本正经道：“当然不敢啊，我这不都说了，就只是个故事嘛。”

周米粒使劲点头，觉得暖树姐姐有些时候脑子不太灵光，比自己还是差了好多。

陈暖树掏出一把瓜子，裴钱和周米粒各自娴熟抓了一把，裴钱一瞪眼，那个自以为抓了最多瓜子却没人看见的周米粒，顿时身体僵硬，脸色不变，好似被裴钱施展了定身法，一点一点松开拳头，漏了几颗瓜子在陈暖树手心，裴钱再瞪圆眼睛，周米粒这才放回去大半，摊手一看，还挺多，便偷着乐呵起来。

陈暖树取出一块帕巾，放在地上接瓜子壳。在落魄山别处无所谓，在竹楼，无论是一楼还是二楼，瓜子壳不能乱丢。

裴钱说道：“魏檗，信上那些跟你有关的事情，你要是记不住，我可以每天去披云山提醒你。如今我翻山越岭，来去如风!”

魏檗笑道：“不用。”

裴钱担心道：“真不用? 我怕你不上心。”

魏檗转过头，打趣道：“你不是应该担心怎么跟师父解释，你与白首的那场武斗吗?”

裴钱一脸茫然道：“啥? 白首是谁? 我没见过这个人啊。魏檗你在做梦吧? 还是我做了梦，醒了就忘啦?”

三丫头捣鼓了那么久，就憋出这么个说法?

魏檗伸出大拇指，赞叹道：“陈平安肯定会信。”

周米粒伸手挡在嘴边，身体歪斜，凑到裴钱脑袋旁边，轻声邀功道：“看吧，我就说这个说法最管用，谁都会信的。魏山君不算太笨的人，都信了不是?”

裴钱点头道：“记你一功! 但是咱们说好，公私分明，只在我的小账本上记功，与咱们落魄山祖师堂没关系。”

周米粒今儿心情好，摇头晃脑笑眯眯道：“嘛呢嘛呢，记个屁的功劳，我们是最要好的朋友啊!”

魏檗感慨道：“曾有诗文开端，写‘浩然离故关’，与那圣人‘予然后浩然有归志’遥相呼应，故而被后世文人誉为‘起调最高’。”

周米粒使劲皱着那素淡的眉毛，问道：“啥意思?”

裴钱说道：“说几句应景话，蹭咱们的瓜子吃呗。”

魏檗的大致意思，陈暖树肯定是最了解透彻的，只是她一般不太会主动说些什么。

而裴钱如今也不差，毕竟师父离开后，她没办法再去学塾念书，就翻了好多书，师父留在一楼的书早就看完了，然后又让暖树帮着买了些，反正不管三七二十一，先背下来再说。背书记东西，裴钱比陈暖树还要擅长很多，若是不懂就跳过。偶尔心情好，与老厨子问几个问题，可是不管说什么，裴钱总觉得若是换成师父来说，会好太多，所以有些嫌弃老厨子那种半吊子的传道授业解惑。一来二去的，老厨子便有些灰心，总说些自己学问半点不比种夫子差的混账话，裴钱当然不信。然后有次烧饭做菜，老厨子便故意多放了些盐。

听裴钱这么说，陈暖树便走过去，给魏檗递去一捧瓜子。

魏檗道了一声谢，满脸笑意，双手接过，然后背靠栏杆，开始嗑瓜子，与三个小姑娘闲聊起来。在他摊开的手心上，瓜子一堆，瓜子壳一堆，大山头变成小山头，小山头变成了大山头，最后变成只有一座山头。

栏外风雨，廊内和煦。

魏檗知道陈平安是想要让两个弟子、学生，早些去剑气长城那边看一看，去晚了，浩然天下的人，当真还有机会再看一眼剑气长城吗？还能把那边视为浩然天下开辟出来的一处风景，去游山玩水一番？

只不过虽然信上没写，魏檗还是看出了陈平安的另外一层隐忧。南苑国国师种秋一人，带着游历完莲藕福地的曹晴朗以及裴钱两个孩子，陈平安其实有些不太放心。可如今的落魄山，几乎算是半个落魄山山主的朱敛，肯定无法离开，其余画卷三人，各司其职，也各有大道所求，至于他魏檗更不可能离开宝瓶洲。这么说起来，陈平安真正忧心的，其实是落魄山如今拔尖修士、武学大宗师的缺失，至于已是仙人境修为的供奉“周肥”，陈平安就算请得动姜尚真的大驾，也肯定不会开这个口。

其实如果这封信来得更早一些，就好了，可以与那位北俱芦洲刘景龙同行去往老龙城，再去倒悬山和剑气长城。

魏檗当下心中便有了个打算，准备尝试一下，看看那个神出鬼没的崔东山，能否为他的先生排忧解难。

几天后，披云山收到了崔东山秘密的飞剑传信，信上让种秋和裴钱、曹晴朗先行南下，在老龙城等他，然后大伙儿一起乘坐跨洲渡船，热热闹闹地去找他的先生。

一听说那只大白鹅也要跟着去，裴钱原本心中那点小小的郁闷，便彻底烟消云散了。

原本约好的半月之后再次问拳，郁狷夫竟然反悔了，说是时日待定。

城池这边的赌棍们倒是半点不着急，毕竟那个二掌柜赌术不俗，太过匆忙押注，很容易着了道儿。

只是经验丰富的老赌棍们,反而开始纠结不已,怕就怕那个小姑娘郁狷夫,不小心喝过了二掌柜的酒水,脑子一坏,结果好好的一场切磋问拳,就成了唱双簧,到时候还怎么挣钱?现在看来,别说是掉以轻心的赌棍,就是许多坐庄的,都没能从那个陈平安身上挣到几枚神仙钱。于是就有个老赌棍酒后感慨了一句,青出于蓝而胜于蓝啊,以后咱们剑气长城的大小赌桌,要血雨腥风了。

既然没有茅屋可以住,郁狷夫终究是女子,不好意思每天在城头打地铺,所以与苦夏剑仙一样,住在了剑仙孙巨源府邸,只是每天都会往返一趟,在城头练拳几个时辰。孙巨源对严律、蒋观澄那拨小兔崽子没什么好印象,但是对于这位中土郁家的千金小姐,倒是观感不坏,难得露面几次,高屋建瓴,以剑术说拳法,让郁狷夫感恩在心。

林君璧除了去往城头练剑,在孙府多是在那座凉亭内独自打谱,悉心揣摩那部享誉天下的《彩云谱》。

林君璧感兴趣的就三件事:中土神洲的大势,修行,围棋。

大势如何,林君璧如今只能旁观;修行如何,从未懈怠;至于棋术,至少在邵元王朝,少年已经难逢敌手。最想见者,绣虎崔瀺。

师兄边境更喜欢海市蜃楼,不见人影。苦夏剑仙也从不刻意约束那个不着调的边境。练剑一事,只要成了金丹境剑修,那么脚下便都有了各自道路,只管前行登高便是。

若无此路,怎能结丹?

郁狷夫在这拨邵元王朝的剑修当中,只有跟朱枚还算有话聊。

只不过所谓的聊天,其实就是朱枚一个人在那叽叽喳喳,郁狷夫听得不厌其烦。

朱枚还帮郁狷夫买来了那本厚厚的《皕剑仙印谱》,如今剑气长城都有了些相对精美的刊印本,据说是晏家的手笔,应该勉强可以保本,无法挣钱太多。

今天朱枚在郁狷夫屋子里喝着茶,看着仔细翻阅印谱的郁狷夫,好奇地问道:"郁姐姐,听说你是直接从金甲洲来的剑气长城,难道就不想去看一眼未婚夫?那怀潜,其实在你离开家乡后,名气越来越大了,跟曹慈、刘幽州都是朋友啊,让好多"宗"字头的年轻仙子们肝肠寸断啊,好多好多的传闻。郁姐姐你是纯粹不喜欢那桩娃娃亲,所以跟长辈赌气,还是私底下与怀潜打过交道,然后喜欢不起来啊?"

郁狷夫说道:"都有。"

朱枚又问道:"那咱们就不说这个怀潜了,说说那个周老剑仙吧?这位老神仙好像次次出手,都很夸张。上次出手,好像就是为了给郁姐姐打抱不平,如今还有很多有鼻子有眼睛的传闻,说周老神仙那次出手,太过凶狠,还惹来了一位学宫大祭酒的追责。"

郁狷夫犹豫了一下,摇头道:"假的。"

朱枚瞪大眼睛,充满了期待。

郁狷夫说道:"周老先生,积攒了功德在身,只要别太过分,学宫、书院一般不会找他的麻烦。此事你自己知道就好了，不要外传。”

朱枚点头。

郁狷夫还是多提醒了一句：“你若管不住嘴巴，一旦被严律这种人听说此事，会是个不小的把柄，你自己悠着点。”

朱枚只能继续点头。

郁狷夫凝视着印谱上的一句印文：“白鹭昼立雪，墨砚夜无灯。”

郁狷夫略微心动，不过也就看看而已，她是绝对不会去买那印章、折扇的。

朱枚实在是忍不住心中好奇，问道：“郁姐姐，你这个名字怎么回事？有讲究吗？”

郁狷夫继续翻看印谱，摇摇头道：“有讲究，没意思。我是个女子，从小就觉得郁狷夫这个名字不好听。祖谱上改不了，自己走江湖，随便我换。在中土神洲，用了个郁绮云的化名。到了金甲洲，再换一个，石在溪。你以后可以喊我石在溪，比郁姐姐好听。”

朱枚轻轻呼唤，俏皮道：“在溪在溪。”

郁狷夫有些无奈，摇摇头，继续翻看印谱。

“城头何人，竟然无忧”。

“髫挽人间最多云”。

“酒仙诗佛，剑同万古”。

还有不少成双成对的印章。

“稽首天外天”“道法照大千”。

“慷慨去也”“浩然归也”。

“为君倒满一杯酒”“日月在君杯中游”。

郁狷夫翻着印谱，越看越火大，明明是个有些学问的读书人，偏偏如此不务正业！

翻到一页，看到那“雁撞墙”三字印文，郁狷夫想起剑气长城那堵何止是高耸入云的高墙，竟有些忍俊不禁，好不容易忍住笑意，板着脸冷哼一声。

陈平安与刘景龙在铺子里喝酒。

在剑气长城，最暴殄天物的一件事情，就是喝酒不纯粹，使上那修士神通术法。这种人，简直比光棍更让人看不起。

刘景龙依旧只是吃一碗阳春面、一碟酱菜而已。

四周那些个酒鬼剑修们眼神交汇，看那架势，人人都觉得这位来自北俱芦洲的年轻剑仙，酒量深不可测，一定是海量，说不定真如二掌柜所说，到了那种“酒桌之上我独坐，其余皆在桌底躺”的境界。

白首喜欢来这里，因为可以喝酒，虽然姓刘的吩咐过，每次只能喝一碗，但是他的酒量，一碗也够他微微醺了。

何况陈平安自己都说了，我家铺子那么大一只大白碗，喝醉了人，很正常，跟酒量好坏没屁关系。

刘景龙欲言又止。

陈平安笑道："觉得卢姑娘哪怕不与你说话，但是看你的那种眼神，其中言语，不减反增，所以你有些心慌？"

刘景龙默不作声，瞥了眼酒壶，还真有点想喝酒了。

陈平安微笑不语，故作高深。

你这情况，老子哪里知道该怎么办。

此时的浩然天下，一艘从老龙城去往倒悬山的跨洲渡船船头，两位同样身着青衫的大小夫子，正在默默赏景。一位眉心有痣、白衣如雪的俊美少年，则在跟一个皮肤微黑、手持行山杖的小姑娘嬉戏打闹，旁若无人。

少年飞奔躲避那根行山杖，大袖飘摇若飞雪，大声嚷嚷道："就要见到我的先生你的师父了，开不开心？"

小姑娘追着撵那只大白鹅，扯开嗓子道："开心真开心！"

已经依稀可见那座倒悬山的轮廓。

曹晴朗举目眺望，不敢置信道："这竟然是一枚山字印？"

种秋感慨道："异国他乡，壮丽风景，何其多也。"

裴钱与崔东山坐在栏杆上，转头小声说道："两个夫子，见识还不如我多哩。你看我，瞧见那倒悬山，会感到奇怪吗？半点都没有的。说到底，还是光读书不走路惹的祸。种夫子去过那么大一个桐叶洲吗？去过宝瓶洲青鸾国吗？我不一样，抄书不停，还跟着师父走过了千山万水万水千山。再说了，我每天抄书，天底下抄书成山这件事，除了宝瓶姐姐，我自称第三，就没人敢称第二！"

崔东山一脸疑惑道："大师姐方才见着了倒悬山，好像流口水了，一门心思想着搬回落魄山，以后谁不服气，就拿此印砸谁的脑阔(壳)。"

裴钱有些难为情，道："那么大一宝贝，谁瞧见了不眼馋？"

"关于抄书一事，其实被你瞧不起学问的老厨子，还是很厉害的。早年朝廷负责编撰史书，他拉了十多位名满天下的文臣硕儒、二十多个朝气勃勃的翰林院读书郎，日夜编撰，抄写不停，最终写出千万字。其中朱敛那一手小楷，真是绝妙，说是出神入化都不为过，哪怕是浩然天下如今最为盛行的那几种馆阁体，都不如他早年手笔。此次编书，算是藕花福地历史上最有意思的一次学问汇总了，可惜某个牛鼻子老道士觉得碍眼，挪了挪小指头，一场灭国之祸，便烧毁了十之七八，书生心血，纸上学问，便一下子归还天地大半。"崔东山百无聊赖，说过了一些小地方的单薄老皇历，一上一下挥动着两只袖子，随口道："光看不记事，浮萍打旋儿，随波流转，不如人家见一是一，见二得二，再见三便知千百，按部就班，便是中流砥柱，激起光阴长河万丈浪。"

裴钱瞪眼道："大白鹅，你到底是哪边阵营的？咋个总是胳膊肘往外拐呢，要不我帮你拧一拧？我如今学武大成，约莫得有师父一成功力了，出手可没个轻重的，嘎嘣一下，说断就断了。到了师父面前，你可别告状啊。"

至于老厨子的学问啊写字啊，可拉倒吧，师父只需要一只手，三言两语，就能让老厨子甘拜下风，安心在灶房烧火做饭。

崔东山伸出手去，道："借我一张黄纸符箓贴脑门上，让我压压惊，别被大师姐吓死了。"

裴钱皱眉道："别闹，师父说过，出门在外，不许随便拿出符箓显摆自己的家底，修士扎堆的地方，容易让人眼红，一眼红就多是非，自己没错惹来别人错。就算大家都没错，打打闹闹的，也终究谈不上'我无错'三字。至于山鬼神祇聚众的地儿，更会被视为挑衅。这可不是我瞎说，当年我跟师父在桐叶洲月黑风高的荒郊野岭，就遇到了山神娶亲的阵仗，我就是多瞧了那么一眼，真的就一眼，那些精怪鬼魅就齐刷刷瞪我。好家伙，你猜怎么着，师父见我受了天大委屈，立即回瞪一眼过去，那些原先一个比一个趾高气扬的山水神怪，如遭雷击，然后就一个个伏地不起，跪地求饶，连那不知是人是鬼的美娇娘坐着的轿子都没人抬了，估计被摔了个七荤八素。这么多年过去了，我这心里边，还是挺过意不去的。"

崔东山微笑道："真话说完了，换个假版本说说看。"

裴钱"哦"了一声，道："假的啊，也有的，就是师父站起身，与那迎亲队伍的一位领头老嬷嬷主动道了歉，还顺便与他们诚心道贺，事后教训了我一顿，还说事不过三，已经两次了，如有再犯，就不跟我客气了。"

裴钱揉了揉眼睛，装模作样道："哪怕是个假故事，可想一想，还是让人伤心落泪。"

崔东山笑眯眯道："记得把眼屎留着，别揉没了。"

裴钱一拳递出，就停在崔东山脑袋一寸外，收了拳，嬉笑道："怕不怕？"

崔东山先是没个动静，然后两眼一翻，整个人开始打摆子，身体颤抖不已，含糊不清道："好霸道的拳罡，我一定是受了极重的内伤。"

裴钱双指并拢，一戳，喊道："定！"

崔东山立即纹丝不动。

裴钱深呼吸一口气，心想这大白鹅就是欠收拾。

片刻之后，崔东山火急火燎道："大师姐，快快收起神通！"

裴钱双手托着腮帮，眺望远方，慢悠悠轻声道："不要跟我说话，害我分心，我要专心想师父了。"

崔东山此后果真稳如磐石，只是仰头看着那座倒悬山，心之所向，已经不在倒悬山，甚至不在浩然天下以及更加遥远的青冥天下，而是在天外天，那些除了飞升境修士之外谁都猜不出根脚的化外天魔。

不远处种秋和曹晴朗两位大小夫子，已经习惯了那两人的打闹。

曹晴朗在修行一事上，偶尔遇上种秋无法解惑的症结关隘，也会主动询问那个同师门、同辈分的崔东山。崔东山每次也只是就事论事，说完之后就下逐客令，曹晴朗便道谢告辞，次次如此。

曹晴朗其实算是当年藕花福地一心做仙人的俞真意之后，最早一拨感知到天地灵气变故的修道坯子，而在这一小撮修道美玉当中，曹晴朗无疑是天赋、根骨、机缘都不缺的那种存在。所以第二次遇到裴钱，当时已经走上修道之路的曹晴朗才会坦言，就算与裴钱第一次重逢，裴钱真的出手，也不会得逞。之后在那座位于陋巷旁边的心相寺，曹晴朗的出手，几次劝阻裴钱，其实颇有……仙气。

那次去落魄山祖师堂参加挂像、敬香仪式，其实算是种秋第一次真正意义上，离开了那座历史上经常会有谪仙人落尘世的小天下，然后来到了浩然天下这座诸多谪仙人家乡的大天下。果然，这里有三教，百家争鸣，圣贤书籍浩如烟海，幸好北岳大山君魏檗在牛角山渡口主动借给种秋一件方寸物，不然光是在老龙城挑书买书一事，就足够让种秋身陷顾此失彼的尴尬处境。

当初在返回南苑国京城后，着手筹备离开莲藕福地，种秋跟曹晴朗语重心长地说了一句话："天愈高地愈阔，便应该更加牢记'游必有方'四字。"

之所以必须在离开家乡之前，带着曹晴朗走遍福地，除了在南苑国京城画地为牢了大半辈子的种秋，自己很想亲身领略四国风土人情之外，一路之上，也与曹晴朗一起亲手绘制了数百幅堪舆图。

种秋与曹晴朗明言，此后这方天下，会是前所未有天翻地覆的新格局，会有层出不穷的修道之人，入山访仙，登高求真，也会有诸多山水神祇的祠庙一座座矗立而起，会有诸多好似漏网之鱼的精怪鬼魅祸乱人世。你家先生陈平安，不可能耗费太多光阴和心思盯着这座版图，他需要有人为其分忧，为他建言，甚至更需要有人在旁说一两句逆耳忠言。

然后种秋问曹晴朗："真有那么一天，愿不愿意说？敢不敢讲？"

少年笑着点头："愿意，也敢。"

种秋再问："若是你与先生，争执不下，各自有理，又该如何？"

少年再答："不可争论只为争论，需从对方言语之中，取长补短，找出道理，相互砥砺，便有可能，在藕花福地出现一条天下苍生皆可得自由的大道。"

种秋最后又问："可若是你们双方未来大道，偏偏注定只是争论，而无结果，必须选一舍一，又当如何？”

曹晴朗最后回答：“且行且看，且思且行。”

种秋欣慰，不再问心。

如今这位种夫子思虑更多的，还是两人一起离开莲藕福地和大骊落魄山之后，该如何求学治学。至于练气士修行一事，种秋不会过多干涉曹晴朗。修行证道长生，此非我种秋所长，那就尽量不要去对曹晴朗指手画脚。

曹晴朗确实是一个很值得放心的学生，但是种秋毕竟自己都不曾领略过那座天下的风光，加上他对曹晴朗寄予厚望，所以难免要多说一些重话。

大小两座天下，风景不同，道理相通，所有人生道路上的探幽访胜，无论是极大的安身立命，还是略微狭窄的治学方略，都会有这样那样的难题，种秋不觉得自己那点学问和那点武学境界，能够在浩然天下给予曹晴朗太多。作为昔年藕花福地土生土长的人氏，大概除了丁婴之外，他种秋与曾经的挚友俞真意，算是极少数能够通过各自道路稳步攀登，从井底爬到井口上的人物，真正感悟天地之大，可以想象道法之高。

渡船到了倒悬山，崔东山直接领着三人去了灵芝斋的那座客栈，先是不情不愿，挑了四间最贵的屋舍，问有没有更贵更好的，把那灵芝斋的女修给整得哭笑不得。来倒悬山的过江龙，不缺神仙钱的财主真不少，可言语这么直白的，不多。大概是实在受不了那白衣少年的挑刺眼光，女修便说“没有了，在倒悬山比自家客栈更好的，就只有猿蹂府、春幡斋、梅花园子和水精宫四处私宅了”。

那少年以拳击掌，撂下一句“早说啊”，便直接带着其余三人离开了灵芝斋客栈。

裴钱一头雾水，跟着大白鹅出了客栈大门。她方才其实对这客栈挺满意的，一眼望去，墙上挂的，地上铺的，还有那女子身上穿戴的，好像全是值钱物件。于是她轻声询问崔东山，可认得那四处私宅？崔东山笑嘻嘻，说“不算全认得，不过猿蹂府的刘财神，梅花园子的主人，早年还是打过交道的，见了面把臂言欢，觥筹交错，必须得有，然后心里念着对方早死早超生来着”。这样的好朋友，他崔东山在浩然天下茫茫多。

裴钱就越发纳闷，那还怎么去蹭吃蹭喝？结果崔东山绕来绕去，带着三人走入一条小巷子，在那鹳雀客栈下榻。

种秋和曹晴朗自然无所谓这些。

裴钱一开始还有些生闷气，结果崔东山坐在她屋子里边，给自己倒了一杯茶水，来了那么几句：“学生的钱，是不是先生的钱？是先生的钱，是不是你师父的钱？是你师父的钱，你这当弟子的，要不要省着点花？”

裴钱眼睛一亮，环环相扣，天衣无缝，实在有道理啊！她立即呼喝一声，手持行山杖，开开心心在屋子里耍了一通疯魔剑法。

之后崔东山鬼鬼祟祟离开了鹳雀客栈。

裴钱也懒得管他，如果大白鹅在外面给人欺负了，再哭哭啼啼回来找大师姐诉苦，没用，因为她是一个么(没)得感情的杀手。

崔东山偷偷摸摸返回客栈的时候，已经是深夜时分，站在裴钱门外的廊道中，发现她还在屋内走桩。

裴钱缓缓走桩，半睡半醒，四周那些肉眼难见的灰尘和月色光线，仿佛都被她的拳意拧转得扭曲起来。

窗台那边，窗户蓦然自行打开，一大片雪白飘然坠下，露出一个脑袋倒垂、吐着舌头的歪脸吊死鬼。

依旧有些迷糊的裴钱凭借本能，以迅雷不及掩耳之势，往额头贴了一张符箓，一步跨出，伸手一抓，斜靠桌子的行山杖被握在手心，以行山杖作剑，一剑戳去，点中那吊死鬼的眉心处，砰的一声，白衣吊死鬼被一剑击退。接着，裴钱脚尖一点，扔了行山杖，跃出窗台，拳架一起，就要出拳，自然是要以铁骑凿阵式开道，再以神人擂鼓式分胜负。胜负生死只在我裴钱能撑多久，不在对手，因为崔爷爷说过，武夫出拳，身前无人。

一气呵成，行云流水，甚至可能对裴钱而言，无思无想，故而尤其纯粹。

结果看到了那个打着哈欠的大白鹅。

崔东山左顾右盼，问道："大师姐干吗呢，大半夜不睡觉，出门看风景？"

裴钱恼火道："大半夜装神弄鬼，万一被我一拳打死了怪谁？"

崔东山笑问道："出拳太快，快过武夫念头，就一定好吗？那么出拳之人，到底是谁？"

裴钱愣了一下，疑惑道："你在说啥？"

崔东山翻了个白眼，道："我跟先生告状去，就说你打我。"

裴钱怒道："是你先吓唬我的！"

最后两人言归于好，一起坐在院墙上，看着浩然天下的那轮圆月。

崔东山面带微笑，听说剑气长城那边挺有意思，竟敢有人说如今的文圣一脉，除了左右之外，多出了一个陈平安又如何？文圣一脉，文圣不文圣的，至于更加可怜的文脉道统，还有香火可言吗？

崔东山笑了笑，与裴钱说道："咱们明儿先逛一圈倒悬山，后天就去剑气长城，你就可以见到师父了。"

裴钱说道："倒悬山有啥好逛的，咱们明儿就去剑气长城。"

崔东山笑道："倒悬山有那么多的好东西，咱们不得买些礼物？"

裴钱觉得也对，小心翼翼地从袖子里掏出那只老龙城桂姨赠送的香囊钱袋，开始数钱。

崔东山双手抱住后脑勺，笑道："我有钱，不用你掏。"

裴钱一枚铜钱、一粒碎银子都没放过，仔细清点起来，毕竟她如今的家当里，神仙钱很少，可怜兮兮的，都没多少个伴儿，所以每次数钱，都要多摸一摸它们，与它们说说悄悄话儿。这会儿听到了崔东山的言语，她头也不抬，摇头小声道："是给师父买礼物啊，我才不要你的神仙钱。"

崔东山玩笑道："陪了你这么久的小铜板、小碎银子和神仙钱，你舍得它们离开你的香囊小窝？这么一离别，可能这辈子就再也见不着它们了。不心疼？不伤心？"

裴钱拈起一枚私底下取了个名字的雪花钱，高高举起，轻轻摇晃了几下，道："有什么法子呢？这些小家伙走就走呗，反正我会想它们的嘛，我那小账本上，专门写下它们一个个的名字，就算它们走了，我还可以帮它们找学生和弟子，我这香囊就是一座小小的祖师堂。以前我只跟师父说过，跟暖树、米粒都没讲，师父当时还夸我来着，说我很有心，你是不知道。所以啊，当然还是师父最要紧，师父可不能丢了。"

裴钱放好那枚雪花钱，将小香囊收回袖子，晃着脚丫，道："所以我感谢老天爷送了我这么一个师父。"

裴钱想了想，又道："可是如果老天爷敢把师父收回去……"

说到这里，裴钱学那小米粒，张大嘴巴"嗷呜"了一声，气呼呼道："我可凶呢！"

第六章 年纪轻轻二掌柜

风清月朗，月坠日升，日夜更迭，所幸天地依旧有春风。

两个落魄山弟子，一宿没睡，就坐在墙头闲谈，也不知道两人哪来这么多话可以聊。所幸一位曾经差点跌境至谷底的练气士，如今又走在了去往山巅的路上，而且没有止步于半山腰。长生路远，登天路难，有人走，有人跑，他能够一骑绝尘，便是真正的天才。另外一位个子高了些、皮肤不再那么黑的小姑娘，其武道破境一事，更是宛如嗑瓜子，哪怕聊了一宿，依旧神采奕奕，没有丝毫疲惫。

崔东山起身站在墙头上，说那远古神灵高出人间所有山脉，手持长鞭，能够驱赶山岳搬迁万里；又有神灵伸手一托，便有海上生明月的景象；还有神灵孜孜不倦奔跑在天地之间，神灵并不显现金身，唯独肩扛大日，毫不遮掩，跑近了人间，便是中午大日高悬，跑远了，便是日落西山、暮色沉沉的光景。

裴钱反正是左耳进右耳出，大白鹅在胡说八道呢，又不是师父的话，她听不听、记不记都无所谓。

裴钱其实挺喜欢跟大白鹅说话，大白鹅总有说不完的怪话、讲不完的故事，关键是听过就算，忘了也没关系。而且大白鹅从不会督促她的课业，这一点就要比老厨子好多了，老厨子烦人得很，明知道她抄书勤勉，从不欠债，依旧每天询问，问嘛问，有那么多闲工夫，多炖一锅春笋咸肉、多炒一盘水芹香干不好吗？

裴钱一想到这个，便擦了擦口水，除了这些个拿手菜，还有那老厨子的油炸溪涧小鱼干，真是一绝。

这次出门远游之前，她就专程带着小米粒去溪涧走了一趟，抓了一大箩筐小鱼，然后在灶房里盯着老厨子，让他用点心，必须发挥十二成的功力，这可是要带去剑气长城给师父的，若是滋味差了，不像话。结果朱敛就为了这份油炸小鱼干，差点用上六步走桩外加猿猴拳架。后来这些家乡吃食，裴钱原本想要自己放在包裹里背着，一路亲自带去倒悬山，只是路途遥远，她担心放不住，一到了老龙城渡口，见着了风尘仆仆赶来的崔东山，第一件事就是让大白鹅将这份小小的心意，好好藏在咫尺物里。为此，她还与大白鹅做了笔买卖，那些金灿灿的鱼干，一成算是他的了。然后一路上，裴钱就变着法子，与崔东山吃光了属于他的那一成。小鱼干嘎嘣脆，美味，种老夫子和曹小木头，好像都眼馋得不行。裴钱有次问老先生要不要尝一尝。老夫子脸皮薄，笑着说“不用”，那裴钱就当曹晴朗也一起不用了。

自家老厨子的厨艺真是没话说，她得诚心诚意竖个大拇指。只是裴钱有些时候也会可怜老厨子，毕竟岁数大了，长得老丑也是没法子的事情，棋术也不高，又不太会说好话，亏得有这一技之长，不然在人人有事要忙的落魄山，估计就得靠她帮着撑腰了。

可这种事情，做长久了，也不顶事，终究还是会给人看不起，就像师父说的，一个人没点真本事的话，那就像穿了件新衣裳，戴了顶高帽，就算别人当面夸你，背后也还只是当个笑话看，反而是那些庄稼汉、铺子掌柜、龙窑长工，靠本事挣钱过活，日子不论是过得好还是坏，到底不会让人戳脊梁骨。裴钱很担心老厨子被邻近山头的修道神仙们一吹捧，就不知道自己姓什么，学那长不大的陈灵均，走路太飘，便将师父这番话原封不动地说给了朱敛听。当然了，裴钱牢记教诲，师父还说过，与人说理，不是自己有理即可，还要看风俗看氛围看时机，再看自己口气与心态，所以裴钱一琢磨，就喊上忠心耿耿的右护法，来了一手极其漂亮的敲山震虎。小米粒反正只管点头就行，事后可以在她裴钱的功劳簿上又记上一功。老厨子听完之后，感慨颇多，受益匪浅，说她长大了。裴钱便知道老厨子应该是听进去了，比较欣慰。

崔东山在小小墙头上，缓缓而行，是那六步走桩。裴钱觉得大白鹅走得不行，晃东摇西的，是个华而不实的花架子，只不过大白鹅不与自己师父学拳，那就无所谓了，不然自己还真要念叨念叨他几句。有些事情，既然做了，便马虎不得，不认真不行。

崔东山一边走桩，一边自言自语道：“相传上古修道之人，能以精诚入梦见真灵。运转三光，日月周旋，心意所向，星斗所指，浩浩神光，忘机巧照百骸，双袖别有壶洞天，任我御风云海中，与天地共逍遥。此语当中有大意，万法归元，向我词中，且取一言，神仙自古不收钱。路上行人且向前，阳寿如朝露转瞬间，生死茫茫不登仙，唯有修真门户，大道家风，头顶上有神与仙，杳杳冥冥夜幕广无边，又有潜寐黄泉下，千秋万岁永不眠，中间有个半死不死人，长生闲余，且低头，为人间耕福田。”

裴钱问道：“我师父教你的？”

崔东山停下拳桩，以掌拍额，不想说话。

裴钱遗憾道："不是师父说的，那就不咋地了。"

崔东山一个金鸡独立，伸出并拢双指，摆出一个别扭姿势，指向裴钱，喊道："定！"

裴钱蓦然不动。然后裴钱冷哼一声，双肩一震，拳罡流泻，好似打散了那门"仙家神通"，立即恢复了正常。她双臂抱胸，嗤笑道："雕虫小技，贻笑大方。"

崔东山故作惊讶，后退两步，颤声道："你你你……到底是何方神圣，师出何门，为何小小年纪，竟然能破我神通？"

裴钱翻白眼道："这会儿又没外人，给谁看呢？咱俩省点气力好不好，差不多就得了。"

崔东山坐回裴钱身边，轻声说道："想要水到渠成，不露痕迹，不得演练演练？就像咱们落魄山的看门绝学撼山拳，不打个几十万上百万遍，能出功夫？"

裴钱又嗤笑道："两回事。师父说了，出门在外，行走江湖，与人为善，'诚'字当头！"

裴钱一搬出她的师父、自己的先生，崔东山便没辙了，说多了，他容易挨揍。

只不过裴钱很快低声道："回头俩夫子瞧不见咱们了，再好好练练。因为师父还说过，无论是山上还是江湖，害人之心不可有，防人之心不可无。示敌以弱，可以帮着保命。示敌以强，可以省去麻烦。"

崔东山点了点头，深以为然。

落魄山别的不多，道理很多。

清晨时分，种秋和曹晴朗一老一小两位夫子，雷打不动，几乎同时打开窗户，按时默诵圣贤书，正襟危坐，心神沉浸其中。裴钱转头望去，撇撇嘴，故作不屑。虽说她脸上不以为意，嘴上也从不说什么，可是心里边，还是有些羡慕那个曹木头，读书这一块，确实比自己更像师父些，她自己就算装也装得不像，与圣贤书籍上那些个文字，关系始终没那么好，自己每天都像个不讨喜的马屁精，敲门做客却不受待见，它们也不晓得次次有个笑脸开门迎客，架子太大，太气人。

只有偶然几次，约莫先后三次，书上文字总算给她精诚所至金石为开了，用裴钱与周米粒私底下的言语说，就是那些墨块文字不再"战死在了书籍沙场上"，而是"从坟堆里蹦跳了出来，耀武扬威，吓死个人"。

周米粒听得一惊一乍，眉头挤作一堆，被吓得不轻，裴钱便借了一张符箓给右护法贴在额头上。周米粒当晚就将所有珍藏的演义小说，搬到了暖树屋子里，说这些书真可怜，都没长脚，只好帮着它们挪个窝。暖树给她弄迷糊了，不过也没多说什么，便帮着周米粒看管那些翻阅太多以致磨损得厉害的书。

大概就像师父私底下所说的那般，每个人都有自己的一本书，有些人写了一辈子的书，喜欢翻开书给人看，然后满篇的岸然巍峨，高风明月，不为利动，却唯独无"善良"

二字；又有些人，在自家书本上从来不写“善良”二字，却是满篇的“善良”，一翻开，就是草长莺飞，向阳花木，哪怕是隆冬酷暑时节，也有那霜雪打柿红通通的活泼景象。

与暖树相处久了，裴钱就觉得暖树的那本书上，好像没有“拒绝”二字。

书上文字的三次异样，一次是与师父游历的途中，两次是裴钱在落魄山喂拳最辛苦时分，以棉布将一杆毛笔绑在胳膊上，咬牙抄书，浑浑噩噩，头脑发晕，半睡半醒之间，才会字如游鱼，排兵布阵一般。关于这件事，只在很早以前与师父说过一次，当时还没到落魄山，师父没多说什么，裴钱也就懒得多想什么。她认为大概所有用心做学问的读书人，都会有这样的境遇，自己才三次，若是被师父晓得，结果师父已经见怪不怪几千几万次了，还不是作茧自缚，害她白白在师父那边吃栗暴？栗暴是不疼，可是丢面子啊。所以裴钱打定主意，只要师父不主动问起这件瓜子小事，她就绝对不主动开口。

裴钱突然小声问道：“你如今啥境界了？那个曹木头疙瘩可难聊天，我上次见他每天只是读书，修行好像不太上心，便用心良苦，劝了他几句，说我、你，还有他，咱仨是一个辈分的吧，我是学拳练剑的，一下子就跟师父学了两门绝学，你们不用与我比，比啥呢？有啥好比的呢？对吧？可崔东山都是观海境了，他曹晴朗好像才是勉勉强强的洞府境，这怎么成啊？师父不常在他身边指点道法，可这也不是曹晴朗境界不高的理由啊，是不是？曹晴朗这人也没劲，嘴上说会努力，会用心，要我看啊，还是不太行。只不过这种事情，我不会在师父那边嚼舌根，省得曹晴朗以小人之心度武学高手、绝代剑客、无情杀手之腹。所以你如今真有观海境了吧？”

崔东山摇摇头，道：“不是观海境。”

裴钱以拳击掌，又问道：“那有没有洞府境？中五境神仙的边总该沾了吧？算了，暂且不是，也没关系，你一年到头在外边晃荡，忙这忙那，耽误了修行境界，情有可原。大不了回头我再与曹木头说一声，你其实不是观海境。就只说这个，我会照顾你的面子，毕竟咱俩更亲近些。”

崔东山学那裴钱的口气，微笑道：“大师姐就是这么善解人意哩。”

裴钱皱眉道：“恁大人了，好好说话！”

崔东山双手抱住后脑勺，两只雪白大袖飘然下垂如瀑，在裴钱眼中，也就是看着值钱而已。这都是师父的叮嘱，对待身边亲近人，不许她偷看心湖与其他。

曾经有位北俱芦洲春露圃的金丹境修士宋兰樵，在崔东山大袖里不得出，被拘押了挺久，术法皆出，依旧围困其中，最终就只能束手待毙，天地渺茫孑然一身，差点道心崩毁。当然，最后宋兰樵还是得到裨益更多，只是其间心路历程，想必不太好受。

在崔东山眼中，如今岁数其实不算小的裴钱，身高也好，心智也罢，真的依旧是十岁出头的小姑娘。只是裴钱天赋异禀的眼光所及，以及对某些事情的深刻认知，却大不相同，绝不是一个少女该有的境界。

就像先前说那裴钱出拳太快一事，崔东山会点到即止，提醒裴钱，要与她的师父一样，多想，先将拳放慢，兴许一开始会别扭，耽误武道境界，但是长远去看，却是为了有朝一日，出拳更快甚至是最快，教她真正心中更无愧于天地与师父。许多道理，只能是崔东山的先生，来与弟子裴钱说，但是有些话，恰恰又必须是陈平安之外的人，来与裴钱言语，不轻不重，循序渐进，不可揠苗助长，也不可让其被空泛大道理扰乱心境。

其实种秋与曹晴朗，在读书游学一事上，何尝不是在无形中为此事。

对待裴钱，之所以人人如此郑重其事，为何？说到底，还是落魄山的年轻山主，最在意。

在这之外，还有重要缘由，那就是裴钱自己的所作所为，所改所变，当得起这份众人细心藏好的期待与希望。

落魄山上，人人传道护道。

年轻山主，家风使然。

但是以后的落魄山，未必能够如此圆满，因为落魄山祖谱上的名字会越来越多，一页又一页，人一多，心便杂。只不过到那会儿，也无须担心，想必裴钱、曹晴朗都已长大，不再需要他们的师父和先生，而是能独自一人肩挑所有、承担一切了。

这天，种秋和曹晴朗、崔东山和裴钱没一起逛倒悬山，双方分开，各逛各的。

崔东山偷偷给了种秋一枚谷雨钱，借的，一文钱难倒英雄汉，终归不是个事，何况种秋还是藕花福地的文圣人、武宗师，如今更是落魄山实打实的供奉。种秋又不是什么酸儒，治理南苑国，蒸蒸日上，若非被老道人将福地一分为四，其实南苑国已经拥有了一统天下四国的大势。种秋非但没有拒绝，反而还多跟崔东山借了两枚谷雨钱。

崔东山陪着裴钱直奔灵芝斋，结果把裴钱看得愁眉不展苦兮兮。那些物件宝贝，琳琅满目是不假，看着都喜欢，只分很喜欢和一般喜欢，可是她根本买不起啊。裴钱逛完了灵芝斋楼上楼下、左左右右的所有大小角落，依旧没能发现一件自己掏腰包可以买到手的礼物。只是裴钱直到灰溜溜走出灵芝斋，也没跟崔东山借钱，崔东山也没开口说要借给她钱。

等到两人再去麋鹿崖那边的山脚店铺一条街，裴钱一下子如鱼得水，欢天喜地。这儿东西多，价格还不贵，几枚雪花钱的物件，茫茫多，挑花了眼。

裴钱掂量了一下钱袋子，底气十足，连走路都是蹦蹦跳跳的。也就是这儿人多，不然不耍一套疯魔剑法，都无法表达她心中的高兴。

街道上熙熙攘攘，从浩然天下来此游历的女子修士居多，光是她们各有千秋的发髻衣饰，就让裴钱看得啧啧称奇。有那两髻高耸如青山、戴犀角梳的妇人，长裙宽松袖如行云，哪怕姿容不是如何漂亮，也显得婀娜多姿。还有那青丝盘起绾一髻，头上珠翠如花木攒簇的女子，看得裴钱那叫一个羡慕，她们的脑阔(壳)上都是顶着一座小小的金山银山哪。

咋个天底下与自己一般有钱的人，就这么多呢？

最后裴钱挑选了两件礼物。一件给师父的，是一支据说是中土神洲久负盛名的钟家样毛笔，专写小楷，笔杆上还篆刻有一行“高古之风，势巧形密，幽深无际”细微小篆，花了裴钱一枚雪花钱。在一只烧造精美的青瓷大笔海里，那些如出一辙的小楷毛笔密集攒簇，光是从里面拣选其中之一，就花了裴钱足足一炷香工夫。裴钱踮起脚尖在那边瞪大眼睛，崔东山就在一旁帮着出谋划策，裴钱不爱听他的唠叨，只顾自己挑选，看得那老掌柜乐不可支，不觉丝毫厌烦，反而觉得有趣，来倒悬山游历的外乡人，真没谁缺钱的，见多了一掷千金的，像这个黑炭丫头这般斤斤计较的，倒是少见。

另外一件见面礼，裴钱打算送给师娘，花了三枚雪花钱之多，是一张彩云信笺，信笺上彩云流转，偶见明月，绮丽可人。

两件礼物到手，世俗铜钱、碎银子和金瓜子居多的小钱袋子，其实没有干瘪几分，只是一下子就好像没了顶梁柱，让裴钱唉声叹气，小心翼翼收好入袖。么(没)得法子，天上大玉盘有阴晴圆缺，与兜里小钱有那聚散离合，两事自古难全啊，其实不用太伤心。只是裴钱却不知道，在一旁没帮上半点忙的大白鹅，也在两间铺子买了些乱七八糟的物件，顺便将她从钱袋子里掏出去的那几枚雪花钱，都与掌柜偷偷摸摸换了回来。

修道之人，餐霞饮露，伐骨洗髓，往往越是得道多几分，越发姿容出尘几分。只是如崔东山这般皮囊出彩的“风度翩翩少年郎”，走哪儿，都如仙家洞府之内庭生的芝兰玉树，依旧是极其稀罕的美景，所以一路上投注在他身上的视线颇多。而且对于多数的山上神仙而言，拘束凡夫俗子的礼法世俗，于他们而言，算得了什么。有一位被人重重护卫的女子练气士，与崔东山擦肩而过，便回眸一笑，转头走出几步后，犹然回首再看，越发心动，便干脆转身，快步凑近了那少年郎，想要伸手去捏一捏俊美少年的脸颊，结果少年大袖一卷，女子便不见了踪迹。

同行女子与扈从们一个个惊慌失措，为首护卫是一个元婴境修士，拦住了所有兴师问罪的晚辈扈从，亲自上前，致歉赔罪。那眉心有红痣的白衣少年笑眯眯不言语，还是那个手持仙家炼化的行山杖的微黑小姑娘说了一句，少年才抖了抖袖子，大街上便凭空摔出一个瘫软在地的女子。少年看也不看那个元婴境老修士，弯腰伸手，满脸笑意，拍了拍那女子的脸颊，只是没有说话，然后陪着小姑娘继续散步向前。

走出去没几步，少年突然一个晃荡，伸手扶额，嘴里念叨：“大师姐，这一手遮天蔽日、千古未有的大神通，消耗我灵气太多，头晕头晕，咋办咋办？”

裴钱抹了一把额头，赶紧给大白鹅递去行山杖，道：“那你悠着点啊，走慢点。”

裴钱有意无意放慢脚步，只是她一慢，大白鹅也跟着慢，她只好加快步伐，尽快离身后那些人远些。

少年手持行山杖，一次次拄地，悄悄转头望去，笑容灿烂，朝那女子挥挥手。

那头疼欲裂的女子脸色惨白，头晕目眩，一个字都说不出口，心湖之间，半点涟漪不起，仿佛被一座恰好覆盖整个心湖的山岳直接镇压。

那元婴境老修士稍稍窥探自家小姐的心湖几分，便给震惊得无以复加，先前犹豫是不是事后找回场子的那点心中芥蒂，顿时消散，不但如此，还以心声再次开口言语，道："恳请前辈饶恕我家小姐的冒犯。"

少年没有转身，只是手中行山杖轻轻拄地，力道稍稍加大，以心声与那个元婴境老修士微笑道："这胆大女子，眼光不错，我不与她计较。你们自然也无须小题大做，画蛇添足。观你修行路数，应该是出身中土神洲山河宗，就是不知道是那'法天贵真'一脉。还是运道不济的'象地长流'一脉，没关系，回去与你家老祖秦芝兰招呼一声，别假托情伤，闭关装死。当年连输我三场问心局，死皮赖脸躲着不见我是吧？得了便宜还卖乖是吧？我只是懒得跟她讨债而已，但是今儿这事没完，回头我把她那张粉嫩小脸蛋儿，不拍烂不罢休。"

女子心湖中的山岳瞬间烟消云散，好似被神祇搬山而走，于是女子的小天地重归清明，心湖恢复如常。

元婴境老修士道心震颤，叫苦不迭，惨也苦也，不承想在这远离中土神洲千万里的倒悬山，小小过节，竟是为宗主老祖惹下天大麻烦了。

那少年郎，是仙人境？飞升境？

元婴境老修士心中悲苦。修士一旦结仇，尤其是山巅那拨真神仙，可不是几年几十年的小事，而是百年千年的藕断丝连，怨怼不停歇。

崔东山转头看了眼暂借给自己行山杖的小姑娘，她额头满是汗水，身体紧绷，眉眼之间，似乎还有些愧疚。

崔东山以心声笑道："大师姐，你才学拳多久，不用担心我。我与先生一样，都是走惯了山上山下的，言行举止，自有分寸，自己就能够照顾好自己，哪怕天崩地裂。如今还不需要大师姐分心，只管埋头抄书练拳便是。"

裴钱有些闷闷不乐，以武夫聚音成线的手段，兴致不高地言语道："可我是师父的开山大弟子啊。身为大师姐，在落魄山，就该照顾暖树和小米粒；出了落魄山，也该拿出大师姐的气魄来。不然习武练拳图什么？又不是要自己耍威风。"

崔东山笑问道："为何就不能耍威风了？"

裴钱疑惑道："我跟着师父走了那么远的山山水水，师父就从来不耍啊。"

崔东山摇头笑道："先生还是希望你的江湖路，走得开心些，随性些，只要不涉大是大非，便让自己更自由些，最好一路上，都是旁人的拍案惊奇，喝彩不断，哦嚯哦嚯，说这姑娘好俊的拳法，我了个乖乖隆咚锵，好厉害的剑术，这位女侠若非师出高门，就没有道理和王法了。”

裴钱一想到那些江湖场景，便开心不已，只是她又没来由想到剑气长城，便有些忧心，轻声问道：“过了倒悬山，就是另外一座天下了，听说那儿剑修无数。是剑修啊，一个比一个了不起，天底下最厉害的练气士了，会不会欺负师父一个外乡人啊？师父虽然拳法最高、剑术最高，可毕竟才一个人啊，如果那边的剑修抱团，几百个几千个一拥而上，里面再偷藏七八个十几个剑仙，师父会不会顾不过来啊？”

崔东山有些无言以对。无论换成谁，也顾不过来吧。

不过如今裴钱思虑万事，先想那最坏境地，倒是个好习惯。大概这就是先生的言传身教，她的耳濡目染了。

希望此物，不单单是春风之中甘霖之下、绿水青山之间的渐次生长，而是那夜幕沉沉，烂泥潭里或是贫瘠土地中，生长出来的一朵花儿，天未破晓，晨曦未至，便已开花。哪怕风雨摧折，那我再开一朵花。

更大的真正希望是，如果人生就注定只是一棵小草，无法开花，也不会结果，也一定要见一见那春风，晒一晒那日头。

人间多如此，为何不善待。

经历过那场麋鹿崖山脚的小风波，裴钱就找了个借口，说倒悬山不愧是倒悬山，真是山路绵绵太难走，今儿走累了，她得回去休息，一定要带着崔东山返回鹳雀客栈。

崔东山总不能与这位大师姐明言，自己不是观海境，不是洞府境，其实是那玉璞境了吧？更不能讲自己当下的玉璞境界，比早年宝瓶洲的剑修李抟景的元婴境和如今北俱芦洲袁灵殿的指玄，更不讲理吧？

关键是自己讲了，她也不信啊。

要是先生说了，小丫头才会信以为真，然后轻飘飘来一句：“再接再厉，不许骄傲自满啊。”

师父之外所有人的境界，大概在裴钱眼中和心中，也未必就真是什么境界。

去鹳雀客栈的路上，崔东山“咦”了一声，惊呼道：“大师姐，地上有钱捡。”

裴钱低头一看，先是环顾四周，然后以迅雷不及掩耳之势，一脚踩在那枚雪花钱上，最后蹲在地上，捡钱在手，比她出拳还要行云流水。

裴钱摸了摸那枚雪花钱，惊喜道：“是离家出走的那枚！”

崔东山吓了一大跳，一个蹦跳往后，满脸震惊道：“世间还有此等缘分？”

到了鹳雀客栈所在的那条巷弄的拐角处，一门心思瞧着地上的裴钱，还真又从街面石板缝隙当中，捡起了一枚瞧着无家可归的雪花钱，不承想还是自己取了名字的那枚，又是天大的缘分哩。

裴钱笑得合不拢嘴，转头使劲盯着大白鹅，笑呵呵道：“说不定咱们进客栈前，它们仨，就能一家团圆哩。”

崔东山说道：“天底下有这么巧的事情吗？”

裴钱点头道：“有啊，无巧不成书嘛。”

只是很可惜，走完一遍小巷弄，地上没钱没巧合。于是裴钱就拉着崔东山走了一遍又一遍，崔东山耐心再好，也只能改变初衷，偷偷丢出了那枚本想骗些小鱼干吃的雪花钱。裴钱蹲在地上，掏出钱袋子，高高举起那枚雪花钱，微笑道：“回家喽。”

到了客栈，裴钱趴在桌上，身前摆放着那三枚雪花钱，让崔东山从咫尺物当中取出些金灿灿的小鱼干，说是庆祝庆祝，欢迎这些不知是天上掉下还是地上长出或是自己长脚跑回家的雪花钱。

崔东山吃着小鱼干，裴钱却没吃。

崔东山含糊不清道：“大师姐，你不吃啊？”

裴钱趴在桌上，脸颊枕在胳膊上，歪着脑袋望向窗外，笑眯眯道：“我不饿哩。”

崔东山便从狼吞虎咽变成了细嚼慢咽。

裴钱一直望向窗外，轻声说道：“除了师父心目中的前辈，你晓得我最感激谁吗？”

崔东山知道，却摇头说不知道。

崔东山甚至更知道自己先生，内心当中，藏着两个从未与人言说的“小”遗憾：一个是红棉袄小姑娘的长大，所以当年在大隋书院湖上，所有人才有了那个胡闹。一个是金色小人的好似远走他乡不回头。

这些遗憾，兴许会陪伴终生，却好像又不是需要饮酒后才能拿来言语的事情。

裴钱缓缓道：“是宝瓶姐姐，还有马上要见到的师娘哦。”

崔东山拈起小鱼干，笑问道：“为什么？”

裴钱说道：“我觉得吧，所有人都觉得当年是我师父护着宝瓶姐姐他们去远游求学，但是我知道那是师父第一次出远门，是宝瓶姐姐陪着师父。当时宝瓶姐姐还是个小姑娘，背着小小的绿竹小书箱，陪着穿草鞋的少年师父，一起走过了那么多的青山绿水，所以我特别喜欢宝瓶姐姐。

“再就是师父喜欢的师娘啊。如果没有师娘，师父哪怕依旧可以走很远的路，还会是那个天底下最好的师父，但是师父一定不会这么开心地走过那么多年，会走得很累很累。怎么说呢？师父可能每次遇到必须自己去解决的事，只要一想到很远很远的地方，一直有个师娘在等他，那么不管师父一个人走多远的路，地上好像都有一枚一枚的铜钱可以捡，师父怎么会不开心呢？”

崔东山恍然道：“这样啊，大师姐不说，我可能这辈子不知道。”

裴钱坐起身体，点头道：“不用觉得自己笨，咱们落魄山，除了师父，就属我脑阔（壳）最最灵光啊，你晓得为啥不？”

崔东山忍住笑，好奇问道：“恳请大师姐为我解惑。”

裴钱站起身，身体前倾，招手道：“与你偷偷说。”

崔东山伸长脖子，就被裴钱一顿栗暴砸在脑袋上，大白鹅方才吃了几条鱼干，裴钱就打赏了他几个栗暴。

裴钱坐回原位，摊开双手，做了个气沉丹田的姿势，一本正经道：“知道了吧？”

崔东山瞥了眼桌上剩下的鱼干，裴钱眨了眨眼睛，说道：“吃啊，放心吃，尽管吃，就当是师父余下来给你这学生吃的，你良心不疼，就多吃些。”

蛮荒天下，一处类似中土神洲的广袤地带，居中亦有一座巍峨山岳，高出天下所有群山。

山上并无道观寺庙，甚至连结茅修行的妖族都没有一个，因为此处自古是禁地，万年以来，唯有上五境，才有资格前去山巅礼敬。

今天一位骨瘦如柴的佝偻老人，身穿灰衣，带着一个新收的弟子，一起登山，去见他“自己”。

渐渐登高，老人一手牵着孩子的稚嫩小手，另外一只袖子在罡风当中肆意飘摇。灰衣老人转头望去，极远处，有个外乡的老瞎子，依旧在那儿驱使金甲傀儡搬动大山。

老人摇摇头。被牵着的孩子仰起头，问道：“又要打仗了吗？”

老人点头道：“因为以前我不在，所以都是些小打小闹，白白给陈清都看了万年笑话。”

剑气长城，大小赌庄赌桌，生意兴隆，因为城头之上，即将有两个浩然天下屈指可数的金身境年轻武夫，要切磋第二场。

女子问拳，男子嘛，当然是喂拳，胜负肯定毫无悬念。那个二掌柜，虽说人品酒品赌品，一样比一样差，可拳法还是很凑合的。

今天城头之上。

中土女子武夫郁狷夫，屏气凝神，拳意流转如江河长流。

相距数十步之外，一袭青衫白玉簪的年轻人，不但脱了靴子，还破天荒卷起了袖管，束紧裤管。

城头两侧密密麻麻蹲着的和城头之外御剑悬停的大小赌棍们，一看到这幅场景，毫不犹豫，人人押注三拳、五拳，或至多十拳之内获胜。

狗日的二掌柜，又想靠那些真真假假的小道消息，以及这种拙劣不堪的障眼法，坑我们钱？二掌柜这一回算是彻底栽跟头了，还是太年轻啊！

拂晓时分，四个人临近倒悬山那道大门，随后只需走出几步路，便要从一座天下去往另外一座天下。种秋问道："恕我多问，此去剑气长城，是谁帮的忙？归途可有隐忧？"

崔东山没有藏掖什么，笑道："是春幡斋主人、剑仙邵云岩帮的小忙。钱能通神罢了，不值得种夫子牵挂。"

种秋自然是不信少年的这些话，想给春幡斋邵云岩递钱，那也得能敲开门才行。只是既然崔东山说无须牵挂，种秋便也放下心来。两人如今算是同出落魄山祖师堂，如果真有需要他种秋出力的地方，种秋还是希望崔东山能够坦诚相告。

对于崔东山，不独独是他种秋心中觉得古怪，其实种秋更看出朱敛、郑大风和山君魏檗等三人，作为落魄山资历最老的一座小山头，其实他们都很在意自己与这位少年容貌的世外高人的亲疏远近。道理很简单，名为崔东山的"少年"，心思太重如深渊。种秋作为一国国师，可谓阅人无数，看遍了天下的帝王将相和豪杰枭雄，连转去修道求仙的俞真意的本心，也可看清，反而对这个成天与裴钱一起嬉戏打闹的白衣少年郎，种秋内心深处，似乎有本心在自我言语："莫去深究此人心境，方是上上策。"

此处看门人，是辈分与大天君一般高的小道士，此刻小道童不再低头看书，只是直直打量着一行四人，毫不掩饰自己的目光。

然后这个曾经一巴掌将陆台打出上香楼的小道童，一心四用，分别向四人问了三个问题，其中对那儒衫少年和行山杖小姑娘，问了同一个问题。

问种秋的问题是："是否愿意去上香楼请一炷香？若是香火能够点燃，便可以凭此入我门下，从今往后，你与我，说不定能以师兄弟相称，但是我无法保证你的辈分可以一步步登高，此事必须先与你明言。"若是寻常浩然天下的修道之人，都该将这番话，视为天高地厚一般的福缘。

问裴钱和曹晴朗的是："何人门下？"

问崔东山的是："你是谁？"

种秋笑着以聚音成线的手段答复道："承蒙真人厚爱，不过我是儒家门生，半个纯粹武夫，对于修行仙家术法一事，并无想法。"

曹晴朗神色自若，以心湖涟漪答复道："浩然天下，师门传承，重中之重，晚辈不言，还望真人恕罪。"

对于这两个还算在意料之中的答案，小道童也未觉得如何奇怪，点点头，算是明白了，更不至于恼羞成怒。

年复一年看着倒悬山的众生百态，实在是枯燥乏味，不过是想要找些意外而已。

那个小姑娘，手持以雷池金色雷鞭炼化而成的翠绿行山杖，没说话，反而抬头望天，装聋作哑，似乎听到了那少年的心声答复，便开始一点点挪步，最终躲在了白衣少年身后。小道童哑然失笑，自己在倒悬山的口碑，不坏啊，仗势欺人的勾当，可从来没做过一桩半件的，偶尔出手，都靠自己的那点微末道法来着。

只是那个身披一副上古真龙遗蜕皮囊的少年的答案，让小道童有些无语。那家伙来了没头没脑的那么一句，既未聚音成线，也没有以心湖涟漪言语，而是直接开口说道："我是东山啊。"

小道童没有纠缠不休的兴致，低下头，继续翻书，身旁大门自开。

一行四人走向大门，裴钱就一直躲在距离那小道童最远的地方。这会儿大白鹅一挪步，她就站在大白鹅的左手边，跟着挪步，好像自己看不见那小道童，小道童便也看不见她。

崔东山在老龙城登船之后，只与裴钱提醒了一件事，遇见高人，不去多看一眼，绕道而行，争取井水不犯河水。

裴钱便问如何才算高人，崔东山笑言那些乍一看心湖景象便是云遮雾绕的家伙，便是高人。一眼看过，就学那陈灵均当个真瞎子，再学那小米粒假装哑巴。

种秋一脚踏地，呼吸稍稍不太顺畅，只是并无大碍，来回呼吸几次，便习以为常。

同样是跻身远游境的纯粹武夫，出身于藕花福地与浩然天下，其实有着不小的差异。种秋身为国师，其实极为消耗精力和心气。等到藕花福地变成了莲藕福地，再无大道厌胜，种秋也卸下了国师的担子，无论是心境，还是心力，才为之开阔。其实不等种秋走入落魄山，就已经与之前那个种秋截然不同。所以在那十年之间，种秋先是水到渠成打破了六境瓶颈，成功跻身金身境，最终在一场变故或者说是机缘之后，近水楼台先得月却不知身在楼台得见月的种秋，又迈过了一个大门槛。

看似机缘与运气使然，实则厚积薄发而已。

此时曹晴朗是最难受的一个，他脸色微白，双手藏在袖中，各自掐诀，帮助自己凝神定魂魄。此法是早年陆先生传授。

裴钱比曹晴朗更早恢复如常，摇头晃脑，十分得意。瞅瞅，身边这个曹木头的修行之路，任重道远，让她很是忧心啊。

先前崔东山与她心声言语了一句，道："我逗一逗那个小家伙。"

裴钱便提醒道："不许过火啊。"

崔东山是最后一个走入大门的，他身体后仰，伸长脖子，似乎想要看清楚那小道童在看什么书。

小道童微笑道："倒悬山上，贫道的某位师侄，对于蛟龙之属，可不太友善。"

崔东山的身形已经没入大门，不承想他又一步倒退而出，问道："方才你说啥？"

小道童愣了一下，转头望去，皱了皱眉头，问道："你到底什么境界？"

崔东山笑呵呵道："我说自己是飞升境，你信啊？"

小道童摇摇头。

那少年竟然吃饱了撑的，很认真地与他讨论起这个其实很无聊的话题，继续问道：“那你问我做甚？我说我是元婴境、玉璞境，你便信了？你是信我，还是信你自己？我怎么知道你是相信你，还是相信你心目中的我，那我又该如何相信哪个你才是相信？”

小道童怔了许久，问道：“你是不是脑子有病？”

那少年还真的赖着不走了，就保持那个双脚已在蛮荒天下、身体后仰犹在浩然天下的姿势，问道：“忧患若在大道本身不在你我，你又怎么办？吃药有用啊？”

小道童彻底无言。

那少年嬉皮笑脸道：“你也真是的，先前问我是不是有病，然后我说你要不要吃药，这就给整蒙啦？”

小道童疑惑道：“你这是活腻了？”

少年板着脸说道：“天地生人，何以为报？终究是要以死相报啊。”

小道童皱眉不已，合起书本，打算将这个家伙整个扯回倒悬山，痛打一顿，到时候什么境界，自然而然就水落石出，不承想那人见机不妙，跑了。

片刻之后，他又一个身体后仰，与小道童笑嘻嘻道：“那本看似缠绵悱恻了大半本书的《松间集》，真没啥看头，那痴情书生最后死翘翘了，女子却未殉情，而是改嫁他人，生了一大堆胖娃娃，你说恼不恼人，气不气？这还不算什么，最气人的，是那书生投胎转世，成了那女子儿子的儿子，绝了，妙哉妙哉！”

小道童微微呼出一口气，挤出一个笑脸，缓缓道：“来，我们好好聊聊。”

白衣少年总算识趣滚蛋了，不打算与他多聊两句。

等那王八蛋一走，糟心不已的小道童赶紧翻书到结尾，蓦然瞪大眼睛，书上是那花好月圆的大结局啊。

崔东山又一个返回，忧心道：“忘了与你说一句，你这是后世黑心书商篡改后的翻刻版本，最早无阙卷、未删削的初版结局，可不是如此美好的，可是如此一来，销量不佳，书肆卖不动书啊。不信？你这本是那流霞洲敦溪刘氏的玉山房翻刻版，对不对啊？唉，善本精本都算不上的货色，还看得这么起劲，哪怕是看那文观塘版的刻本也好啊。不过有套来历不明的胭脂本，每逢男女相会处，内容必然不删反增，那真是极好极好的，你要是有钱又有闲工夫，一定要买！”

小道童问道：“你有？”

白衣少年无奈道：“我堂堂中五境大修士，花钱收藏这些不同版本的才子佳人小说做什么？”

小道童叹了口气，收起那本书，多看一眼都要糟心，终于说起了正事，道：“我那按辈分算是师侄的，似乎没能查出你的根脚。”

白衣少年笑眯起眼，点头道：“那就让他别查了，活腻了，小心遭天谴挨雷劈。倒悬山这么大一个地盘，谁能够如我一般潇洒，在两座大天地之间，说来就来，说走就走？对吧？”

小道童终于站起身，刹那之间，咫尺之地，身高只如市井稚童的小道士，却犹如一座山岳猛然矗立于天地间。

崔东山挥手作别，道：“别想着守株待兔啊，更别打关门放狗的主意啊，我这中五境大神仙的举手投足，那叫一个地动山摇，不等你们害怕，我自己就先怕了。”

小道童就要破例一回，去剑气长城将此人揪回倒悬山地界，不承想那位坐镇孤峰之巅的大天君，却突然以心声漠然道：“随他去。”

小道童转过头，眼神冰冷，远眺孤峰之巅的那道身影，道：“你要以规矩阻我行事？”

那位与小道童道脉不同的大天君冷笑道：“规矩？规矩都是我定的，你不服此事已有多年，我何曾以规矩压你半点？道法而已。”

小道童恼火不已，原地打转而走。

突然又有一颗脑袋蹿出来，痛心疾首道：“被外乡人窝心，被自己人堵心，气杀我也，真真气杀我也。”

小道童真正动了怒，便直接引发了倒悬山高空的天地异象，天上云海翻涌，海上掀起巨浪。神仙打架，殃及无数停岸渡船起伏不定，人人惊骇，却又不知缘由。

早已在山脚大门那边设置小天地的倒悬山大天君，淡然说道：“都适可而止。”

崔东山这才彻底走入剑气长城。

有些芝麻绿豆大小的道理，与倒悬山拳头最大的掰扯清楚了，那就身前万般难事，皆在有人主动帮忙中迎刃而解了。

可崔东山依旧心情不佳。

那个小道童，道法也就那样，却来历不俗，不提小道童的师父，其中与小道童牵扯极深的某个存在，是白玉京极高处的大人物，崔东山其实看不顺眼挺多年了。只是一想到自己虽然看不顺眼，却没办法立即将他按在地上教他做人，只能再等等，等那机会的到来，崔东山便觉得自己实在窝囊了些。

自己这般讲理的人，交友遍天下，天底下就不该有那隔夜仇啊。

再想一想崔瀺那个老王八蛋如今的境界，崔东山就更烦闷了，所以脸色不太好看。

裴钱忧心忡忡问道：“说话难听，然后给人打了？出门在外，吃了亏，忍一忍。”

崔东山摇摇头，难得没有与这位大师姐说些打趣言语。

文圣一脉，恩怨也好，教训也罢，师徒之间，师兄弟之间，无论谁做了什么，都该是关起门来打板子的自家事。

我文圣一脉，从先生到学生，何曾为了一己私欲而害人间半点？什么时候，沦落到只能由得他人合起伙来，一个个高高在天，指手画脚了？

文圣一脉，何谈香火？

当真说错了吗？没有！

别说是整座浩然天下，只说最小的宝瓶洲，又有几人知晓那落魄山，到底挂了几人画像？

百年以来，其罪在那崔瀺，当然也在我崔东山！也在那自囚于功德林的落魄老秀才！

还有那个躲到海上访他娘个仙的左右！还有那个光吃饭不出力、最后不知所终的傻大个！

你们两个空有境界修为却从来不知为师门分忧的废物！若是将来我崔东山之先生，老秀才之学生，你们的小师弟，又是如此下场，那么又当如何？

依旧是那样举世皆敌，孑然一身，挺直腰杆，独自仰头望向一个个天上人吗？

不是还有我崔东山？

他日死守宝瓶洲，一旦有那一洲陆沉之大忧，老王八蛋终究暂时不能死，崔东山可以死。

裴钱小声问道："到底怎么了？你与我说说看，我能帮就帮，就算不能帮你，也可以给你摇旗呐喊。"

崔东山笑了笑，道："一想到还能见到先生，开心真开心。"

裴钱点点头，然后一板一眼教训道："那也要收着点啊，不能一次就开心完了，得将今日之开心，余着点给明天后天大后天，那么以后万一有伤心的时候，就可以拿出来开心开心了。"

崔东山突然笑了起来，这一次是真的开心，因为他突然记起，自己先生，好像这辈子最擅长的一件事，便是活下去。

崔东山抬头张望起来，剑气长城，他还真是第一次来。

听说那个忘了是姓左名右还是姓右名左的家伙，如今待在城头上每天喝西北风。海风没吃饱，又跑来喝罡风，脑子能不坏掉吗？

一想到自己曾经有这么个师弟，当真又是个小忧愁。

崔东山眯起眼，道："走，直接去城头！那边有热闹可瞧。"

裴钱怒道："天大的热闹，比得上我去觐见师父吗？"

崔东山一脸无辜道："我先生就在那边啊，看架势，是要跟人打架。"

裴钱一跺脚，哭丧着脸道："这里的人，到底是怎么回事嘛，就知道欺负师父一个外人！"

裴钱深呼吸一口气，握紧行山杖，率先奔走如飞。

崔东山鬼鬼祟祟地从袖子里掏出一张符纸，转头与一位师刀房上了岁数的女冠微笑道："借的借的，我其实很穷的。"

一艘符舟凭空浮现，崔东山趴在栏杆上，喊道："大师姐，来啊！"

裴钱抬头一看，愣了一下，大白鹅这么有钱？她高高跃起，以行山杖轻轻一点渡船栏杆，身形随即飘入符舟当中。

距离那座城头越来越近，裴钱拈出一张黄纸符箓，只是犹豫了一下，还是放回袖子里。

师父就在那边，怕什么？让师父瞧见了，倒还好说，不过是一顿栗暴，若是给师娘瞧见了，落了个冤枉死人的不好印象，还怎么补救？二话不说，就给师娘咚咚咚磕头，估摸着也不顶事吧？

崔东山坐在船头栏杆上，双脚晃动，大袖飘摇。少年就像这座蛮荒天下一朵最新的白云。

剑修，都是剑修，视线所及，满眼的剑修。

天底下杀力最大、杀敌最快的练气士，就是这些家伙啊。

裴钱只敢从栏杆上探出半颗脑袋，还要用双手，尽量遮掩自己的脸庞，然后使劲瞪大眼睛，仔细寻觅着城头上自己师父的身影。

那套自创的疯魔剑法，应该还是差了些火候，还是晚些再耍吧。不着急，等自己先有了那头师父答应过要送她的小毛驴，再带着李槐他们走几趟江湖，攒钱买一把真正的好剑，在这期间还要与某个白头发文斗几场，急个鬼嘛，以后再说。

城头之上，大小赌棍们，一个个呆若木鸡。

见过足够心黑的阿良，还真没见过心黑到这么令人发指的二掌柜。

押注一拳撂倒郁狷夫的赌棍，输了；押注三拳五拳的，也输了；押注五拳之外十拳以内的，还是输；押注他娘的一百拳之内的，也他娘的输了个底朝天啊。别提这些上了赌桌的，就算那些坐庄的，也一个个黑着脸，没讨到半点好处。天晓得哪里冒出这些脑子有坑的有钱主儿，人不多，屈指可数，偏偏就押注百拳之后陈平安胜过郁狷夫！还不是一般的重注！

在剑气长城，押注阿良，好歹坐庄的还是能赢钱的，结果现在倒好，每次除了寥寥无几的鬼祟货色，坐庄的押注的，全给通杀了！

那个二掌柜从头到尾没出一拳，反而任由郁狷夫拳出如虹，如今她已经递出不下百招。

而他们这些人，若是不昧着良心愿意实话实说，那么二掌柜虽说只守不攻，不出半拳，但是打得真是好看。

金身境的年轻武夫，能够将躲避拳罡或是硬接一拳，打得如此行云流水，架势气度，好似剑仙出剑，也算二掌柜独一份了。

可大爷们是来挣钱的啊，你二掌柜陈平安打得再好看，能当钱花吗？能白喝十壶百坛竹海洞天酒？

有输了个精光的老剑修开始撺掇难兄难弟们，道："这场打架过后，咱们找个机会，将陈平安套上麻袋打一顿吧？"

有人无奈道："这家伙贼精，到时候谁套谁的麻袋，都不好说。咱们倒是可以大伙儿一起凑钱，雇个剑仙偷偷出剑，更靠谱些。"

于是有人便试探性建议道："听说剑仙陶文最近跟这二掌柜翻脸了，好像是分赃不均来着，而且陶文是出了名的谁的面子也不给，不如花钱请他出手？不然的话，寻常剑仙，不太愿意为了些神仙钱而出剑，毕竟这个挨千刀的二掌柜，还有个大剑仙师兄啊。"

又有精明老到的剑修附和道："是啊是啊，仙人境的，肯定不会出手，元婴境的，未必稳妥，所以还得是玉璞境。我看陶文这般性情憨厚、耿直爽快的玉璞境剑修，确实与那二掌柜尿不到一个壶里去，由陶文出手，能成！何况陶文从来缺钱，价格不会太高。"

仍然有人犯嘀咕，问道："那陶文万一没与二掌柜翻脸呢？到时候咱们还不得被那二掌柜一锅端喽？"

一时间人人义愤填膺，开始群策群力，很快就有人提议道："那就请婆娑洲剑仙元青蜀？婆娑洲是亚圣一脉的地盘，跟二掌柜这一脉不太对付，成不成？会不会比陶文安稳些？不都说元青蜀嫌弃酒铺坑人吗？"

"元青蜀估计还是悬乎，我看高魁不错，跟庞元济关系那么好，估摸着觉得二掌柜碍眼不是一天两天了。"

突然有人幽怨道："天晓得会不会又是一个挖好的大坑，就等着咱们跳啊？"

有人叹息，咬牙切齿道："这日子没法过了，老子现在走路上，见谁都是那心黑二掌柜的托儿！"

其余人都沉默起来。除了最后一语道破天机的这位，以及其他一些瞎起哄的，那些开了口建言献策的，最少最少有半数，还真是那二掌柜的托儿。

城头之上，陈平安依旧不急不缓，处处避让，躲避不及，才出手格挡郁狷夫的出拳。

挨她百拳，不中一拳，这就是陈平安的初衷。

然后顺便掂量一下曹慈之外天下同辈武夫的最快出拳、最重拳头。

与此同时，陈平安也要一点一滴，对自己的拳意，查漏补缺。

所以他看似变幻不定，将断未断，要输不输，实则快慢有序，随心所欲，一切只在掌握中。

何时郁狷夫不再隐藏实力，以最快的身形，结结实实成功打中陈平安一拳，就是陈平安真正还手之时。

同样是以最快之拳，递出最重之拳。

剑气长城，行事无忌，出拳与心境皆无碍。

这场切磋，与先前齐狩、庞元济的问剑守关，还不太一样。与齐狩、庞元济对战顾虑太多，难免要小心翼翼，辛苦追求一个不输且小胜。多胜了几分，便使陈平安在势力复杂的剑气长城，多出几分来自城头的支持。而对于同为外乡人、更是同为纯粹武夫的郁狷夫，陈平安就完全无须如此多想。

就像先前对纳兰夜行所说，他陈平安自己都很好奇，自己一旦彻底放开手脚，拳意凝聚至巅峰，出拳到底可以有多快。

我辈武夫出拳，谁不想那天下武夫见我拳法，便只觉得苍天在上，只能束手收拳不敢递拳！

此时一艘姗姗来迟并且显得极其扎眼的符舟，如灵巧游鱼，穿梭于众多御剑悬停空中的剑修中，最终停在离着城头不过数十步远。在符舟上，城头上方的两位武夫切磋，清晰可见——两抹飘忽不定如烟雾的缥缈身形。

等到裴钱真正见着了师父，便天不怕地不怕了。此时她与大白鹅一起坐在船头栏杆上，将行山杖横放在膝。

看着看着，裴钱便有些心情复杂。

这是她第一次见到这样的师父。自从与师父相逢后，此后又有一次次重逢，师父好像从未这般意气风发。

不是好像，就是没有。

师父的心头眉头，皆无忧虑。此时此刻，她的师父就真的只是纯粹武夫，就只是陈平安自己。

裴钱既高兴，又伤感。

微黑的小姑娘，双拳轻轻放在行山杖上，一双眼眸中，有日月光彩。

崔东山微微一笑，不知不觉，抖了抖袖子，涟漪细微，却能够为她遮掩一份异象。

符舟不远处，有老剑修驾驭一把巨剑，身后是高高低低、左左右右的一颗颗小脑袋。

有孩子摇头道："这个陈平安，不行不行，这么多拳了都没能还手，肯定要输！"

不断有孩子纷纷附和，言语之间，都是对那个大名鼎鼎的二掌柜，哀其不幸怒其不争。

你二掌柜好歹是咱们剑气长城的半个自家人，结果输给那中土神洲的外乡武夫，好意思？

那个老剑修只是安静观战，笑着没说什么。反正不止他一个人输钱，城头之上一个个赌棍都没个好脸色，眼神不善如飞剑，看样子是大家都输了。

有个孩子转过头，望向那艘古怪小渡船上的一个小黑炭，瞧着岁数也不大。

他问道："喂，你是谁，以前没见过你啊？"

裴钱转过头，怯生生道："我是我师父的弟子。"

那孩子翻了个白眼，又问道："那弟子的师父又是谁啊？"

裴钱犹豫了一下，蓦然灿烂地笑了起来，伸手一指道："我师父，是城头上一出拳就会赢的那个人！"

那孩子撇撇嘴，小声嘀咕道："原来是那郁狷夫的徒弟啊？我看还不如是二掌柜的徒弟呢。"

裴钱愣了一下，剑气长城的小孩子，都这么傻了吧唧的吗？看样子半点没那白头发好啊？

想到这里，裴钱迅速转头四顾，人实在太多，没能瞧见那个太徽剑宗的白首。这就好，白首最好已经离开剑气长城了。

裴钱不再多看别处，还是多看看师父的出拳风采吧。唉，应该是师父太出类拔萃了，在剑气长城树敌颇多啊。

惜哉剑修没眼力，壮哉师父太无敌。

城头之上，一些御剑云海中的剑仙，率先凝神俯瞰战场。然后是稍稍察觉到些许端倪的地仙境剑修。至于其他的年轻剑修，依旧被蒙在鼓里，他们并不清楚，胜负只在一线之间了。

郁狷夫一步蹬地，身形风驰电掣，等到瞬间不见她身影，原地砰的一声巨响，激起一圈圈涟漪，而此时她以远超先前已经足够快的速度，瞬间来到挨了她三百三十一拳但根本无损战力的家伙身前，一膝撞在他胸口，一拳跟随而至，打在陈平安的额头之上，打得他脑袋向后晃荡而去。郁狷夫得手后，借助对方额头的拳意激荡与自身拳罡砸中后的劲道回馈，瞬间退出十数丈。

既然自己的出拳，算不得剑仙飞剑，那就钝刀子割肉，这其实本就是她的问拳初衷，他不着急，她更不急，只需要一点一滴积攒优势，再成功砸出这样的拳十余次，便是胜势，胜势积攒足够，就是胜局！

可是当郁狷夫刚刚双脚踩实地面时，便觉得轰然一震。郁狷夫头颅上挨了一拳，向后晃荡而去，为了止住身形，她整个人都身体后仰，一路倒滑出去，硬生生不倒地。不但如此，郁狷夫还要凭借本能，更换路线，躲避陈平安极其势大力沉的下一拳。

但是那一袭青衫好像早早就在那边等待自己，这是一种让郁狷夫极其熟悉又陌生的感觉，因为以往对峙之人只是等在某处，不会出拳，可是今天城头之上的对手，半点不客气，一拳落下，打得尚未彻底直腰起身的郁狷夫，脑袋先于背脊、双脚砸在地上。

郁狷夫的那张脸庞上，鲜血如开花。郁狷夫眼神依旧平静，手肘一个点地，身形一旋，向侧面横飞出去，最终以面朝陈平安的后退姿势，双膝微屈，双手交错挡在身前。

又是一拳直直而来，只是郁狷夫并不显眼的十指手势，却绝非她所学拳架，而是这些天郁狷夫专门为了针对陈平安那一招拳法，琢磨出来的一记神仙手，可断他拳意，使之不成一线前后牵引！

崔东山微笑道："有点小聪明。"

可他真正在意处，不在胜负无悬念的战场，而在战场之外的所有人，所有细微神色变化，越是面无表情之人，或是笑容恬淡之人，崔东山越是感兴趣。

一拳过后，郁狷夫不再如先前那般逞强死撑，一个后仰倒去，双手撑地，颠倒身形，脚踝触地即发力，弓腰横移至数丈之外。却发现陈平安只是站在原地，他所站之处，剑气退散，剑意与拳意相互砥砺，使得陈平安纹丝不动如山岳的身影，扭曲得仿佛一幅微皱的画卷。

郁狷夫不退反进，那就与你陈平安互换一拳！郁狷夫一冲向前，一拳递出，一往无前。

不承想那人临近之后，似乎突然改变了注意，并不想要与她以出拳答问拳，他身形一旋，弯腰转身，不但躲过了郁狷夫一人一拳，反而来到了郁狷夫身后，一手按住她的后脑勺，然后一路狂奔，就这么将郁狷夫的面门按在了城头之上。

崔东山轻声笑道："大师姐，看到没，拳意之巅峰，其实不在出拳无忌讳，而在出拳，停拳，再出拳，拳随我心，得心便可应手，这就是出神入化，真正得拳法度。不然方才先生那一拳不改路线，顺势递出后，那女子就算不死也该半死不活了。"

裴钱目不转睛，埋怨道："你别吵啊。"

别看她不以为意，好像根本没记住什么，但事实上，她自己都以为看了却没记住的诸多风景，所有听了却仿佛没听见的天地声音，其实都在她心中，只要到了需要记起的时候，她便能瞬间记起。

郁狷夫背靠墙头坐在地上，抬头看着那个陈平安，道："还有第三场。"

陈平安摇头道："没有第三场了，你我心知肚明，你要是不服输，可以，等你破境再说。"

郁狷夫咽下一口鲜血，也不去擦拭脸上血迹，皱眉道："武夫切磋，多多益善。你是怕那宁姚误会？"

陈平安点头道："怕啊。"

郁狷夫无言以对。

陈平安这才抬头望向那艘符舟，抬起一臂，轻轻握拳，晃了晃，微笑道："来了啊。"

裴钱一个蹦跳起身，腋下夹着那根行山杖，站在船头栏杆上，学那小米粒，双手轻轻拍掌。

曹晴朗走到渡船船头，少年也难得如此笑容灿烂。

崔东山依旧坐在原地，双手笼袖，低头致礼道："学生拜见先生。"

若是再加上剑气长城远处城头上那位盘腿而坐的左右，那么今日之剑气长城，被视为香火凋零、可以忽略不计的文圣一脉，就有大剑仙左右，有七境武夫陈平安，有四境武夫巅峰裴钱，有玉璞境崔东山，有洞府境瓶颈曹晴朗。

郁狷夫其实是个很爽利的女子，输了便是输了，既无不甘，更无怨怼，大大方方起身，不忘与陈平安告辞一声，走了。

郁狷夫如今所想之事，正是已经被陈平安婉拒的第三场问拳。

我拳不如人，还能如何，再涨拳意，出拳更快即可！

她偏不信那曹慈所说言语，偏不信输给陈平安一场便再难追上。

陈平安与之抱拳告别，并无言语。

符舟落在城头上，一行四人飘然落地。

诸多剑修各自散去，呼朋唤友，往来招呼，一时间城头以北的高空，一抹抹剑光纵横交错。不过骂骂咧咧的，不在少数，毕竟热闹再好看，钱包干瘪就不美了，买酒需赊账，一想就惆怅啊。

陈平安穿了靴子，抹平袖子，先与种先生作揖致礼，种秋抱拳还礼，笑着敬称了一声"山主"。

离开莲藕福地之前，种秋就已经与南苑国新帝请辞国师，如今到了另外一座天下的剑气长城，种秋打算当一次彻底的纯粹武夫，在世间剑气最多处，细细打磨拳意，说不定将来有一天，还有机会能够与那俞真意重逢，自己已不是国师，俞真意应该会是那得了道的神仙中人，双方道理定然是讲不通了，种秋便以双拳问仙法。

陈平安早早与曹晴朗对视一眼，曹晴朗心领神会，便不着急向自己先生作揖问候，只是安安静静站在种夫子身旁。

这会儿陈平安笑望向裴钱，问道："这一路上，见闻可多？是否耽误了种先生游学？"

裴钱先是小鸡啄米，然后摇头如拨浪鼓，有些忙。

师父好像个儿又高了些，这还了得？今儿高些，明儿再高些，以后还不得比落魄山和披云山还要高啊，会不会比这座剑气长城更高？

陈平安揉了揉她的脑袋。

裴钱突然"哎呀"一声，肩头一晃，好似差点就要摔倒，皱紧眉头，小声道："师父，你说奇怪不奇怪，不晓得为嘛，我这腿儿时不时就会站不稳。没啥大事，师父放心啊，就是冷不丁踉跄一下，倒也不会妨碍我与老厨子练拳，至于抄书就更不会耽误了，毕竟只是伤了腿嘛。"

裴钱踮起脚尖，伸手挡在嘴边，悄悄说道："师父，暖树和米粒说我经常会梦游哩，说不定是哪天磕到了自己，比如桌腿儿啊栏杆啊什么的。”

陈平安恍然大悟：“这样啊。”

裴钱如释重负，果然是个滴水不漏的理由，万事大吉了！

裴钱突然身体僵硬，缓缓转头，刘景龙带着徒弟向这边走来。

白首哭丧着脸，那个赔钱货怎么说来就来嘛，他在剑气长城每天求菩萨显灵、天官赐福，还要念叨着一位位剑仙名讳，让他们施舍一点气运给他，不管用啊。

陈平安问道：“你们什么时候武斗？择日不如撞日，就今天了？”

裴钱眼睛一亮，白首如获大赦，两人一对视，心有灵犀。白首咳嗽一声，率先说道：“武斗个屁，文斗够够的了！”

裴钱附和道：“是啊，白首是刘先生的得意弟子，是那山上的修道中人，我是师父的开山大弟子，是个纯粹武夫，我与白首，根本打不到一块儿去。何况我学拳时日太短，拳法不精，如今只有被老厨子喂拳的份儿，可不敢与人问拳。真要武斗，以后等我练成了那套疯魔剑法再说不迟。”

白首急眼了：“你练成了那套剑术，也还是纯粹武夫啊。是剑客，不是剑修，一字之差，天壤之别，还是打不到一块去的！”

裴钱也急眼了，啥个意思，瞧不起我的剑术就是瞧不起我裴钱喽？瞧不起我就是瞧不起我师父！我师父可是从来都以剑客自居的，是我那骑龙巷左护法将胆儿借给你白首了吗？裴钱大怒，以行山杖重重拄地，嚷道：“白首，咱俩今儿就武斗！现在，这里！”

陈平安双指弯曲，一个栗暴就砸在裴钱后脑勺上，说道：“纯粹武夫，出拳不停，是要以今日之我，问拳昨日之我，不可做那意气之争。道理有点大，不懂就先记住，以后慢慢想。”

裴钱转头委屈道：“师父行走江湖千万里，一直以剑客自居的，白首瞧不起我不打紧，我跟他又不熟，可是他以剑修身份，瞧不起剑客，我可不答应。”

白首当下只觉得自己比那郁狷夫更脑阔（壳）开花，恨不得给自己一个大嘴巴。

裴钱一身拳意，汹涌流转，仿佛有原本静谧安详的涓涓细流千百条，骤然之间便汇聚成一条飞流直下的瀑布。

竹楼崔前辈昔年喂拳，偶说拳理几句，其中便用“瀑布半天上，飞响落人间”比喻拳意骤成，武夫气象横生天地间；更用“一龙四爪提四岳，高耸脊背横伸腰”来说那云蒸大泽式的拳意根本，自古老龙布雨，甘霖皆从天而降，我偏以四海五湖水，返去云霄离人间。

陈平安：“嗯？”

裴钱一身拳意蓦然消散，乖巧地“哦”了一声，耷拉下脑袋。还能咋样？师父生气，弟子认错呗，天经地义的事。

崔前辈教拳，最得其意者，不是陈平安，而是裴钱。

裴钱学拳太快，得到的意思太多太重，陈平安这个当师父的，既欣慰，也担忧。

白首差点把眼珠子瞪出来。

要是我白首大剑仙这么偏袒姓刘的，与裴钱一般尊师重道，估计姓刘的就该去太徽剑宗祖师堂烧高香了吧？然后对着那些祖师爷挂像偷偷落泪，嘴唇颤抖，感动万分，说自己终于为师门列祖列宗收了个百年不遇、千载难逢的好弟子。陈平安咋回事，是不是在酒铺喝酒喝多了，脑子拎不清？还是先前与那郁狷夫交手，额头挨了那么结实的一拳，把脑子捶坏了？

陈平安正色道："白首算是半个自家人，你与他平时打闹没关系，但就因为他说了几句你不爱听的，你就要如此认真问拳，正式武斗？那么你以后自己一个人行走江湖，是不是遇上那些不认识的，凑巧听他们说了师父和落魄山几句重话、难听话，你就要以更快更重之拳，与人讲道理？未必一定如此，毕竟将来事，谁都不敢断言，师父也不敢，但是你自己说说看，有没有这种最糟糕的可能性？你知不知道，万一万一，只要真是那个一了，那就是一万！

"天底下那么多下山历练的修道之人，一山只会比一山更高，江湖水深，处处看似池塘实则是深水潭，你若是一个人在外，因他人之小错，你就仗着拳意傍身，递出大错之拳，然后他人亲朋、长辈再对你出手，师父就算事后愿意为你打抱不平，师父有那十分气力，又能问心无愧出拳几分？身为人师，便以新拳与你说旧理？"

裴钱低着头，不说话。

白首头脑一片空白，哀莫大于心死，少年只知道自己这辈子算是玩完了。

崔东山微笑道："刘先生，种先生，我们随便走走？"

一行心有灵犀，离开原地，只留下那对不算太过久别重逢却也曾隔着千山万水两座天下的师徒。

陈平安说道："师父说过了自己的道理，现在轮到你说了，师父只想听你的心里话。只要是心里话，不管对不对，师父都不会生气。"

裴钱还是不说话，死死攥紧那根行山杖。

这是破天荒的事情。

陈平安有些无奈，只得再说一些，轻声道："要是以前，这些话，师父不会当着崔东山他们的面说你，只会私底下与你讲一讲。但是你如今是落魄山祖师堂的嫡传弟子了，师父又与你聚少离多，而且你如今长大了不少，还学了拳，与其照顾你的心情，私下与你好好说，而你却没上心，那么师父宁肯你在这么多人面前，觉得师父害你丢了面子，在心里埋怨师父不近人情，也要你死死记住这些道理。世间万物，余着是福，唯独道理一事，余不得。今日能说今日说，昨日遗漏今日补。养不教父之过，教不严师之惰。师父与你说这么多烦人烦心的规矩，不是要你以后自己走江湖，束手束脚，半点不快活，而是希望你遇事多想，想明白了，无碍道理，就可以出拳无忌。师父不需要弟子为师父打抱不平，师父既然是师父，便理当为弟子护道。裴钱，知道师父心底有个什么愿望吗？那就是陈平安教出来的弟子也好，学生也罢，下山去，无论在天下何处，拳法可以不如人，学问可以输他人，术法无须如何高，但是所有天下的任何人，不管是谁，都不用他们来教你们如何做人。师父在，先生在，一人足矣。"

裴钱早已泣不成声，怀抱那根心爱的朝夕相处的经常与它悄悄说自己心里话的行山杖，抬起手臂，左手擦一擦眼泪，右手再抹一抹脸，只是泪水一直停不下来，她便放弃了，仰起头，使劲皱着脸，哽咽道："师父，我之前之所以那么说，是因为觉得如果是真正的武斗，只要白首用心对待，我是肯定打不过他的，但是弟子真的对他很生气，就算打不过他，拳必须出。弟子是师父的开山大弟子，就是不许他瞧不起师父和剑客，打不过，也要打！"

"原来是这样啊。"陈平安挠挠头，"那就是师父错了。师父与你说声对不起。"

陈平安弯下腰，伸出手掌，帮着她擦拭泪水。

裴钱有些难为情，自己咋个鼻涕都有了呢？赶紧转过头，再转头，便笑逐颜开了，道："师父怎么可能错嘛。师父，把'对不起'三个字收回去啊。"

陈平安捏了捏她的脸颊，笑道："你就皮吧，你。"

他方才差点忍不住都要取出养剑葫芦饮酒，这会儿已经没了喝酒的念头，说道："知道自己出拳的轻重，或者说你出拳之前，能够先想此事，就意味着你出拳之时，始终是人在出拳，不是人随拳走，很好。所以师父错了就是错了，师父愿意诚心与你说声对不起。但是师父说的那些话，你也要稍稍用心，能记住多少是多少，有想不明白的，觉得不够对的，就与师父直接说，直接问，师父不像某些人，不会觉得没面子。"

裴钱摇头晃脑，优哉游哉，道："'某些人'是不像话，与师父跟我，是太不一样哩。"

陈平安一记栗暴敲下去。

裴钱翻着白眼，一手持行山杖，一手向前伸出，摇摇晃晃，在陈平安身边晃荡，不知是假装醉酒还是梦游，故作梦呓道："是谁的师父，有这么厉害的神通哇，一栗暴就能打得让人找不着东南西北嘞。这是哪里，是落魄山吗……真羡慕有人能有这样的师父啊，羡慕得让人流口水哩，若是开山大弟子的话，岂不是要做梦都笑开了花……"

陈平安取出养剑葫芦，喝了口酒，倒是没有再打赏栗暴。

可能再过几年，裴钱个儿再高些，不再像个小姑娘，哪怕是师父，也都不太好随便敲她的栗暴了吧。一想到这个，陈平安还是有些遗憾的。

于是陈平安就又一栗暴砸了下去，打得裴钱再不敢转圈胡闹。她伸手揉了揉脑袋，在师父身边侧着走，笑嘻嘻问道："书上说仙人抚我顶，结发受长生。师父你说会不会哪一天，我突然就被师父打得开窍了，到时候我又学拳，又练剑，还是那种腾云驾雾的山上神仙，然后又要抄书，还得去骑龙巷照看铺子生意，忙不过来啊。”

陈平安笑道：“修道之人，看似只看资质，多靠老天爷和祖师爷赏饭吃，实则最问心，心不定神不凝求不真，任你学成万千术法，依旧如浮萍。”

裴钱使劲点头，赞道：“师父你如今的修士境界，虽然暂时，暂时啊，还不算最高，可是这句话，不是至少飞升境，还真说不出来。”

陈平安笑问道：“你这都知道？你是飞升境啊？”

裴钱说道：“道理又不在个儿高。再说了，如今我可是站在天底下最高的城头上，所以我现在说出来的话，也会高些。”

陈平安喝了口酒，道：“这都什么跟什么啊。”

陈平安突然笑了起来，又道：“若是从扎根地面算起，这儿可能就是四座天下最高的城头了，可如果不从地面算起，那么浩然天下中土神洲的那座白帝城，可能更高些。至于青冥天下的那座白玉京，到底有多高，书上没记载，师父也不曾问人，所以与剑气长城的城头，到底谁更高，不好说。以后有机会的话，我会亲眼看一看。”

裴钱好奇地问道：“是大骊京城那座仿造的白玉京的老祖宗？师父去那儿做什么？好远的。听大白鹅说，可不是像这儿的剑气长城，乘坐渡船，登了倒悬山，过了大门，就是另外一座天下，然后我们就可以想逛就逛了。大白鹅说他曾经有机会，靠自己的本事去往青冥天下，只不过我没信他。哪有自家先生还没去，学生就先去的道理嘛。师父，我劝不动大白鹅，回头你说说他，以后这爱吹牛的臭毛病，得改改。师父，我能不能知道你为啥要去那么远的地方啊？据说那白玉京里面，都是些道士啊女冠啊，师父你要是一个人去那边，我又不在身边，肯定特没劲。”

陈平安笑道：“也不是去游历的。”

裴钱越发疑惑，问道：“找人啊？”

陈平安点头道：“算是吧。”

裴钱皱眉道：“谁啊，架子这么大，都不晓得主动来落魄山找师父。”

陈平安哑然失笑。人家还真有摆天大架子的资格，其中一位，扬言“得问过我的拳头答应不答应”，然后向天下出拳，分开云海；随后一位，笑言“就由本座陪你玩玩”，便十二飞剑落人间。

陈平安犹豫了一下，想起了那些多年以后才知晓些许内幕的少年时的事，只是很快又想起自己如今身在何处，便轻声笑道：“师父如今有两个愿望，从来没跟人讲过。这两个愿望，可能这辈子都做不到，但是会一直想。”

裴钱伸手使劲揉了揉耳朵，压低嗓音道：“师父，我已经在竖耳聆听了！”

陈平安摇头道：“等到真有那么一天，师父即将远游，再来与你说。大话太大，说早了，不妥当。”

裴钱哀叹一声，道：“那就只能等个两三年了！”

陈平安喃喃道：“两三百年都是做不到的，说不定过了两三千年，真能活这么久，也还是希望渺茫。”

所幸即便希望渺茫，终究还是有希望的。

陈平安双手笼袖，脚步缓慢却始终坚定，笑眯起眼，仰头望天。他很快收回视线，前面不远处，崔东山一行人正在城头眺望南方的广袤山河。

白首站在刘景龙身边，朝陈平安使眼色。好兄弟，靠你了，只要摆平了裴钱，以后让我白首大剑仙喊你陈大爷都成！

陈平安转头与裴钱说道：“剑客与剑修，按照天下风俗，的确就是天壤之别，你不可在白首这些言语上过多计较。”

裴钱这会儿心情好，根本无所谓那白首讲了啥。她裴钱是那种小心眼的人吗？她那偷偷藏好的小账本，很厚吗？薄得很！这会儿她在师父身边，便一改先前在渡船上的小心翼翼，走路大摇大摆，这就叫“走路嚣张，妖魔心慌”，还需要个屁的黄纸符箓贴额头。她抬头笑道：“师父，学拳抄书这些事吧，我真不敢说自己多有出息，但是与师父的肚量相比，我至少有一成功力，一成功力！这得是多大的肚量了？装那两盘菜、三碗大米饭，都不在话下！还容不下一个白啥首啥的家伙的轻飘飘几句话？师父你小瞧我了！”

唯独崔东山一人坐在城头上，笑呵呵。

能够让裴钱伤心伤肺哭鼻子又笑嘻嘻欢天喜地的，便只有自己的先生了。关键是裴钱哭哭笑笑过后，她还真会用心去记事情，想道理，包括所有的懂与不懂，而不是挑挑拣拣，余着大半。

曹晴朗见到了那个恢复正常的裴钱，也松了口气。先前先生，无论是言语还是神色，真是先生了。

刘景龙对白首笑道：“不说点什么？”

白首试探性问道：“要是我认个错，真就一笔揭过了？”

刘景龙微笑道：“难说。”

白首犹豫不决。

刘景龙轻声说道：“其实此事，不涉及太过绝对的对错是非，你需要认错的，不是那些言语。在我看来，那些言语谈不上冒犯。当然了，于理是如此，于情却未必，毕竟天底下与人言语，就意味着肯定不是在自言自语。你自己心态不对，走过了一趟落魄山，却没有真正用心，去多看多想，不然你与裴钱相处，双方本不该如此别扭。”

我还怎么个用心？在那落魄山，一见面，我就被那裴钱一脚踢得晕死过去了。

白首难得在姓刘的面前如此哀怨，瞥了眼不远处的小黑炭，只敢压低嗓音，碎碎念叨：“我那陈兄弟为人如何，你不清楚？就算你姓刘的不清楚，反正整座剑气长城都清楚了。裴钱要是得了陈平安的七八分真传，咋办？你跟陈平安关系又那么好，以后肯定要经常打交道，你去落魄山，他来太徽剑宗，一来二去的，我难道次次躲着裴钱？关键是我与陈平安的交情，在裴钱面前，半点不顶事不说，还会更麻烦。说到底，还是怪陈平安乌鸦嘴，说什么我这张嘴，容易惹来剑仙的飞剑，现在好了，剑仙的飞剑没来，裴钱算是盯上我了。瞅瞅，你瞅瞅，裴钱在瞪我，她脸上那笑容，是不是跟我陈兄弟如出一辙，一模一样？姓刘的，我算是看出来了，别看陈平安方才那么教训裴钱，其实心里最紧张她了，我这会儿都怕下次去铺子喝酒，陈平安让人往酒水里倒泻药，一坛酒半坛泻药。这种事，陈平安肯定做得出来，既能坑我，还能省钱，一举两得啊。”

刘景龙笑道：“看来你还真没少想事情。”

白首心中哀叹不已，你这么个只会幸灾乐祸不帮忙的师父，到底有啥用哦？

裴钱蹦蹦跳跳到了众人跟前，与那白首说道：“白首，以后咱们只文斗啊。”

面子是啥玩意儿，开玩笑，能当饭吃不？她遇到师父之前，小小年纪，就行走南苑国京城江湖无数年，那会儿还没学拳，在江湖上有个屁的面子。

白首一听这话，差点激动得学那裴钱大哭一场。只是裴钱稍稍转身，背对她师父几分，抿起嘴唇，微笑，然后一动不动，白首就像挨了一记五雷轰顶。

陈平安伸手按住裴钱的脑袋，裴钱立即笑哈哈道：“白首你是立志要当大剑仙的人啊，刘先生收了你这么个好徒弟，师父是大剑仙，弟子是小剑仙，师徒两人就是俩剑仙。下回我陪师父去你们太徽剑宗做客，我得带上几大捆的爆竹庆祝庆祝啊。”

陈平安说道：“好好说话。”

裴钱咳嗽一声，说道：“白首，先前是我错了，别介意啊。我跟你说一声对不起。”

之前师父与自己说了一句“对不起”，分量多重？天底下就没有一杆秤，称得出那分量！拆分出一丁点儿，就当是送给白首了，毛毛雨。

白首头皮发麻，脸色僵硬，低声道：“不介意。”老子是不敢介意啊。

裴钱微笑道：“我学拳晚，也慢，得要过好些天，才能跻身小小的五境呢，所以等过几年，再跟白首……白首师兄请教。”

白首硬着头皮问道：“不是说好了只文斗吗？”

裴钱笑呵呵道：“那就以后的事情以后再说。”

曹晴朗瞧着这一幕，其实还挺开心，原来不只自己怕裴钱啊。

陈平安以心声涟漪问刘景龙道：“白首在裴钱面前如此拘谨，会不会有碍修行？”

刘景龙笑着回答：“就当是一场必不可少的修心吧。先前在翩然峰上，白首其实一直提不起太多的心气去修行，虽说如今已经变了不少，也想真正学剑了，只是他自己一直有意无意拗着本来心性，大概是故意与我置气吧。如今有你这位开山大弟子督促，我看不是坏事。这不，到了剑气长城，先前一听说裴钱要来，练剑一事，便格外勤快了。”

陈平安说道：“只看白首哪怕颜面尽失，憋屈万分，仍然没想过要拿出割鹿山的压箱底手腕倾力出手，便是个无错了。不然双方先前在落魄山，其实有得打。”

刘景龙微笑道：“我的弟子，会比你的差？”

陈平安说道：“那还是差些。”

刘景龙问道：“那师父又如何？”

陈平安说道：“我今年才多大？跟一个几乎百岁高龄的剑修较啥劲？真要较劲也成，你如今是玉璞境对吧？我这会儿是五境练气士，按照双方岁数来算，你就当我是十五境修士，不比你当下的十一境练气士，高出四境？不服气？那就以后的事情以后再说，等我到了一百岁，看我有没有跻身十五境，没有的话，就当我胡说八道。但在这之前，你少拿境界说事啊。”

刘景龙笑呵呵道：“二掌柜不光是酒水多，道理也多啊。”

陈平安有些愧疚，赶紧道：“过奖过奖。”

陈平安不再跟刘景龙瞎扯，万一这家伙真铁了心要说道理，陈平安也要头疼。

陈平安望向崔东山，开口问道：“是先去见我大师兄，还是先去宁府？”

崔东山似乎早有打算，笑道：“先生你们可以先去宁府，先生的大师兄，我一人拜会便是。”

陈平安想了想，也就答应下来。

崔东山突然说道：“大师姐，你借我一张黄纸符箓，为我壮胆。”

裴钱其实这会儿很是云里雾里，师父哪来的大师兄？

关于此事，陈平安是来不及说，毕竟密信之上，不宜说此事。崔东山则是懒得多说半句，那家伙是姓左名右还是姓右名左自己都记不清了，若非先生刚才提及，他都不知道那么大的一位大剑仙，如今竟然就在城头上风餐露宿，每天坐那儿显摆自己的一身剑气。

裴钱从袖子里摸出一张黄纸符箓，交给崔东山后，提醒道：“师父的大师兄，岂不就是我的大师伯？可我没给大师伯准备礼物啊。”

崔东山板着脸说道：“你那天上掉下来的大师伯，人可凶了，脑阔(壳)上刻了五个大字：人人欠我钱。”

裴钱转头望向陈平安。

陈平安笑道：“别听他瞎扯，你那大师伯，面冷心热，是浩然天下剑术最高的。回头你那套疯魔剑法，可以耍给你大师伯瞧瞧。”

裴钱胆战心惊道：“师父你忘了吗？我先前走路就不稳，现在腿又有些隐隐作痛哩，梦游磕着了不知道啥个东西啊，要不出那套微不足道的剑法，就不要让大师伯看笑话了，对吧？”

白首又莫名其妙挨了一记五雷轰顶——梦游磕着了，磕着了东西……

刘景龙忍住笑，带着白首去往城头别处，白首如今要与太徽剑宗子弟一起练剑。

离去之时，白首生平第一次觉得练剑一事，原来是如此的令人倍感惬意。

陈平安祭出符舟，带着裴钱三人一起离开城头，去往北边的城池。

既然先生不在，崔东山就无所顾忌了，在城头上如螃蟹横行，甩起两只大袖子，扑腾扑腾而起，缓缓飘然而落，就这么一直起起落落，去找那位昔年的师弟，如今的师伯，叙叙旧。叙旧叙旧叙你娘的旧咧，老子跟你左右又不熟。他娘的当年求学，若非自己这个大师兄兜里还算有点钱，老秀才不得囊中羞涩万万年？你左右还替老秀才管个狗屁的钱。

只不过老秀才当年有了像模像样的真正学塾，却也不是他的功劳，毕竟宝瓶洲离着中土神洲太远，自己家族那边起先也不会寄太多钱。真正让老秀才腰杆硬了，喝酒放开肚子了，今儿买书明儿买纸笔，后天终于给凑齐了文房四宝、各色清供的，还是因为老秀才收了第三个入室弟子。那家伙才是同门师兄弟当中，最有钱的一个，也是最会孝敬先生的一个。

“小齐啊，怎么突然想学棋啦？好事哇，找你大师兄去，他那棋术，还是勉强可以教人的。就是学塾里棋盒棋盘尚无啊，琉璃斋的棋盒棋子，绛州出产的马蹄坊棋墩，虽然离着学塾可近了，但是千万别买，实在太贵了。真的别买，宁肯走多千步路，莫花一枚冤枉钱。”

“好的，先生。”

“小齐啊，先生最近临帖观碑，如有神助，篆书功力大涨，想不想学啊？”

“知道了先生，学生想学。”

“小齐啊，读过二酉翻刻版的《妙华文集》了吧？装帧、纸张这些都是小事，差些就差些，咱们读书人不讲究这些花哨的。可是先贤书籍，学问事大，脱字、讹字严重，便不太妥当啊。一字之差，许多时候，与圣贤宗旨，便要隔着万里之遥，我们读书人，不可不察啊。”

“先生有理，学生明白了。”

当然，那个家伙更是最喜欢告刁状的，一告一个准。

“左师兄又不讲理了，先生你帮忙看看是谁的对错……”

“啥？这个混账玩意儿，又打你了？小齐，先将鼻血擦一擦，不忙着与先生讲理。走走走，先生先带你去找你二师兄算账去。”

“先生，左师兄方才与我解析一书之文义，他说不过我，便……”

“咋个额头起包了？造反造反！走！小齐，你帮先生拿来鸡毛掸子，戒尺也带上！小齐啊，板凳就算了，太沉了些。”

“先生……”

“走！找你左师兄去！”

“先生，这次是崔师兄，下棋耍赖，我不想跟他学下棋了，我觉得悔棋之人，不算棋手。”

“啊？”

“先生悔棋，是为了给学生教棋更多，自然不算的。”

“走，这次咱们连板凳也带上！倒也别真打，吓唬吓唬他，气势够了就成。”

……

读书之人，治学之人，尤其是修了道的长寿之人，陈年旧事，其实很多。

崔东山不是崔瀺那个老王八蛋，崔东山会经常去想那些有的没的，尤其是故人的故事。

每次那个人告状坑师兄，或是自己被先生坑，当年那个大师兄，往往就在门口或是窗外看热闹。所以是亲眼所见，是亲耳所闻。

崔东山比谁都清楚一件事——所有看似无所谓了的过往之事，只要还记得，那就不算真正的过往之事，而是今日之事，将来之事，此生都在心头打转。

不知不觉，崔东山就来到了左右附近。

左右依旧闭目养神，坐在城头上，温养剑意，对于崔东山的到来，别说什么视而不见，根本看也不看一眼。

崔东山跳下城头，走到离着城头和那个背影约莫二十步外的地方。白衣少年一个蹦跶跳起来，双腿飞快乱踹，然后就是一通王八拳，拳拳朝向左右的背影。

挪个地儿，继续，全是那些名震江湖的江湖武把式，拳脚霸气。偶尔腾空之时，还要来个使劲弯腰伸手点脚背，想必姿势是十分的潇洒绝伦了。

最终一个极其漂亮的金鸡独立，双手摊掌，做了个气沉丹田的动作，打完收工，神清气爽。

一百招过后，以小小玉璞境修为，就能够与大剑仙左右不分上下，打了个平手，在剑气长城，也算讨了个不大不小的开门红。

左右甚至都懒得转头看那白衣少年一眼，淡然问道：“你是想被我一剑砍死，还是多几剑剁死？”

“大师姐，有人威胁我，太可怕了。”啪的一声，崔东山往自己额头贴上那张符箓，“哦”了一声，道，“忘记大师姐不在。”

左右伸手一抓，以剑意凝聚出一把长剑。

他甚至都不愿真正拔剑出鞘，身后此人，根本不配。

你崔瀺可以无愧宝瓶洲，无愧浩然天下，但是你没资格说自己无愧先生！

文圣一脉，从那一天起，我左右才是大师兄。

崔东山扯开嗓子喊道："对自己的师侄，放尊重点啊！"

左右仗剑起身。

相较于倒悬山看门小道童那种山岳矗立之巍峨气象，左右的起身，云淡风轻。剑气太重太多，剑意岂会少了，几近与天地大道相契合罢了。

天地隔绝。

崔东山一歪脖子，嚷道："你打死我算了，正事我也不说了，反正你这家伙，从来无所谓自己师弟的生死与大道。来来来，朝这儿砍，使劲些，这颗脑袋不往地上滚出去七八里路，我下辈子投胎跟你姓右。"

左右转过头，道："只是砍个半死，也能说话的。"

崔东山换了一个姿势，双手负后，仰头望天，神色悲苦，嘴里念叨道："噫吁嚱，呜呼哀哉，长咨嗟！"

左右转过身。

崔东山赶紧说道："我又不是崔瀺老王八蛋，我是东山啊。"

这一天，有个好似白云飘荡的少年，被一把由精粹剑意凝聚而成的三尺长剑，直接挑下城头，坠落在七八里之外的大地之上。

左右重新盘腿而坐，冷笑道："这是看在我那小师弟的分上。"

左右皱了皱眉头，那位老大剑仙来到了他身边，笑道："先前那点异象，察觉到了吧？"

左右点点头。

若非如此，崔瀺，或者说是如今的崔东山，估计不敢单独前来见自己。

陈清都感慨道："那是你小师弟的心声，你剑术不高，听不见而已。"

左右面无表情道："前辈这么会说话，那就劳烦前辈多说点？"

陈清都摇头道："我就不说了，若是由我来说那番话，就是牵连三座天下的事了。"

先前，那个陈平安与弟子一起行走城头之上，他有心声，未曾开口道出，只是不断激荡于心胸间。

竟是只靠心声，便牵扯出了一些有意思的小动静。

陈清都感慨道："年轻真好啊。"

那个年纪真不算大的年轻人，方才有过一番自言自语：

"诸位莫急。"

"且容我先跻身武夫十境，再去争取那十一境。"

"那我便要问拳于天外。"

“且容我跻身飞升境。”

“问剑白玉京!”

那个年轻人,这会儿正一脸尴尬地站在宁府大门口。

有了两个意外。

一个是宁姚竟然打断了闭关,再次出关,站在门口迎接他们一行。

再就是,自己那个开山大弟子,见着了宁姚,二话不说,咚咚咚磕了三个重重的响头。

陈平安无奈道:“裴钱,是不是有点过了?”

裴钱没有起身,只是抬头,喊了一句:“裴钱拜见师娘大人!”

陈平安立即绷着脸,不过分不过分,礼数恰到好处。

最尴尬的其实还不是陈平安,是曹晴朗啊。

曹晴朗这会儿作揖吧好像礼数不够,跪地磕头吧更于礼不合,不像话啊。

宁姚扯住裴钱的耳朵,将她拽起身,等裴钱站直后,她有些笑意,用手心帮裴钱擦去额头上的灰尘,仔细瞧了瞧小姑娘,笑道:“以后哪怕不是太漂亮,至少也会是个耐看的姑娘。”

裴钱眼泪哗哗流,抽了抽鼻子,那叫一个诚心诚意,道:“师娘的眼光咋个这么好,先是选中了师父,现在又这么说。师娘您再这样,我可就要担心师父配不上师娘了。”

宁姚眼角余光瞥向一旁的某人,陈平安立即点头道:“这种担心,是极有道理的。”

宁姚转移视线,对那儒衫少年笑道:“你就是曹晴朗吧?比你家先生更像个读书人。”

曹晴朗这才作揖致礼,道:“拜见师娘。”

宁姚点点头,然后与那种秋抱拳道:“宁姚见过种先生。”

种秋抱拳还礼,笑道:“落魄山供奉种秋,多有叨扰了。”

裴钱突然记起一件事,摘下包裹,小心翼翼掏出那支小楷毛笔,还有那张彩云信笺,踮起脚尖,双手奉送给师娘。然后再踮起脚尖几分,与宁姚小声说道:“师娘大人,彩云信笺是我挑的。师娘你是不知道,之前我为了买这个在倒悬山走了老远老远的路,再走下去,我害怕都要掉海里去喽。另外那个是曹晴朗选的。师娘,天地良心,真不是我们不愿意多掏钱啊,实在是身上钱带得不多。不过我这个贵些,三枚雪花钱,他那个便宜,才一枚。”

曹晴朗挠挠头。陈平安与种秋相视一笑。

宁姚看了眼小楷篆文,一看就是小姑娘早先打算送给自己师父的。宁姚揉了揉裴钱脑袋,然后对那拘谨少年笑道:“曹晴朗,见面礼先欠着,以后我会记得补上。”

曹晴朗挠挠头，再点了点头。

裴钱目瞪口呆。

哦豁！师娘这眼光，几百个裴钱都拍马不及啊！

难怪师娘能够从四座天下那么多的人里，一眼相中了自己的师父！

裴钱跟在宁姚身边，走在最前头，叽叽喳喳个不停。

师娘的家，真是好大的一个宅子。

陈平安与曹晴朗并肩而行，种秋有意无意独自一人走在最后。

陈平安对曹晴朗轻声笑道："接下来得闲工夫，你就帮先生一个小忙，一起刻章。"

曹晴朗点头说好。

看裴钱暂时顾不上自己，有了师娘就忘了师父，也没啥。陈平安手腕一拧，偷偷将一把小刻刀递给曹晴朗，提醒道："送你了，最好别给裴钱瞧见，不然后果自负。"

曹晴朗笑着说道："知道了，先生。"

第七章
世间人人心独坐

宁府虽然不在太象街、玄笏街，宅邸却是真不小。

好在陈平安对宁府一清二楚。曹晴朗三人应该住在哪里，又有哪些细微处的考量和大的讲究，这些事情，宁姚都让陈平安做决定，无须身为宁府主人的宁姚如何说，也无须暂时还算半个外人的陈平安如何问。于是陈平安帮着三人挑选了三座宅子，曹晴朗身为洞府境瓶颈、即将跻身观海境的修士，恰好是最不愿意置身于剑气长城的外乡练气士，所以给他选的位置最讲究，灵气不可淡薄，而剑气不可太重。

裴钱就像一只小黄雀，打定主意绕在师娘身边盘旋不去。

陈平安起先还担心裴钱会耽误宁姚的闭关，结果宁姚来了一句："修行路上，何时不是闭关？"陈平安就没话讲了。

宁姚便带着裴钱去看宁府用以珍藏仙家法宝、山上器物的密库，说是要送裴钱一件见面礼，随便裴钱挑选，然后她自己再挑选一件，作为先前大门那边收到礼物的回赠。

种秋与陈平安问了些宁府的规矩忌讳，然后他独自去往斩龙崖凉亭。

曹晴朗在自己宅子放好包裹行李，跟着陈平安去往他的那座小宅子。陈平安走在路上，双手笼袖，笑道："本来是想要让你和裴钱都住在我那边的，还记得我们三个最早认识的那会儿吧？不过你现在处于修行的关键关隘，还是以修道为重。"

曹晴朗笑着点头，道："先生，其实从那会儿起，我就很怕裴钱，只是怕先生瞧不起，便尽量掩饰着。但是内心深处，又佩服裴钱，总觉得将我换成她的话，一样的处境，在南苑国京城是活不下去的。不过当时裴钱身上发生了很多我不太理解的事情，那会儿，我确实也不太喜欢，可是我哪敢与裴钱说三道四？先生可能不清楚，先生当年出门的时候，裴钱与我说了许多她行走江湖的风光事迹，言下之意，我当然听得出来。”

陈平安笑问道：“我不在你家祖宅的时候，裴钱有没有偷偷打过你？”

曹晴朗使劲点头，倒是没说细节。陈平安也没有细问多问。

陈平安完全可以想象自己不在曹晴朗陋巷祖宅的时候，曹晴朗与裴钱的相处光景。

当然，到了三人相处的时候，陈平安也会做些当年曹晴朗与裴钱都不会有意去深思的事情，可能是言语，可能是小事。但是许多事情，真的就只能曹晴朗自己去面对，大到长辈之生死，小到那些戳脊梁骨的琐碎言语，藏在嗑瓜子的间隙里，藏在小板凳上的随口闲聊里，藏在街坊邻居桌上的一大堆饭菜里边。

事实上，孩子曹晴朗就是靠着一个“熬”字，硬生生熬出了云开月明，夜去昼来。

那会儿的曹晴朗，还真打不过裴钱，连还手都不敢。关键是当时裴钱身上除了混不吝，还藏着一股子好似悍匪的气势，一脚一个蚂蚁窝，一巴掌一只蚊蝇飞虫，曹晴朗不怕不行。尤其是有一次裴钱手持小板凳，直愣愣盯着他，却反常地不撂半个字狠话，当时还是瘦弱孩子的曹晴朗，那是真怕。后来陈平安不在宅子里的很多时候，曹晴朗就只能躲到门口当门神。

一个孤零零的孩子不敢在自己家里待着，只能闷闷地坐在台阶上，眼巴巴地望向街巷拐角处，等着那位白衣背剑、腰系朱红酒葫芦的陈公子。只要瞧见了那个身影，曹晴朗就总算可以回家了，还不能说什么，更不能告状。

因为裴钱真的很聪明，那种聪明，是同龄人的曹晴朗当时根本无法想象的。她一开始就提醒过曹晴朗，你这个没了爹娘却也还算是个带把的东西，如果敢告状，你告状一次，我就打你一次。我就算被那个死有钱却不给人花的王八蛋赶出去，也会大半夜翻墙来这里，摔烂你家的锅碗瓢盆，你拦得住？那个家伙装好人，帮着你，拦得住一天两天，拦得住一年两年吗？他是什么人，你又是什么人，他真会一直住在这里？再说了，他是什么脾气，我比你这个蠢蛋知道得多，不管我做什么，他绝对不会打死我的，所以你识相一点，不然跟我结了仇，我能缠你好几年。以后每逢过年过节的，我就偷你的水桶去装别人的屎尿，涂满你的大门。每天路过你家的时候，都会揣上一大兜的石子，我倒要看看是你花钱补窗纸更快，还是我捡石头更快。

当年裴钱最让曹晴朗觉得害怕的，还不是这些最直白最难听最吓人的话，而是那些裴钱笑嘻嘻轻飘飘的其他言语：“你家都穷到米缸比床铺还要干净啦，你这丧门星唯一的用处，可不就是滚门外去当门神嘛。知道两张门神需要多少铜钱吗？卖了你都买不起。你瞧瞧别人家，日子都是越过人越多，钱越多，你家倒好，人死了，钱也没留下几个。要我看啊，你爹当年不是走街串巷卖物件的货担郎吗？离着这儿不远的状元巷那边，不是有好多的窑子吗？你爹的钱，可不就是都花在摸那些娘们的小手儿上了嘛。

“瓜子呢，没啦？信不信我把你装瓜子的罐儿都摔碎？把你那些破书都撕烂？等那个姓陈的回这破烂地儿，你跪在地上使劲哭，他钱多，给你买些瓜子咋了，住客栈还要花钱呢。你是笨，他是坏，你们都不是什么好东西，难怪能凑一堆儿。算我倒了八辈子的霉，才遇见了你们俩。

“曹晴朗，你该不会真以为那个家伙是喜欢你吧？人家只是可怜你啊，他跟我才是一类人。知道我们是什么人吗？就像我在大街上晃荡，瞧见了地上有只从树上鸟窝掉下来的鸟崽子，我是真心怜它哩，然后我就去找一块石头，一石头下去，一下子就拍死了，让它少受些罪，有没有道理？所以我是不是好人？你以为我是在你家赖着不走吗？我可是在保护你。没我在，说不定哪天你就被他打死了。有我在，他不敢啊，你不得谢我？

“你干吗每天愁眉苦脸，你不也才一双爹娘？咋了，又死了一对？唉，算了，反正你对不起你死掉的爹娘，对不起他们给你取的这个名字。换成我是你爹你娘的，什么头七还魂啊，什么清明节中元节啊，只要见着了你，肯定就要再被气死一次。曹晴朗，我看你死了算吧。你要是早点死，跑得快些，说不定还能跟上你爹娘哩。不过记得死远一点啊，别给那家伙找到，他有钱，但是最小气，连一张破草席都舍不得帮你买的，反正以后这栋宅子就归我了。”

曹晴朗主动与裴钱打过两次架，一次是为爹娘，一次是为了那个某次很久没回来的陈公子。当然，曹晴朗怎么可能是裴钱的对手，裴钱见惯了他人打架，也被他人打惯了的，觉得对付一个连下狠手都不敢的曹晴朗，很没劲。但是她只是心里没劲，手上劲儿可不小，所以曹晴朗两次下场都不太好。

此时陈平安带着早已不是陋巷那个瘦弱孩子的曹晴朗，一起走入搁放有两张桌子的左手厢房。陈平安让曹晴朗坐在搁放印章、扇面扇骨的那张桌旁，自己开始收拾那些堪舆图与正副册子。

陈平安不曾与任何人说过，在他心中，曹晴朗只是人生经历像自己，至于性情秉性，其实看着有些像，也确实有很多相似之处，可事实上却又不像。

那是一种很奇怪的感觉。

不过这些不耽误陈平安离开藕花福地的时候，最希望带着曹晴朗一起离开，哪怕无法做到，依旧心心念念那个陋巷孩子，由衷希望曹晴朗将来能够成为一个读书种子，能够身穿儒衫，成为一个真正的读书人，成为齐先生那样的读书人。更后悔自己走得太过匆促，又担心自己教错，因为曹晴朗年纪太小，许多道理对于陈平安是对的，到了这个孩子身上便是不对。所以在藕花福地一分为四，自己占据其一之前，陈平安就这么一直牵挂着曹晴朗，以至于在桐叶洲大泉王朝边境的客栈里，裴钱问他那个问题，陈平安毫不犹豫便说是，承认自己根本就不想将裴钱带在身边。如果可以，自己只会带着曹晴朗离开家乡，来到他陈平安的家乡。

俗话总说泥菩萨也有火气，可在陈平安身上，终究不常见，尤其是跟当时的裴钱那么大一个孩子生气，在陈平安的人生当中，更是仅此一次。

赵树下学拳最像自己，但是在赵树下身上，陈平安更多是看到了自己最要好的朋友刘羡阳的影子。初次相逢，赵树下是如何保护鸾鸾的，刘羡阳当时就是如何保护陈平安的。

真正更像他陈平安的，其实是裴钱偷偷打量世界的那种怯懦眼神，是隋景澄的猜人心赌人心，如今又有了一个剑气长城的少年，也像，不是那个已经在酒铺帮忙的张嘉贞，而是一个名叫蒋去的蓑笠巷贫寒少年。在酒铺边的街巷，每次陈平安当说书先生时，少年言语最少，蹲在最远处，却心思最多，学拳最用心。在几次恰到好处的碰面与对话时，少年都略显局促，但是眼神坚定，这让陈平安决定多教了他那一式撼山拳的剑炉立桩。

蒋去每一次蹲在那边，看似聚精会神听着说书先生的山水故事，但是少年的眼神、脸色，以及与身边相熟之人的轻微言语，都充满了一种模糊不清的功利心。

陈平安没有半点反感，就是有些感伤。

没有人知道当年魏檗在落魄山竹楼前，说那阿良二三事时，少年陈平安为何会泪流满面，又为何除了心向往之，心底深深藏着一份难以言说的羞愧、后悔、无奈。那是连魏檗当时也不曾获悉的一种情绪。

几乎所有人都觉得陈平安的第一次出门远游，是护送李宝瓶他们去往大隋书院求学，是陈平安尽心尽力为他们护道。从结果来看，陈平安好像确实做得不能更好了，谁都无法指摘一二。但是当草鞋少年第一次遇到阿良之后，那其实才是陈平安的人生的第一场大考，悄无声息，心中拔河。

陈平安希望在那个自称是剑客的斗笠汉子眼中，自己就是齐先生托付希望之人，希望假如出现一个意外，自己可以保证无错。故而那一场起始于河畔，离别于红烛镇驿站的游历，陈平安一直在努力猜测阿良的所思所想，去设身处地想象一位横空出世的世外高人，喜欢什么，不喜欢什么，去猜测这位佩刀却自称剑客的齐先生的朋友，到底会喜欢怎样的一个晚辈。所以当时陈平安的一言一行、一举一动，都是有意为之，思虑极多，这样的小小少年郎走在那青山绿水间，当真有那心情去看山看水？

哪怕陈平安的初衷，是为了护送宝瓶他们安然去往书院，是防备那个牵毛驴、佩竹刀的古怪男人对宝瓶他们造成一丝一毫的伤害，可是事后回顾自己的那段人生，陈平安想一次，便会伤感一次，便要喝酒一次。

人生路走过了，就是真的走过了，不是家乡故乡，归不得也。

偶尔回头看一眼，如何能够不饮酒。

今日剑气长城小心翼翼的蒋去，与当年山水间思虑重重的陈平安，何其相似。

曹晴朗动作轻柔，看过了一些刻好印文的印章和扇面款识，突然发现先生只是坐在隔壁桌子那边，寂然无声，怔怔出神。

曹晴朗也不敢打搅先生想事情，就掏出了那把有古旧之气，却依旧锋利的小刻刀，轻轻放在桌上。

他不知道先生为何要将此物赠送给自己。他当然不至于觉得刻刀是寻常材质，便不珍惜，恰恰相反，先生临时起意的这份赠礼，越是"不值钱"，便越是值得自己珍藏珍重。

陈平安站起身，笑道："想了些以前的事情。"

曹晴朗也站起身。

陈平安伸手虚按，道："以后不用恪守这么多繁文缛节，自在些。"

曹晴朗笑着点头，却依旧是等到先生落座桌旁后，这才坐下。

陈平安双手笼袖，身体前倾，看了眼桌上那把小刻刀，笑道："这把刻刀，是我当年第一次离开家乡出远门，在大隋京城一间铺子买那玉石印章时，掌柜附赠的。还记得我先前送给你的那些竹简吧，都是用这把小刻刀一个字一个字刻出来的，东西本身不值钱，却是我人生当中，挺有意义的一样物件。"

曹晴朗站起身，后退几步，作揖致礼。

陈平安无奈道："有些意义，也就只是有些意义罢了，你不用这么郑重其事。于我有意义的物件多了去，大多不值钱，如果你这么在乎，那我还有一大堆草鞋，你要不要？送你一双，你鞠躬作揖一次，谁亏谁赚？好像双方都只有亏本的份，学生先生都不赚的事情，就不要做了嘛。"

曹晴朗摇头笑道："先生，草鞋就算了，我自己也能编织，说不定比师父的手艺还要好些。"

陈平安摇头道："说学问，说修行，我这个半吊子先生，说不定还真不如你，唯独编草鞋这件事，先生游历四方，罕逢敌手。"

曹晴朗微微一笑。

陈平安玩笑道："按照风雷园上任园主李抟景的说法去类推，若是编织草鞋也是一门大道，那么你也就是个初出茅庐的下五境，不晓得编草鞋的上五境是个啥风光。"

曹晴朗点头道："先生说是就是吧。"

陈平安无言以对，转而一想，如今自家落魄山，墙头草不缺，飞升境的马屁精也不缺，这风气给自己的开山大弟子和朱敛他们带偏到不知道哪里去了，以致连那个身为半个弟子的郭竹酒，也是裴钱这般无师自通的同道中人，所以就缺曹晴朗这样的风骨啊。

于是陈平安笑得很欣慰——自己终于收了个正常些的好学生。

曹晴朗反而有些不自在，伸手拿起一把扇面有题款、扇骨也刻字的竹扇。

扇面的题字自然显著，入眼便知，但是曹晴朗真正喜欢的，却是一边大扇骨上的一行蝇头小楷，好似一个藏藏掖掖的小孩，不太敢见人。字写得极小极小，兴许稍稍粗心的买扇人，一个不注意，就给当作了一把只有扇面款识却无刻字的竹扇。

曹晴朗合拢折扇，握在手心，凝视着那一行字，抬头笑道："难怪先生爱喝酒。"

陈平安会心一笑。

竹扇上刻文："世事大梦一场，饮酒不怕醉倒，不醉反是梦中人"。

陈平安笑道："若是喜欢，便送你了。"

曹晴朗摇头笑道："不耽误先生挣钱。"

陈平安随手拿起另外一把扇子，扇动清风，笑呵呵道："你先生就不是那样的人。"

曹晴朗问道："先生，那我们一起为素章刻字？"

陈平安立即放下折扇，笑道："好啊。"

曹晴朗忍着笑，拈着那枚一眼相中的雪白石材印章，手持刻刀，然后有些犹豫，轻声问道："先生，刻字写字，大不相同，我以前也没做过这件事，若是初次上手，刻差了，岂不是白白浪费了一枚印章？"

陈平安心意微动，飞剑十五掠出窍穴，被他握在手中，满脸无所谓道："印章材质只是剑气长城的寻常物，漫山遍野随便捡的一种石头，谈不上钱不钱的，不过你要是真介意的话，那就刻慢些，手慢心快错便小。何况剑气长城这边的剑修，好说话，本就不太讲究字体本身的细微瑕疵，只要印文的那点意思到了，就一定卖得出去。"

陈平安一手持"刻刀"十五，一手握章，打算送曹晴朗和裴钱各一方，思量着印文内容，许久没有刻字。

反而是第一次刻章却早有腹稿的曹晴朗，率先"下笔"。刻完第一个字后，曹晴朗深呼吸一口气，略作休息，抬头望去，先生还在那边沉思。

曹晴朗低下头，继续低头刻字。

有句话，在与裴钱重逢后，憋在曹晴朗心中已久，只是少年不打算与先生说，不然会有告状嫌疑，会被说成背后说人是非。

"不知道以前的裴钱有多不好，就不会清楚现在的裴钱有多好。"

关于久别重逢后的裴钱，其实当时在福地家乡的街巷拐角处，已经风度翩翩的撑伞少年，就很意外。

后来再次相逢，曹晴朗就更加疑惑。直到跟着裴钱去了心相寺，曹晴朗才略微解惑，后来到了落魄山，疑惑渐小，开始逐渐适应裴钱的不变与变，至于如今，虽说还是未曾完全想通其中缘由，至少曹晴朗已经不会像当初那样，会误认为裴钱是不是给修道之人占据了皮囊，或是更换了一部分魂魄，不然为何会如此性情巨变？

就好像是从一个极端走向另外一个极端。

少年心细且周密，其实哪怕是离开落魄山后的一路远游，依旧有些不大不小的担忧。

然后就有了城头之上师父与弟子之间的那场训话。这让少年彻底放心了。

只是这会儿，曹晴朗突然有些心虚，说是不告状，好像方才自己也没少在裴钱背后告状啊。

曹晴朗重新屏气凝神，继续刻字。

不知不觉，当年的那个陋巷孤儿，已是儒衫少年自风流了。

陈平安还是没想好要刻什么，只得放下手中素章，把飞剑十五收归气府，转去提笔写扇面。

曹晴朗抬起头，望向陈平安，久久没有收回视线。

陈平安没有抬头，却察觉到了少年的异样，笑道："怎么了？刻错了？那就换一枚印章，从头再来。只是先前刻错的印章，你要是愿意的话，就收起来，别丢了。"

"不曾刻错。"曹晴朗摇摇头，沉默许久，喃喃道，"遇见先生，我很幸运。"

陈平安哑然失笑，依旧没有抬头，想了想，自顾自点头道："先生遇见学生，也很开心。"

曹晴朗继续埋头刻字。

陈平安写完了扇面，转头问道："刻了什么字？"

曹晴朗赶紧抬起一只手，遮挡印章，道："尚未刻完，先生以后会知道的。"

陈平安笑了笑，这个学生，与当下肯定正忙着溜须拍马的开山大弟子，不太一样。

曹晴朗坐姿端正，神色专注，刻字一丝不苟，心定气闲手极稳。

以先生相赠的刻刀写篆文，下次离别之际，再赠送先生手中这方印章。

曹晴朗尚未刻完，中途闭上眼睛，脑海中浮现出一幅想象已久的美好画卷，心中所想便是手上所写。

"先生独坐，春风翻书。"

酒铺里来了位生面孔的少年郎，要了一壶最便宜的酒水。

铺子今天生意格外冷清，是难得的事情，故而那位俊美如谪仙人的白衣少年，运气相当不错，还有酒桌可坐。

只不过少年脸色微白，好像身体抱恙。

张嘉贞拎了酒壶酒碗过去，外加一碟酱菜，说："客人稍等，随后还有一碗不收钱的阳春面。"

那位客人开了酒壶，使劲闻了闻，再手托酒碗，看了眼酱菜，抬起头，用纯正的剑气长城方言问道:“这么大的酒碗,这么香的仙家酒酿,还有让人白吃的酱菜和阳春面?当真不是一枚小暑钱,只是一枚雪花钱?天底下有这么做买卖的酒铺?与你这小伙计事先说好,我修为很高,靠山更大,想要对我耍那仙人跳,门都没有。”

张嘉贞听多了酒客酒鬼们的牢骚,嫌弃酒水钱太便宜的,还是第一回,应该是那些来自浩然天下的外乡人了,不然在自己家乡,哪怕是剑仙,或是太象街和玄笏街的高门子弟,无论在什么酒肆酒楼,也都只有嫌价钱贵和嫌弃酒水滋味不好的。张嘉贞便笑道:“客人放心喝,真的只是一枚雪花钱。”

白衣少年将那壶酒推远一点,双手笼袖,摇头道:“这酒水我不敢喝,太便宜了,肯定有诈!”

隔壁桌上的一位老剑修,趁着四下酒桌旁的人不多,端着空酒碗坐在那白衣少年身边,嘴上笑呵呵道:“你这外乡崽儿,虽然会说咱们这儿的话,实在瞧着面生,不喝拉倒,这壶酒我买了。”

少年给他这么一说,伸手按住酒壶,问道:“你说买就买啊,我像是个缺钱的人吗?”

老剑修有些无奈,二掌柜一向眼光毒辣心更黑啊,怎么挑了这么个初出茅庐拎不清好坏的托儿?老剑修只得以心声问道:“小道友也是自家人吧?唉,瞧你这倒忙帮的,这些言语,痕迹太过明显了,是你自作主张的主意?想必二掌柜不会教你说这些。”

果不其然,就有个只喜欢蹲路边喝酒,偏不喜欢上桌饮酒的老酒鬼老赌棍,冷笑道:“那黑心二掌柜从哪里找来的雏儿帮手,你小子是第一回做这种昧良心的事?二掌柜就没与你耳提面命来着?也对,如今挣着了金山银山的神仙钱,不知躲哪角落偷着乐数着钱呢,是暂时顾不上培养那酒托儿了吧。老子就奇了怪了,咱们剑气长城从来只有赌托儿,好嘛,二掌柜一来,别开生面啊,咋个不干脆去开宗立派啊。”

说到这里,今天正好输了一大笔闲钱的老赌棍转头笑道:“叠嶂,没说你,若非你是大掌柜,柳爷爷就是穷到了只能喝水的份上,一样不乐意来这边喝酒。”

叠嶂笑了笑,不计较。用陈平安的话说,酒客骂他二掌柜随便骂,骂多了费口水,容易多喝酒。但是那些骂完了一次就再也不来喝酒的,纯粹就是只花一枚雪花钱来撒泼,那就劳烦大掌柜帮忙记下名字或是相貌,以后他二掌柜必须找个弥补的机会,和和气气,与对方一笑泯恩仇。

很快就有酒桌客人摇头道:“我看咱们那二掌柜缺德不假,却还不至于这么缺心眼,估摸着是别家酒楼的托儿,故意来这边恶心二掌柜吧。来来来,老子敬你一碗酒,虽说手段是拙劣了些,可小小年纪,胆子极大,敢与二掌柜掰手腕,一条英雄好汉,当得起我敬这一碗酒。”

大掌柜叠嶂刚好经过那张酒桌,伸出手指,轻轻敲击桌面。

那客人悻悻然放下酒碗,挤出笑容道:“叠嶂姑娘,咱们对你真没有半点成见,只是惋惜大掌柜遇人不淑来着。算了,我自罚一碗。”

被叠嶂姑娘冤枉了不是?这汉子既憋屈又心酸啊,老子这是得了二掌柜的亲自教诲,私底下拿到了二掌柜的锦囊妙计,只在“过白即黑,过黑反白,黑白转换,神仙难测”的仙家口诀上使劲,是正儿八经的自家人啊。

只是这汉子再一想,算了,反正每次二掌柜偷偷坐庄,事后二掌柜都会偷偷分赃送钱,不对,是分红,什么分赃。至于最终会给多少钱,规矩也怪,全是二掌柜自己说了算,汉子这般的“道友”只管收钱。二掌柜一开始就明言,给多了无须道谢,来铺子这边多掏钱喝酒就是了,给少了更别抱怨,分钱是情分,不分是本分,谁要是不讲究,那么大晚上走夜路就小心点,黑灯瞎火醉眼蒙眬的,谁还没个磕磕碰碰?

如今在这小酒铺喝酒,不修点心,真不成。不过时日久了,喝酒就喝出些门道了,其实也会觉得极有意思,比如如今在这铺子里的饮酒之人,都喜欢你看我一眼,我瞥你一眼,都在找那蛛丝马迹,试图辨认对方是敌是友。

这汉子觉得自己应该是二掌柜众多酒托儿里,辈分高的,修为高的,悟性好的,不然二掌柜不会暗示他,以后要让信得过的道友坐庄,专门押注谁是托儿谁不是,这种钱,没有道理给外人挣了去。至于这里面的真真假假,反正既不会让某些不得不暂时停工的自家人亏本,二掌柜还保证身份暴露之后,可以拿到手一大笔“抚恤钱”,同时可以让某些道友隐藏得更深。至于坐庄之人如何挣钱,其实很简单,他会临时与某些不是道友的剑仙前辈商量好,用自己实打实的香火情和脸面,帮着故布疑阵,总之绝不会坏了坐庄之人的口碑和赌品。道理很简单,天底下所有的一棍子买卖,都不算好买卖。我们这些修道之人,板上钉钉的剑仙人物,岁月悠悠,人品不过硬怎么行?

二掌柜的最后一句话,汉子当时听了还真没脸去附和什么,可前面所有的话语,汉子还是深以为然的。

汉子喝着酒,晒着日头,不知为何,起先只觉得这儿的酒水不贵,喝得起,如今真心觉得这竹海洞天酒,滋味蛮好。

崔东山掏出一枚雪花钱,轻轻放在酒桌上,开始喝酒。

若问探究人心细微,别说是在座这些酒鬼赌棍,恐怕就连他的先生陈平安,也从来不敢说能够与学生崔东山媲美。

世间人心,时日一久,只能是自己吃得饱,独独喂不饱。

先生在剑气长城这一年多,所作所为,看似杂乱无章,在崔东山看来,其实很简单,并且没有半点人心上的拖泥带水,无非是假物、借势两事。

这与书简湖之前的先生,是两个人。

假物,是那酒铺,酒水,酱菜,阳春面,对联横批,一墙壁的无事牌,《百剑仙印谱》《皕剑仙印谱》,折扇纨扇。

借势，是包括齐狩、庞元济在内的守关四人，是陈三秋、晏琢这些高门子弟，是整座宁府，是文圣弟子的头衔，是师兄左右，是那中土神洲豪阀女子郁狷夫，是所有来此饮酒、题字在无事牌上的剑仙，是数量更多的众多剑修，是那些所有花钱买了印章、扇子的剑气长城人氏。

做成了这两件事，就可以在自保之外，多做一些别的事。

自保，保的是身家性命，更要护住本心。愿不愿意多想一想，我之一言一行，是否无害于人世，且不谈最终能否做到，只说愿意不愿意，就会是云泥之别的人与人。不想这些，也未必会害人，可只要愿意想这些，自然会更好。

在崔东山看来，自己先生，如今依旧停留在善善相生、恶恶相生的这个层面，一圈圈打转，看似鬼打墙，只能自己消受其中的忧心忧虑，却是好事。

至于善善生恶的可能性，与恶恶生善的可能性，先生还是尚未多想。当初在泥瓶巷祖宅外，他这个学生，为何在提及那嫁衣女鬼一事时，故意要把一件原本简单的事说得那么复杂，让先生为难？他崔东山又不是吃饱了撑的，自然是有些用心的，先生也肯定知道他用心不坏，却暂时未知深意罢了。

但是没关系，只要先生步步走得稳当，慢些又何妨，举手投足，自然会有清风入袖，明月在肩。

利人，绝不能有那施舍嫌疑，不然白给了又如何，他人未必留得住，反而白白增加因果。益世，在剑气长城，就只能看那命了，或者说要看蛮荒天下答应与否了。

不违本心，掌握分寸，循序渐进，思虑无漏，尽力而为，有收有放，得心应手。

乍一看，极有嚼头。

先生陈平安，到底是像齐静春更多，还是像崔瀺更多？

老王八蛋崔瀺为何后来又造就出一场书简湖问心局，试图再与齐静春拔河一场，分出真正的胜负？

还不是看中了他崔东山的先生，陈平安走着走着，最终好像与他崔瀺才是真正的同道中人？这岂不是天底下最有意思的事情？所以崔瀺打算让已死的齐静春无法认输，但是在崔瀺心中却可以正大光明地扳回一场，你齐静春生前到底能不能想到，挑来挑去，结果就只是挑了另外一个“师兄崔瀺”而已？到时候崔瀺便可以讥笑齐静春在骊珠洞天思来想去一甲子，最终觉得能够“可以自救并且救人之人”，竟然不是齐静春自己，原来还是他崔瀺。

谁输谁赢，一眼可见。

老秀才先前为何要将老王八蛋崔瀺，与我崔东山的魂魄分开，不也一样是以其人之道还治其人之身？让崔瀺知晓他之所念所想，依旧不算全对？

大概这就是臭棋篓子老秀才，一辈子都在藏藏掖掖、秘不示人的独门棋术了吧。

而那出身于藕花福地的裴钱，当然也是老秀才的无理手。

崔东山喝过了一碗酒，夹了一筷子酱菜，确实稍稍咸了点，先生做生意还是太厚道，费盐啊。

观道观，道观道。

老秀才希望自己的关门弟子，观的只是人心善恶吗？远远不止。

知道了人心善恶又如何，他崔东山的先生，早就走在了那与己为敌的道路上，知道了其实也就只是知道了，裨益当然不会小，却依旧不够大。

老秀才真正的良苦用心，还有希望多看看那人心快慢，延伸出来的万千可能性，这其中的好与坏，其实就涉及更为复杂深邃，好像更加不讲理的善善生恶、恶恶生善。

这就又牵扯到了早年一桩陈芝麻烂谷子的旧事。

当年齐静春再也不愿与师兄崔瀺下棋，就跑去问先生，天底下有没有一种棋局，对弈双方，都可以赢。

当时老秀才正在自饮自酌，刚偷偷从长凳上放下一条腿，摆好先生的架子，听到了这个问题后，哈哈大笑，呛了好几口，不知是开心，还是给酒水辣的，差点流出眼泪来。

当时一个傻大个在眼馋先生桌上的酒水，便随口说道："不下棋，便不会输，不输就是赢，这跟不花钱就是挣钱，是一个道理。"

左右当时正提防着傻大个偷酒喝，他的答案是："棋术足够高，可以赢棋，却输得神鬼不知，就都算赢了。"

崔瀺坐在门槛上，斜靠大门，笑眯眯道："不破坏规矩的前提下，只有棋盘无限大，才有这种可能性，不然休作此想。"

当时屋子里那个唯一站着的青衫少年，只是望向自己的先生。

老秀才便笑道："这个问题有点大，先生我想要答得好，就得稍微多想想。"

齐静春便点头道："恳请先生快些喝完酒。"言下之意，先生喝完了酒，便应该有答案了。

老秀才笑着点头，一副胸有成竹的样子，结果一喝完酒，就开始摇摇晃晃起身，使劲憋出了脸红，装那醉酒，午睡去了。

此时，崔东山放下筷子，看着方方正正如棋盘的桌子，看着桌子上的酒壶酒碗，轻轻叹息一声，起身离开。

到了宁府大门，手持一根普通绿竹行山杖的白衣少年轻轻敲门。

纳兰夜行开了门。

少年笑道："纳兰爷爷，先生一定经常说起我吧，我是东山啊。"

纳兰夜行只知道此人是自家姑爷的学生，却真不知道是个长得好看却脑子不太好使的，可惜了。

姑爷先前领着进门的那两个弟子、学生，瞧着就都很好啊。

在纳兰夜行关上门后，崔东山一脸疑惑道：“纳兰爷爷明摆着是飞升境剑修的资质，咋个才是玉璞境，难不成是给那万年不出的老妖怪偷袭，受重伤了？这等事迹，为何不曾在浩然天下流传？”

纳兰夜行笑呵呵，不跟脑子有坑的家伙一般见识。

崔东山抖了抖袖子，摸出一颗浑圆泛黄的古旧珠子，递给纳兰夜行，道：“巧了，我有一颗路边捡来的丹丸，虽然很难帮着纳兰爷爷重返仙人境，但是缝补玉璞境，说不定还是可以的。”

纳兰夜行瞥了眼，没看出那颗丹丸的深浅，礼重了，没道理收下，礼轻了，更没必要客气，于是笑道：“心领了，东西收回去吧。”

崔东山没有收回手，微笑补充了一句道：“是在白帝城彩云路上捡来的。”

纳兰夜行以迅雷不及掩耳之势，从那白衣少年手中抓过丹丸，藏入袖中，想了想，还是收入怀中好了，嘴上却埋怨道：“东山啊，你这孩子也真是的，跟纳兰爷爷还送什么礼，生分。”

崔东山一脸惊讶，伸出手，道：“显得生分？岂不是晚辈画蛇添足了，那还我。”

纳兰夜行伸手轻轻推开少年的手，语重心长道：“东山啊，瞧瞧，如此一来，更生分了不是。”

少年好像被老人说服了，便转身跑向宁府门口，自己开了门，跨过门槛，这才转身伸手，又道：“还我。”

纳兰夜行倒抽一口冷气，好家伙，准没错，真是那姑爷的得意学生，说不定还是得了全部真传的那种。

纳兰夜行装聋作哑扮瞎子，转身就走。这宁府爱进不进，门爱关不关。

崔东山转守身，关了门，快步跟上纳兰夜行，轻声道：“纳兰爷爷，这会儿晓得我是谁了吧？”

纳兰夜行微笑道：“东山啊，你是姑爷最出息的学生吧？”

崔东山愧疚道：“只恨在那白帝城彩云路上只捡了一颗啊。”

一瞬间，崔东山伸出双指，挡在脑袋一侧。

纳兰夜行笑了笑，道：“如此一来，我便安心收下了。”

崔东山收起手，轻声道：“我是飞升境修士的事情，恳请纳兰爷爷莫要声张，免得剑仙们嫌弃我境界太低，给先生丢脸。”

纳兰夜行有些心累，甚至都不是因为那颗丹丸本身，而在于双方见面之后，崔东山的言行举止，自己都没有猜中一次。

只说自己方才祭出飞剑吓唬这少年,对方既然境界极高,那么完全可以视而不见,或是竭力出手,抵挡飞剑。可这家伙,却偏要伸手阻挡,还故意慢了一线,双指并拢触及飞剑,不在剑尖剑身,只在剑柄。

纳兰夜行忧心忡忡。

崔东山与老人并肩而行,环顾四周,嬉皮笑脸地随口说道:“我既然是先生的学生,纳兰爷爷到底是担心我人太坏呢,还是担心我先生不够好呢?是相信我崔东山脑子不够用呢,还是更相信自己的姑爷思虑无错呢?到底是担心我这个外乡人的云遮雾绕呢,还是担心宁府的底蕴,宁府内外一位位剑仙的飞剑,不够破开云海呢?一位落魄了的上五境剑修,到底是该相信自己飞剑杀力大小呢,还是相信自己的剑心足够清澈无垢呢?到底是不是我这么说了之后,原本相信的就不那么相信了呢?”

纳兰夜行神色凝重。

崔东山啧啧感慨道:“气力大者,就总是觉得为人处世可以省心省力,这样不太好啊。”

纳兰夜行紧皱眉头。

崔东山瞥了眼不远处的斩龙崖,意味深长道:“先生在,事无忧。纳兰老哥,我们兄弟俩要珍惜啊。”

纳兰夜行一路上不言不语。

到了姑爷那栋宅子,裴钱和曹晴朗也在,崔东山便又改称呼为“纳兰爷爷”,作揖道了一声谢。

纳兰夜行笑着点头,对屋内起身的陈平安说道:“方才东山与我一见如故,差点认我做了兄弟。”

陈平安微笑点头:“好的,纳兰爷爷,我知道了。”

裴钱偷偷朝门口的大白鹅伸出大拇指。

崔东山一脸茫然道:“纳兰爷爷,我没说过啊。”

纳兰夜行笑眯眯道:“到底是你家先生相信纳兰老哥我呢,还是相信崔老弟你呢?”

崔东山一手捂住额头,摇摇晃晃起来,道:“方才在铺子里喝酒太多,我说了什么,我在哪里,我是谁……”

裴钱刚刚放下的大拇指,又抬了起来,而且是双手大拇指都跷了起来。

纳兰夜行走了,很是神清气爽。

陈平安瞪了眼崔东山。

崔东山坐在门槛上,道:“先生,容我坐这儿吹吹凉风,醒醒酒。”

陈平安坐回位置,继续题写扇面,曹晴朗也在帮忙。

裴钱想要帮忙来着,师父不让,她便独自坐在隔壁桌上,面朝大门和大白鹅那边,挤眉弄眼，伸手指了指桌上两样之前师娘赠送的物件。

当时裴钱没有与师娘客气，大大方方挑了两件礼物，一串不知材质的念珠，篆刻有一百零八人，古色古香。

一对棋盒，一打开盖子，装有白子的棋盒便有云蒸霞蔚的气象，装有黑子的棋盒则乌云密布，隐约之间有老龙布雨的景象。

念珠的珠子多，棋盒里边的棋子更多，品秩什么的，根本不重要，裴钱一直觉得自己的家底，就该以量取胜。

下次跟李槐斗法，看李槐还怎么赢。

崔东山笑着点头，抬起一手，轻轻做出击掌姿势，裴钱早就与他心有灵犀，抬手遥遥击掌。

裴钱盘腿坐在长凳上，摇晃着脑袋和肩头。

背对着裴钱的陈平安说道："坐有坐相，忘了？"

裴钱立即像是被施展了定身法。

崔东山斜靠着房门，笑望向屋内三人。

裴钱自顾自乐呵。如今她只要遇见了寺庙，就要去给菩萨磕头。

尤其是在南苑国京城时，她经常去小相寺，只是不知为何，她双手合十的时候，手心并不贴紧严实，好像小心翼翼兜着什么。

种秋说，她如今多出了一个已经不是朋友的朋友，当然不是如今还是好朋友的陈暖树和周米粒，也不是老厨子、老魏、小白，而是一个在南苑国京城土生土长的姑娘，前些年刚刚嫁了人。裴钱离开莲藕福地之前，去找了她，认了错，但是那个姑娘明明认出了身高、相貌变化不大的裴钱，那个有钱人家的姑娘，就只是假装不认识，好像也并没有说接受或是不接受裴钱的歉意，因为在害怕。裴钱离开后，背着曹晴朗，偷偷找到了种秋，请求种夫子帮她做一件事，种秋答应了，裴钱便问这样做对吗，种秋说没有错便是了，也未说好，更未说此举能否真正改错，只说让她自己去问她的师父。当时裴钱却说她如今还不敢说这个，等她胆子再大些，等师父再喜欢她多一些，才敢说。

曹晴朗在用心写字。

很像一个人，做什么事，永远认真。所以更需要有人教他，什么事情其实可以不较真，千万不要钻牛角尖。

只是不知道如今的曹晴朗，到底知不知道，他先生为何当个走东走西的包袱斋如此认真，在这份认真当中，又有几分是因为对他曹晴朗的愧疚，哪怕曹晴朗的人生苦难，与先生并无关系。

很多事情，很多言语，崔东山不会多说，有先生传道授业解惑，学生弟子们，听着看着便是。至于先生，这会儿还在想着怎么挣钱吧？

屋内三人，在某件事上，其实很像——那就是父母远去“他乡”再也不回的时分，他们当时都还是个孩子。

先生的爹娘走得最早，然后是裴钱，再然后是曹晴朗。

屋内三人，应该曾经都很不想长大，又不得不长大吧。

崔东山没有走入屋子，只是坐在门槛这边，将那根行山杖横放在膝上。独自一人，难得偷个闲，发个呆。

突然，陈平安一拍桌子，吓了曹晴朗和裴钱一大跳，陈平安气笑道：“写字最好的那个，反而最偷懒！”

曹晴朗一脸恍然，点头道：“有道理。”

裴钱一拍桌子，呵斥道：“放肆至极！”

崔东山连忙起身，手持行山杖，跨过门槛，嘴里应道：“好嘞！”

陈平安站起身，坐在裴钱旁边，微笑道：“师父教你下棋。”

裴钱使劲点头，捧起棋盒，轻轻摇晃，道：“好嘞！大白鹅……是个啥嘛，是小师兄！小师兄教过我下棋的，我学棋贼慢，如今让我十子，才能赢过他。”

陈平安笑容不变，只是刚坐下就起身，道：“那就以后再下，师父去写字了。愣着做什么，赶紧去把小书箱搬过来，抄书啊！”

裴钱“哦”了一声，飞奔出去，很快就背来了那只小竹箱，却发现师父站在门口，看着自己。

裴钱在门口一个蓦然站定，仰头疑惑道：“师父在等我啊？”

陈平安笑道：“记得当年某人拎着水桶去提水，可没这么快。”

裴钱的神色有些慌张。

陈平安伸手揉了揉她的脑袋，笑道：“师父与曹晴朗，那会儿都能等你回家，如今当然更能等了。”

崔东山抬起头，哀怨道：“我才是与先生认识最早的那个人啊！”

裴钱立即开心笑道：“我比曹晴朗更早些！”

曹晴朗转头望向门口，只是微笑。

裴钱立即对大白鹅说道：“争这个有意思吗？嗯？”

崔东山举起双手，做投降状道：“大师姐说得对。”

陈平安一拍裴钱脑袋，吩咐道：“抄书去。”

最后反而是陈平安坐在门槛那边，拿出养剑葫芦，开始喝酒。

屋内三人，各自看了眼门口的那个背影，便各忙各的去了。

陈平安突然道：“曹晴朗，回头我帮你也做一根行山杖。”

曹晴朗回头道：“先生，学生有的。”

陈平安没有转头，笑道："那也不是先生送的啊。不嫌弃的话，对面厢房那根，你先拿去。"

曹晴朗想了想，点头道："只要不是草鞋，都行。"

崔东山翻了个白眼，嘀咕道："人比人，气死人。"

裴钱写完了一句话，停笔间隙，偷偷做了个鬼脸，嘀咕道："气杀我也，气杀我也。"然后裴钱瞥了眼搁在桌上的小竹箱，心情大好，反正小竹箱就只有我有。

陈平安背对着三人，笑眯起眼，透过天井望向天幕。今天的竹海洞天酒，还是好喝，如此佳酿，岂可赊账。

陈平安喝了一口酒，一手持酒壶，一手轻轻拍打膝盖，喃喃自语道："贫儿衣中珠，本自圆明好。"

崔东山微笑着，也像是在自言自语道："不会自寻求，却数他人宝。数他宝，终无益。"

曹晴朗也会心一笑，跟着轻声续上后文："垢不染，光自明，无法不从心里生……出言便作狮子鸣。"

裴钱停下笔，竖起耳朵，她都快要委屈死了，不晓得师父与他们在说个啥，书上肯定没看过啊，不然她肯定记得。

裴钱哀叹一声，道："那我就臭豆腐好吃吧。"

陈平安眼睛一亮，重重一拍膝盖，大声笑道："阳春面可以不要钱，这臭豆腐得收钱！"

接下来两旬光阴，裴钱不太开心，因为崔东山强拉着她离开宁府四处乱逛，而且身边还跟着个曹木头。

三人一起逛过了城池大街小巷，去远远看了眼海市蜃楼，然后就一路南下。大白鹅还喜欢绕远路，经过一栋栋剑仙住过的宅子，这才去了城头，还是徒步而走。若是师父在，莫说是走，爬都行啊，可既然师父不在，裴钱就几次暗示他祭出符舟渡船，在天上看地下，看得更真切些。但是崔东山没答应，而一旁的曹晴朗也没这意思，只是当哑巴，这让裴钱觉得有些势单力薄。

曹晴朗原本是打算在宁府里安心修行，就像种先生如今每天都在演武场那边缓缓而行，一走就能走好几个时辰。所以当崔东山敲门喊他出门时，曹晴朗就想拒绝，毕竟先生专门为自己挑选此处作为修行之地，不可辜负先生的用心。

但是崔东山摇摇头，意思很明显。曹晴朗略作思量，便答应下来。崔东山让他记得带上先生赠送给他的行山杖，曹晴朗便带上了这根陪着先生走过千山万水，走过足足半座北俱芦洲的行山杖。崔东山自己也有，只是寻常绿竹，却又不寻常。裴钱那根行山杖，相对材质最佳最值钱。大白鹅道破玄机后，才让裴钱放弃了背上小竹箱出门的打算。

在城头上，他们一行三人中走在更高处的曹晴朗望向崔东山，崔东山笑言：“在这剑气长城，高不高，只看剑。”

曹晴朗这才放弃了跳下城头落在走马道的念头。裴钱走在靠近南边的城头上，一路上见过了许多有意思的剑仙。有一位彩衣剑仙在散步，有剑却不佩剑在腰，剑无鞘，剑穗极长，剑穗一端系在腰间，长剑拖曳在地，剑尖及锋刃与城头地面摩擦，剑气流转，清晰可见。裴钱想要多看，又不敢多看。

崔东山与裴钱笑言，多看看无妨，这是在浩然天下难见到的风光，剑仙大人不会怪罪你的。

裴钱这才敢多看几眼。

那位彩衣剑仙只是低头沉思，果然不计较一个小姑娘的打量，更不计较三人走在高处。

崔东山自然知晓此人根脚，玉璞境瓶颈剑修吴承霈，本命飞剑名为“甘露”，剑术最适宜收官战，理由很简单，大地之上鲜血多。

吴承霈性情孤僻，相貌看似年轻，实则年岁极大，道侣曾被大妖以手捏碎头颅，大妖大嘴一张，生吞了女子魂魄。吴承霈曾在终其一生一人苟活和死得毫无意义之间天人交战。

那头大妖后来在战场上身负重伤，便躲在蛮荒天下腹地的某个洞窟休养，隐匿不出，再不愿出现在战场上。最后那头大妖被人斩杀，头颅被丢在吴承霈脚边，那人只与吴承霈笑言一句：“顺路而为，请我喝酒。”

三人还遇到了一位好似正在出剑与人对峙厮杀的剑仙，老人背朝南方，面朝北边，盘腿而坐，正在饮酒，一手掐剑诀。在南北城头之间，横亘有一道不知道该说是雷电还是剑光的玩意儿，粗如龙泉郡的铁锁井井口。此时剑光绚烂，星火四溅，不断有闪电砸在城头走马道上，如千百条灵蛇游走，最终没入草丛消失不见。

裴钱畏惧不敢前行，老人笑道：“晓不晓得这儿的规矩，有酒就能过路，不然就靠剑术胜我，或是御剑出城头，乖乖绕道而行。”

崔东山微笑道：“我家先生，是那二掌柜。”

“上梁如此不正，下梁竟然也不算歪，奇怪奇怪。”老人随即怒道，“那就得两壶酒了！”

崔东山笑着向那位剑仙老者抛出两壶酒。

老人名为赵个簃，坐在北边城头上与赵个簃对峙之人，却是位从玉璞跌境至元婴境的剑修程荃，双方是死对头。

除了像今天这样，赵个簃压境，与程荃双方各自以剑气对撞之外，两位出生在同一条陋巷的老人，有时还会隔着一条走马道隔空对骂，听说私底下他们喝了酒后，甚至会相互吐口水。

拿了酒，剑仙赵个簃剑诀之手微微上抬，如仙人手提长河，将那条拦路剑气往上抬升，赵个簃没好气道："看在酒水的分上。"

崔东山三人跳下城头，缓缓前行。曹晴朗仰起头，看着那条剑气浓郁如水的头顶河流，少年的脸庞被光芒映照得熠熠生辉。

裴钱躲在崔东山身边，扯了扯大白鹅的袖子，催道："快些走啊。"

崔东山笑道："大师姐，别给你师父丢脸嘛。"

裴钱攥紧手中行山杖，战战兢兢，摆出那走路嚣张妖魔慌张的架势，只是手脚动作略显僵硬。

过了那条头顶溪流，走远了，被吓了个半死的裴钱一脚踹在大白鹅小腿上。明明力道不大，大白鹅却整个人腾空而起，摔在地上，身体蜷缩，抱腿打滚。

裴钱与大白鹅是老交情了，根本不担心这个，裴钱只是转头望向曹晴朗。

曹晴朗目视前方，赶紧道："什么都没看见。"

裴钱松了口气，然后笑嘻嘻问道："那你看见方才那条小溪里边的鱼儿了吗？不大哦，一条金色的，一条青色的？"

曹晴朗摇摇头。

裴钱扯了扯嘴，不屑道："呵呵，还是修道之人哩。"

曹晴朗不以为意。

关于自己的资质如何，曹晴朗心里有数。当年魔头丁婴为何会住在状元巷附近的那栋宅子，又为何最终会选择在他曹晴朗家里落座，种先生早就与他原原本本说过详细缘由，是因为丁婴最早猜测南苑国京城几个修道种子所居，是那位镜心斋女子大宗师的藏身之地，他曹晴朗便是其中之一。

那会儿家乡的那座天下，灵气稀薄，当时真正修道成仙的人，唯有丁婴之下第一人，返老归童的御剑仙人俞真意。但是既然自己能够被视为修道种子，曹晴朗就不会妄自菲薄，当然更不会妄自尊大。事实上，后来藕花福地一分为四，天降甘露，灵气如雨纷纷落在人间，许多原本在光阴长河当中漂浮不定的修道种子，就开始在适宜修行的土壤里，生根发芽，开花结果。

但是就像后来偷偷传授他仙家术法的陆先生亲口所说，有那天恩地造爹娘生养的根骨天资，只是第一步，得了机缘站在山脚，才是第二步，此后还有千万步的登山之路要走，你只有走得足够稳当，才有机会找到陈平安，去与他道一声谢，询问他此后百年千年，你能否与其大道同行。

崔东山看了眼裴钱，这位名义上的大师姐。裴钱能靠天赋观他人人心，他崔东山犹然不止这些，他不但会看人心，且知晓人心深处他人自己不知处。

裴钱的记性、习武、剑气十八停，到后来的抄书见大义而浑然不觉，再到跨洲渡船上与他学下棋，事实证明：只要裴钱愿意做，她就可以做得比谁都好；只要是她想要学的，真正想要去一探究竟的，就会学得极快。

但这都不算是裴钱最大的能耐。裴钱最厉害的地方，在于切断念头，并且自行设置心路上的关隘，不去多想，“我不愿多想，念头便不来”。最直观的体现，就是裴钱当年与先生认了师父弟子之后，尤其是到了落魄山，裴钱就开始停滞生长，无论是身高，还是心性，好像就“定”在那里了。

个子总是不高，总是小黑炭一个。那么裴钱的无忧无虑，就是真的无忧无虑。

但只要是无关隘处，裴钱的心神念头，往往就像是天地无拘的惊人境界，转瞬之间一去千万里。

心猿意马不可拘押、无法束缚？修道之人，战战兢兢，如文弱书生，蹒跚而行，大道多险阻，多有匪寇隐匿在旁，可对于裴钱而言，根本无此顾虑。

直到练拳之后，裴钱便立即发生了天翻地覆的变化，开始蹿个儿，开始长大，一往无前。

这显然又是一个极端。

这很好，却又藏着不小的麻烦和隐患，因为裴钱心目中的“大人裴钱”，只是她心中自己师父心目中的“弟子裴钱”。

故而某种程度上来说，裴钱此定非真定，裴钱此心非真心。

她这一路，走得太快了，腾云驾雾一般，她的心湖之上，只有一座尚未接地的空中阁楼。

如果不是她的师父，有意无意，一直带着她徒步，跋山涉水，小心翼翼地以一两个最简单的道理、最朴素的规矩放在她的“心头小竹箱”里，裴钱就会像一个随时会炸开的爆竹，那么未来学拳越多，武道境界走得越远，爆竹威力越大，总有一天，有着极大可能会捅出一个天大的马蜂窝，害人害己。

如今裴钱改变颇多，哪怕她独自走江湖，先生其实都不太担心她会主动伤人，而是怕有他人犯错，而且错得确实明显，然后裴钱只是一个没忍住，便以我之大错碾压他人小错，这才是最揪心的结果。

先生传道，真是什么简单事？

浩然天下，何其复杂，生生死死何其多，不是那鸡鸣犬吠的市井乡野，而是有那天崩地裂，有那翻江倒海，种种连他陈平安都很难定善恶的意外，所以陈平安对裴钱如何敢真正放心。

先生为了这位开山大弟子，可谓修心多矣。

他们很快经过了一拨坐在地上练剑的剑修。

裴钱眼尖，看到了那个名叫郁狷夫的中土神洲豪阀女子，坐在城头前面的道路上嚼着烙饼。

崔东山双手抱住后脑勺，挺起胸膛，目中无人唯有天的走路姿势，半点不比大师姐的金字招牌姿势差。

裴钱并不知道大白鹅在想些什么，应该是一口气遇到了这么多剑修，心肝颤偏要假装不害怕吧。

裴钱对郁狷夫的印象其实不坏，这个女子挺大气的。原因很简单，当初郁狷夫问拳落败，被师父按着脑袋撞墙，她也没生气啊。

要是岑鸳机和白首都有这样的心胸就好了。

城头足够宽阔，郁狷夫头也没抬，只是眺望南方的广袤天地。

裴钱他们一行各自手持行山杖，依次走过。

坐在蒲团上正在听苦夏剑仙传授剑术的龙门境剑修严律，看了这一行三人一眼，便不再多看。

距离郁狷夫不远处，还有一个看书的少年。

裴钱皱了皱眉头。

崔东山瞥了眼那少年的手中书，微笑点头，很好，也算自己的半个徒子徒孙了，有点小搞头。

林君璧合上书，抬头向三人微微一笑。

崔东山还以微笑，裴钱假装没看见，曹晴朗点头还礼。

曹晴朗自然已经辨认出此人身份，先生在宅子那边刻字题款，轻描淡写讲过两场守关战，不谈善恶好坏，只为三位学生弟子阐述攻守双方的对战心思、出手快慢。

三人远去，林君璧继续翻看那部《彩云谱》。

在剑气长城上，他虽然不愿一鼓作气接连破境，如今境界不高，可依旧是在剑仙苦夏的授意下，为同伴担任半个传道之人，而且他在此练剑，是唯一一个抓住了一缕精粹远古剑意并且能够留在关键气府当中的剑修。包括严律、蒋观澄、朱枚在内半数的先天剑坯，都曾抓住过稍纵即逝的剑意，严律甚至不止一次将其捕获，但是可惜都未能留下。林君璧不曾泄露天机，剑仙苦夏清楚，但也没有道破。

林君璧打算等到自己收集到三缕远古剑仙的遗留剑意，若是其他人依旧无一人成功，才告诉他们自己得了一份馈赠，算是为他们打气，免得坠了练剑的心气。

一行三人每当走到无人处的时候，崔东山就会加快步子，裴钱跟得上，呼吸顺畅，无比轻松，曹晴朗却是一直在吃苦。

走在剑气长城之上，还要跟着崔东山和裴钱一起行走如飞掠，自然比在那宁府宅子里缓缓吐纳，更是煎熬。

崔东山偶尔会停步，让曹晴朗静坐个把时辰。

裴钱百无聊赖，就趴在城头上，托着腮帮望向南边，希望能够看到一两头所谓的大妖。当然让她看到一两眼就行，双方就别打招呼了，无亲无故无冤无仇的，等她回了浩然天下，再回到家乡落魄山，能跟暖树和米粒好好说道说道就成。与她们说那些大妖，好家伙，就站在那堵城头外面，与她近在咫尺，大眼瞪小眼来着，她半点不怕，还要伸长脖子才能看到大妖的头颅，最后更是手持行山杖，耍一套疯魔剑法，凶它一凶。

可惜这一路上走了几天，她都没能瞧见蛮荒天下的大妖。

裴钱趴在城头上，便问崔东山为什么大妖的胆子那么小。

崔东山笑道："不是没有大妖，是有些老剑仙大剑仙的飞剑可及处，比你眼睛看到的地方，还要更远。"

裴钱转头问道："大师伯肯定算其中之一吧？"

崔东山翻白眼做鬼脸，盘腿而坐，身体打摆子。

裴钱轻声说道："大师伯真打你了啊？回头我说一说大师伯啊，你别记仇，能进一家门，能成一家人，咱们不烧高香就很不对了。"

崔东山不喜欢拜菩萨，哪怕会陪着她去大小寺庙，崔东山也从来不双手合十礼敬菩萨，更不会跪地磕头。裴钱便偷偷帮着他一起拜了拜，悄悄与菩萨说了声莫怪罪。

其实城头便已是天上了。

天上大风，吹拂得崔东山白衣飘荡，双鬓发丝飘拂。

不知不觉，突然有些怀念当年的那次游学。人更多些，还是人人背竹箱来着。

记得当时崔东山故意说与小宝瓶他们听，说那书上一位位隐士名垂青史不隐士的故事。

当时李槐是根本没听懂，只是记住了。这就是孩子，最多就是会觉得世道原来如此啊。

谢谢却满脸讥讽。这就是少年少女这般岁数的寻常心思，觉得世道便是如此。事实上，世人岁数一大把了，依旧如此。

但是林守一却说那些真正的隐士，自然不被世人知道，更不会在书上出现了，为何因此而贬低所有的"隐士"？

至于那个红棉袄小姑娘，是想得更远的一个，说得看书上隐士与不知名隐士的各自人数，才能够有准确的定论。

当时还不算自己先生的草鞋少年，只是坐在篝火旁，偶尔加一根枯枝柴火，沉默地听着，然后便悄悄记住了所有人的所有看法。

此时崔东山双手按住行山杖，笑道："大师姐，我先生送你的那颗小木珠子，可要收好了。"

裴钱白眼道："废话少说，烦死个人。"

然后裴钱蓦然而笑，转过身，背对南方，小心翼翼掏出钱袋子，从里面摸出一颗并不算浑圆的小木珠子。

是那天自己立了大功，帮着师父想出了挣钱新门路，师父奖励自己的。师父要她小心收好，自己珍藏很多年了，若是丢了，准保让她吃饱栗暴。

师父的谆谆教诲，要竖起耳朵用心听啊。

崔东山问道："知道这粒珠子的由来吗？"

裴钱摇摇头，摊开手心，托起那粒雕刻略显粗糙的木珠子，上面还有许多歪斜刻痕，好像打造珠子的人，刀法不太好，眼神也不太好。

可这是师父赠送的，所以万金难买，万万金不卖。

唉，若非刀工稍差了些，在她心目中，在她的那座小祖师堂里，这颗珠子，就得是行山杖外加小竹箱的崇高地位了。

崔东山轻声道："这个小玩意儿，可比曹晴朗拿到手的那把刻刀，被你家先生珍藏更久更久了。"

裴钱好奇道："小珠子有大故事？"

崔东山摇头道："没什么大故事，小珠子小故事。"

裴钱说道："话说一半不豪杰啊，快快说完！"

崔东山轻轻抹过膝上绿竹行山杖，说道："是你师父小时候在山上采药间隙，劈砍了一根木头，然后扛回家里，亲手为菩萨做的一串念珠。之后有一次去神仙坟那边拜菩萨，挂在了菩萨神像的手上。后来很久没去了，再去的时候，风吹日晒雨打雪压的，菩萨手上便没了那串念珠，你师父只在地上捡回了这么一颗。这么多年，一直藏在某个小陶罐里，每次出门，都不舍得带在身边，怕又丢了。所以师父要你小心收好，你就要真的小心收好。"

裴钱攥紧手心，低下头。那一幅光阴长河走马图上的这一段小画卷，是崔东山当年故意截取藏好了，有心不给她看的。

崔东山继续道："先生小时候，求菩萨显没显灵？好像应该算是没有吧。但是先生此生，可曾因为自己遭遇的苦难，而去怨天尤人？先生远游千万里，可曾有一丝一毫的害人之心？我不是非要你学先生为人处世，没必要，先生就是先生，裴钱就是裴钱，我只是要你知道，天底下，到底还是有那些不为人知的美好，可能是我们即便瞪大眼睛，都一辈子无法看到、知道，所以我们不能就只看到那些不美好。"

崔东山笑道："凡夫俗子拜菩萨求菩萨，那么我问你，菩萨持念珠，又是在与谁求？"崔东山自问自答道："自求而已。"

曹晴朗突然开口说道："先生家乡的那座大学士坊，便有'莫向外求'四字匾额。"

崔东山点头道："诸多道理，根本相通。我们儒家学问，其实也有一个自我内求、往深处求的过程。问题也有，那就是以前读书看书是有大门槛的，可以读上书做学问的，往往家境不错，不太需要与鸡毛蒜皮和柴米油盐打交道，也不需要与太过底层的利益得失较劲。只是随着时间推移，读书人越多，以往学问便不够用了，因为圣贤道理，只教你往高处去，不会教你如何挣钱养家糊口啊，不会教你如何与坏人好似打架一般的斗心啊，一句'亲君子远小人'，就六个字，我们后人够用吗？我看道理是真的好，却不太管用啊。

"几乎每一代的读书人，总觉得自己所处的当下世道太不好，骂天骂地，怨人怨己，是不是因为岁数一大，人生路长了，见过了更多的不美好，对于苦难的理解更深刻了，才有这种悲观的认知呢？事实上许多苦难，是没人说过的，书上不会写的，就算写了也字数不多的。

"美好之人事与诸多切肤之痛，好像前者自古以来就不是后者的敌手，并且后者从来是以寡敌众，却能次次大胜。"

裴钱默不作声。

曹晴朗停了修行，开始修心。

崔东山破天荒有些疲惫神色，接着道："不是道理当真不好不对，就因为太好太对难做到，做不到的，便总有很多人，不怨身边无理之人事，反而去怨怼道理与圣贤，为何？书上道理不会说话，万一圣贤听见了也不会如何啊。怎么办呢？那就出现了许多意思折中的老话，以及茫茫多的'俗话说'，比如那句'宁惹君子不惹小人'。有道理吗？好像深思了便总觉得哪里不对。没有道理吗？怎么可能没有，天下世人，几乎所有人，都是实实在在要过日子的人，所有的家底和香火，是一枚枚铜钱积攒起来的，所以这么一想，这句话简直就是金玉良言。"

崔东山后仰倒去，继续说："我最烦那些聪明又不够聪明的人，既然都坏了规矩得了便宜，那就闭嘴好好享受到了自家兜里的利益啊，偏要出来抖搂小机灵。裴钱，曹晴朗，你知道小师兄，最早的时候，在心境另外一个极端，是如何想的吗？"

裴钱摇摇头。

曹晴朗说道："不敢去想。"

崔东山笑道："那就是拉着所有的天地众生，与我一起睡去吧。"

裴钱一手握住那颗念珠，一手一把扯住大白鹅的袖子，满脸畏惧，却眼神认真道："你不可以这么做！"

曹晴朗安慰道："大师姐，没听到小师兄是怎么说的吗？'最早的时候'，许多想法有过，再来改过，反而才是真正少去了那个'万一'。"

"我之心中道德大快意，管你世道不堪多涂潦。"崔东山自嘲道，"这辈子见过太多的人心险恶，阴私幽微，莫说是去看了，躲在远处不去闻，都会恶臭扑鼻。而且问题在于，我这个人偏偏喜欢看一看闻一闻，乐在其中。但是我的耐心又不太好，所以我是当不了真正的先生夫子的，别说是我那位先生，就是种秋，我都比不上。”

回头再看，原来老秀才早已一语中的，治学很深学问高者，兴许有你崔瀺，可以经世济民者，可能也有你崔瀺，但是能够在学塾教书育人者，并且能够做好的，门下唯有小齐与茅小冬。

崔东山站起身，道：“继续看风景去，天地之间有大美，等我千万年，不可辜负。”

曹晴朗知道原因，立即起身。

裴钱小心收好那颗念珠，磨磨蹭蹭站起身，其实她很想回师父和师娘家里了。大概这会儿她就是唯一一个被蒙在鼓里的家伙。

这也是种秋为何会昼夜“散步”于宁府演武场的原因。

剑气长城城头上，距离此地极其遥远的某地，一位独坐僧人双手合十，默诵佛号。

能够知晓此事之人，大概就只有老大剑仙陈清都了。

裴钱在随后走走停停的一路上，也看到了太徽剑宗在城头上练剑的剑修，只是刘先生在，白首却没在。

裴钱如释重负，趁着附近没人，开开心心耍了一套疯魔剑法。

曹晴朗离着她有点远，怕被误伤。崔东山就挨了好几棍子。

此后裴钱三人又见到了一个挺奇怪的女子剑仙，她在那城头上荡秋千。

裴钱觉得大开眼界，这架秋千很好玩，只有两根高入云霄的绳子，以及女子剑仙坐着的一条木板，秋千没搭架子，但好像也可以一直这么晃荡下去。

崔东山屁颠屁颠跑过去，笑问道：“这位姐姐，需不需要我帮着推一推秋千？”

女子剑仙名周澄，好似沉浸在自己的心神当中，置若罔闻。

按照剑气长城北边城池的说法，这位女子剑仙早就失心疯了，每次攻守大战，她从不主动出城杀敌，就只是死守着这架秋千处，不允许任何妖族靠近秋千百丈之内，近身者死。至于剑气长城自己人，无论是剑仙剑修还是嬉戏打闹的孩子，只要不吵她，周澄就从来不理会。

崔东山还是不死心，又招呼道：“周姐姐，我是东山啊。”

这位剑仙姐姐，又白又圆，真美。多聊一句，都是好的。

周澄与秋千一起晃晃悠悠，转过头，不是看白衣少年，而是看那个皮肤微黑的小姑娘，笑道：“要不要坐会儿？”

裴钱摇摇头，怯生生道：“周姐姐，还是算了吧，我不打搅你。”

周澄笑道：“我可以代师收徒，你来当我的小师妹。要是已经有了师承，没关系，在我这儿挂名而已。我传授你一门剑术，不比你那套差，双方大道同源，只是我资质不够，走不到巅峰，你却大有希望。”

饶是崔东山都倍感意外，不过当然是装的。

这位剑仙姐姐，阔(可)以啊，果然没让自己失望，情理之中，意料之中。

可是裴钱都快被吓出泪花了。难道这位剑仙前辈那么神通广大，可以听到自己在倒悬山以外渡船上的玩笑话？我真的就只是跟大白鹅吹牛啊。

周澄蓦然掩嘴而笑，道：“没事没事，莫怕莫怕，以后常来。”

裴钱也跟着笑了起来，就是比哭还难看而已。

周澄想了想，伸手一扯秋千其中一根长绳，然后手腕翻转，多出一团金丝，轻轻抛给那个极有眼缘的小姑娘，道：“收下后，别还我，也别丢，不愿学就放着，都无所谓的。”

剑气长城的剑仙行事，便是如此让人莫名其妙。

崔东山看着手忙脚乱哭丧着脸的裴钱，笑道：“还不谢过周姐姐？”

裴钱没敢抱拳行礼，便只好作揖致谢。

辞别那女子剑仙和古怪秋千，走远了之后，裴钱这才敢伸手抹了抹额头汗水，问道：“真没事吗？”

崔东山笑道：“先生问起，你就说地上捡来的。先生要是不信，我来说服先生。”

裴钱将信将疑。曹晴朗忍着笑。

在此后一天的夜幕中，裴钱蓦然抬头望去，曹晴朗是跟着她的视线，才依稀看见城头高处，有一处绚烂晚霞凝聚而成的云海。

崔东山瞥了眼，花里胡哨的，就不再看。

据说那边有一位剑仙常年酣眠，如睡彩锦大床上。

剑仙名为米裕，只是个靠着神仙钱堆出来的玉璞境，因为有个飞剑杀力不算小的剑仙好哥哥米祜，舍了诸多自身机缘和底蕴，用来栽培这个弟弟，否则米祜本应该是仙人境了。只不过其中得失，即便外人如何觉得无意义，终究是米祜这位剑仙自己的选择。米祜嗜好杀敌，次次厮杀惨烈，传闻最可怜的一次，是体魄神魂几乎到了“山河开裂”的地步，但是非但没有跌境，反而始终稳稳站住境界，并且犹有希望破开瓶颈，再登高一层楼。

至于这个剑气长城最附庸风雅的剑仙米裕，在剑气长城的女子妇人当中，还是很吃香的。不但如此，也与许多外乡女子，有不少牵扯不清的关系。

崔东山没打算停留，因为此行目的，是另外一个口无遮拦的大剑仙，岳青。

岳青有一把本命飞剑名为“百丈泉”，第二把名为“云雀在天”，无论是与人捉对厮杀，还是沙场陷阵，杀力皆大。

崔东山自己如今当然打不过这位大名鼎鼎的“十人候补”，但是自己有先生，先生又有大师兄啊。

只是崔东山难得不给人找麻烦，麻烦反而自己来。这让崔东山开心得要死。

那位睡在云霞上的剑仙米裕，坐起身，伸手拨开好似彩锦的玄妙云雾，笑道："你们就是那陈平安的弟子学生？"

崔东山伸手拦在裴钱和曹晴朗身边，然后另一只手挠了挠头，问道："有何指教？"

米裕笑道："谈不上指教，我又不是你们的传道人，只不过感到欣慰罢了。文圣一脉香火凋零，如今竟然一下子冒出这么多，陈平安本事不小，难怪可以在我们剑气长城混得风生水起，无愧文圣老先生的关门弟子身份，可喜可贺。"

崔东山小声说道："前辈再这么阴阳怪气地说话，晚辈也要阴阳怪气说话了啊。"

米裕好似听到一个天大的笑话，大笑不已，双手一抖袖，身边顿时彩霞蔚然，道："只管说说看，我还不至于跟你们这些小娃儿较真。"

崔东山怯生生问道："那岳青是你野爹啊？"

米裕身体微微前倾，微笑道："此话怎讲？"

只见那白衣少年委屈道："阴阳怪气说话，还需要理由啊？你早说嘛，我就不讲了。"

裴钱汗流浃背，打算随时扯开大嗓门喊那大师伯了，大师伯听不听得到，不去管，吓唬人总是可以的吧？

曹晴朗却是笑着附和道："小师兄在理。"

这是裴钱第一次觉得那个曹木头，还挺有出息的。以前没觉得他胆子大啊，一直觉得他比米粒胆子还小来着。

米裕一手伸出手指，轻轻凌空敲击，似乎在犹豫怎么"讲理"。

白衣少年说道："行吧行吧，我错了，岳青不是你野爹。晚辈都诚心认错了，前辈剑法通天，又是自己说的，总不会反悔，与晚辈斤斤计较吧？"

米裕笑而不言。

他米裕，哥哥米祜，外加杀力超群的大剑仙岳青，够不够？米裕觉得差不多够了。何况自己那个哥哥，还有岳青，朋友真不少。

而对方毕竟只有一个左右。

至于什么陈平安，还有文圣一脉这帮辈分更低的兔崽子，算什么？

米裕站起身，打算找个过得去的由头，教训一下自己脚下这几只小蝼蚁。剑仙说话，好不好听，都给我乖乖闭嘴听着。

裴钱一步向前，聚音成线与崔东山说道："大白鹅，你赶紧去找大师伯！我和曹晴朗境界低，他不会杀我们的！"

然后再与曹晴朗悄悄说道："等下不管我如何，你别出手，话也别说！不给他机会打你！"

崔东山挠挠头。大师姐，你是真不知道自己的大师伯，是怎样一个人啊。

这家伙当年连自己和齐静春都打得不轻，这还是自家人呢，而他左右对付别人，与他人出剑，下手会轻？

刹那之间，剑气长城之上，滚雷阵阵，直奔此处。米裕眯起眼，心神一震，祭出飞剑，却不敢摆出杀敌姿态，只是防御。

剑气转瞬即至，随随便便破开剑仙米裕的剑阵，有一人站在稀烂了大半的云霞之上，腰间长剑依旧未出鞘。

米裕纹丝不动，是不敢动。

直到这一刻，玉璞境米裕才发现，遥遥远观此人深入腹地，以一剑对敌两头大妖，与自己亲自与他为敌，是两种天地。

一身剑气全部收敛起来的那个人，站在米裕身边，却根本不看米裕，只是望向前方，淡然道："文圣一脉，道理太重，你那把破剑，接不住。你这种废物，配吗？"

曹晴朗作揖行礼，道："落魄山曹晴朗，拜见大师伯。"

裴钱赶紧亡羊补牢，跟着作揖行礼，道："落魄山裴钱，恭迎最大的大师伯！"

起身后，裴钱觉得意犹未尽啊，她握紧拳头，踮起脚尖伸长脖子，向高处那个背影使劲挥了挥手，喊道："大师伯要小心啊，这家伙心可黑了！"

左右转过头望去，突然冒出两个师侄，其实心中有些小小的别扭。等到崔东山总算识趣滚远一点，左右这才与青衫少年和小姑娘，点了点头，表示大师伯知道了。

左右说道："米裕，是你喊岳青和米祜出马，还是我帮你打声招呼？"

米裕脸色发白，因为自己深陷一座小天地当中，不但如此，只要稍有细微动作，便有精纯至极的剑意如万千飞剑，剑剑剑尖指向他。

崔东山双手捂住嘴巴，却是压低嗓音，一字一字缓缓说道："大，师，伯，要，赢，啊。"

然后崔东山就躲在了裴钱和曹晴朗身后，实在是担心这位大师伯再给自己一剑。

杀妖一事，左右何曾提起过真正的全部心气？

崔东山露出慈祥的笑意，左右这种有点小剑术的王八蛋，果然不打自己打外人，还是很解气的。

裴钱腋下夹着行山杖，双手放在身前，轻轻鼓掌。

崔东山笑眯眯道："今日过后，文圣一脉不讲理，便要传遍剑气长城喽。"

裴钱说道："为啥？"

曹晴朗冷笑道："旁人会觉得很多道理，是在强者变成弱者后的弱者手上，因为没有感同身受。"

崔东山笑呵呵道："别学啊。"

曹晴朗摇头道："我只是知道这些，可我只学先生。"

左右没理睬崔东山，收回视线后，望向远方，神色淡漠，继续说道："米祜，岳青。随我出城一战。只分胜负，就认输，愿分生死，就去死。”

剑仙米祜以心声言语道：“我与你认输，且道歉。”

岳青并无言语回答。

所以左右便一闪而逝，去找那岳青。

你岳青这会儿才知道当哑巴了？在这之前，是我左右用剑撬开你嘴巴，让你说那些屁话了吗？

崔东山祭出符舟渡船，微笑道：“看啥看，没啥看头，回家回家。你们大师伯打架，最没讲究，最有辱斯文了。”

崔东山与裴钱一左一右坐在渡船旁边，各自手持行山杖如撑篙划船，因为崔东山信誓旦旦告诉大师姐，说这样一来，渡船可以飞得更快些。

曹晴朗有些无奈，看着那个使劲划船、哈哈大笑的裴钱，不知道她到底是真相信啊，还是只觉得好玩。

崔东山这会儿就比较神清气爽了，干脆趴在渡船上，撅着屁股好似双手持篙，卖力划船。之前自己挨了那一剑，在说完正事之外，也与大师伯说了说岳青大剑仙的丰功伟业，这笔买卖，果然不亏。

大半夜回到宁府。裴钱没能看到闭关中的师娘，有些失落。陈平安与崔东山去了趟斩龙崖凉亭说事情。曹晴朗去自己住处修行。

城头两位大剑仙一战，以极快速度传遍整座剑气长城。

据说大剑仙岳青被左右强行打落城头，摔去了南方。

这可就是由不得岳青不分生死了。

听说最后是数位剑仙出手劝阻才罢休。

这一天深夜，南边剑光之盛如大日升空，使得城池亮如白昼许久。此后终究无那生死大事。

剑气长城到底是见惯了大场面的，也就是喝酒的人多了些。叠嶂酒铺的生意，更是尤其好。

纳兰夜行最近突然觉得，白炼霜那老婆姨瞅自己的眼神，有些瘆人。屈指一算，才发现她最近喊自己纳兰老狗的次数，少了许多，气势上也逊色颇多。

这让纳兰夜行有些毛骨悚然。

然后看到了那个笑脸灿烂称呼自己为纳兰爷爷的白衣少年，两人并肩而行，纳兰夜行问道：“东山啊，最近你是不是与白嬷嬷说了些什么？”

崔东山点头道：“对啊，白嬷嬷是宁府长辈啊，晚辈当然要问个好。”

纳兰夜行笑道：“除了问好，还说了些什么吗？”

崔东山一跺脚，懊恼道：“说应该是说了些的，怎么就给忘了呢？我这个人不记仇，更不记事,真是不好。”

纳兰夜行停在原地,看着那个蹦跳前行、大袖晃荡的白衣少年郎,有些怀念最早两人称兄道弟的时光了。

这天一大清早,裴钱喊上崔东山为自己保驾护航,她自己手持行山杖,背着小竹箱,大摇大摆走在郭府高墙外的僻静街道上。

太放肆了,太没礼貌了,竟然大师姐到了,都不出来接驾,还能算是自己师父的半个弟子?必须不能算啊。

既然如此,就是她与自己这个大师姐没有缘分,以后落魄山就没有她的一席之地了。别怪大师姐不给机会啊,是你自己接不住,惨兮兮,可怜可怜。

不承想墙头上冒出一颗脑袋,郭竹酒在墙另一边,趴在墙头上,双腿悬空,问道:“喂,路上那小个子,你谁啊?你的行山杖和小竹箱,真好看啊,就是把你衬得有些黑。”

裴钱站在原地,转头望去。

郭竹酒瞪大眼睛,看着裴钱,试探性问道:“你该不会就是我心目中那个貌美如花、倾国倾城、拳法无敌、身高八尺的大师姐吧?”

裴钱收回视线,苦兮兮望向大白鹅。大白鹅不讲义气,装聋作哑。

回到宁府后,趴在师父桌上,裴钱有些无精打采。

陈平安放下手中刻章,笑问道:“怎么?见过绿端那小姑娘了,不太高兴?”

裴钱“嗯”了一声,道:“师父,我可不是跟你背地里告状啊,我就是不太喜欢她。”

陈平安笑道:“咱们落魄山祖师堂,也没规定相互之间一定要多喜欢谁啊,只要各自守着自己的规矩,就很足够了。”

裴钱立即坐起身,点头道:“这就行!不然要我假装喜欢她,可难!”

陈平安点头道:“不用刻意如此,但是记得也别带着成见看人。成不成为朋友,也要看缘分的。”

裴钱笑开了花,什么郭竹酒,就算成了落魄山弟子,还不是要喊我大师姐?

陈平安犹豫了一下,正襟危坐,道:“接下来师父要说一件事情,涉及对错是非,哪怕师父问你,你也可以不说什么,伤心过后,想到了什么,再来与师父说,都是可以的。同时记住,师父既然愿意与你说些重话,就是觉得你可以承受了,认可裴钱是我的开山大弟子了。还有,师父不是不知道以前的裴钱是谁,但依旧愿意收你为弟子,那就肯定不是只看到了你的好,你的变好,对不对?”

裴钱脸色发白,同样是正襟危坐,双手握拳,但是眼神坚定,轻轻点头。

陈平安这才继续说道:“师父今天与你说往事,不是翻旧账,却也可以说是翻旧账,因为师父一直觉得,对错是非一直在,这就是师父心中最根本的道理之一。我不希望你觉得今日之好,就可以掩盖昨日之错。同时,师父也由衷认为,你今日之好,来之不易，师父更不会因为你昨日之错，便否定你现在的，还有以后的任何好。大大小小的好，师父都很珍惜，很在意。”

裴钱红了眼眶，抬起手臂擦了擦眼眶，立即放下，道：“师父请说，裴钱在听。”

陈平安神色坚毅，没有刻意压低嗓音，只是尽量心平气和，与裴钱缓缓说道：“我私底下问过曹晴朗，当年在藕花福地，有没有主动找过你打架，曹晴朗说有。我再问他，裴钱当年有没有当着他的面，说她裴钱曾经在大街上，看到丁婴身边的人手中所拎之物。你知道曹晴朗是怎么说的吗？曹晴朗毫不犹豫地说你没有。我便与他说，要实话实说，不然先生会生气。但曹晴朗依旧说没有。”

裴钱使劲皱着脸，嘴唇颤抖，蓦然间满脸泪水，道：“有的，师父，有的。我说过，那天曹晴朗伤透了心，疯了一样，他当场就找我打架了，我还拿板凳打了他。”

陈平安听了，说道：“裴钱，该怎么做，你自己去想，去做。但是师父会告诉你，我们的人生当中，不光是你，师父自己也一样，不是我们知道错了，还能有弥补的机会，有时候我们知道错了，想要改错，却已经没有机会了，没有了。除此之外，我也希望你明白，曹晴朗不是不记仇，不是他觉得这是什么无所谓的事情，只是他自己愿意原谅你，但是别人的原谅，与我们犯下的错，是两回事。世事就是这么复杂，我们兴许做了好人做了好事，可是好多的错，还在，一直在，哪怕所有人都不记得了，自己还会记得。也不是你真的有万般理由，去做了错事，错事就不是错事。”

裴钱号啕大哭。

陈平安站起身，坐在她身边的长凳上，问道：“你的师父，今天是这样让你伤心，以后你要是又犯了错，还会是这样的，怎么办呢？”

裴钱战战兢兢伸出一只手，小心翼翼扯了扯师父的袖子，抽泣道：“师父是不是不要我了？”

陈平安摇头道：“当然不会啊，好不容易把昨天的裴钱，教成了今天的裴钱，舍不得丢掉的。”

陈平安转过身，轻轻揉了揉裴钱的脑袋，嗓音沙哑地笑道：“因为师父自己的日子，有些时候，过得也很辛苦啊。”

裴钱又撕心裂肺哭了起来。

她想起了逃难路上的爹娘，想起了南苑国京城的小乞儿，躺在石狮子上数星星的那些大夏天，想起走了也不跟她打声招呼的崔爷爷……一下子想起了所有。所有不愿想起的，愿意想起又不敢想起的，此时都一股脑儿涌上心头。

屋外廊道上，一座悄无声息形成的小天地当中。

曹晴朗从站着，变成坐在地上，背靠墙壁。

小师兄崔东山就坐在他身边。之后这个小师兄，维持着那座小天地，带着曹晴朗悄悄离开了宅子。

曹晴朗说道："心里好受多了，谢谢小师兄。"

崔东山说道："能够遇见我们先生，不是什么天经地义的事情，你我共勉。"

曹晴朗后退一步，长久作揖不起身。

崔东山突然嚷嚷道："不行不行，到了这儿，不是给大师伯一剑打落城头，就是给纳兰爷爷欺负打压，我得拿出一点小师兄的风范来，找人下棋去！你们就等着吧。很快，你们就会听说小师兄的光辉事迹了！赢他有何难，连赢三五场的也是个屁，只有赢到他自己想要一直输下去，那才显得你们小师兄的棋术很凑合。"

一抹白云悠悠飘向剑气长城的城头，去找那位林君璧林大公子了。

崔东山在去的路上，连开场白都想好了："林公子，巧了，又在看《彩云谱》啊，实不相瞒，其实我也会下棋。你棋术这么高，让我三子如何？不过分吧？我是谁？我是东山啊。"

衣袖似白云，崔东山面朝天背朝地，手脚乱晃，凫水而游。

一方水土养育一方人，那邵元王朝就是个好地方。

第八章 唯恐大梦一场

今天酒铺里酒鬼赌棍们人满为患，和和气气，其乐融融，都在说那二掌柜的好话，不是说二掌柜这般玉树临风，有他大师兄之风，就是说二掌柜的竹海洞天酒搭配酱菜和阳春面，应该是咱们剑气长城的一绝了，不来此处饮酒非剑仙啊。

这让某些人反而心慌，喝着酒，浑身不得劲儿，琢磨这会不会是某些敌对势力的下作手腕，难道这就是所谓的拙劣捧杀伎俩？于是这些人便默默将那些言语最起劲、吹嘘最腻人的人的名字相貌都记下，回头好与二掌柜邀功去。至于会不会冤枉好人，误伤盟友，反正二掌柜自己把关便是，他们只负责通风报信告刁状，毕竟其中还有几位，如今只是得了二掌柜的暗示，尚未真正成为可以一起坐庄押注坑人挣钱的道友。

城头这边，郁狷夫啃着烙饼，一手拎着水壶，眺望城头以南的某处战场，那里多了好多的小坑洼。能够从这么高的城头，看见那些地面上的坑坑洼洼，可以想象置身其中，只会是坑洼大如湖、人小如芥子的光景。

郁狷夫如今时常来往于城头，与少女朱枚算是半个朋友了，毕竟在邵元王朝这拨剑修里，最顺眼的，还是爱憎分明的朱枚，其次是那个金丹境剑修金真梦，其余的，都不太喜欢。当然，郁狷夫的不喜欢，只有一种表现方式，那就是不打交道。你与我打招呼，我也点头致礼，你要想继续客套寒暄就免了。如果遇见的是前辈，就主动打招呼，点到即止，就这么简单。

我郁狷夫只是来砥砺拳法的，不是来帮着家族势力拓展人脉的，何况郁家只与倒悬山还算有点香火情，与剑气长城，八竿子打不着。

至于朱枚，大概早就觉得自己与郁狷夫是失散多年、异父异母的亲姐妹了吧。

郁狷夫有些忧愁，烙饼带得太少，吃得太快，包裹里边的那些烙饼，早已殆尽，咫尺物里也所剩不多了。

这只不过是小小的忧愁，不值一提。郁狷夫此次来剑气长城淬炼体魄，初衷是追寻曹慈的武学道路，夯实金身境，没想到能够遇到那个同样是金身境武夫的二掌柜，也没想到比起心目中的剑气长城，此地剑仙更加让人心向往之，哪怕自己不是练气士，更不是剑修，依旧会觉得相较于地大物博的浩然天下，剑气长城的一些可取之处，绝无仅有。

郁狷夫吃完了烙饼，喝了口水，打算再休息片刻，就起身练拳。

练拳是天大事，注定是她郁狷夫这辈子的头等事，可是偶尔偷个懒，想点拳法之外的事情，不打紧。

那位左右前辈的剑术，无愧“最高”二字。

剑仙孙巨源目睹过那场战事的首尾。按照孙剑仙的说法，左右此次出剑，先是“力大无理”，硬生生将岳青劈落城头，随后不再拘束剑气，岳青从头到尾，还手次数，屈指可数。不是岳青不强，而是那把本命飞剑百丈泉的剑气瀑布，声势大不过左右剑气的湖海，另外那把本命飞剑云雀在天，更是连落地的机会都不多。

不过孙巨源也笑言，岳青是收了手的，不是客气，而是不敢，怕真的被左右一剑砍死，同时，也是给其他剑仙出手拦阻的台阶和理由。可惜左右没理睬好言劝说的两位剑仙，只是盯着岳青以剑气乱砸。不是真的杂乱无章，恰恰相反，左右的剑气太多，剑意太重。战场上剑仙分生死，稍纵即逝，看不真切全部，无所谓，只求躲得掉，防得住，破得开，许多险峻时分的剑仙出剑，往往就真的只是随心所欲，灵犀一点，反而能够一剑功成。

当时左右一言不发，但是意思很明显，岳青之外其余剑仙，远观无妨，言语无碍，唯独近身之人皆敌手。

那两位剑仙当时都快尴尬死了，其中一人，被左右手中出鞘长剑一剑斩下，大地开裂，沟壑顿生，若非左右故意偏移了十丈，那位剑仙差点就得铆足劲硬抗此剑。他只好呼朋唤友，又喊了两位剑仙来助阵，但依旧是谁都不敢放手攻伐，万一左右舍了岳青不管，更换剑尖所指之人，怎么办？

在岳青不得不倾力出剑之际，城头之上出现了老大剑仙的身影，双手负后，凝视着南边战场，好像与左右说了句话。

左右这才收剑。

孙巨源最后与郁狷夫感慨道，剑术如此高了，还最不怕一人单挑一群，这左右，难不成是想要在剑气长城一步登天？

郁狷夫当时好奇询问，何谓一步登天？

只可惜孙巨源笑着不再言语。

郁狷夫站起身，沿着墙头缓缓出拳，出拳慢，身形却快。

走出约莫一炷香后，遇到了一位迎面走来的白衣少年郎，郁狷夫根本不想知道此人姓甚名甚，可是这就得先问过叽叽喳喳的耳报神朱枚答应不答应了。朱枚说这个少年，是那陈平安的学生，宝瓶洲人氏，姓崔名东山，按照辈分，算是文圣一脉的三代弟子，就是这崔东山好像脑子不太灵光，时好时坏，可惜了那副漂亮皮囊。

对方笔直前行，郁狷夫便稍稍挪步，好让双方就这么擦肩而过。

不承想对方好像也是这般打算，刚好又对上路线，郁狷夫便再次更换路线，对方也恰好挪步，一来二去，那崔东山停下脚步，哭丧着脸道："郁姐姐，你就说要往左边走还是往右边走好了，我反正是不敢动了，不然我怕你误以为我图谋不轨，见着了女子好看便如何如何。"

郁狷夫也未说什么，见他停步，就绕路与他远远错身而过，不承想那人也跟着转身，与她并肩而行，只不过双方隔着五六步距离。崔东山轻声说道："郁姐姐，可曾听说《百剑仙印谱》和《皕剑仙印谱》？可有心仪的一眼相中之物？我是我家先生当中，最不成材、囊中最羞涩的一个，修为一事多费钱，我不愿先生担忧，便只能自己挣点钱，靠着近水楼台先得月，在先生那边偷了两本印谱、三把折扇，又去晏家大少爷的绸缎铺子，低价收入了六方印章，郁姐姐你就当我是个包袱斋吧，要不要瞧一瞧？"

郁狷夫停下脚步，笑道："如果我没有看错，你那艘符舟渡船，是流霞洲出产的山上重宝，你靠着贩卖印谱、折扇这些零碎物件，就算生意兴隆，卖一百年，够不够买下那艘符舟？我看难。直说吧，找我是为了什么事情？"

只见那少年满脸哀伤、无奈、苦涩，怔怔道："在我心目中，郁姐姐原本是那种天底下最不一样的豪阀女子，如今看来，还是一样瞧不起鸡零狗碎的辛苦钱啊。也对，钟鸣鼎食之家，桌上随便一件不起眼的文房清供，哪怕是一只破裂不堪、缝缝补补的鸟食罐，都要多少的神仙钱？"

郁狷夫摇头道："还不愿意有话直说？你要么靠着隐藏的实力修为，让我停步，不然别想我与你多说一个字。"

郁狷夫刚要前行，崔东山赶紧说道："我一门心思挣钱，顺便想要让郁姐姐记住我是谁，郁姐姐不信，伤了我的心，也是我自找的，我都不舍得生郁姐姐的气。既然如此，我与郁姐姐打个赌，赌我这些物件里，必然有郁姐姐不光是看得上眼的，还得是愿意掏钱买的，才算我赢你输。若是我输了，我就立即滚蛋，此生此世，便再也见不着郁姐姐，输得不能再多了。若是我赢了，郁姐姐便花钱买下，还是姐姐得了好，如何？"

郁狷夫笑了笑。

那少年却好像猜中她的心思,也笑了起来:“郁姐姐是什么人,我岂会不清楚?之所以能够愿赌服输,可不是世人以为的郁狷夫出身豪门,心性如此好,是什么高门弟子气量大,而是郁姐姐从小就觉得自己输了,也一定能够赢回来。既然明天能赢,为何今天不服输?没必要嘛。”

郁狷夫脸色阴沉,道:“你是谁?”

少年委屈道:“与郁姐姐说过的,我是东山啊。”

郁狷夫扯了扯嘴角,道:“我不但愿赌服输,我也敢赌,将你的物件拿出来吧。”

崔东山满脸羞赧,低头看了眼,双手赶紧按住腰带,然后侧过身,扭扭捏捏,不敢见人。

郁狷夫一拳便至对方脑袋太阳穴。只是对方竟然一动不动,好似吓傻了的木头人,又好像是浑然不觉,郁狷夫见状立即将原本六境武夫一拳,极大收敛拳意,压在了五境拳罡,最终拳落对方额头之上,拳意又有下降,只是以四境武夫的力道,并且拳头下坠,打在了那白衣少年的腮帮上。不承想哪怕如此,郁狷夫对于接下来一幕,还是大为意外。

原本郁狷夫看不出对方深浅,但是内心会有一个高下的猜测,最高元婴境,最低洞府境,不然身在剑气长城,这少年的脚步、呼吸不会如此自如顺畅。哪怕是洞府境,好歹跻身了中五境,故而自己这五境武夫一拳,对方可躲,四境一拳,对方也可扛下,绝不至于受重伤,当然一时半刻的皮肉之苦,还是会有。

可郁狷夫哪里会想到对方挨了一拳后,身体飞旋无数圈,重重摔在十数步外,手脚抽搐,一下,又一下。

这算是四境一拳打死了人不成?

郁狷夫一步掠出,蹲在那白衣少年身边。流了鼻血是真的,不是作伪。那少年一把抱住郁狷夫的小腿,可怜兮兮道:“郁姐姐,我差点以为就再也见不着你了。”

郁狷夫皱了皱眉头,拳意一震,立即弹开那个白衣少年,后者整个人瞬间横滑出去十数步。

崔东山坐起身,抹了一把鼻血,刚想要随便擦在衣袖上,似乎是怕脏了衣服,便抹在墙头地面上。

看得郁狷夫越发皱眉。朱枚没说错,这人的脑子,真有病。

实在不愿意跟这种人纠缠不清,就在郁狷夫想要离开之时,不承想崔东山已经从袖子里飞快掏出了两本印谱,整整齐齐放在身前地上,只不过两本印谱却不是平放,而是立起,遮挡住后边所有的印章、折扇、纨扇。他咧嘴一笑,招手道:“郁姐姐,赌一把!”

郁狷夫犹豫了一下,大步走向那张“小赌桌”。

估计是担心她万一瞥见了印谱“两扇大门”后的光景,明知必输,便要心生反悔不赌了，崔东山还抬起双手，迅速遮住那些印章扇子，两只下垂的雪白大袖，好似搭建起了遮风挡雨的房顶。

郁狷夫盘腿而坐，伸手推开两本印谱，这两本印谱明显不是她会掏钱买下之物。

不过在郁狷夫动手之前，崔东山又伸出双手，掩盖住了两方印章。

所有折扇都被郁狷夫伸手移开，拿起崔东山没有藏藏掖掖的那方印章，看那印文，笑了笑，是那“鱼化龙”。鱼，算是谐音郁。

是个好兆头，只不过郁狷夫依旧没觉得如何心动。我打小就不喜欢郁狷夫这个名字，对于郁这个姓氏，自然会感恩，却也不至于太过痴迷，至于什么鱼化不化龙的，我又不是练气士，哪怕曾经亲眼看过中土那道龙门之壮阔风景，也不曾如何心情激荡，风景就只是风景罢了。

故而郁狷夫依旧只是将其放在一边，笑道：“只剩下最后两方印章了。”

崔东山用双手手心按住印章，如仙人五指向下遮住山峰，道：“郁姐姐，敢不敢赌得稍微大一点，前边的小赌赌约，依旧有。我们再来赌郁姐姐你是喜欢左边印章，还是喜欢右边印章，或者郁姐姐干脆赌得更大一点，赌那两边都看不上眼，即便心动也不会花钱买，如何？郁姐姐，曾经有问拳我家先生的女子豪杰气，不知道今天豪气是否犹在？”

郁狷夫问道：“两种押注，赌注分别是什么？”

崔东山便以心声言语，微笑道：“赌注稍大，就是赌郁姐姐以后为我捎句话给郁家；赌得更大，就是帮我捎话给周神芝，依旧只有一句话。放心，郁姐姐只是捎话人而已，绝不会让你做半点多余事情。不然赌约作废，或者干脆就算我输。”

郁狷夫瞬间神色凝重，以武夫聚音成线道：“我可以不赌？”

崔东山笑道：“当然可以啊。哪有强拉硬拽别人上赌桌的坐庄之人？天底下又哪有非要别人买自己物件的包袱斋？只是郁姐姐当下心境，已非方才，毕竟郁姐姐终究是郁家人，周神芝更是郁姐姐敬重的长辈，还是救命恩人，故而说违心言，做违心事，是为了不违背更大的本心，当然情有可原。只是赌桌就是赌桌，我坐庄终究是为了挣钱，公平起见，我需要郁姐姐愿赌服输，掏钱买下所有的物件了。”

郁狷夫松了口气。

崔东山微笑道：“愿赌服输，是郁狷夫相信自己能赢。只可惜今天这次认输，此生都未必能赢回来了。当然当然，这终究是小事。人生在世，岂可为了一己之小快意，而无视世间之大规矩风俗。拳高尚且如此，拳未高，更该如此。”

郁狷夫抬起头，问道：“你是故意用陈平安的言语激我？”

宁府门口大街上，郁狷夫第一场问拳，陈平安曾说，武夫说重话，得有大拳意。

崔东山笑眯起眼，道：“是又如何？不是又如何？今日一退又如何？明儿多走两步嘛。郁狷夫又不是练气士，是那纯粹武夫，武学之路，从来逆水行舟，不争朝夕之快慢。”

郁狷夫问道："你是不是已经心知肚明，我若是输了，再帮你捎话给家族，我郁狷夫为了本心，就要融入郁家，再也没底气游历四方？"

崔东山点头笑道："自然，不知道点赌客的品性人心，岂敢坐庄，八方迎客？只不过郁狷夫不喜老祖宗赏赐的名字而已。身为女子，却非要被人以男儿看待，哪个有心气的女子，长大了还会喜欢？只不过我相信郁狷夫对于自己的姓氏，观感还是不错的。"

郁狷夫苦笑。朱枚朱枚，你个呆子痴儿，不管此次输赢，回头我都要骂你几句。

不过郁狷夫在心情复杂之余，其实一直在细细观察对方双手的细微动作，希望以此来辨认出到底哪一方印章，更让这个崔东山胸有成竹。

只是越看越想，郁狷夫越吃不准。

郁狷夫掏出一枚小暑钱，轻轻一弹，落地后，是反面。郁狷夫说道："右手！我赌右手遮掩印章，我不会掏钱买。"

崔东山一弯腰，就要去拿小暑钱了。

郁狷夫怒道："崔东山！"

崔东山抬起头，一脸茫然，道："赢了不收钱，我干吗要坐庄和当包袱斋，我家先生是善财童子，我又不是，我就挣些辛苦钱和良心钱。"

郁狷夫怒目相向。

崔东山笑嘻嘻收回手，抬起一手，露出那方印章，道："郁姐姐生气的时候，原来更好看。"

郁狷夫伸手一抓，凌空取物，将那印章收在手中，并非《百剑仙印谱》和《皕剑仙印谱》上的任何一方印章，低头望去。

边款："石在溪涧，如何不是中流砥柱？绮云在天，拳犹然在那天上天。"印文则是："女子武神，陈曹身边。"

郁狷夫死死攥紧这一方印章，沉默许久，抬起头道："我输了，说吧，我会捎话给家族。"

对方之厉害，不在知道石在溪、郁绮云这两个化名，也不在对自己与家族和周老先生的关系脉络，都一清二楚。对方的真正厉害，在于算计人心之厉害，算准了她郁狷夫由衷认可陈平安那句言语，算准了自己一旦输了，就会愿意答应家族，不再四处晃荡，开始真正以郁家子弟的身份为家族出力。这意味着什么？意味着对方需要自己捎给老祖宗的那句言语，郁家不管听说后是什么反应，至少也会捏着鼻子收下这份香火情！更算准了她郁狷夫，如今对于武学之路，最大的心愿，便是追赶上曹慈与陈平安，绝不会只能看着那两个男人的背影，愈行愈远！

郁狷夫神色黯然，等了片刻，发现对方依旧没有以心声言语，抬起头，神色坚毅道："我愿赌服输！请说！"

崔东山看着这个女子，笑了笑，到底还是个比较可爱的小姑娘啊，便说了句话。

郁狷夫惊讶道："就只是这句话？"

"郁家老儿，赶紧去找个四下无人处，大声号三遍：'我不是臭棋篓子谁才是？我喜欢悔棋我赢过谁？'"

此人言语，十分古怪，古怪至极！难道说朱枚那小妮子的言语，其实才是一语中的，千真万确？

毕竟这种言语，自己只是捎话，话带到了，至于老祖宗做与不做，都无所谓的。

崔东山捡起那枚小暑钱。小暑钱上的篆文极其罕见，极有可能是存世孤品，一枚小暑钱当谷雨钱卖，都会被有那"钱癖"的神仙们抢破头。郁姐姐不愧是大家闺秀，以后嫁人，嫁妆一定多。可惜了那个怀潜，命不好，无福消受啊，只能眼睁睁看着以前是相互瞧不起，如今是他瞧得上她她依旧瞧不上他的郁姐姐，嫁为人妇。一想到这个，崔东山就给自己记了一桩小小的功劳，以后有机会，再与大师姐好好吹嘘一番。

崔东山左手始终按住最后一方印章，笑道："郁姐姐，要不要最后赌一次，若是我赢了，郁姐姐就再与周神芝说句话。可要是我输了，与郁家的言语都可以不作数，这枚小暑钱也还你，反正算我一着不慎满盘皆输，所有赌约都算我输，如何？"

郁狷夫想了想，哪怕自己最后一局，几乎是稳赢的，但是直觉让她依旧决定不赌了。于是郁狷夫摇头道："不赌了！"

对面那人大笑起来，道："郁姐姐赌运看似不好，实则很好。至于为何我如此说，郁姐姐很快就会知晓答案，而且就在今天。"

郁狷夫怒道："还来激将法？有完没完？"

崔东山握住那方一直藏头藏尾的印章，轻轻抛给郁狷夫，道："送你的，就当是我这个当学生的，为自家先生与你赔罪了。"

郁狷夫接过那方印章，目瞪口呆，喃喃道："不可能，这方印章已经被不知名的剑仙买走了，就算是剑仙孙巨源都查不出是谁买下了，可你才来剑气长城几天……而且你怎么可能知道，只会是印章，只会是它……"

崔东山如那小小稚童故作高深言语，唏嘘感慨道："天下大赌，赢靠大运。"

崔东山收起所有没被郁狷夫看上眼的物件，站起身，道："这些零碎物件，就当是郁姐姐赠送给我的厚礼了。一想到与郁姐姐以后便是熟人了，开心，真开心。"

郁狷夫依旧坐在原地，抬起头，问道："前辈到底是谁？"

竟然称呼她老祖宗为郁家老儿和臭棋篓子，甚至指名道姓，直接称呼周老先生为周神芝。

那白衣少年笑眯眯道："我是东山啊。"

崔东山大踏步离开，去找别人了。

崔东山走出去几步后，骤然停步转头，微笑道："郁姐姐，以后莫要当着他人面，丢钱看正反来做选择了。不敢说全部，但是绝大多数时候，你觉得是那虚无缥缈的运气，实则是你境界不高。运气好与不好，不在你，也不在老天爷。今日在我，你还能承受，以后呢？今日只是武夫郁狷夫，以后却是郁家郁狷夫，我家先生那句话，但请郁姐姐日思夜思，思量复思量。"

郁狷夫默然无言。

她当下手中那方印章，并无边款，唯有印文："雁撞墙。"

郁狷夫转头望去。

那个白衣少年郎，正在墙头上边走边打拳，咋咋呼呼的，嗓门不小。那是一套大概能算是王八拳的拳法吧。

苦夏剑仙正在传授邵元王朝这拨孩子剑术。

按照剑气长城的规矩，上了城头，就没有规矩了，想要自己立规矩，靠剑说话。

苦夏剑仙是外乡人，剑术不低，却性情温和，加上如今自己与这拨年轻天才在剑气长城的名声实在一般，自然更加不会去针对一个坐在远处看他们练剑的白衣少年，而且那少年只是看了他们几眼，便很快自顾自看书去了。苦夏剑仙瞥了眼书名，是一部棋谱，名为《快哉亭谱》，在中土神洲尤其是邵元王朝，流传很广，专解死活题，其序言中有一句，更是备受推崇："我之着法高低，需看对方棋力最大之应对着法，以强手等待强手，再以更大强手步步胜之，岂不快哉？"

苦夏剑仙笑了笑，此人应该修为境界不低，不过藏得好，连他都很难一眼看穿底细，那就不会是观海境或龙门境修士了，至于是地仙中的金丹境还是元婴境，难说。

难道是想要以下棋来砸场子？这个真实年龄不太好说的"少年郎"，会不会来错地方了？

苦夏剑仙除了传授剑术之外，也会让这些邵元王朝未来的栋梁之材，自己修行，去寻觅机缘。

那个文圣一脉门生的少年，耐心不错，就坐在那边看棋谱，不但如此，还取出了棋墩棋盒，开始独自打谱。

在一个休息间隙，所有年轻剑修都有意无意绕开了那个白衣少年，不是怕他，也不是怕他的先生陈平安，而是怕那陈平安的大师兄。

关于左右出剑，城头之上，他们各有默契，只字不提，可是在剑仙孙巨源的孙府，私底下没少说。

"大剑仙岳青不过是随便说了几句文圣一脉的香火如何，那左右便要与人分生死？剑术高些便有理？不愧是文圣一脉的高徒，剑术是真高，道理是真大。"

“岳青大剑仙在剑气长城，战功赫赫，经历过多少场大战，斩杀了多少妖物？他左右一个只参加一场大战的剑仙，若是重伤了岳青，甚至直接就打死了岳青，那么蛮荒天下是不是得给左右送一块金字匾额，以表感谢？”

“为了鸡毛蒜皮的小事，就要打打杀杀，大剑仙岳青怎么就说错了？文圣一脉的香火凋零，可不就是自找的？也亏得文圣一脉的学问给禁绝了，亏得我们邵元王朝当年是禁绝销毁最多最快的，不然浩然天下若是被这一脉学问当家做主，那真是好玩了。小肚鸡肠，兴师动众，亏得此处是地方狭窄的剑气长城，如果在浩然天下，天晓得会不会依仗剑术，捅出什么天大的娄子。”

只不过这些年轻人义愤填膺的时候，并不清楚剑仙苦夏坐在孙巨源身边，一张天生的苦瓜脸更加有苦相了。

孙巨源宽衣大袖地坐在廊道上，手持酒泉杯饮酒，笑问道：“苦夏，你觉得这些家伙是真心如此觉得，还是故意装傻子没话找话？”

苦夏没有给出答案，因为两个答案都不是什么好答案。

孙巨源似乎比苦夏更认命，连生气都懒得生气，只是微笑道：“乌合之众，聒噪扰人。”

苦夏松了口气，好歹还能住在孙府。

但是孙巨源最后一番话，让苦夏只觉得无奈：“在浩然天下，是东西不能乱吃，话可以乱讲。在我们这边，刚好颠倒，东西可以乱吃，话不可乱讲。言尽于此，以后有事，别找我帮你们求情，我孙巨源只是个小小的玉璞境剑修，不够人砍几剑的，何况砍死还白搭，不落半个好，何苦来哉。我就奇怪了，邵元王朝照理说，也是个文气不少的地儿，这帮小崽子，应该都没少读书，书上道理，总该吃进肚子几个吧？别人吃了山珍海味，便拉出屎来填茅厕，好歹有点用，但是这帮崽子吃了道理不拉出屎光喷粪，自己嘴巴臭不臭，这也闻不出吗？我事先说好，他们这些话，在我孙府里边说，就算了，反正我孙府的名声，已经给你们害得烂大街了。如果再出去嚷嚷，孙府可不帮忙收尸停尸。”

苦夏剑仙现在还记得孙巨源最后的冷漠眼神，以及最后那句话：“毕竟我们剑气长城是穷乡僻壤，读书识字更是稀罕事，出手没个轻重，死无全尸，很难拼凑的。”

苦夏剑仙开口说休息半个时辰，朱枚便立即跑去找郁狷夫了，要告诉她这边来了那个崔东山，一看就是来闹事的。

金真梦依旧独自坐在相对角落的蒲团上，默默寻觅那些隐藏在剑气当中的丝缕剑意。

林君璧则坐在蒲团上，为几名剑修解答疑难。

唯独严律起身，走向那个名叫崔东山的陈平安的学生，他跃上墙头，转头看了眼棋局，笑问道：“是溪庐先生《快哉亭棋谱》的死活题？”

崔东山抬起头，瞥了眼严律，没有说话，低下头，继续独自解题。

严律笑道："你留在这边，是想要与谁下棋？想要与君璧请教棋术？我劝你死了这条心，君璧不会走来这边的。"

崔东山头也不抬，说道："蒋观澄，如果你想要跟我攀关系，好与我的大师伯混个脸熟，我劝你赶紧滚蛋。"

蒋观澄？严律哑然失笑。

崔东山抬起头："怎么，你这亚圣一脉子弟，想要与我在棋盘上文斗，过过招？"

严律摇摇头，笑容恬淡，神色从容，道："你认错人了，我严律虽然不是亚圣一脉子弟，但是也很清楚，亚圣一脉门生弟子，循规蹈矩，谨遵圣贤教诲，从不做无谓的意气之争，道理在书上在心中，不在剑上拳头上，当然也不会在棋盘上。我不是亚圣一脉，尚且知晓此理，更何况是亚圣一脉的万千学子。以为然？"

崔东山疑惑道："你叫严律，不是那个家里祖坟冒错了青烟，然后有两位长辈都曾是书院君子的蒋观澄？你是中土严家子弟？"

严律板起脸，沉声道："请你慎言！"

崔东山摆摆手，一手拈子，一手持棋谱，斜眼看着那个严律，一本正经道："那就不去说那个你嘴上在意、心里半点不在意的蒋观澄，我只说你好了。你家老祖，就是那个每次青神山酒宴都没有收到请帖，却偏偏要觍着脸去蹭酒喝的严熙，'享誉'中土神洲的严大狗腿？每次喝过了酒，哪怕只能敬陪末座，根本没人鸟他，偏还喜欢拼了命敬酒，离开了竹海洞天，就立即摆出一副'我不但在青神山上喝过酒，还与谁谁谁喝过，又与谁谁谁共饮'嘴脸的严老神仙？也亏得有个家伙不识趣，不懂酒桌规矩，不小心道破了天机，说漏了嘴，不然我估摸着严大狗腿这么个名号，还真流传不起来。严公子，以为然？"

严律脸色铁青。

崔东山眨了眨眼睛，接着道："言语而已，轻飘飘的，读书人的气量何在？为何要对我动杀心？并且问心无愧，自认杀我绝对有理，你怎么做到的？你就不怕我胆子小，直接被你吓死？真不怕我大师伯把你剁成肉泥啊？还是说，因为看不出我修为高低，又忌惮我家修士境界高出天外的先生，外加你自己又是个废物，所以才忍着，想着君子报仇十年不晚？你想啊，按照这么个道理，再按照你们的规矩，你与我那个你们嘴中的大师伯，岂不是一类人？只不过你严律是老狗腿教出来的小废物，故而剑术在粪坑，我家大师伯剑术在天上，就这么一个小小的区别而已。"

严律咬牙切齿，双手握拳，最终却微微一笑。

崔东山放下棋子与棋谱，深呼吸一口气，做了一个气沉丹田的姿势，笑容灿烂道："瞅瞅，你们的道理，我也会啊。果然讲你们的道理，更简单些，也舒心些。"

崔东山摆摆手，满脸嫌弃道："严家小狗腿速速退下，赶紧回家去舔你家老狗腿的腚儿吧。你家老祖道行高，屁股上那点残羹冷炙，就能喂饱你，还跑来剑气长城做什么？跟在林君璧后面摇尾巴啊？练剑练剑练你个屁的剑。也不想想咱们林大公子是谁，高风亮节，神仙中人……”

严律即将祭出飞剑之际，林君璧刚好站起身，朝这边道：“行了，崔东山，我与你下棋便是，这点言语交锋，不说也罢。”

崔东山一手捏鼻子，一手招呼道：“林公子快快坐下，我只能靠你的仙气，来帮忙驱散这些尿臊味了。”

严律依旧想要出剑，却被苦夏剑仙以言语心声阻拦道：“左右不会为左右自己出剑，却会为文圣一脉出剑，并且绝对不管你是谁，是什么境界。”

严律脸色微白，跃下城头，返回蒲团那边。

与林君璧擦肩而过的时候，林君璧拍了拍严律的肩头，微笑道：“有我呢，我剑术不行，棋术还凑合，对吧？”

受尽委屈与屈辱的严律重重点头。

林君璧抖了抖双袖，轻轻坐在棋盘对面。

崔东山轻轻搓手，满脸惊讶且艳羡道：“林公子言行举止，如此仙气缥缈，一定是从娘胎里带出来的吧？不然怎么可以做到如此行云流水、仙气磅礴的？绝无可能，绝对是一种无形的天赋神通！”

林君璧笑道：“我说了，言语机锋无甚趣味，下棋便是。你若是再这么无赖纠缠，就不与你下棋了。”

崔东山正襟危坐起来，问道：“赌点什么？”

林君璧摇头道：“不赌，棋盘上只分胜负。”

崔东山也摇头道：“下棋没彩头，有意思吗？我就是奔着挣钱来的。”

说到这里，崔东山转过头，刚刚有点棋手风范的白衣少年郎，使劲招手笑道：“郁姐姐，这边这边，我要与林公子下棋了，且看我如何赢他！”

林君璧也抬起头，只是相较于崔东山的口无遮拦，同样俊美皮囊神仙客一般的林君璧，却是风度翩翩，朝那郁狷夫无奈一笑。

郁狷夫面无表情。

朱枚忍俊不禁，亲昵喊郁狷夫为“在溪在溪”，然后哀叹道：“果然是个傻子。”

郁狷夫心中百感交集。

果不其然，对方算准了朱枚会与自己说此事，也算准了自己会出现，而自己这个郁家女的出现，自然会激起林君璧这种人的一丝争胜之心，对于修道之人而言，一丝一毫的芥子念头，都不是小事。

依旧都在这个崔东山的算计之内啊。

郁狷夫没走近对弈两人，盘腿而坐，开始就水啃烙饼。朱枚想要去棋盘那边凑热闹，也被郁狷夫拦下，让朱枚陪着她闲聊。

崔东山望向郁狷夫的背影，轻声感慨道："我这郁姐姐，若是能够多看我一眼就好了，可助我棋力暴涨，胜算更多。"

林君璧屏气凝神不言语。

崔东山转过头，道："小赌怡情，一枚铜钱。"

林君璧问道："铜钱？"

"不然？一枚雪花钱，还算小赌？"崔东山啧啧道，"林公子真有钱。"

林君璧笑道："我上哪儿去给你找一枚铜钱？是了，想着输也不多，赢了更大，毕竟赢了我一枚铜钱，比赢了一枚谷雨钱，更有说法，将来更能让看客听众们记住。"

崔东山震惊道："我这神仙难测的绝妙心思，已经藏得如此好，林公子这都猜得到？我兜里那枚铜钱，岂不是要有离家出走改嫁他人的莫大风险？"

林君璧不得不承认，自己也被眼前人给恶心到了。当然比起注定已经沦为一个天大笑话的严律，还是好了千万。今日对话，以后在邵元王朝，会有不少人听说。严律此后在剑气长城练剑，还有没有收获，很难说了。修道之人，心有芥蒂扫不掉，又涉及更棘手的家族声誉，至少也会害得严律比原本应该到手的收获，减去几分。

林君璧说道："说定了，输赢都是一枚铜钱。猜先？"

崔东山问道："林公子棋术卓绝，就不乐意让我三子？不想带着一枚铜钱大胜而归啊？"

林君璧已经伸手去棋盒，手攥棋子，无奈道："能不能讲点规矩，你我虽是山上人，但是下棋猜先一事，还是要讲一讲山下规矩的吧？"

棋盘对面那个少年早已抬起屁股，瞪大眼睛，竖起耳朵，林君璧倒也不是没办法遮掩棋子声响，只是对方修为高低不知，如果是地仙境界，自己一旦如此作为，其实还是自己亏的。可下棋是双方事，林君璧总不能让苦夏剑仙帮忙盯着。

崔东山坐回原地，点点头，病恹恹道："算你赢了先手。林公子棋术深浅暂时不好说，棋盘之外的棋术，真是很厉害，比那个差点就要用自己道理打烂自己脸的严小狗腿，是要强上许多许多。"

林君璧松开手，重新攥起一把棋子。

正因为林君璧率先守规矩，哪怕对方是上五境修士，也得跟着守规矩。未必天下事事应该如此，可终究在这棋盘附近，便该如此。

蒋观澄那些远远观战不靠近的年轻剑修，人人佩服不已。

双方先后落子。

林君璧神色自若，以一本存世极少的古谱《小桃花泉谱》定式先行。这本棋谱巧妙在可以速战速决，精髓就在“以极有规矩，下无理先手”十个字上，只不过经不起最顶尖国手稍稍推敲。

林君璧落子不快不慢，对方始终落子如飞，好似胜券在握。

林君璧故意在几次关键手上，藏了拙，依旧下到了两百三十多手，这才输了。

一枚铜钱而已。何况真以为自己赢了棋，会让严律这种人感激涕零？

那就不是严律坏，而是林君璧自己蠢了。

什么时候偌大一个严家的名声清誉，需要靠一个邵元王朝的少年来挽救了？

林君璧只有输了，尽心尽力却遗憾落败，并且输得毫厘之差，严律才会真正感恩几分。输得太多，当然也不会。严律这种人，说到底，虚名便是虚名，唯有实在且切身的利益，才会让他真正心动，并且愿意记住与林君璧结盟，是有赚的。

林君璧投子认输后，笑道：“一枚铜钱，我当下身上还真没有。放心，我到了城池那边，会亲自与人借这枚铜钱，反正直到借到为止。到时候是我送钱上门，还是可以托人帮忙，都由胜者决定。”

崔东山轻轻呼出一口气，凝视着胜负一线间的险峻棋局片刻，然后立即抬头不再看，笑道：“难怪难怪，林公子肯定是偷偷看过了《小桃花泉谱》。我就说嘛，我这百试不爽的神仙开局，从来只会让对手刚到中盘便认输的。”

林君璧笑了笑，不以为意。得了便宜还卖乖，不过如此。

崔东山想了想，又道：“林公子会不会亲自借钱，我总不能在林公子屁股后面跟着，我终究不曾学到严家门风的精髓啊。但是林公子是不是亲自送钱，我倒是有个想法，若是第二局我赢了，彩头归我，我就破天荒拿出一点国手风范来，林公子可以不用自己登门，让郁姐姐送钱来即可。若是林公子赢了……怎么可能嘛，我这人下棋，压箱底的本事那是绝对没有的，毕竟我的所有棋术棋着，都是他人压箱底之棋力，他人之神仙手，在我眼中处处是无理手……”

林君璧收起了棋子，就要站起身，然后瞥了眼，突然发现不知何时，那本《快哉亭棋谱》已经被白衣少年垫在了屁股下面。

林君璧依旧没有什么神色变化。

此棋谱撰写之人，是邵元王朝的国手第二溪庐先生，第一人自然是林君璧的传道人，邵元王朝的国师。这位溪庐先生，却与林君璧切磋棋术极多，所以勉强算是林君璧棋道上的半师半友。

崔东山收拢了自己手边棋盒的棋子，肩头歪斜，抬起屁股，抽出那本棋谱，轻声笑道：“死活题死活题，真是差点笑死我，明明就是活死题活死题嘛，看多了，是真的会把活棋活活下死的。我们这位溪庐先生，用心深邃好良苦啊，不惜自毁名誉，也要让世间棋手看一看何谓反面例子，可敬可悲，可歌可泣。林公子，回头你一定要帮我介绍介绍，这般高风亮节的国手，以前没有，以后估计也不会有了。”

林君璧抬起手，示意远处那些“自家人”就不要再说什么“自家话”了。一旦开了口，真正恶心的不会是崔东山，只会是他林君璧。当然，那些人估计有半数是真生气，替他和溪庐先生打抱不平，可还有半数，就是奔着这个目的来的，撺掇拱火成功了，然后就可以看热闹，作壁上观。

林君璧根本不给他们这些机会。

被他阻拦了，再敢开口，自然就是脑子太蠢，应该不会有的。果不其然，没人说话了。

崔东山将那本棋谱随手一丢，摔出城头之外，自顾自点头道：“若是被蛮荒天下的畜生们捡了去，必然一看便懂，一下就会。从此之后，好似个个寻死，剑气长城无忧矣，浩然天下无忧矣。”

林君璧坐回原位，笑道：“这次算你赢了，你我再下一局，赌什么？”

崔东山笑道：“这次咱哥俩赌大点，一枚雪花钱！你我各自出一道死活题，直到谁解不出谁输，如何？当然，我是赢了棋的人，就无须猜先，直接让先了，你先出题，我来解死活题。只要解不出，我就直接一个想不开，跳下城头，拼了性命，也要从把那棋谱奉若至宝、只觉得原来下棋如此简单的畜生大妖手中，抢回那部价值连城的棋谱。如果我赢了，林公子就乖乖再送我一枚雪花钱。”

林君璧摇头道：“不解死活题，依旧是下棋。”对方显然是有备而来，自己不能被牵着鼻子走。

崔东山一脸讶异，似乎有些意外。

林君璧不敢掉以轻心，对方棋术，绝非严律之流可以媲美，此人棋力绝对不下于师兄边境。至于对方棋力最高到底在何处，暂时不好说，需要自己拎着对方的衣领往上提一提。

林君璧也懒得多看一眼对方的脸色，伸出一手，道：“这次换你，我来猜先。”

再下一局，多看些对方的深浅，毕竟又被此人拉上了溪庐先生，以及久负盛名的《快哉亭棋谱》。

只不过棋盘上的输赢依旧是其次，自己并不在乎输赢的名声，更何况难道输了，溪庐先生便不是中土神洲的一流国手了？难道《快哉亭棋谱》便会被赶出天下名棋谱之列了？

第二局棋，林君璧长考极多。

对方那白衣少年，长考更久，终于不再故意抓耳挠腮，或是偶尔故作为难，微皱眉头。

输赢依旧只在一线之间。

这次轮到林君璧凝视着棋盘许久。

对手最后三手，皆是妙手，棋力暴涨，棋风大变，棋理颠倒。

这让林君璧措手不及，只得在一场双方对弈中最长之长考过后，再次投子认输。

那白衣少年的神色有些古怪，道："你是不是对《彩云谱》第六局钻研颇深？既然有了应对之策，哪怕输赢依旧难说，但是撑过当下棋局形势，毕竟还是有机会的，为何不下？藏拙藏拙，把自己闷死了，也叫藏拙？林公子，你再这么下棋，等于送钱，我可就真要喊你再下一局了啊。"

林君璧叹了口气，问道："你是真不知道，还是装傻扮痴？"

对方蓦然大笑，却是以心声说道："当然知道，你林公子是想要通过两局输棋，让我觉得你通盘棋理宛如定式，然后等我开口说第三局，押重注，赢我一个倾家荡产，对不对？林公子，你们这些擅长下棋的大国手，心可真黑，我今天算是领教了。"

林君璧开口笑道："第三局，一枚小暑钱。我会倾力下棋。"

崔东山握着拳头轻轻一挥，摇头道："郁姐姐买我扇子的这枚小暑钱，可不能输给你。其他的小暑钱，随便你挑，反正我兜里也没有。"

崔东山转头喊道："郁姐姐，你放心，我就算输了个底朝天，也会留下这枚姐弟情深义重的小暑钱！"

郁狷夫置若罔闻。

朱枚嘀咕道："狗嘴里吐不出象牙。"

崔东山哈哈笑道："小姑娘，大声点说，我们文圣一脉，被人当面骂，从不计较，有了道理，还要竖拇指，说你骂得好。但是背后骂人嘛，也成，别给我们听见了，不然翻书如吃屎，吃饭却喷粪，是要遭天打五雷劈的。"

朱枚有些慌张，坐得离郁狷夫更近了些。

林君璧笑道："随便哪枚小暑钱都可以。"

崔东山突然说道："再加一点额外的彩头，若是我赢了，你将那本《彩云谱》送给我。"

林君璧点头道："可以。"

第三局，林君璧先行。

结果先手便大优，距离中盘取胜只差些许的林君璧，差点被对方下出无胜负的三劫循环。林君璧虽然始终神色自若，但是心中终于泛起了一股恼火。

双方一直下到了将近四百手之多！对于双方而言，这都是一场惊人收官。

除了下棋两人，已经没有人可以看出准确的胜负趋势。

林君璧在一次落子后，轻轻松了口气。

崔东山神色凝重起来，拈起棋子，身体前倾，长长伸出拈子之手，另外一手兜住袖口，免得打乱棋子，即将落子之时，林君璧心中大定，赢了！

崔东山突然一个抬手，对那微微错愕的林君璧摇晃肩头，道："哈哈，气不气？气不气？我就不下这儿哩。哎哟喂，我真是个小机灵鬼呢，我这脑阔(壳)真不大，但是真灵光哩。"

这大概是大师姐附体了。包括朱枚在内，哪怕是那个不太喜欢下棋的金真梦，几乎所有人都呆若木鸡。

崔东山思量片刻，依旧是弯腰拈子，只不过棋子落在棋盘别处，然后坐回原地，双手笼袖，道："不下了，不下了，能够连赢邵元王朝林君璧三局，心满意足了。"

白衣少年抬头望天，道："今天的月亮圆又圆啊。"

嗯，大白天的，哪有月亮可看，少年是想起那位周澄姐姐了。

林君璧笑道："是我输了。一枚铜钱，一枚雪花钱，一枚小暑钱，回头我一起双手奉上。"

崔东山突然冷笑道："哟，听口气，看待胜负很淡然嘛。怎么，是觉得老子陪你下了四百手，真当我们旗鼓相当了？逗你玩呢，看不出来吧？信不信我们什么彩头都不赌的第四局，我在八十手之内，就能够下赢一只趴在邵元王朝耀武扬威的井底之蛙？"

林君璧笑道："哦？"

崔东山又嬉皮笑脸了，道："你还真信啊？我赢了棋，还是三局之多，钱挣得不多，还不许我说点大话过过瘾啊？"

崔东山收敛笑意，看向棋子密密麻麻的复杂棋局，啧啧道："你我哥俩好，一起下出了这么个神仙局，快哉亭都他娘的快要炸裂了吧？因为实在是太快哉了！"

其实这会儿，再没有一个人胆敢小觑此人棋术了，严律更是如此。

崔东山朝占着茅坑不拉屎的那位林公子挥挥手，眼神真诚道："钱回头送我，是不是你自己送，无所谓。林公子，我要收拾棋局了。怎么，还要帮忙啊？你都帮了三个大忙了，我看就算了吧。你再这样，我良心不安，天意使得我无法与你这种大度之人做朋友，我辗转反侧夜不能寐啊。"

林君璧叹了口气。这第三局搁在整个邵元王朝历史上，兴许都堪称名局，所以结果还能接受。

崔东山一边收拾棋子，毫无风范，随便将棋子丢入棋罐，清脆作响，一边自言自语道："连胜三局，舒服，真是舒服。只不过呢，靠着棋力悬殊，碾压对手，真没意思，若是双方棋力相差无几，输赢看运气，运气在我，再赢了棋，那才最惬意。估计林公子这辈子棋盘上太过顺遂，又习惯了以力压人，是无法领略我这种心情的啦。惜哉惜哉。"

崔东山突然笑问道："怎么，觉得我棋力太高，或是觉得运气在我，两者皆有假？棋力高不高，我心知肚明就好了。但是我运气好不好，林大公子你得认啊。那咱们再下一局,换一个法子,如何?比的不全是棋力,更在运气,敢不敢?甚至可以说,我们比的,就只是运气。这种棋,林公子可能这辈子都没机会再下了。因为只看运气,所以我们不赌钱了,什么都不赌。”

林君璧问道:“此话怎讲?”

崔东山笑道:“你来决定赌这局棋谁输谁赢。谁输谁赢,你事先与苦夏剑仙说好。只要棋盘上的结局如你所说,无论我在棋局上是输是赢,都是你赢。我们赌的就是谁的运气更好,敢不敢?”

林君璧哑然失笑。

崔东山笑道:“棋术剑术都不去说,只说苦夏剑仙的人品,林公子的赌品,我还是相信的。”

林君璧摇头道:“这种棋,我不下。”

崔东山竟然点头道:“确实,因为还不够有意思,所以我再加上一个说法,你那本翻了很多次的《彩云谱》第三局,棋至中盘——好吧,其实就是第五十六手而已——便有人投子认输。不如我们帮着双方下完,然后依旧由你来决定棋盘之外的输赢。棋盘之上的输赢,重要吗?根本不重要嘛。你帮白帝城城主下,我来帮与他对弈之人下。咋样?你瞧瞧苦夏剑仙,都急不可耐了。堂堂剑仙,辛苦护道,多么想林公子能够扳回一局啊。”

林君璧无言以对。

此人,是疯子。

《彩云谱》,之所以能被世间所有棋手视为“我于人间观彩云,高高在上不可攀”,就在于赢棋之人无敌,更可怕的地方,在于那个输棋之人,只要起身离开了那张棋盘,离开了白帝城,也是云下城外我无敌。

关于《彩云谱》第三局的后续,无数棋手都有过极其艰深的钻研,就连林君璧的师父都不例外,只说那崔瀺既不早一步又不晚一步的投子认输,恰好说明此人,真正当得起世间棋道第二的称号。

林君璧摇头道:“这种棋,我不下。你我身为棋手,面对这棋盘棋子,就不要侮辱它们了。”

崔东山冷笑道:“你有资格侮辱这《彩云谱》?林君璧,你棋术高到这份上了?这五十六手,只有境界足够,才可以看到结局处。其余彩云之下的所有棋手,当真知道双方心中所想?换成你我来下棋,那两位的中盘结束局,你真有本事维护住白帝城城主的优势?谁给你的信心,靠连输三局吗?”

林君璧沉声说道:“不与苦夏剑仙言语棋盘之外胜负,我与你下这残局!”

崔东山笑道:“好,那就加一个彩头,我赢了,再下一局,你必须与苦夏剑仙事先说好胜负。”

林君璧说道：“等你赢了这部《彩云谱》再说。”

崔东山笑道：“还好还好，林公子没说‘赢了我再说’，不然哪怕是我这般仰慕林公子神仙风采之人，也要吐一口唾沫在棋盘上了。”

剑仙苦夏忧愁不已。

其余年轻剑修，哪怕是金真梦，都对这一局充满了期待。

崔东山突然转头说道：“无关人等，没资格看这局棋。当然了，真要看也行，不多，一人一枚谷雨钱。都给我大气些，拿出来拿出来。”

朱枚举起手道：“我要看，郁姐姐这枚谷雨钱，我帮忙出。”

崔东山立即变了一副嘴脸，挺直腰杆，一身正气道：“开什么玩笑，郁姐姐的朋友就是我东山的朋友，谈钱？打我脸吗？我是那种下棋挣钱的路边野棋手吗？”

包括蒋观澄在内不少人还真愿意掏这个钱，但是剑仙苦夏开始赶人，并且没有任何商量的余地，所以城头上，竟然只留下了郁狷夫以及有郁狷夫撑腰的朱枚。

双方各自摆放棋子在棋盘上，看似打谱复盘，实则是在《彩云谱》第三局之外，再生一局。

半个时辰过后，长考不断的林君璧，莫名其妙在右上角中刀，棋盘上只下出三十六新手，林君璧便脸色惨白，迟迟不肯投子认输。

崔东山淡然道：“按照约定，再下一局，是下那收官阶段输棋的《彩云谱》倒数第二局，棋盘余地太少太少，意外太小太小了，你依旧为白帝城城主落子。记住了，先与苦夏剑仙说好棋盘外的胜负。就只是运气之争，棋盘之上的输赢，别太过在意。如果还是我赢，那我可就要狮子大开口了，求你与我再下一局。”

林君璧与苦夏剑仙说了棋盘外的胜负。

然后双方重新收拢棋子，再摆放棋子。相较于前一局棋，这一次棋盘上的棋子众多。

短短一炷香后，白衣少年便笑道：“放心，下一局，换我来先与苦夏剑仙说胜负，你我再下棋。既然我赌运太旺，那我就跪求一输，主动更换运气方位。这一次若还是我赢，那说明我今天是真的运气太好啊，与林公子棋术高低，有半枚铜钱的关系吗？没有的，没有的。”

林君璧额头渗出汗水，呆滞无言。既不愿意投子认输，也没有言语，好像就只是想要多看一眼棋局，想要知道到底是怎么输的。

那个白衣少年嘴上说着客气话，却是满脸讥笑。

郁狷夫叹了口气，拉着朱枚离开此地。

果然又被那个崔东山说中了，她郁狷夫先前的“赌运”其实算好的了。

少女朱枚也是知道轻重的，默默跟着郁狷夫离开这个是非之地。

苦夏剑仙正要开口说话，崔东山双指拈住一枚棋子，轻轻转动，头也不抬，道："观棋不语，讲点规矩行不行？堂堂中土剑仙，更是那周神芝的师侄，身负邵元王朝国师重托，就是这么帮着晚辈护道的？我与林公子是一见如故的朋友，所以我处处好说话，但要是苦夏剑仙仗着自己的剑术和身份不讲规矩，那我可就要搬救兵了。这么个粗浅道理，明不明白？不明白的话，有人剑术高，我可以求个情，让他教教你。"

苦夏剑仙从犹豫变成坚定，不管那个白衣少年的言语，沉声道："林君璧，可以起身了。"

林君璧犹豫不决，双拳紧握。

崔东山拈起一枚棋子，轻轻按在棋盘上，随手一抹，棋子滑到了林君璧那边的棋盘边缘。小小棋子，刚好一半在棋盘上，一半悬空。

崔东山微笑道："起身？可以。投子认输，认输输一半。"

苦夏剑仙怒道："你这厮休要得寸进尺！你竟敢坏林君璧道心？"

崔东山双手笼袖，笑呵呵道："修道之人，天之骄子，被下棋这般闲余小道坏道心，比那严律更厉害。这次是真要笑死我了。"

崔东山抬起头，望向那位怒气冲冲的苦夏剑仙，笑眯眯问道："笑死我，就能帮林君璧赢棋啊？"

林君璧颤声道："未下棋便认输，便只输一半？"

崔东山点头道："当然。只不过有个小条件，你得保证这辈子再也不碰棋盘棋子。"

林君璧汗流浃背。

崔东山打着哈欠，也不催促林君璧做决定，就只是显得有些无聊。

世人只知道《彩云谱》是《彩云谱》，根本不知道下出彩云局的对弈双方，相对而坐，却在棋盘之外，又有哪些深不见底的钩心斗角。

那才叫真正的下棋。

你们这些从《彩云谱》里学了点皮毛的小崽子，也配自称棋手国手？

崔东山像是在与熟人闲聊，缓缓道："我家先生的先生的著作，你们邵元王朝除了你家先生的书房敢放，如今帝王将相门庭，市井学塾书案，还剩下几本？一本都没有？这都不算什么，小事，愿赌服输，落子无悔。只是我好像还记得一件小事，当年万里迢迢跑去文庙外面，动手砸碎路边那尊破败神像的，其中就有你们邵元王朝的读书人吧？听说那人返乡之后，仕途顺遂，平步青云？后来那人与你不但是棋友，还是那把臂言欢的忘年交？对了，就是城根下躺着的那部棋谱之主人，大名鼎鼎的溪庐先生。"

苦夏剑仙心中微动，方才依旧想要说话劝阻林君璧，现在已经死活开不了口了。

玉璞境剑修米裕，是剑气长城的本土剑修，当时遇上那人，依旧一动不敢动，那么他苦夏此刻也如出一辙。

只是林君璧当下失魂落魄，况且境界实在还是太低，未必清楚自己这会儿的尴尬境地。

崔东山对那林君璧嗤笑道："彩头？接下来我每赢你一局，就要让你不得不再下一局，哪怕次次只收你一枚小暑钱，我都能让你输掉所有的修道未来，甚至是半个邵元王朝。我要下到你恨不得现在就去投胎，下辈子再也不碰棋子！你以为与我对弈，是你不想下棋便不想下的？嗯？"

"你到底知不知道，是在与谁下棋？"崔东山大袖飘荡，眯眼道，"记住，我是东山啊。"

曹晴朗在廊道遇到了裴钱。

裴钱欲言又止。

曹晴朗指了指心口，然后摆了摆手，没有说话，只是微微一笑。

裴钱默不作声。

曹晴朗笑问道："我有刻刀，回头送你一方印章？"

裴钱气呼呼走了。

曹晴朗挠挠头，这裴钱，为了等到自己出现，守株待兔很久了吧？

这天，一个鬼鬼祟祟的白衣少年，偷偷敲开了宁府大门，纳兰夜行笑呵呵道："东山老弟啊，怎么回事？做贼也不需要敲门吧。"

崔东山懊恼道："纳兰老哥，小弟今儿去城头辛苦半天，才挣了点小钱，气杀我也，没脸见先生啊。"

纳兰夜行有些可怜被崔东山挣钱的人，虽然不知道是谁这么倒霉。

就在纳兰夜行打算关了门，就与这小王八蛋分道扬镳的时候，崔东山突然笑道："走，去老哥屋里喝酒去。"

纳兰夜行当然不乐意，只是看了眼白衣少年的眼神，便点点头。

到了屋里，崔东山拿出两壶酒，纳兰夜行却很希望是喝自己这边辛苦藏好的酒水，但是接下来的谈话，却让纳兰夜行渐渐没了那点小心思。

因为对方所说之事，于他这位跌了境界的玉璞境剑修而言，实在太大——对方所说，是纳兰夜行的大道之路该如何走。

很快又有敲门声响起，是那个已经不是纳兰夜行不记名弟子的金丹境剑修，崔嵬。

崔嵬关上门后，抱拳作揖，不抬头，也不说话。

纳兰夜行想要起身离开，却被崔东山笑呵呵拦阻下来。

崔东山转头问道："是想要再破境，然后死则死矣，还是跟着我去浩然天下，苟延残喘？今天明天兴许无所谓，只会觉得庆幸。但是我可以肯定，将来总有一天，你崔嵬会良心作痛。”

崔嵬始终低头抱拳，道：“崔嵬愿意追随先生去往宝瓶洲。明日悔恨，明日再说。”

崔东山笑道：“可以，我答应了。但是我想听一听你的理由。放心，无论如何，我认不认可，都不会改变你以后的安稳。”

崔嵬沉默片刻，问道：“我崔嵬凭什么要死在这里？”

纳兰夜行叹了口气，倒是没有像上次那般勃然大怒，差点没忍住就要一巴掌拍死崔嵬。

崔东山点头道：“问得好。以后到了他乡，得闲了，或是年老了，不妨自己再来回答此问。去吧，这些年辛苦你了。”

崔嵬却没有立即离开，而是跪在地上，面朝纳兰夜行磕了三个头，道：“师父不认弟子，弟子却认自己修道路上的第二位师父！崔嵬此去，再不回头，师父保重！”

纳兰夜行抬起白碗，喝了一口酒，点头说道：“既然选择了去那浩然天下，那干脆一不做二不休，别随随便便死了，多活他个几百几千年。”

崔嵬离开此地，返回自己住处。

崔东山喝过了酒，也很快离开屋子。

只留下一个膝下无子女也无徒弟的老人，独自饮酒，桌上好像连那一碟佐酒菜都无。

这天黄昏里，刘景龙带着弟子白首一起登门拜访宁府。

白首拿出了慷慨赴死的气魄。

只是天大意外之喜！那裴钱据说先是与一位宁府老嬷嬷练拳，这会儿正躺在病床上呢。

恨不得敲锣打鼓的高兴过后，白首又忍不住担忧起来，那裴钱到底是个小姑娘家家的。少年便问了路，去裴钱宅子那边晃荡，当然不敢敲门，就是在外面散步。

至于少年的师父，已经去了好兄弟陈平安的宅子。

屋内却是三人：陈平安，崔东山，刘景龙。

各自掏出一本册子。

陈平安这本册子上的消息最为驳杂。

崔东山的册子最厚，内容来源，都是出自大骊绣虎安插在剑气长城和倒悬山的死士谍子，人数不多，但是个个顶用。既有新拿到手的情报，更多还是来自大骊最高机密的档案。

当然，崔东山前不久自己也大致走了遍城池，倒不是真想要靠着自己找到更多的蛛丝马迹，崔东山从来自认不是什么神仙。见微知著，前提在“见”。终究是时日太短，还有文圣一脉子弟的身份，就会比较麻烦。不然崔东山可以掌握到更加接近真相，甚至直接就是真相的诸多细节。

刘景龙是通过宗主、太徽剑宗子弟，旁敲侧击而来的消息。

崔东山一挥袖子，比两张桌子稍高处，凭空出现了一张雪白宣纸，崔东山心念微动，宣纸上，城池内的大小府邸、街巷，一一平地而起。

然后崔东山分别交给先生和刘景龙每人三支笔，那张宣纸可任由人身穿过，之后会自行恢复，但是偏偏却可落笔成字。

不同笔写不同颜色的字：黑，白，灰。

三人都无言语交流，各自写下一个个名字。

若是相同的名字却有不同的颜色，崔东山便以手中独有的朱笔，将那个名字画圈。

桌上放着三本册子，有人停笔之余，可以自行翻阅其余两本。

这天暮色里，刘景龙和白首离开宁府，返回太徽剑宗的甲仗库宅邸。陈平安只带着崔东山去往酒铺。

却不是真去酒铺，而是稍稍绕路，最终来到了一处陋巷的一栋宅子，谈不上寒酸，却也绝对与豪奢无缘。

崔东山没有进去，就站在外面，等到先生进门后，崔东山就去了两条巷弄拐角处，在那边百无聊赖地蹲着。

只有裴钱还不清楚，这趟远游，到了剑气长城，他们这些学生弟子，是待不长久的。

他的先生，只不过就是希望他们几个，能够亲眼看一看剑气长城到底是怎样的一个地方，看一看那些以后注定再也无法看到的壮阔风景。

陶文坐回桌子，问道："怎么来了？不怕以后我无法坐庄？"

陈平安笑道："这虚虚实实的，招数多坑更多，那帮赌术不精的赌棍，别想跟我玩套路。"

陶文说道："陈平安，别忘了你答应过我的事情。对你而言，兴许是小事；对我来说，也不算大事，却也不小。"

陈平安点头道："我答应自己的事情，许多都未必做得到。但是答应别人的事情，我一般都会做到。"

陶文点点头，这个年轻人第一次找自己坐庄的时候，亲口说过，不会在剑气长城挣一枚雪花钱。

陶文打趣道："这话，是二掌柜说的，还是纯粹武夫陈平安说的？"

陈平安笑道："是剑客陈平安说的。"

陶文沉默许久，陈平安笑着拎出两壶竹海洞天酒，当然是最便宜的那种。

陶文没有施展袖有乾坤的术法神通，只是起身去灶房拿了两只酒碗过来，自然要比酒铺那边大不少。

陶文喝了一碗酒，倒了第二碗后，说道："陈平安，别学我。"

陈平安摇头道："不会。"

陶文点点头："那就只剩下一件事了，别死。别忘了，这里是剑气长城，不是浩然天下，这里不是你的家乡。"

陈平安说道："我会争取。"

陶文举起酒碗，陈平安也跟着举碗，轻轻碰了一下，各自饮酒。

陶文问道："浩然天下，你这样的人，多不多？"

陈平安仔细想了想，摇头道："像我这样的人，不是很多。但是比我好的人，比我坏的人，都很多。"

陈平安问道："真不去看看？"

陶文笑了笑。

这个问题，问得有些多余。不像是那个思虑周全、挖坑连环的二掌柜了。

然后默默喝酒而已。

等到差不多都是最后一碗酒的时候，陈平安抬起酒碗，随后又放下，从袖子里摸出一对印章，轻轻放在桌上，笑道："不知道陶叔叔愿不愿意收下这件小东西。"

陶文摇摇头，道："我不好这一口。酸文拽文，是你们读书人的事，我一个剑修，就算了，放在家里，又用不着，吃灰做甚？你还是拿着去挣钱吧，比留在我这里有意义。"

陈平安收起了印章，重新举起酒碗，道："卖酒之人往往少饮酒，买酒之人酒量稀烂。酒品不过硬，为何买酒嘛，是不是这个理，陶叔叔？"

陶文笑道："我不跟读书人讲道理。你喝你的，我喝我的，酒桌上劝人酒，伤人品。"

各自饮尽最后一碗酒。

陈平安站起身，笑着抱拳："下回喝酒，不知何时了。"

陶文挥挥手，道："与我喝酒最没劲，这是公认的，不喝也罢。我就不送了。"

陈平安离开宅子，独自走在小巷中，双手紧握两方印章。

"求醉耶，勿醉也。"

"花草葱葱。"

陈平安走着走着，突然神色恍惚起来，就好像走在了家乡的泥瓶巷。

陶文在人世间，是如此的挂念妻女：自己爹娘不在人世间，会不会也是这般挂念小平安？

陈平安停下脚步，怔怔出神，然后继续前行。

片刻过后，陶文突然出现在门口，笑问道："印章我依旧不要，但是想知道，那两方印章刻了什么。"

陈平安没有转身，摇摇头，道："陶叔叔，没什么，只是些从书上抄来的文字。"

陶文笑道："你这读书人。"

那个头别玉簪身穿青衫的年轻人，也没多说什么——这就很不像二掌柜了。

陶文斜靠着门口，望向空落落的宅子。

书上文字酸人眼，碗中酒水辣肚肠。

好像确实都能让人流眼泪。

那么就说得过去了。

那个年轻人的背影，在小巷子中渐渐远去。

剑仙陶文坐在门槛上，面朝远处屋内那张桌子，喃喃道："那次是爹去晚了，又让你们娘俩等了这么多年。葱花，葱花，不疼，不疼。爹在这边，一直很好，能吃阳春面，也能与好人饮酒，你们莫心疼……"

陈平安与崔东山，同在异乡的先生与学生，一起走向那座开在异乡的算是半个自家的酒铺。

崔东山轻声问道："先生没劝成功？陶文依旧不愿意离开剑气长城，非要死在这里？"

一样米养百样人，剑气长城既然会有不想死的剑修崔嵬，自然也就会有想死在家乡的剑仙陶文。

剑气长城历史上，双方人数，其实都不少。最顶尖的一小撮老剑仙、大剑仙，无论是犹在人世还是已经战死了的，为何人人由衷不愿浩然天下的三教学问、诸子百家，在剑气长城生根发芽，流传太多？当然是有理由的，而且绝对不是瞧不起这些学问，理由很简单，也唯一，那就是学问多了，思虑一多，人心便杂，剑修练剑就再难纯粹，剑气长城根本守不住一万年。

有一件事，如今的寻常本土剑仙所知甚少。许多年前，剑气长城的城头之上，老大剑仙陈清都曾经亲自坐镇，隔绝出一座天地，然后有过一次各方圣人齐聚的推衍，但是结局并不算好。在那之后，礼圣、亚圣两脉造访剑气长城的圣人、君子、贤人，不管理解与否，都会得到学宫书院的授意，或者说是严令，让他们就只是负责在剑气长城督战的事宜。在这期间，不是没有人冒着被责罚的风险，想要为剑气长城多做些事，而且剑仙们也未曾刻意打压排挤，只不过这些个儒家门生，到最后几乎无一例外，人人心灰意冷。

听崔东山有此问，陈平安说道："到了酒桌上，光顾着喝酒，就没劝。果然喝酒误事。"

陈平安脚步不快，崔东山更不着急，两人便这样缓缓而行，不着急去那酒桌喝新酒。

大街小巷，藏着一个个结局都不好的大小故事。

崔东山安慰道："送出了印章，先生自己心里会好受些，可不送出印章，其实更好，因为陶文会好受些。先生何必如此？先生何须如此？先生不该如此。”

陈平安转移话题道：“那个林君璧与你下棋，结果如何？”

崔东山抖了抖袖子，两人身畔涟漪阵阵，如有淡金色的朵朵荷花，开开合合，生生灭灭。被崔东山施展了独门秘术障眼法，要想偷听双方言语，就必须先见此花，而且不是上五境剑仙万万别想。而且见花便是强行破阵，是要露出蛛丝马迹的，崔东山便可以循着路线还“礼”去。

诱饵便是他崔东山到底是谁，林君璧的下场又是如何，邵元王朝的走势会不会有那翻天覆地的变化，然后以此再来确定他崔东山到底是谁。

反正愿者上钩，他崔东山又没求着谁咬钩吃饵。管不住嘴的下场，大剑仙岳青已经给出例子，若是这还不死心，偏要再掂量掂量文圣一脉的香火分量，就别怨他崔东山去搬救兵，喊大师伯为自己这个师侄撑腰。

崔东山笑道：“林君璧是个聪明人，就是年岁小，脸皮尚薄，经验太不老到。当然，学生我比他是要聪明些的，彻底坏他道心不难，那不过是随手为之的小事，但是没必要，毕竟学生与他没有生死之仇。真正与我结仇的，是那个撰写了《快哉亭棋谱》的溪庐先生。也真是的，棋术那么差，也敢写书教人下棋，据说棋谱的销量真不坏，在邵元王朝卖得都快要比《彩云谱》好了，能忍？学生当然不能忍，这是实打实地耽误学生挣钱啊。断人财路，多大的仇，对吧？”

陈平安疑惑道：“断了你的财路，什么意思？”

崔东山赧颜道：“不谈少数情况，一般而言，浩然天下每卖出一部《彩云谱》，学生都是有分成的。只不过白帝城从来不提这个，当然也从没主动开口提过这种要求，都是山上书商们，为了安稳自个儿合计出来的，不然挣钱丢脑袋，不划算。当然了，学生是稍稍给过暗示的，跟山上书商们说，虽然白帝城城主气量大，但是城主身边的人心眼小，一个不小心，刊印棋谱的人，就会被白帝城秋后算账嘛。魔道中人，性情叵测，终究是小心驶得万年船。再说了，能够堂堂正正给白帝城送钱，多难得的一份香火情。”

陈平安无言以对，崔东山不说，他还真不知道有这等细水长流挣大钱的内幕，气笑道：“等会儿喝酒，你掏钱。你挣钱这么黑心，是该多喝几坛竹海洞天酒，好好洗一洗心肝肚肠。”

崔东山点头称是，说那酒水卖得太便宜，阳春面太好吃，先生做生意太厚道，然后继续说道：“与我结仇的，还有林君璧的传道先生，那位邵元王朝的国师大人。但是许多老一辈的恩怨，不该传承到弟子身上，别人如何觉得，从来不重要，重要的是我们文圣一脉，能不能坚持这种费力不讨好的认知。在此事上，裴钱不用教太多，反而是曹晴朗，需要多看几件事，多说几句道理。”

陈平安笑问道：“所以那林君璧如何了？”

崔东山笑道："所以林君璧被学生苦口婆心，指点迷津，他幡然醒悟，开开心心，自愿成为我的棋子，道心之坚定，更上一层楼。先生大可放心，我未曾改他道心丝毫，只不过是帮着他更快成为邵元王朝的国师，成为更加名副其实的君王之侧第一人。青出于蓝而胜于蓝，不光是道统学问，还有世俗权势，比他先生拿到更多。学生所为，无非是锦上添花。问题症结，不在我说了什么做了什么，而在林君璧的传道人，传道不够，误以为年复一年的循循善诱，便能让林君璧成为另外一个自己，最终成长为邵元王朝的定海神针，殊不知林君璧心比天高，不愿成为任何人的影子。于是学生就有了乘虚而入的机会，林君璧得到他想要的盆满钵盈，我得到我想要的蝇头小利，皆大欢喜。归根结底，还是林君璧足够聪明，学生才愿意教他真正的棋术与为人处世。"

说到这里，崔东山道："先生不该有此问的，白白被这些事不关己的腌臜事，影响了喝酒的心情。"

陈平安摇头道："先生之事，是学生之事，学生之事，怎么就不是先生之事了？"

崔东山抬起袖子，想要装模作样，掬一把辛酸泪，陈平安笑道："马屁话就免了，稍后记得多买几壶酒。"

然后陈平安又提醒道："郁狷夫人不错，你别坑骗她。"

崔东山笑道："学生所为，于她于郁家，兴许不算什么多好的好事，至少也不是坏事。我与那悔棋本事比棋术更好的郁老儿，关系从来不差。先生放心吧，学生如今做事，分寸还是有的。郁狷夫能够成为今天先生认为的'不错'之人，当然主要在她自己用心，也在潜移默化的家风熏陶。至于邵元王朝的文风如何，当然也是差不多的道理。挑猪看猪圈嘛，只要注意不看特例，看那多数，道理就不会差。"

陈平安沉默片刻，转头看着自己开山大弟子嘴里的"大白鹅"，曹晴朗心中的小师兄，会心一笑，道："有你这样的学生在身边，我很放心。"

崔东山遗憾道："可惜学生无法常伴先生身旁，为先生消解小忧。"

陈平安摇头道："裴钱和曹晴朗那边，无论是心境还是修行，你这个当小师兄的，多顾着点，能者多劳，你便是心中委屈，我也会假装不知。"

崔东山笑道："天底下只有修不够的自己心，没什么委不委屈的。"

陈平安转头道："是教先生做人？"

崔东山委屈道："学生委屈死了。"

陈平安说道："善算人心者，越是靠近天心，越容易被天算。你自己要多加小心。先顾全自己，才能长长久久地顾全他人。"

崔东山点头道："学生自有计较，自会考量。"

其实双方最后言语，各有言下之意未开口。

文圣一脉的顾全自己，当然是以不害他人、无碍世道为前提，只是这种话，在崔东山面前，很难讲。陈平安不愿以自己都尚未想明白的大道理，以我之道德压他人。

崔东山的回答，也未答应了先生，因为他不会保证“顾全自己”，更不会保证“长长久久”。

这个世道，与人讲理，都要有或大或小的代价。那么护住众多世人的讲理与不讲理，付出的代价只会更大，比如崔东山此次暂且搁置宝瓶洲那么多大事，赶赴倒悬山和剑气长城，就需要付出代价。其实崔瀺没说什么，更没有讨价还价，信上只说了速去速回四个字，算是答应了崔东山的偷懒怠工，但是崔东山清楚，自己愿意多做些。你崔瀺老王八蛋既然可以让我一步，那我崔东山便可以自己去多走两步。

崔东山只做既有意思又有意义同时还能够有利可图的事情，所以他就只能拉拢林君璧之流的聪明人，却永远无法与刘景龙、钟魁这类人，成为同道中人。

先生不是如此。

先生不如此，学生劝不动，便也不劝了，因为先生是先生。

世间许多弟子，总想着能够从先生身上得到些什么——学问，声誉，护道，台阶，钱。崔东山懒得去说那些好与不好，反正自己不是，事不关己，那就高高挂起。

到了酒铺，人满为患，陈平安就带着崔东山拎了两壶酒，蹲在路边，身边多出许多生面孔的剑修。

崔东山如今在剑气长城名气不算小了，棋术高，据说连赢了林君璧许多局，其中最多一局，下到了四百余手之多。

有那精通弈棋的本土剑仙，都说这个文圣一脉的第三代弟子崔东山，棋术通天，在剑气长城肯定无敌手。

于是那些大小赌棍酒鬼心里好受多了，想必那个身为崔东山先生的二掌柜，肯定棋术更高，所以被二掌柜卖酒坐庄骗了些钱，是不是就不算丢人？与此同时，不少人觉得自己真是冤枉了二掌柜，虽说酒品赌品确实差，毋庸置疑，可到底棋品好啊，明明棋术如此高，却从未在此事上显摆一二，竟是还剩下点良心，没被浩然天下的狗全部叼走。

如今酒铺生意实在太好，大掌柜叠嶂打算买下隔壁两间铺子。起先很怕自己多此一举，便做好了被教训一通的心理准备，小心翼翼与二掌柜说了想法，不承想二掌柜点头说可以，叠嶂便觉得自己做生意，还是有那么点悟性的。有了这么个打算，叠嶂便与帮短工的张嘉贞商量了一番，少年答应以后就在酒铺当长工了。除了灵犀巷张嘉贞，还有个蓑笠巷的同龄人蒋去，私底下也主动找到了叠嶂，希望能够在酒铺做事情，还说他不要薪水银子，能吃饱饭就可以。叠嶂当然没答应，说薪水照发，但是起先不会太多，以后若是酒铺生意更好了，再多给。所以蒋去最近都会经常找张嘉贞，询问一些酒铺打杂事宜。张嘉贞也一五一十告诉这个自己早就熟悉的同龄人。来自不同贫寒巷子、出身大致相当的两个少年，关系越发亲近了几分。

喝过了酒便回宁府，临走之时，崔东山拎了两壶五枚雪花钱一坛的青神山酒水，当然不会与酒铺赊账。看得那些酒鬼一个个头皮发麻，寒透了心。二掌柜连自己学生的神仙钱都坑，对于外人，会手下留情？

听说剑气长城有位自称赌术第一、没被阿良挣走一枚钱的元婴境剑修，已经开始专门研究如何从二掌柜身上押注挣钱，到时候撰写成书编订成册，会无偿将这些册子送人，只要在剑气长城最大的宝光酒楼喝酒，就可以随手拿走一本。如此看来，齐家名下的那座宝光酒楼，算是公然与二掌柜较上劲了。

纳兰夜行开了门，意外之喜，得了两坛酒，便一个不小心嘴上没个把门，热情地喊了声“东山老弟”。崔东山脸上笑眯眯，嘴上喊了声“纳兰爷爷”，心想这个纳兰老哥真是上了岁数不记打，又欠收拾了不是。先前自己的言语，不过是让白嬷嬷心里边稍稍别扭，这一次可就是要对纳兰老哥你下狠手出重拳了，打是亲骂是爱，好好收下，乖乖受着。

为了不给纳兰夜行亡羊补牢的机会，崔东山与先生跨过宁府大门后，轻声笑道：“辛苦那位洛衫姐姐的亲自护送了。”

陈平安说道：“职责所在，无须惦记。”

崔东山抖了抖袖子，道：“当然。学生只是心中忐忑，今日这番行头，入不入得洛衫姐姐的法眼。”

纳兰夜行笑道：“东山啊，你是难得一见的风流少年郎，洛衫剑仙一定会记住的。”

崔东山点头道：“是啊是啊。”

演武场芥子小天地那边，裴钱在被白嬷嬷喂拳。

陈平安没有旁观，不忍心去看。

陈平安自己练拳，无论被十境武夫如何喂拳，再惨也没什么，只是独独见不得弟子被人如此喂拳。

真正的原因，则是陈平安害怕自己多看几眼，以后裴钱万一犯了错，便不忍心苛责，会少讲几分道理。

毕竟在书简湖那些年，陈平安便已经吃够了自己这条心路脉络的苦头。

与他人撇清关系，再难也不难，唯独与昨日的自己撇清关系，千难万难，登天之难。

隐官大人城外的一处避暑行宫。

隐官大人站在悬空的椅子上，双手揪着两根羊角辫儿，俯瞰着一幅城池地图。这幅图更加庞大且详细，包括太象街在内的一座座豪宅府邸的私人花园、亭台楼榭，都一览无余。

只不过如今地图上，是一条条以朱笔描绘而出的鲜红路线，一端在宁府，另外一端并无定数，最多是在叠嶂酒铺，以及那处街巷拐角处，说书先生的小板凳摆放位置，再就是剑气长城左右练剑处。

庞元济曾经问道："陈平安又不是妖族奸细，师父为何如此在意他的路线。"

隐官大人说道："没架打，没酒喝，师父很无聊啊。"

庞元济便不再多问了，因为师父这个道理，很有道理。

按照他师父的说法，隐官一脉，在剑气长城的历史上，传承到了她手里，哪怕做得不算顶好，但绝对是合格了的。不但合格，还多做了太多太多的额外事，功劳真不算小了。可老大剑仙还那么挑她的刺，真是欺负人，能者多劳，也不是这么个劳碌命啊。

女子剑仙洛衫，还是身穿一件圆领锦袍，样式依旧，不过换了颜色，且依然头顶簪花。

在剑气长城，隐官一脉的洛衫，与那城头上荡秋千的失心疯女子周澄，姿容都算是极其出彩的了。

洛衫到了避暑行宫的大堂，持笔再画出一条朱红颜色的路线。

竹庵剑仙皱眉道："这次怎么带着崔东山，去了陶文住处？所求为何？"

洛衫说道："你问我？那我是去问陈平安，还是那个崔东山？"

竹庵剑仙"哦"了一声，道："想去就去吧，我又不拦着。"

洛衫一瞪眼，竹庵浑然不觉。

隐官大人说道："应该是劝陶文多挣钱别寻死吧。这个二掌柜，心肠还是太软，难怪我一眼看到，便喜欢不起来。"

隐官大人扭动着羊角辫儿，撇撇嘴，道："咱们这位二掌柜，可能还是见得少了，时日太短，若是看久了，见多了，还能留下这副心肠，我就真要佩服佩服了。可惜喽……"

可惜隐官大人没有下文了，洛衫与竹庵剑仙也不会多问。

隐官大人突然哀叹一声，脸色更加惋惜，道："岳青没被打死，一点都不好玩。"

竹庵剑仙这一次是真的比较好奇，毕竟一个金身境武夫陈平安，他不太感兴趣，但是对于同为剑修的左右，那是万般感兴趣，便问道："隐官大人，老大剑仙到底说了什么话，能够让左右停剑收手？"

隐官大人一伸手，竹庵剑仙便抛过去宝光酒楼一壶上佳仙酿。

隐官大人收入袖中，说道："大概是与左右说，你那些师弟师侄看着呢，递出这么多剑都没砍死人，已经够丢脸的了，还不如干脆不砍死岳青，就当是切磋剑术嘛。若是砍死了，这个大师伯当得太跌份。"

洛衫与竹庵两位剑仙对视一眼，觉得这个答案实在难以让人信服。

隐官大人跳到椅把手上站着，更高些俯瞰那幅地图，自言自语道："将死之人，有点多了啊。能活之人，倒也不算少。输钱赢钱，挣钱还钱，有这样做买卖的吗？将来谁又记得你陶文的那点卖命钱，你陈平安做的那点芝麻事？大势之下，人人难逃，毫无意义的事情嘛，还做得如此起劲？唉，真是搞不清楚读了书的剑客怎么想，从来都是这样。又不能喝酒，愁死我了。竹庵，你赶紧喝酒啊，让我闻闻酒味儿也好。”

今天的剑气长城。

左右不是有些不适应，而是极其不适应。

对崔东山，很直接，不顺眼就出剑。

对陈平安，教他些自己的治学法子，若有不顺眼的地方，就教小师弟练剑。

但是眼前这两个，都是师侄！再加上那个不知为何会被小师弟带在身边的郭竹酒，也算半个？

裴钱这一次打算抢先开口说话。输给曹晴朗一次，是运气不好；输两次，就是自己在大师伯面前礼数不够了！

所以等到师父与大师伯寒暄完毕，自己就要出手了！不承想裴钱千算万算，算漏了那个半吊子同门郭竹酒。

这家伙不知怎么就不被禁足了，最近经常跑到宁府。来叨扰师娘闭关也就罢了，关键是在她这大师姐面前也没个好话。

大师姐不认你这个小师妹，是你这个小师妹不认大师姐的理由吗？嗯？小脑阔(壳)给你捶烂信不信？算了算了，谨记师父教诲，剑高在鞘，拳高莫出。

郭竹酒今天抢先一步说道：“未来大师伯，你一人一剑，便包围了包括大剑仙岳青在内那么多剑仙，是不是其实心里很淡然，对吧？因为更早那场出城杀妖的大战，大师伯一人便包围了那么多的大妖，砍瓜切菜哗啦啦的，所以很是习以为常了，肯定是这样的！大师伯你别不承认啊！”

左右笑了笑，道：“可以承认。”

郭竹酒郑重其事道：“我若是蛮荒天下的人，便要烧香拜佛，求大师伯的剑术莫要再高一丝一毫了。”

裴钱急红了眼，双手挠头。

这种溜须拍马，太没有诚意了，大师伯千万别信啊。

左右笑了笑，与裴钱和曹晴朗都说了些话，客客气气的，极有长辈风范，又夸了裴钱的那套疯魔剑法，让她再接再厉，还说“剑仙周澄的那道祖传剑意，可以学，但无须佩服，回头大师伯亲自传你剑术”。

左右还叮嘱了曹晴朗用心读书，修行治学两不耽误，才是文圣一脉的立身之本。最后不忘教训了曹晴朗的先生一通，让曹晴朗在治学一事上，别总想着学陈平安便足够，而是远远不够，必须青出于蓝而胜于蓝，这才是儒家门生的为学根本，不然一代不如一代，岂不是教先贤笑话？别家学脉道统不去多说，文圣一脉，断然没有此理。

听得陈平安既高兴，心里又不得劲。

也从没见这位大师兄在自己面前，如此和颜悦色好说话啊。难道这就是所谓的隔代亲？

带着他们拜见了大师伯，老大剑仙的茅屋就在不远处，陈平安犹豫了一下，又带着他们一起去见了老人。

陈清都走出茅屋，瞥了眼崔东山，大概是说“小兔崽子死开”。

崔东山笑道：“好嘞。”

一个转身，蹦蹦跳跳，两只雪白大袖子甩得飞起。

郭竹酒，原地不动，伸出两根手指头，摆出双脚走路姿态。老大剑仙又看了她一眼，为表诚意，郭竹酒的两根手指头，便走得更快了些。

陈清都笑道：“又没让你走。”

郭竹酒如释重负，转身一圈，站定，表示自己走了之后又回来了。

裴钱心中叹息不已，真得劝劝师父，这种脑子拎不清的小姑娘，不能领进师门，哪怕一定要收弟子，这白长个儿不长脑袋的小姑娘，进了落魄山祖师堂，座椅也得靠大门些。

她裴钱身为师父的开山大弟子，大公无私，绝对不掺杂半点个人恩怨，纯粹是心怀师门大义。

裴钱其实有些佩服郭竹酒，人傻就是好，敢在老大剑仙面前如此放肆。像自己，就绝对不敢说话，不敢多看一眼老大剑仙，眼睛会疼。

陈清都扫视了一圈陈平安身边的这些孩子，最后与陈平安说道：“有答案了？”

陈平安说道：“文圣一脉弟子，从来有所为，有所不为。”

陈清都点点头，只是说道：“随你。”

最后这一天在剑气长城城头上，左右居中坐，一左一右坐着陈平安和裴钱，陈平安身边坐着郭竹酒，裴钱身边坐着曹晴朗。

崔东山不知为何先前被老大剑仙赶走，方才又被喊回来。

聊完了事情，崔东山双手笼袖，竟是大大方方与陈清都并肩而立，好像老大剑仙也并不在意，两人一起望向不远处那幕风景。

陈清都笑问道：“国师大人，作何感想？”

崔东山淡然道：“唯恐大梦一场。”

第九章 左右教剑术

陈平安又被老大剑仙喊了过去。

城头上，文圣一脉的长辈，其实就一个——左右，不是什么先天剑坯，练剑更晚，却最终成了浩然天下剑术最高者。

裴钱，四境武夫巅峰，在宁府被九境武夫白炼霜喂拳多次，瓶颈松动。崔东山那次被陈平安拉去私底下言语，除了册子一事，再就是裴钱的破境一事，到底是按照陈平安的既定方案，看过了剑气长城的壮丽风景，就当此行游学完毕，速速离开剑气长城，返回倒悬山，还是略作修改，让裴钱和种先生在剑气长城稍稍滞留，砥砺武夫体魄更多。陈平安其实更倾向于前者，因为陈平安根本不知道下一场大战会何时拉开序幕。不过崔东山却提议等裴钱跻身了五境武夫，他们再动身，在剑气长城多留一天，皆是近乎肉眼可见的武学收益，所以他们一行只要在剑气长城不超过半年，大体无妨。

只是陈平安还是不太放心，不过有崔东山在身边，不放心也就只是不放心。

曹晴朗，洞府境瓶颈修士，也非剑修，其实无论是出身，还是求学之路、治学脉络，都与左右有些相似，修身修心修道，都不急不躁。

郭竹酒，剑仙郭稼的独女，观海境剑修，天资极好，当初若非被家族禁足在家，就该是她守第一关，对阵擅长藏拙的林君璧。只是她明明是出类拔萃的先天剑坯，拜了师父，却是一心想要学拳，要学那种一出手就能天上打雷轰隆隆的绝世拳法。

左右问道："裴钱，你知道你自创的这套剑术，缺点在什么地方吗？"

裴钱哭丧着脸，她哪里想到大师伯会盯着自己的那套疯魔剑法不放，就是闹着玩嘞，真不值得拿出来说道啊。

缺点在哪里？我这套剑术根本就没优点啊。大师伯你要我咋个说嘛。我与人嗑嗑瓜子吹吹牛，到了剑气长城都没敢耍几次，大师伯怎么就当真了呢？

郭竹酒身体后仰，瞥了眼裴钱的后脑勺。个儿不高的大师姐，胆儿也真不大，见着了老大剑仙就发愣，见到了大师伯又不敢说话。就目前而言，自己作为师父的半个关门弟子，在胆子气魄这一块，是要多拿出一份担当了，好歹要把大师姐那份补上。

左右没有介意裴钱的畏畏缩缩，说道："有没有外人与你说过，你的剑术，意思太杂太乱，并且放得开，收不住？"

裴钱硬着头皮轻声道："没有的，大师伯，我这套剑法没人说过好坏。"

说到这里，裴钱嗓音越来越低，道："就只有那个荡秋千的剑仙周姐姐，说了些我没听懂的话，一见面就送礼，我拦都拦不住。师父知道后，要我离开剑气长城之前，一定要正儿八经感谢一次周剑仙，与周剑仙保证会学那一道剑意，只是不敢保证学得有多好，但是会用心去琢磨。"

左右对于女子剑仙周澄一脉将多种剑意凝聚为实质的那把缠绕金丝，并不上心，既然陈平安教过了裴钱该有的礼数，也就不再多说，只是说道："你师父在我跟前，却很是夸过你的这套剑术，还不止一次。说他弟子学生当中，'只说剑术，裴钱最似大师兄'。所以大师伯我一直很好奇。"

裴钱耷拉着脑袋，觉得自己愧对了师父的厚望，低声道："让大师伯失望了。"

左右笑了起来，道："意思太杂？收不住？也亏得没人敢对你说那种混账话，不然我这个当大师伯的，还真要替你说句公道话了。"

左右伸手指向远处，示意道："裴钱。"

裴钱抬头，望向大师伯所指处。曹晴朗和郭竹酒也举目凝视，只是看不真切。相对而言，郭竹酒要看得更多些，不只是境界比曹晴朗更高的缘故，更因为她是剑修。

有些时候，那先天剑修，确实有资格小觑天下练气士。

若是在那剑修难得的浩然天下，如郭竹酒这般惊才绝艳的先天剑坯，在哪座宗门不是板上钉钉的祖师堂嫡传，能够让一座宗门甘愿耗费无数天材地宝、倾力栽培的栋梁之材？

唯独连练气士都不算的裴钱，却比那剑修郭竹酒还要看得清晰，城头之外的空中，天地之间，骤然出现一丝丝一缕缕的驳杂剑气，凭空浮现，游走不定，肆意扭转，轨迹歪斜，毫无章法可言，甚至十之五六的剑气都在相互打架。

左右为了照顾裴钱的眼力，便多此一举地抬起一手，轻掐剑诀，远处空中，丝丝缕缕的万千剑气被凝聚成一团，拳头大小。

左右说道："这么个小东西，砸在元婴境剑修身上，足够让其神魂俱灭。你那剑术，当下就该追求这种境界,不是意思太杂,而是还不够杂,远远不够。只要你剑气足够多,多到不讲理,就够了。寻常剑修,莫作此想,大师伯更不会如此指点,因人而异,我与你说此剑术,正好适宜。与人对敌分生死,又不是讲理辩论,讲什么规矩?欲要人死,砸死他便是,剑气够多,对方想要出剑,也得看你的剑气答不答应!"

左右双指一切,将那剑气凝聚而成的雪白光球一切为二,那条纤细长线之中,迸射出璀璨的光芒,最终宛如一声春雷炸响,烟消云散,罡风激荡,声势极大,四周无数"无辜"的剑气被搅烂,然后日复一日年复一年,重新凝聚,运气好,便可以被某些远古剑仙的残余意志所牵引,再被温养,生成类似剑仙周澄一脉的精粹剑意,好似重生,剑仙人死千百年,唯独意思可重活。

左右缓缓说道:"这是你的剑气登堂入室后,下一个阶段,应该追求的境界,我就算有那万斤气力,能以一毫一厘之气力杀人,便如此杀人。"

裴钱小心翼翼问道:"大师伯,我能不能不杀人?"

左右说道:"不可杀之人,即使你剑术再高,也不能向其出剑。可杀可不杀之人,随你杀不杀。但是记住,该杀之人,不要不杀,不要因为你境界高了,就认定自己是在仗势欺人,觉得是不是可以云淡风轻,一笑置之便算了,绝非如此。在你身边的弱者,在浩然天下他处,便是一等一的绝对强者,强者危害人间之大,远胜常人,你以后走过了更多的江湖路,见多了山上人,自会明白。这些人自己撞到了你剑尖之上,你的道理够对,剑术够高,就别犹豫。"

裴钱欲言又止。

左右说道:"文圣一脉,只谈剑术,当然不够。心中道理,只是个我自心安,远远不够,任你人间剑术最高,又算什么?"

左右转头喊了一声:"曹晴朗。"

曹晴朗立即心领神会,说道:"大师伯看似是在说剑术,实则与理相通。念头与念头的交织,要么打架,四散而退,要么就像大师伯最终的那团剑气,相亲相爱,大道相近者齐聚。这就像一个人根本学问的形成,治学一事,要与圣贤书和圣贤道理较劲,更要与本心较劲,要与世道和天地较劲,最终犹然能够胜出之人,便是顶天立地,剑撑天地,为绝学续香火。"

左右十分欣慰,点头道:"果然与我最像,所以我与你之间无须太多言语。能够理解?"

曹晴朗笑着点头。

左右转头问裴钱道:"听了大师伯如此说,是不是对其他的那些剑理,便要少听几分了?"

裴钱想起了师父的教诲,以诚待人,便壮起胆子说道:"醋味归醋味,学剑归学剑,根本不打架的。"

左右点头道："很好，应当如此，师出同门，自然是缘分，却不是要你们全然变作一人，一种心思，甚至不是要求学生个个像先生，弟子个个如师父，大规矩守住了，此外言行皆自由。"

左右转头望向那个郭竹酒，心最大的，大概就是这个小姑娘了，这会儿他们的对话，她听也听了，应该也都记住了，只不过郭竹酒更多心思与视线，都飘到了她师父那边，正竖起耳朵，打算偷听师父与老大剑仙的对话，虽然自然是完全听不见，但是不妨碍她继续偷听。

察觉到大师伯的视线，郭竹酒立即坐好，摆出严阵以待的姿势，道："大师伯每个字都重达万钧，我要好好接招了。"

裴钱哀叹不已，这个小姑娘真是目无尊长、无法无天啊。

左右说道："郭竹酒，知不知道学了拳，认了陈平安做师父，入了浩然天下的落魄山谱牒，意味着什么？"

郭竹酒大声道："大师伯！不晓得！"理直气壮。

左右觉得其实也挺像当年的自己，很好嘛。

只是这一刻，换了身份，身临其境，左右才发现当年先生应该没少为自己头疼。算了，让陈平安自己头疼去。

可小姑娘喊了自己大师伯，总不能让她白喊，左右转头望向崔东山。

崔东山屁颠屁颠跑向城头，问道："大师伯，有何教诲？"

左右说道："替你先生，随便取出几件法宝，赠送给郭竹酒，别太差了。"

郭竹酒悄悄转身，一手伸出两根手指，一手伸出三根手指，至于是二选一，还是加在一起算五件礼物，天晓得她是怎么想的，又为何会如此想。

崔东山手腕翻转，是一串宝光流转、五彩绚烂的多宝串，天下法宝第一流，抛给郭竹酒。

郭竹酒接住了多宝串，讶异道："真给啊，我还想与小师兄漫天要价、坐地还钱来着。"

小姑娘嘴上如此说，戴在手腕上的动作，一气呵成，毫无凝滞。

崔东山笑嘻嘻道："名为五宝串，分别是金精铜钱熔化铸造而成，山云之根，蕴藉水运精华的翡翠珠子，雷击桃木芯，以五雷正法将狮子虫炼化，算是浩然天下某位农家仙人的心爱之物，就等小师妹开口了，小师兄苦等已久，都要急死个人了。"

郭竹酒以心声悄悄说道："回头下了城头，大师伯瞧不见咱们了，我再还给你，戴一会儿就成。"

崔东山笑眯眯回复道："不用，反正小师兄是慷他人之慨。赶紧收好，回头小师兄与一个老王八蛋就说丢了，天衣无缝的理由。小师兄摆阔一次，小师妹得了实惠，让一个老王八蛋心疼得泪如雨下，一举三得。"

郭竹酒一头雾水，抖了抖手腕，光彩流转，还有点沉。礼物太贵重，事后还是得问过师父，才能决定收不收下。

崔东山兜里的宝贝，真不算少。

只是崔东山刚到剑气长城那会儿，与师刀房女冠说自己是穷光蛋，流霞洲宝舟渡船是与人借来的，却也没说错什么。魂魄一分为二，既然皮囊归了自己，那些咫尺物与家当，照理说是该还给崔瀺才对。

最后左右与裴钱说道："剑术可以经常练，但是不要轻易去真正握剑，这一点，确实要与你师父学一学。连什么是什么都不知道，又能练出个什么。"

又与曹晴朗说道："身边人走得越快，你越不能为之着急。"

再对郭竹酒说道："大师伯会找你爹谈一次。"

陈平安祭出自己那艘桓云老真人"赠送"的符舟，带着三人返回城池宁府，不过在那之前，符舟先掠出了南边城头，众人去看过了那些刻在城头上的大字，一横如人间大道，一竖如瀑布垂挂，一点即是有那修士驻扎修行的神仙洞窟。

崔东山说要自己再逛逛。

崔东山最终找到了那位僧人。

崔东山盘腿而坐，说道："要道两声谢，一为自己，二为宝瓶洲。"

僧人点点头："人心独坐向光明，出言便作狮子鸣。"

崔东山根本不愿在自己的事情上多作盘桓，转而诚心问道："我爷爷最终停歇在藕花福地的心相寺，临终之前，曾经想要开口询问那位住持，应该是想要问佛法，只是不知为何，作罢了。能否为我解惑？"

僧人说道："那位崔施主，应该是想问这般巧合，是否天定？是否了了？只是话到嘴边，念头才起便落下，是真的放下了。崔施主放下了，你又为何放不下？今日之崔东山放不下，昨日之崔施主，当真放下了吗？"

崔东山皱眉道："天地只有一座，增减有定，光阴长河只有一条，去不复还！我爷爷放下便是放下，如何因为我之不放心，便变得不放下？"

僧人哈哈大笑，佛唱一声，敛容说道："佛法无垠，难道当真只在先后？还容不下一个放不下？放下又如何？放不下又如何？"

崔东山摇头道："莫要与我文字障，无论是名家学问，还是佛家因明，我研究极深。"

僧人双手合十，仰头望向天幕，然后收回视线，目视前方广袤大地，右手覆于右膝，手指指尖轻轻触地。又抬一手，拇指与食指相拈，其余手指自然舒展开来，如开莲花。

崔东山叹了口气，双手合十，点头致意，起身离去。

僧人神色安详，抬起覆膝触地之手，伸出手掌，掌心向外，手指下垂，微笑道："又见人间苦海，开出了一朵莲花。"

崔东山从南边墙头上，跃下城头，走过了那条极其宽阔的走马道，再到北边的城头，一脚踏出，身形笔直下坠，在墙根那边溅起一阵尘土，再一袭白衣不染纤尘地从黄沙中走出，一路飞奔，蹦蹦跳跳，偶尔空中凫水。

崔东山没直接去往宁府，而是鬼鬼祟祟翻了墙，偷摸进一座豪宅府邸，见着了一位坐在廊道上持杯饮酒的剑仙。

崔东山蹲在栏杆上，目不转睛地盯着那只酒杯。

剑仙孙巨源笑道："国师大人，其他都好说，这物件，真不能送你。"

崔东山埋怨道："剑仙恁小气。"

孙巨源苦笑道："实在无法相信，国师会是国师。"

崔东山扯了扯嘴，道："剑气长城不也都觉得你是个奸细？但其实就只是个帮人坐庄挣钱又散财的赌棍。"

孙巨源道："学阿良做事，很多人其实都想学，只是没人学得好罢了，说书先生的那种分寸感，到底是怎么来的？多少人最终变成一个天大的笑话，毕竟阿良所作所为的一切，都有个大前提，那就是他的剑术剑意，外人怎么学？那百余年，浩然天下的剑客阿良，是怎么成为剑气长城阿良的，相信你我心知肚明。"

崔东山说道："我有个师弟叫茅小冬，治学不成才，但是教人教得好。我家先生，学什么都快，都好。目之所及，皆是可以拿来修行的天材地宝。"

孙巨源摆摆手，道："别说这种话，我真不适应。又是师弟茅小冬，又是先生二掌柜的，我都不敢喝酒了。"

崔东山抬了抬下巴，明显不死心，道："不喝酒要酒杯何用，送我呗。"

孙巨源看着这个蹲在栏杆上没正形的少年郎，只觉得一个头比两个大，学那苦夏剑仙，有些苦瓜脸。

崔东山跳下栏杆，道："人人怨气冲天，偏偏奈何不了一位老大剑仙，如何解忧？大概就只能是唯有饮酒了，醉酒醺醺然等死，总好过清清醒醒不得不死。"

孙巨源毫不掩饰自己的心思，道："如何想，如何做，是两回事。阿良曾经与我说过这个道理，一个讲明白了，一个听进去了。不然当初被老大剑仙一剑砍死的剑修，就不是万众瞩目的董观瀑，而是可有可无的孙巨源了。"

崔东山坐在廊道，背靠栏杆道："宁府神仙眷侣两剑仙，是战死的，董家董观瀑却是被自己人出剑打死的。而我家先生第一次到了剑气长城，却是宁府就此没落，董家依旧风光万丈，你觉得最伤感的，是谁？"

孙巨源说道："自然还是老大剑仙。"

崔东山双手笼袖，笑道："人人有理最麻烦。"

孙巨源笑道："国师大人，该不会今日登门，就是与我发牢骚吧？你我之间，价格公道，买卖而已。有些事情，纠缠了太多年，任你是大剑仙，也没那个心气掰扯清楚了，答案无非是'还能如何，就这样吧'。何况出城杀妖一事，习惯成自然，厮杀久了，会当作一件天经地义的事情。我孙巨源，算怕死的人吧？但要真到了城头上，再去了南边，也照样会杀得兴起。"

崔东山说道："以往总是差不多百年一战，不提那场十三人之争后的惨烈大厮杀，短短十年之间，蛮荒天下又有两次攻城，只是规模都不算大，无非是想要以战养战，磨合各方势力，演武大练兵，你怕不怕？可一旦真正聚集起半座蛮荒天下，甚至整座蛮荒天下的战力，剑气长城就这点人，这么点飞剑，怕不怕？"

孙巨源说道："这也就是我们埋怨不已，却最终没多做什么事情的理由了，反正有老大剑仙在城头守着。"

崔东山问道："那么如果那位消失万年的蛮荒天下共主，重新现世？有人可以与陈清都捉对厮杀，单对单掰手腕？你们这些剑仙怎么办？还有那个心气下城头吗？"

孙巨源默然无声。

崔东山伸出手，笑道："赌一个？若是我乌鸦嘴了，这只酒杯就归我，反正你留着无用，说不定还要靠这点香火情求个万一。若是没有出现，我将来肯定还你，剑仙长寿，又不怕等。"

孙巨源将那只酒杯抛给崔东山，道："无论输赢，都送给你。阿良曾经说过，剑气长城的赌棍，没有谁可以一直赢，越是剑仙越是如此。与其输给蛮荒天下那帮畜生，不如留给身后那座浩然天下，就当是两害相权取其轻吧，反正都恶心人，少恶心自己一点，就当是赚。"

崔东山笑着接过酒杯，问道："'但是'？"

孙巨源点点头，站起身，笑道："还真有个'但是'，'要过城头，我答应了吗？'"

崔东山点了点头，道："我差点一个没忍住，就要把酒杯还你，与你纳头便拜，结为兄弟，斩鸡头烧黄纸。"

孙巨源笑道："国师说这种话，就很大煞风景了，我这点难得流露的英雄豪气，快要兜不住了。"

崔东山说道："孙剑仙，你再这么性情中人，我可就要用落魄山门风对付你了啊！"

孙巨源突然正色说道："你不是那头绣虎，不是国师。"

崔东山扭捏道："我是东山啊。"

孙巨源扯了扯嘴角，终于忍不住开口针锋相对道："那我还是西河呢。"

那一袭白衣翻墙而走，趴在墙头上翻向另外一边的时候，嘴里还在念叨："放肆，太放肆了，剑气长城的剑仙尽欺负人，言语刻薄伤人心……"

林君璧近期都没有去往城头练剑，只是独自打谱。

邵元王朝天之骄子，每次返回孙府休憩，也不敢随意打搅林君璧的修补心境。

只有严律去找过一次神色萎靡不振的林君璧，但是见到了严律，林君璧却好像比以往多出了一份热诚，停下打谱，与严律闲聊了许久，

严律打定主意，自己确实应该与林君璧结成盟友，这一路上，他对林君璧始终心怀芥蒂，只是藏得深些。以往林君璧在严律看来，就是那种绕不过去的关隘，等到自己境界高了，尤其是有朝一日，能够真正负责一部分严家事务的时候，在邵元王朝如日中天的林君璧，会很大程度上阻碍自己的攀高。可是如今严律改变了角度去考虑问题，觉得自己不如认命些，诚心实意地辅佐林君璧，相信以林君璧的眼光，知道自己会是一个极其称职的左膀右臂。

严律希望与林君璧结盟，因为林君璧的存在，严律失去的某些潜在利益，就能从他人身上找补回来，说不定会更多。

自己没了心结，严律便干脆利落了许多，与林君璧言语再无忌讳。

一个不谈道心受损有多严重，反正不再“完美无瑕”的林君璧，反而让严律宽心许多。

林君璧对严律的秉性，早已看透，所以严律的心境改变，谈不上意外，与严律的合作，也不会有任何问题。

严律未来在邵元王朝，不会是什么无足轻重的角色。

今天师兄边境难得露面，与林君璧对弈一局。

边境笑道：“还没被严律这些人恶心够？”

林君璧摇头道：“恰恰相反，人心可用。”

边境跟着摇摇头，拈子悬空，看着棋局，道：“我倒是觉得很反胃。许多言语，若是真心觉得自己有理，其实不差，只不过因为立场不同，学问深浅，才有不一样的言语，终究道理还算是道理，至于有理无理，反而在其次，比如蒋观澄。干脆不说话的，例如金真梦，也不差。至于其余人等，绝大部分都在睁眼说瞎话，这就不太好了吧？如今咱们在剑气长城口碑如何，这帮人，心里不清楚？毁掉的声誉，是他们的吗？谁记得住他们是谁，最后还不是你林君璧这趟剑气长城之行，磕磕碰碰，万事不顺？害得你误了国师先生的大事谋划，一桩又一桩。”

“返回家乡，我自会向先生请罪。”林君璧安静等待边境落子，微笑道，“抱团取暖，人之天性。人群当中，道德高者，孤家寡人。”

邵元王朝的隐蔽目的，其中有一个，正是郁狷夫。

林君璧其实对此不解，更觉得不妥，毕竟郁狷夫的未婚夫，是那怀潜，自己再心傲

气高，也很清楚，暂时绝对无法与那个怀潜相提并论，修为、家世、心智、长辈缘和仙家机缘，事事皆是如此。但是先生没有多说其中缘由，林君璧也就只能走一步看一步。先生只说了两句重话："被周神芝宠溺的郁狷夫，返回郁家恢复身份后，她等同于是半个邵元王朝的国力。""豪门府邸大门口的石狮子都不干净，老百姓眼中的金銮殿上，能有一块干净的青砖？"

至于修行，国师并不替林君璧担心，只是给他抛出了一串问题，考验这个得意弟子："将帝王君主视为道德圣贤，此事对错如何？衡量君王之得失，又该如何计算？帝王将相如何看待百姓福祉，才算无愧？"

边境说道："看样子，你问题不大？"

林君璧笑道："若是都被师兄看出问题大了，林君璧还有救吗？"

边境落子后，问道："知道为何会一路输下去吗？"

林君璧点头道："知道。"

边境点点头，道："那我就不多嘴了。"

只不过林君璧敢断言，师兄边境心中的答案，与自己的认知，肯定不是同一个。

边境与林君璧继续下棋。

各怀心思。

宁府演武场上，大师姐与小师妹在文斗。

文斗得很文气，就是纯粹武夫裴钱耍疯魔剑法，剑修郭竹酒练习拳法，双方各耍各的，不打架。

陈平安离开宅子，打算去门口等崔东山返回。

等到陈平安临近演武场，两个小姑娘立即停下拳与剑。

裴钱赞叹道："小师妹你拳中带剑术，好俊俏的剑法，不枉勤勤恳恳、辛辛苦苦练了剑术这么多年！"

郭竹酒称赞道："大师姐剑术藏拳意，拳法无敌，不愧是大师姐，跟随在师父身边最久！"

裴钱点头道："小师妹厉害啊，按照这个速度练拳不停，肯定能够一拳打碎几块砖。"

郭竹酒附和道："大师姐了不得，如此练剑几年后，行走山水，一路砍杀，定然寸草不生。"

师出同门，果然相亲相爱，和和睦睦。

陈平安假装没看见没听见，走过了演武场，去往宁府大门。

等到陈平安一走，裴钱高高举起行山杖，郭竹酒晃了晃手腕上的多宝串。

裴钱笑呵呵道："我还有小竹箱哦。"

然后裴钱故意略作停顿，这才补充道：“这可不是我瞎说，你亲眼见过的。”

郭竹酒笑嘻嘻道：“我没有小竹箱哦！”

她也有样学样，停顿片刻，这才说道：“你有我这个‘没有’吗？没有吧。那你想不想有啊？”

裴钱有些措手不及，觉得这个小姑娘有点傻了吧唧的。郭竹酒则觉得这个小姑娘有点憨。

已经走远的陈平安偷偷回望一眼，笑了笑，若是可以的话，以后落魄山，应该会很热闹吧。

所以在门口等到了崔东山之后，陈平安伸手握住他的手臂，将白衣少年拽入大门，一边走一边说道：“将来与先生一起去往青冥天下白玉京。不说话？先生就当你答应了，一言为定！闭嘴！就这样，很好。”

范大澈依旧没能破开龙门境瓶颈，成为一位金丹客。

他很愧疚，觉得对不起宁府的演武场，以及晏胖子家帮忙练剑的傀儡，所以每逢喝酒，请客之人，始终是范大澈。哪怕范大澈不在酒桌上，范大澈的朋友们喝酒都还是算在范大澈的账上，其中以董画符次数最多。范大澈一开始犯迷糊，怎么铺子可以赊账了？一问才知，原来是陈三秋自作主张帮他在酒铺放了一枚小暑钱。范大澈又问这枚小暑钱还剩下多少，不问还好，这一问就问出了个悲从中来。一不做二不休，难得要了几壶青神山酒水，干脆喝了个酩酊大醉。

成了酒铺长工的两个同龄少年，灵犀巷的张嘉贞与蓑笠巷的蒋去，如今成了无话不说的朋友，私底下说了各自的梦想，都不大。

板凳上的说书先生，出现的次数越来越少了，说书先生的山水故事，也就说得越来越少了。

那个有陶罐有私房钱，他爹给酒铺帮忙做阳春面的孩子冯康乐，觉得这样下去不是个事儿，故事不好听，可终究是故事啊，实在不行，干脆与说书先生花钱买故事听。一枚铜钱够不够？如今爹挣了许多钱，隔三岔五丢给他三两枚，最多再过一年，冯康乐的陶罐里就快装不下了。所谓财大气粗胆子大，冯康乐捧着陶罐，鼓起勇气，一个人偷偷跑去了从未去过的宁府大街上，只是晃荡了半天也没敢敲门。门太大，自己太小，冯康乐总觉得即使使劲敲了门，里面的人也听不着。

当初说书先生坐在板凳上的时候，这个头一个与二掌柜打招呼说话的孩子，半点不怕，可是当说书先生躲藏在宁府高墙里，孩子便怕了起来，所以蹲在墙根下晒了半天日头。天黑前，从可以当镜子用的青石大街离开，孩子脚踝一拧，鞋底板就会吱呀作响，走出一段路就玩耍一次，不敢多，怕吵到了谁，挨揍。一路走到了自家巷子的黄泥路，便没这份乐趣了，踩脏了鞋子，爹不管，娘管啊，屁股开花好玩啊？好多时候，娘亲打着打着就自己哭了起来，爹便总是蹲在门口闷闷不说话。孩子那会儿最委屈，爹娘这些大人，怎么比没长大的孩子，还不讲道理呢？

冯康乐回了自家巷子，那边翘首以盼的孩子们不在少数，都盼着明儿就可以重新听到那些发生在遥远他乡的故事。

冯康乐没法子，总不能说自己胆子小，只见着了大门没见着说书先生啊，便在心中与说书先生念叨了几句歉意话，然后痛心疾首，说那二掌柜太抠门，嫌弃他陶罐里钱太少太少，如今已经不乐意讲故事了，这家伙掉钱眼里了，不讲良心。孩子们跟着冯康乐一起骂，骂到最后，孩子们生气不多，遗憾更多些。

毕竟上一回故事还没讲完，正说到了那山神强娶亲，读书人击鼓鸣冤城隍阁呢，好歹把这个故事讲完啊，那个读书人到底有没有救回心爱的可怜的姑娘？你二掌柜真不怕读书人一直敲鼓不停，把城隍爷家大门口的大鼓敲破啊？

那个长得不太好看但是次次都会带足瓜子的小姑娘，最失望，因为说书先生蹭她的瓜子次数多了后，如今她过家家的时候，都当上了坐轿子的媳妇呢。冯康乐他们以手搭架子，她坐在上边晃晃悠悠。可是说书先生很久没出现后，小媳妇就又都是冯康乐他们都喜欢的那个她了，至于自己就只好又当起了陪嫁丫鬟。

何况说书先生还偷偷答应过她，下次下雪打雪仗，与她一伙，怎么说话就不作数了呢？费了老大劲儿，才让爹娘多买些瓜子，自己不舍得吃，留着过年吗？可家乡这边，好像过年不过年，没两样，又不是说书先生说的家乡，好热闹的，孩子都可以穿新衣裳，与爹娘长辈收红包，家家户户贴门神春联，做一顿堆满桌子的年夜饭。

每次说完一个或是一小段故事，那个喜欢说山水神怪吓人故事，他自己却半点不被吓着的二掌柜，都会说些那会儿已经注定没人在意的言语，故事之外的言语，比如会说些剑气长城这边的好，喝个酒都能与一堆剑仙做伴，浩然天下随便哪个地方，都瞧不见这些光景，花再多的钱都不成。然后说一句天底下所有路过的地方，不管比家乡好还是不好，家乡就永远只有一个，是那个让人想起最多的地方。可惜故事一讲完，鸟兽散喽，没人爱听这些。

这些是人间最琐碎细微的小事，孩子们住着的小巷，地儿太小，容不下太多，就那么点大的风风雨雨，雨一淋，风一吹，就都没了。孩子们自己都记不住，更何谈别人。

板凳上说书先生的那些故事，连那给山神抬轿子的山精水怪，都非要编撰出个名字来，再说一说他们的衣衫打扮，给些抛头露面的机会；连那冬腌菜到底是怎么个由来，怎么个嘎嘣脆，都要说出个一二三四来，把孩子们嘴馋得不行，毕竟剑气长城这边不过年，可也要人人过那冻天冻地冻手脚的冬天啊。

与蛮荒天下挨着的剑气长城，城头那边，脚下云海一层层，如匠人醉酒后砌出的阶梯。这边剑仙们的一言一行,几乎全是大事,当然如女子剑仙周澄那般荡秋千年复一年,米裕在云霞大床上酣眠不分昼夜,赵个簃与程荃两个冤家对头,喝过了酒相互吐口水,也确实算不得大事。

包括太徽剑宗在内的诸多大门派剑修,已经准备分批次撤出剑气长城。对此,包括陈、董、齐在内的几个剑气长城大姓和老剑仙,都无异议。毕竟与本土剑修并肩作战参加过一次大战,就很足够,只是最近两次大战挨得太近,才拖延了外乡人返回家乡的脚步。

曾有人笑言,与剑气长城剑仙积攒下来的香火情,是天底下最不值钱的香火情,别当真,谁当真谁是傻子。可是说这种屁话的无赖,却反而是那个杀妖未必最多但绝对最“大”的那个。若是那头大妖不够分量,岂能在城头上刻下最新的那个“大”字?

不过这些外来剑修,没有全部返回浩然天下家乡,像太徽剑宗宗主韩槐子就留在了剑气长城,其余几位北俱芦洲剑仙,也不例外,走的都是年轻人,留下的都是境界高的老人。当然也有孑然一身赶赴此地的,像浮萍剑湖郦采,南婆娑洲剑仙元青蜀。除了剑仙,许多来自九大洲不同师门的地仙剑修,也多有留下。

亏得叠嶂酒铺越开越大,将隔壁两间铺子吃下,又多出了专门用来悬挂无事牌的两堵墙壁。所以以北俱芦洲剑修尤其是太徽剑宗子弟为主的剑修,这才在酒铺里写了名字和言语。而这些人去那边喝酒,往往拉上了并肩作战过两场大战的本土剑修,所以这拨人带起了一股新的风气,一块无事牌的正反两面,一对对有那生死之交的外乡剑修与本土剑修,各写无事牌一面,有些是客客气气的赠言,有些是骂骂咧咧的脏话,有些就只是醉酒后的疯癫言语,还有些就直接是从那《皕剑仙印谱》和折扇上摘抄而来,无奇不有。

其中有一块无事牌,扶摇洲那位身为宗主嫡传的年轻金丹境剑修,除在正面刻下名字之外,还写道:“老子看遍无事牌,斗胆一言,我浩然天下剑修,剑术不如剑气长城又如何?这字,写得就是要好许多!”

背面是一位剑气长城元婴境剑修的名字与言语,名字还算写得端正,无事牌上的其余文字,便立即露馅了,刻得歪歪扭扭,道:“浩然天下如你这般不会写字的,还有如那二掌柜不会卖酒的,再给咱们剑气长城来一打,再多也不嫌多。”

左右正在与魏晋说一些剑术心得,老大剑仙出现后,魏晋便要告辞离去。

陈清都却摆了摆手,道:“留下便是,在我眼中,你们剑术都是差不多高的。”

魏晋苦笑不已,老大剑仙你想着要让左右前辈再提起一口心气,也别拉上晚辈啊。

陈清都开门见山道:“其实是有事相求,说是求也不太对,一个是你家先生的命令,一个是我的期许,听不听,随你们。随了你们之后,再来随我的剑。”

魏晋无奈。

这就是没得商量了,至少自己是如此,左右前辈会如何做决定,暂时还不好说。

左右问道:“先生为何自己不对我说?”

陈清都笑道:“先生说了弟子不会听的言语,还说个什么?被我听去了,浩然天下最会讲理的老秀才,白白落个管教无方?”

左右说道:“确实是我这个学生,让先生忧心了。”

只要是说自家先生的好话,那么在左右面前,就管用。

陈清都转去跟魏晋言语,道:“魏晋,如今劝你,你未必甘心,所以你可以再打一场大战,之后再听我的——离开剑气长城,到时候会有三个地方,让你挑选:南婆娑洲,扶摇洲,金甲洲。你就当是去游山玩水好了。宝瓶洲风雪庙魏晋,不该只是个伤透了心的痴情种,再说了,在哪里伤心不是伤心,没必要留在剑气长城,离得太远,喜欢的姑娘,又看不见。”

陈清都笑道:“与你这么不客气,自然是因为你剑术比左右还低的缘故,所以将来离开了剑气长城,记得好好练剑,剑术高了,追上左右,我下一次就会多多顾虑。”

魏晋苦笑道:“老大剑仙,只能如此了吗?”

陈清都抬了抬下巴,道:“问我做甚,问你剑去。”

魏晋更加无奈。

魏晋这一次离去,老大剑仙没有挽留,只留下两个剑术高的。

陈清都说道:“你那小师弟,没答应点燃本命灯,但是与我做了一笔小买卖,将来上了战场,救他一次,或是救他想救之人一次。”

陈清都笑道:“这么怕死的,突然不怕死了。而话少的左右,竟然说了那么多话,你们文圣一脉的弟子,到底是怎么想的?”

左右说道:“想要知道,其实简单。”自然是先当了我们文圣一脉的弟子再说。

陈清都笑呵呵道:“劝你别说出口,你那些师侄都还在剑气长城,他们心目中天下无敌的大师伯,结果给人打得鼻青脸肿,不像话。”

左右不是不介意这位老大剑仙的言语,只是当下他更介意一件更大的事情,问道:“若是他来了,当如何?”

陈清都一手负后,一手抚顶,捋了捋后脑勺的头发:“大门敞开,待客万年,剑仙对敌,只会嫌弃大妖不够大,这都不懂?”

左右点头道:“有理。”

陈清都打趣道:“哟,终于想要为自己出剑了?”

左右说道:“文圣一脉,只讲理不吹牛,我这个当大师兄和大师伯的,会让同门知道,浩然天下剑术最高者,不是过誉,这个评价,还是低了。”

陈清都笑道："还要更高些？怎么个高？踮脚尖伸脖子，到我肩头这儿？"

左右说道："陈清都，隔绝天地，打一架？"

陈清都双手负后，走了。

左右重新闭目养神，温养剑意。

下一场大战，最适宜倾力出剑。

极远处，女子周澄依旧在荡秋千，哼唱着一支晦涩难懂的别处乡谣。

是很多很多年前，她还是一个少女的时候，一位来自异乡的年轻人教给她的，也不算教，就是喜欢坐在秋千不远处，自顾自哼曲儿。她那会儿没觉得好听，更不想学。练剑都不够，学这些花里胡哨的做什么。

后来周澄从他嘴里第一次听说了山泽野修这个说法，他还说之所以来这里，是想要看一眼心目中的家乡，没什么感情，就是想来看一看。

此时，大剑仙陆芝走到秋千旁边，伸手握住一根绳索，轻轻摇晃。

周澄没有转头，轻声问道："陆姐姐，有人说要来看一看心目中的家乡，不惜性命，你为什么不去看一看你心目中的故乡？你又不会死，何况积攒了那么多的战功，老大剑仙早就答应过你的，战功够了，就不会拦阻。"

陆芝是个略显消瘦的修长女子，脸颊微微凹陷，只是肌肤白皙，额头光亮，尤为皎洁，如蓄留月辉一年年。

她的姿容算不得如何漂亮，只是气势之盛，安安静静站在秋千旁边，就像那不敛剑气的左右。

陆芝摇头道："之所以有那么个约定，是给自己找点练剑之外的念头，能做了，不一定真要去做。"

周澄不再言语。

陆芝轻轻晃动秋千，道："可以正大光明去往倒悬山之后，那个念头就算了结了。如今的念头，是去南边，去两个很远的地方，饮马曳落河，拄剑拖月山。"

周澄转头笑道："那个狗嘴里吐不出象牙的家伙？你喜欢他？"

陆芝摇摇头，道："不是每个女子，都一定要喜欢男人的。我不喜欢自己喜欢谁，只喜欢谁都不喜欢的自己。"

周澄笑道："陆姐姐，你说话真像浩然天下那边的人。"

"周澄，哪天秋千没了，你怎么办？"

"人都死了，就不管了。"

"喜欢一个人，至于吗？"

"也不是真的有多少喜欢他啊。反正什么都没了，师门就剩下我一个，还能想什么？陆姐姐天赋好，可以有那念头去做。我不成，想了无用，便不去想。"

陆芝眺望南方，神色淡漠道："只能等死的剑仙，还不止一两个，你说可不可笑？"

周澄不说话，也没笑。

北俱芦洲的郦采剑仙，是个不肯消停的主儿，今天与太徽剑宗韩槐子问剑，明天就去找其他剑仙问剑，问剑剑仙不成，就去欺负元婴境剑修，嚷嚷着："我一个娘们你都打不过，不但如此，竟然连打都不敢打，还算是个带把的吗？"元婴境剑修往往气不过，输了之后，就去呼朋唤友，在剑气长城，谁还没个剑仙朋友？请那剑仙出山后，郦采赢了倒还好，换人问剑，输了的话就再去找那元婴境剑修，三番五次后，那元婴境剑修就哭丧着脸，说剑仙朋友已经不愿见他了，薅羊毛也不能总逮着他一个往死里薅啊，于是偷偷帮着郦采介绍了另外一个元婴境剑修，说是找那个家伙去，那家伙认识的剑仙朋友，更多。

郦采便打心底喜欢上了剑气长城。打不完的架，而且输赢胜负，都没有后顾之忧，比那束手束脚要讲什么情面和香火情的北俱芦洲，好太多。

郦采差点都想要随便找个男人嫁了，就在这边待着不回去了。

只是一有这个念头，便觉得有些对不住姜尚真，但是再一想，姜尚真这种男人，一辈子都不会专情喜欢一个女子，喜欢他做什么？不是作践自己吗？可是女子剑仙坐在城头上，或是在万壑居宅邸养伤的时候，千思百想，又无法不喜欢那个人，这让郦采愁得想要喝酒把自己喝死算了。

郦采暂住的万壑居，与已经成为私宅的太徽剑宗甲仗库离着不远，与那主体建筑全部由碧玉雕琢而成的停云馆，更近。

郦采便寄出一封信给姜尚真，让他掏钱将停云馆买下来，由于担心他不乐意掏钱，就在信上将价格翻了一番。

有个骨瘦如柴的老人，长着个酒糟鼻子，拎着酒壶，难得离开住处，摇摇晃晃走在城头上，看风景，不常来这边，风太大。

路过了一个剑穗极长、拖剑而走的玉璞境剑修。城头太宽，其实双方离着很远，但是那个原本心不在焉的吴承霈，却猛然转头，死死盯住那个老人，眼眶泛红，怒骂道："老畜生滚远点！"

老人在剑气长城绰号老聋儿，绰号半点不威风，但却是实打实地位居剑气长城巅峰十人之列，更别提老人的名次，犹在陆芝之前。

说句难听的，在人人脾气都可以不好的剑气长城，光凭吴承霈这句冒犯至极的言语，老人就可以出剑了，谁拦阻谁就一起遭殃。

只是老聋儿却真像个聋子，不但没说什么，反而果真加快了脚步，去如云烟，转瞬间不见身影。

吴承霈这才继续低头而走。

老聋儿走走停停，有人打招呼，有人视而不见，老人都没说话。到了僧人那边，才站着不动，沙哑说道：“再说一说佛法吧，反正我听不见。”

已经坐在城头一端最尽头的僧人便说了些佛法。

僧人蒲团之外，是白雾茫茫，偶有一抹金光骤然亮起又消散，那是光阴长河被无形之物阻滞，溅起水花后的玄妙光景。

僧人伸手如掬水，只是仍是慢了那抹金光丝毫，便缩回手，算是无功而返了一次。

老聋儿再去那位佛子出身的儒家圣人那边——位于城头另外一端的尽头。老聋儿说了差不多的言语，那位儒家圣人也说了些，老聋儿点点头，再去找那个极高处云海之中的老道人，是那道祖座下大弟子的大弟子，等到老道人说过了些话，老聋儿这才离开城头，去往那座由他负责镇压数千年之久的牢狱。

这座牢狱没有名字，也怪，越是境界高的大妖，越是关押在距离地面近的地方。老聋儿经过一座座牢笼的时候，谩骂声、讥讽声反正都听不见，至于大妖震怒，牵引整座牢狱都震动不已的动静，老人更是不予理睬，头也不抬，便也见不着那些刻骨铭心的仇恨视线。最后去底层看那些境界不高的妖物，传授剑术，学与不学，无所谓，反正都是死，早死晚死，哪个更幸运些？不好说。

老大剑仙先前与他吩咐了一件事，需要他去城头厮杀的那一天，除了凭借功劳换来的三条金丹境剑修的小命，按照约定，可以留下，牢狱里其他的妖族要全部宰掉。如果这句话没听进去，那就真要聋了。一头死了的飞升境大妖，怎么能不聋？

老聋儿没觉得有什么好怨怼的，几千年来，挑挑选选，只先后挑选了三头妖物。唯一的问题就在于，再好的资质，能够压境多时，时日久了，也会不得不破境。理由很简单，境界不够，活不了几百年几千年，就会自然而然地死去。所以历史上死了几个，老聋儿便要惋惜几次，如今还活着的三个不记名弟子，已经死了不知多少个悄然学剑悄然而逝的师兄。

三人当中，一个才洞府境，一个龙门境，一个是几乎就要失心疯了的金丹境瓶颈。

老聋儿在收徒这件事上，很开诚布公，是我的弟子了，成了元婴境，就得死，故而破境一事，自己掂量。

剑气长城和城池之外，除了最北边的那座海市蜃楼，还有甲仗库、万壑居以及停云馆这样的剑仙遗留宅邸，其实还有一些勉勉强强的形胜之地，但是称得上禁地的，不谈老聋儿管着的牢狱，其实还有三处：董家掌管的剑坊，齐家负责的衣坊，陈家手握的丹坊。

剑坊所铸之剑，从来没什么太好的剑，法宝都算不上的制式长剑而已，剑仙爱要不要，只要是登城的剑修，都会赠送一把，一样爱收不收。

事实上许多剑仙，还真就偏偏喜好悬佩剑坊铸剑，以此杀妖无数。

衣坊编织折法袍，品秩一样不高，看上去很是儿戏一般。

只是这两处，明白无误，就是剑气长城最不可或缺的存在。

丹坊的功用，就更简单了，将那些死在城头、南边战场上的妖族尸骸，剥皮抽筋，物尽其用。

丹坊是三教九流最为鱼龙混杂的一块地盘，炼丹派与符箓派修士，人数最多，有些人，是主动来这里签订了契约，或百年或数百年，挣到足够多的钱再走，有些干脆就是被强掳而来的外乡人，或是那些躲避灾殃隐藏在此的浩然天下世外高人、丧家犬。

剑气长城正是靠着这座丹坊，与浩然天下那么多停留在倒悬山渡口的跨洲渡船，做着一笔笔大大小小的买卖。

而丹坊又与老聋儿关押的那座牢狱，有着密切关联，毕竟许多大妖的鲜血、骨骼以及从妖丹上切割下来的碎片，都是山上至宝。

这三处规矩森严、戒备更惊人的禁地，谁进去都容易，谁出来都难，剑仙也不例外。

在南边城头，有一种剑修，无论年纪老幼，无论修为高低，最远离城池是非，偶尔去往城头和北边，都是悄无声息往返。

他们负责去往蛮荒天下“捡钱”，类似浩然天下世俗王朝的边军斥候。

他们境界再低，也是龙门境剑修，每次去往南边，皆有剑仙带队。

早年出身于一等一的豪阀子弟陈三秋，与贫寒市井挣扎奋起的好友小蛐蛐，两个出身截然不同的少年剑修，那会儿最大的愿望，就都是能够去南边“捡钱”。

而“捡钱”次数最多、“捡钱”最远的剑修，喜欢自称剑客，喜欢说自己之所以如此浪荡，可不是为了吸引妇人姑娘们的视线，只是纯粹喜欢江湖。

南边的蛮荒天下，就是一座大江湖，可以遇到很多有趣的事情。

只是每次说完这些让晚辈们心神摇曳的豪言壮语，那剑客当天就会屁颠屁颠去城中喝酒，哪里女子视线多，就去哪里。

次次醉醺醺满身酒气回来后，就与某些看他不顺眼的小王八蛋，笑眯眯说你们谁谁谁差点就要喊我爹甚至是老祖宗了，亏得我把持得住，一身浩然正气，美色难近身！

若是有孩子顶嘴，从来不吃亏的他便说你家中谁谁谁，光说脸蛋，连那美色都算不上，但是不打紧，在我眼里，有那眼光好、偷偷喜欢我的女子，姿容翻一番，不是美人甚是美人，更何况她们谁谁谁的那柳条儿小腰肢、那好似俩竹竿相依偎儿的大长腿、那波澜壮阔的峰峦起伏，只要有心去发现，万千风景哪里差了？不懂？来来来，我帮你开开天眼，这是浩然天下的独门神通，轻易不外传的……

只是每一次玩笑过后，一支支队伍在去往南边“捡钱”的路上，往往都会少掉几个听众，或者干脆全军覆没，活人再聚首之时，便再也见不着那些脸庞。每当这时候那些曾经听不懂的，或是当时假装听不懂的，便都再也无法说自己不懂了。

那会儿，剑客便会沉默些，独自喝着酒。

有一次剑修们陆陆续续返回后，某个剑修就蹲在某地，但是最终没有等到一支他人人熟悉的队伍，只等到了一头大妖。

那大妖手里拎着一杆长枪，高高举起，就像拎着一串人头糖葫芦，在离着剑气长城极远处停步，指名道姓，然后笑言一句，就将那杆长枪掷向剑气长城的南边城墙某处。

剑修接住了那杆长枪，轻轻交给身后人，然后一去千万里，一人仗剑，前往蛮荒天下腹地，于托月山出剑，于曳落河出剑，有大妖处，他皆出剑。

苦夏剑仙那张天生的苦瓜脸，最近终于有了点笑意。

只要不涉及人情世故，只说与剑相关事，苦夏剑仙还是眼光极好的，终究是周神芝的师侄，没点真本事，早给周神芝骂得剑心破碎了。

林君璧抓获了两缕上古剑仙遗留下来的纯粹剑意，品秩极高，气运、机缘和手段兼具，该是他的，迟早都是。只不过短短时日，不是一缕而是两缕，依旧超乎苦夏剑仙的意料。

剑气长城这类玄之又玄的福缘，绝不是境界高，是剑仙了，就可以强取豪夺的，万一一着不慎，就会引来诸多剑意的汹涌反扑。历史上不是没有贪心不足的可怜外乡剑仙，身陷剑意围杀之局，凶险程度，不亚于一个不知死活的洞府境修士，到了城头上依旧大摇大摆府门大开。

严律更多是靠运气才留下那缕阴柔剑意，命格契合，大道亲近使然。

金真梦看似更多靠着金丹境剑修的境界，挽留下了那份桀骜不驯的剑意，在苦夏剑仙看来，金真梦这个沉默寡言的晚辈，显然是那种心有丘壑、志向高远的。那份杀气极重的精纯剑意，恰恰选中了性情温和的金真梦，绝非偶然，金真梦是精诚所至，才得了那份剑意的青睐。那场发生在金真梦气府内，外来剑意牵引小天地剑气一起“造访”的剧烈冲突，看似险象环生，实则是一种粗浅的考验，足可消弭金真梦的诸多魂魄瑕疵。若是这一关也过不去，想必金真梦就算为此跌境，也唯有认命。

除了苦夏剑仙之外，这些邵元王朝的天之骄子，如今都非剑仙。

林君璧之外，严律还好说，连那金真梦都得了一份天大机缘，剑修蒋观澄便焦躁了几分，不少人都跟蒋观澄是差不多的心情。

林君璧哪怕得了比天大的机缘，其余剑修，其实心里边都谈不上太过憋屈，可严律得了，便要心里不舒服，如今连金真梦这种空有境界、没悟性的家伙都得了，蒋观澄他们便有些受不了。

朱枚依旧无所谓，一得空，就找那个被她昵称为“在溪在溪”的郁狷夫闲聊，郁狷夫几乎不说话，全是少女在说。

难得有一次郁狷夫多说了些，与朱枚争论那师碑还是师帖，师刀还是师笔。朱枚故意胡搅蛮缠，争了半天，最后笑嘻嘻认输了，原来是为了让郁狷夫多说些，便是赢了。

苦夏剑仙心情不错，回了孙府，便难得主动找孙巨源饮酒，却发现孙剑仙没了那只仙家酒杯，只是拎着酒壶饮酒。

孙巨源似乎不愿意开口，苦夏剑仙便说了几句心里话："我只是剑修，登山修行之后，一生只知练剑。所以许多事情，不会管，也不太乐意管，管不过来。"

孙巨源瞥了眼真心诚意的外乡剑仙，点了点头，道："我对你又没什么看法，就算有，也是不错的看法。"

孙巨源坐在廊道中，一腿屈膝立起，伸手拍打膝盖，道："修道之人，离群索居，一个人远离世俗，洁身自好，很好了，还要如何奢求？"

苦夏剑仙感慨道："可任何宗门大派，成了气候，就会熙熙攘攘，太过热闹，终究不再是一人修行这么简单，这也是为何我不愿开宗立派的根本缘由。若只知练剑，不会传道，怕教出许多剑术越来越高而人心越来越低的弟子。我本来就不会讲道理，到时候岂不是更糟心？我那师伯就很好，剑术够高，所有徒子徒孙，不管性情如何，都得乖乖用心揣摩我那师伯的所思所想，根本无须师伯去传授道理。"

孙巨源摇摇头，背靠墙壁，轻轻摇晃酒壶，道："苦夏啊苦夏，连自己师伯到底强在何处都不清楚，我劝你这辈子就别开宗立派了，你真没那本事。"

苦夏剑仙的那点好心情，都给孙巨源说没了，苦瓜脸起来了。

孙巨源望向远方，轻声道："若是浩然天下的山上人，能够都像你，倒也好了。话不多，事也做。"

苦夏剑仙一伸手，道："给壶酒，我也喝点。"

孙巨源手腕翻转，抛过去一壶酒。

苦夏剑仙更加苦相，因为是一壶竹海洞天酒。

剑气长城是一个最能开玩笑的地方。连自己的性命都可以拿来开玩笑，还有什么不敢的？

只是剑气长城终究是剑气长城，没有乱七八糟的纸上规矩，同时又会有些让人匪夷所思、在别处如何都不该成为规矩的不成文规矩。

中五境剑修见某位剑仙不对眼，无论喝不喝酒，大骂不已，只要剑仙自己不搭理，就会谁都不搭理，但是只要剑仙搭理了，那就受着。

来剑气长城练剑或是赏景的外乡人，无论是谁的徒子徒孙，无论在浩然天下投了多好的胎，在剑气长城这边，剑修都不会高看你一眼，也不低看你半眼，一切以剑说话。能够从剑气长城这边捞走面子，那是本事。若是在这边丢了面子，心里边不痛快，到了自家的浩然天下，随便说，都随意，一辈子别再来剑气长城就行，再怎么沾亲带故，最好也别靠近倒悬山。

历史上许许多多战死之前已是孑然一身的剑仙、剑修，死了之后，若是没有交代遗言，所有遗留，便是无主之物。

若有遗言，便有人全盘收下，无论是多大的一笔神仙钱，甚至剑仙的佩剑。哪怕是下五境剑修得了这些，也不会有人去争，明着不敢，暗地里去鬼祟行事的，也别当隐官一脉是傻子。不少差点可以搬去太象街、玉笏街的家族，就是因为这个，元气大伤。因为规矩很简单，管教不严，除了伸手之人会死，所在家族，境界最高者，会先被洛衫或是竹庵剑仙甚至隐官大人打个半死，最后总能够留下半条命，毕竟还是要杀妖的。下一场大战，此人必须最后撤离战场，能靠本事活下来，就一笔勾销，但是原本战后剑、衣、丹三坊会送到府上的分账，就别想了。

所以就这么一个连许多剑仙死了都没坟墓可躺的地方，怎么会有那春联门神的年味儿，不会有。

百年、千年、万年过后，所有的剑修都已习惯了城头上的那座茅屋，那个几乎从不会走下城头的老大剑仙。

好像老大剑仙不翻老皇历，皇历就没了，或者说好像从未存在过。

礼圣一脉的君子王宰，今天到了酒铺。这是王宰第一次来此买酒。

只是闹哄哄的剑修酒客们，对这位儒家君子的脸色都不太好。

一是因为浩然天下有功名有头衔的读书人身份；二是听说王宰此人吃饱了撑着，揪着二掌柜那次一拳杀人不放，非要做那鸡零狗碎的道德文章，比隐官一脉的督察剑仙还要卖力。他们就奇怪了，亚圣、文圣打得要死要活也就罢了，你礼圣一脉凑什么热闹，落井下石？

王宰神色自若，掏了钱买了酒，拎酒离开，没有吃那一碗阳春面和一碟酱菜，更没有学那剑修蹲在路边饮酒。王宰心中有些笑意，觉得自己这壶酒，二掌柜真该请客。

王宰没有沿着来时路返回，而是拎酒走向了无人的街巷拐角处。

王宰在本该有一条小板凳和一个青衫年轻人的地方，停下脚步，轻声笑道："君子立言，贵平正，尤贵精详。"

即将离开剑气长城的王宰记起一事，原路返回，去了酒铺，寻了一块空白无字的无事牌，写下了自己的籍贯与名字，然后在无事牌背面写了一句话，"待人宜宽，待己须严，以理服人，道德束己，天下太平，真正无事"。

王宰写完之后，在墙上挂好无事牌，翻看其余邻近无事牌的文字内容，哭笑不得。其中有一块估计会被酒铺某人镀金边的无事牌，其上是一位金甲洲剑仙的"肺腑之言"："从不坑人二掌柜，酒品无双陈平安。"一看就是暂时不打算离开剑气长城的。

还有一块肯定会被酒铺二掌柜视为"厚道人写的良心话"："文圣一脉，学问不浅，脸皮更厚，二掌柜以后来我流霞洲，请你喝真正的好酒。”显然是个与他王宰一般，就要去往倒悬山的人。

王宰自言自语道：“若是他，便该说一句，这样的好人，如今竟然才是元婴境剑修境界，没道理啊，玉璞境太低，仙人境也不算高才对。”

王宰微笑道：“只不过这种话，二掌柜说了，讨喜，我这种人讲了，便是老妪脸上抹胭脂，徒惹人厌。”

不是所有的外乡人，都能够像那陈平安，成为剑气长城剑修心中的自家人。王宰有些替陈平安感到高兴，只是又有些伤感。

王宰犹豫了一下，便在自己无事牌上多写了一句蝇头小楷：“为仁由己，己欲仁，斯仁至矣。愿有此心者，事事无忧愁。”

王宰发现身边不远处站着一个来铺子拎酒的少年，名叫蒋去，是蓑笠巷出身。

王宰转过身，对那少年笑道：“与你们家二掌柜说一声，酒水滋味不错，争取多卖些，取之有道，正大光明。”

蒋去笑容腼腆，使劲点头。

王宰一口饮尽壶中酒，将那空酒壶随手放在柜台上，大笑着离去。出了门，与那酒桌旁和路边的众多剑修，一个抱拳，朗声道：“卖剑沽酒谁敢买，但饮千杯不收钱。”

四周寂然无声，皆在意料之中，王宰大笑道：“那就换一句，更直白些，希望将来有一天，诸位剑仙来此处饮酒，酒客如长鲸吸百川，掌柜不收一枚神仙钱。”

没人领情。

有人嗤笑道：“君子大人，该不会是在酒水里下了毒吧？二掌柜人品再不行，这种事还是做不出来的。堂堂君子，清流圣贤，你莫要坑害二掌柜才对。”

王宰没有反驳什么，笑着离去，远去后，高高举起手臂，竖起大拇指，大声道：“很高兴认识诸位剑仙。”

一时间酒铺这边议论纷纷。

“是不是二掌柜附体？或者干脆是二掌柜假冒？这等手段，过分了，太过分了。”

“二掌柜厉害啊，连礼圣一脉的君子都能感化为道友？”

“多半还算个剩下点良心的读书人。”

君子王宰远离酒铺，走在小巷当中，掏出一方白石莹然如玉的朴拙印章，是那陈平安私底下赠送给他王宰的，既有边款，还有署名和年份。

边款内容是“道路泥泞人委顿，豪杰斫贼书不载。真正名士不风流，大石磊落列天际”。

篆文为“原来是君子”。

裴钱总算回过味来了。

最后知后觉的她，便想要把挥霍掉的光阴，靠着多练拳弥补回来。一次次去泡药缸子，去床上躺着，养好伤就再去找老嬷嬷学拳。

白嬷嬷不愿对自己姑爷出重拳，但是对这个小丫头，还是很乐意的。

不是不喜欢，恰恰相反，在姑爷那些学生弟子当中，白炼霜对裴钱，最中意。表面上胆子小，但是小姑娘那一双眼睛里，有着最狠的意思。

郭竹酒如今不被禁足，经常来这边晃荡，会在演武场那边从头到尾看着裴钱被一次次打趴下，直到最后一次起不来，她就飞奔过去，轻轻背起裴钱。

偶尔郭竹酒闲着没事，也会与那个种老夫子问一问拳法。

这天裴钱醒过来后，郭竹酒就坐在门槛那边，陪着暂时无法下地行走的大师姐说说话，帮大师姐解个闷。

至于大师姐是不是想要跟她说话，郭竹酒可不管，反正大师姐肯定是愿意的。说累了，郭竹酒就提起那块抄手砚，呵一口气，与大师姐显摆显摆。

白首这天又在宅子外路过，门没关，白首哪敢触霉头，快步走过。

郭竹酒便压低嗓音问道："小个儿大师姐，你有没有觉得那白首喜欢你？"

裴钱如遭雷击，惊道："啥？"

郭竹酒惊讶道："这都看不出来？你信不信我去问白首，他肯定说不喜欢？但是你总听过一句话吧，男人嘴里跑出来的话，都是大白天晒太阳的鬼。"

裴钱一拳砸在床铺上，嚷道："气死我了！"

郭竹酒低头擦拭着那方砚台，唉声叹气道："我还知道有个老姑娘经常说啊，嫁出去的姑娘就是泼出去的水，那么以后大师姐就算是太徽剑宗的人，师父家乡的那座祖师堂，大师姐的座椅就空了。岂不是师父之外，便群龙无首了，愁人啊。"

裴钱怒道："你休想篡位！我那座位，是贴了字条写了名字的，除了师父，谁都坐不得！"

郭竹酒"哦"了一声，道："那就以后再说，又不着急的。"

裴钱突然说道："白首怎么就不喜欢你？"

郭竹酒抬起头，一本正经道："他又没眼瞎，放着这么好的大师姐不喜欢，跑来喜欢我？"

裴钱双手抱胸，呵呵笑道："那可说不定。"

郭竹酒笑嘻嘻道："方才是与大师姐说笑话哩，谁信谁走路摔跟头。"

裴钱扯了扯嘴角。

裴钱轻声问道："郭竹酒，啥时候去落魄山找我玩？"

郭竹酒有些提不起精神，垂着头道："我说了又不算的喽。爹娘管得多，么（没）得法子。"

裴钱沉默片刻，笑了笑，道："好心的难听话，你再不爱听也别不听，反正你爹娘长辈他们，放开了说，也说不了你几句。说多了，他们自己就会不舍得。"

郭竹酒想了想，点头道："好的。"

沉默片刻，郭竹酒瞥了眼那根搁在桌上的行山杖，她趁着大师姐昏迷不醒呼呼大睡，帮着擦拭了一番——吐口水，抹袖子，最后连脸蛋都用上了，十分诚心诚意。

"大师姐，你的小竹箱借我背一背呗？"

"为啥？凭啥？"

"背着好看啊，大师姐你说话咋个不过脑子？多灵光的脑子，咋个不听使唤？"

裴钱觉得与郭竹酒说话聊天，心好累。

"大师姐，臭豆腐真的有那么好吃吗？"

"可香呢！"

"是不是吃了臭豆腐，放屁也是香的？"

"郭竹酒，你烦不烦人？"

然后裴钱就看到那个家伙，坐在门槛那边，嘴巴没停，一直在说哑语，没声音而已。哪怕裴钱故意不看她，她也乐在其中，若不小心看了她一眼，就更带劲了。

裴钱无奈道："你还是重新说话吧，被你烦，总好过我脑阔(壳)疼。"

郭竹酒突然说道："如果哪天我没办法跟大师姐说话了，大师姐也要一想起我就一直会烦啊，烦啊烦啊，就能记得牢些。"

裴钱看着那个脸带笑意的小姑娘，怔怔无语。

一袭青衫站在了门槛那边，他伸手示意裴钱躺着便是。

陈平安坐在郭竹酒身边，笑道："小小年纪，不许说这些话。师父都不说，哪里轮得到你们。"

这次郭竹酒回家，不再是一个人走街串巷瞎晃荡，不再是在那玉笏街邻居府邸墙头上当只小野猫，因为身边跟着师父，所以显得格外规矩。

有个相熟的少年趴在墙头那边，笑问道："绿端，今儿咋个不过关斩将了。我这两天剑术大成，肯定守关成功，必然让你乖乖绕道而走！"

郭竹酒抬起头，一脸茫然道："你谁啊？"

少年见郭竹酒给他偷偷使眼色，便赶紧消失。

这也是陈平安第一次去玉笏街郭家拜访，也只是将郭竹酒送到了家门口，婉拒了亲自出门迎接的郭稼的邀请，没有进门坐坐。毕竟隐官一脉的洛衫剑仙还盯着自己，宁府无所谓这些，郭稼剑仙和家族还是要在意的，至少也该做个样子表示自己在意。

郭稼拉着郭竹酒往里边走，随口说道："在那边跟你的小个儿大师姐，聊了些什么？”

郭竹酒说道：“爹，你就算严刑拷打，我也不会说一个字的。我郭竹酒是谁？是那大剑仙郭稼的女儿，不该说的，绝对一个字都不说。”

郭稼低下头，看着笑意盈盈的女儿，拍了拍她的小脑袋，道：“难怪都说女大不中留，心疼死爹了。”

郭竹酒问道：“可我娘亲就不这样啊，嫁给了爹，不还是处处护着娘家？爹你也是的，每次在娘亲那边受了委屈，不找自己师父去倒苦水，也不去找相熟的剑仙朋友喝酒，偏偏去老丈人家装可怜，娘亲都烦死你了。你还不知道吧？我姥爷私底下都找过我了，让我劝你别再去那边了，说算姥爷他求你这个女婿，可怜可怜他吧，不然最后遭灾最多的，是他，而不是你这个女婿。”

郭稼早已习惯了女儿这类戳心窝的言语，习惯就好，习惯就好啊。所以自己的那位老丈人应该也习惯了，一家人，不用客气。

郭稼原本满是阴霾的心情，如云开月明了几分。先前左右找过他一次，是好事，讲道理来了，没出剑，虽然还是佩了剑的，自己比那大剑仙岳青幸运多了。郭稼其实内心深处，很感激这位佩剑登门的人间剑术最高者，方才那个年轻人，郭稼也很欣赏。文圣一脉的弟子，好像都擅长讲一些言语之外的道理，并且是说给郭稼、郭家之外的人听的。

郭稼一直希望女儿绿端能够去倒悬山，学那宁姚，去更远的地方看一看，晚些回来不打紧。只是别看女儿打小喜欢热闹，偏偏从来没想过要偷偷溜去倒悬山。郭稼让媳妇暗示过女儿，可是女儿却说了一番道理，让人无言以对。

郭竹酒说她小时候，费了老大劲才爬到自家屋顶上，瞧见月亮搁放在剑气长城的城墙上，就想要哪天去摸一摸，结果等她长大了，靠着自己去了城头，才发现根本不是那样的，月亮离着城头老远，够不着，所以她就不乐意走远路了。剑气长城的城头那么高，她铆足了劲蹦跳伸手，都够不着月亮，到了倒悬山那边，只会更够不着，没意思。

这次左右登门，是希望郭竹酒能够正式成为他小师兄陈平安的弟子，只要郭稼答应下来，题中之义，自然需要郭竹酒跟随同门师兄师姐，一起去往宝瓶洲落魄山祖师堂，拜一拜祖师爷，在那之后，可以待在落魄山，也可以游历别处，若是小姑娘实在想家了，可以晚些返回剑气长城。

郭稼觉得可以。

佩剑登门的左右开了这个口，玉璞境剑修郭稼不敢不答应嘛，其余剑仙，也挑不出什么理说三道四，挑得出，就找左右说去。

但是郭竹酒突然说道：“爹，来的路上，师父问我想不想去他家乡那边，跟着小个儿大师姐他们一起去浩然天下，我冒死违抗师命，拒绝了啊，你说我胆子大不大，是不是很有英雄豪杰味？”

郭稼心中叹息，笑问道："为何不答应？浩然天下的拜师规矩多，我们这边比不得，不是只要传道之人点头答应，头都不用磕，只是随便敬个酒就可以的，你还要去祖师堂拜挂像、敬香，好些个繁文缛节。你想要真正成为陈平安的嫡传弟子，就得入乡随俗。"

郭竹酒摇摇头，道："什么时候师父回家乡了，我再一起跟着。我要是走了，爹的花圃谁照料？"

郭稼使劲绷着脸，苦口婆心劝说道："下次打那蚊蝇飞虫，收着点剑术，莫要连花草一起劈砍了。"

郭竹酒惋惜道："可惜大师姐的行山杖不肯送我，不然莫说是爹的花圃，整座郭府能跑进一只蚊蝇，您就拿我是问，砍我狗头。"

郭稼与女儿分开后，就去看那花圃。女儿拜了师后，成天都往宁府那边跑，就没那么精心照料花圃了，所以花草格外茂盛。郭稼独自一人，站在一座花团锦簇的凉亭内，看着团团圆圆、齐齐整整的花圃风景，却高兴不起来，若是花也好月也圆，事事圆满，人还如何长寿？

所以郭稼其实宁愿花圃残破人团圆。

宁府那边，宁姚依旧在闭关。裴钱在与白嬷嬷请教拳法。种秋在走桩，以充斥天地间的剑意砥砺拳意。曹晴朗在修行。崔东山拉着纳兰老哥一起喝酒。

陈平安离开郭稼和玉笏街后，去了越越开越大的酒铺。按照老规矩，掌柜不与客人争地盘，只是蹲在路边喝酒，可惜范大澈不厚道，竟然一口气喝完了那枚小暑钱的剩余酒水钱，陈平安只得自己跟少年蒋去结账付钱。蒋去壮起胆子，说他前不久与叠嶂姐姐预支了薪水，可以请陈先生喝一壶竹海洞天酒。陈平安没答应，说自己不是不想，而是不敢，免得自己在剑气长城的极好名声，有那丁点儿瑕疵。身为读书人，不爱惜羽毛怎么成。

陈平安优哉游哉喝过了酒，又与身边道友蹭了两碗酒，这才起身去了新的两堵墙壁，看过了所有的无事牌名字和内容。

之后陈平安便拎着小板凳去了街巷拐角处，使劲挥动着那苍翠欲滴的竹枝，像那市井天桥下的说书先生，吆喝了起来。

冯康乐第一个跑过来，顾不得拿上那只越来越沉的陶罐，他在二掌柜耳边窃窃私语，大致说了一下自己的难处，让二掌柜识趣些，别说错了话。陈平安笑着点头，作为报酬，让冯康乐走街串户帮自己招徕听众去。得了二掌柜保证不会揭穿自己的许诺，冯康乐便重重拍了拍二掌柜的肩膀，竖起大拇指，说了句"好兄弟讲义气"。

陈平安瞥了眼冯康乐，孩子立即吐吐舌头，轻轻拍了拍二掌柜的肩膀，然后边跑边扯嗓子喊人，说那书生击鼓鸣冤城隍阁的故事终于要开场了。

说书先生等到身边围满了人，蹭了一把身旁小姑娘的瓜子，这才开讲那山神欺男霸女强娶美娇娘，读书人历经坎坷终究大团圆的山水故事。

只是讲到那山神跋扈、势力庞大，城隍爷听了书生喊冤之后竟是心生退意，一帮孩子们不乐意了，开始鼓噪造反。

早干吗去了，光是那城隍阁内的日夜游神、文武判官、铁索将军姓甚名谁，生前有何功德，死后为何能够成为城隍神祇，那匾额楹联写了什么，城隍老爷身上那件官服是怎么个威武，就这些有的没的，二掌柜就讲了那么多那么久，结果那麾下鬼差如云、兵强马壮的城隍爷，竟然不愿为那可怜读书人伸张正义了？

陈平安发现手中瓜子嗑完了，就转头去与小姑娘求些来，不承想小姑娘转过身，破天荒地，不给瓜子了。

冯康乐已经顾不得会不会被二掌柜揭老底，赏了陈平安一拳，怒道："不成不成，你要么直接说结局，要么干脆换个痛快些的新故事说！不然以后我再也不来了，你就一个人坐这儿喝西北风去吧。"

其余孩子都纷纷点头。

果然还是那些饮酒的剑仙眼光好，二掌柜心是真的黑。如此窝囊糟心的山水故事，不听也罢。

只见那二掌柜一手举起竹枝，一手双指并拢，好似抖了个剑花，晃了几下，问道："上一次提及城隍庙，可有人记得那副只说了一半的大门楹联？"

一个少年说道："是那'求个良心管我，做个行善人，白昼天地大，行正身安，夜间一张床，魂定梦稳'。"

陈平安笑着点头。

少年问道："先前就问你为何不说另外一半，你只说天机不可泄露，这会儿总不该卖关子了吧？"

陈平安说道："再卖个关子，莫要着急，容我继续说那远远未完结的故事。只见那城隍庙内，万籁寂静，城隍爷拈须不敢言，文武判官、日夜游神皆无语，就在此时，乌云蓦然遮了月，人间无钱点灯火，天上月儿也不再明，那书生环顾四周，万念俱灰，只觉得天崩地裂，自己注定救不得那心爱女子了，生不如死，不如一头撞死，再也不愿多看一眼那人间腌臜事。"

冯康乐听得揪心死了，浩然天下那边到底是怎么个回事嘛。

如今听故事的人越来越多了，你二掌柜倒好，只会丢我冯康乐的面子，以后自己还怎么混江湖？是你二掌柜自己说的，江湖其实分那大小，先走好自己家旁边的小江湖，练好了本事，才可以走更大的江湖。

突然，陈平安一巴掌拍在膝盖上，道："千钧一发之际，不承想就在那书生命悬一线的此刻，只见那夜幕重重的城隍庙外，骤然出现一粒光亮，极小极小。那城隍爷蓦然抬头，爽朗大笑，高声道：‘吾友来也，此事不难矣！’笑开颜的城隍老爷绕过书案，大步走下台阶，起身相迎去了。与那书生擦肩而过的时候，轻声言语了一句，书生将信将疑，便跟随城隍爷一同走出城隍阁大殿。诸位看官，可知来者到底是谁？莫不是那为恶一方的山神亲临，与那书生兴师问罪？还是另有他人，大驾光临，结果是那柳暗花明又一村？欲知此事如何，且听——”

小姑娘突然匆忙伸出手，给说书先生递过去一把瓜子，嚷道：“不要下回分解，今儿说，今儿就说，瓜子有的，还有好多。”

那个说出城隍庙大门楹联一半内容的少年，恼火说道：“别求他，爱说不说，听完了这个故事，反正我以后是再也不来了。”

只见那说书先生接过了小姑娘手中的瓜子，然后使劲一抹竹枝，接着道：“细看之下，转瞬之间，那一粒极小极小的光亮，竟是越来越大，不但如此，很快就出现了更多的光亮，一粒粒，一颗颗，聚拢在一起，攒簇如一轮新明月。这些光线划破夜空，遇云海破云海，如仙人行走之路，要比那五岳更高，而那大地之上，那大野龙蛇修道人、市井坊间老百姓，皆是惊醒出梦寐，出门开窗抬头看。这一看，可了不得！”

说到这里，说书先生赶紧嗑起了瓜子，道：“莫催促莫催促，嗑几颗瓜子先。”

磕过了瓜子，陈平安继续说道：“越是临近城隍庙这边，那书生便越是听得雷声大作，好似神人在头顶擂鼓不停歇。书生既担心是那城隍庙老爷与那山神蛇鼠一窝，可心中又泛起了一丝希望，希望天大地大，终究有一个人愿意帮助自己讨还公道，哪怕最后讨不回公道，也算心甘情愿了。人间到底道路不涂潦，他人人心到底慰我心。”

小板凳四周，人人屏气凝神，竖耳聆听。

“书生忍不住一个抬手遮眼，委实是那亮光越来越刺眼，以致只是凡夫俗子的书生根本无法再看半眼。莫说书生是如此，就连那城隍爷与那辅佐官吏也皆是如此，无法正眼直视那份天地之间的大光明。光亮之大，你们猜如何？竟是直接映照得城隍庙在内的方圆百里，如大日悬空的白昼一般。小小山神出行，怎会有此阵仗？”

冯康乐试探性问道：“是那过路的剑仙不成？”

与冯康乐一左一右坐在小板凳旁边的小姑娘使劲点头：“肯定啊，陈先生说过那些剑仙，人人心底澄澈，剑放光明。”

陈平安说道：“不错，正是下山游历山河的剑仙！只见那为首一位白衣飘飘的少年剑仙，率先御剑驾临城隍庙，收了飞剑，飘然站定。巧了，此人竟也姓冯名康乐，是那天下声名鹊起的新剑仙，最喜好行侠仗义，仗剑走江湖，腰间系着个小陶罐，咣当作响，只是不知里面装了何物。然后更巧了，只见这位剑仙身旁有一位漂亮的女子剑仙，名为舒馨，每次御剑下山，袖子里都喜欢装些瓜子。原来是每次在山下遇见了不平事，平了一件不平事，才吃些瓜子，若是有人感激涕零，这位女子剑仙也不索要银钱，只需给些瓜子便成。”

冯康乐呆若木鸡，回过神来，赶紧挺直腰杆，差点迸出泪花来，激动万分道：“这个故事真是太精彩了！”

名叫舒馨的小姑娘有些难为情，满脸通红，还有些愧疚，今儿瓜子还是带得少了。

只听那说书先生继续说道：“嗖嗖嗖，不断有那剑仙落地，个个风姿潇洒，男子或者面如冠玉，或者气势惊人，女子或者貌美如花，或者英姿勃勃，所以那心中有数但是还不够有数的城隍老爷都有些被吓到了，其余辅佐官吏鬼差，更是心神激荡，一个个作揖行礼，不敢抬头多看。他们震惊万分，为何……为何一口气能见到这么多的剑仙？只见那些大名鼎鼎的剑仙当中，除了冯康乐与那舒馨，还有那周水亭、赵雨三、马巷儿……”

光是姓名就报了一大串，在这期间，说书先生还望向一个不知姓名的孩子，那孩子着急嚷嚷道：“我叫石炭。”说书先生便加上了一个名叫石炭的剑仙，而那个听到了自己名字的少年赵雨三，咧嘴一笑，只是很快板起脸来。

若是说书先生的下个故事里，还有剑仙赵雨三，那就听一听，没有的话，还是不听。如何知道有无那同名同姓的剑仙赵雨三，陋巷少年赵雨三当然得先听过了下个故事，才知道有没有啊。

之后的故事依旧曲折，孩子们依旧是挑挑选选，听那自己喜欢听的想要听的。

不管如何，板凳旁边和远处，终究是一个人没走，听完了那个完完整整的山水故事。那书生有情人终成眷属，所有剑仙都登门祝贺，书生与心仪女子，历经坎坷，千难万难，终于拜堂成亲了，从此美满，故事结束。

往往故事一结束就散去的孩子们和那少男少女，这一次都没立即离开，这是很难得的事情。只是这一次，说书先生却反而不说那故事之外的言语了，只是看着他们，笑道：“故事就是故事，书上故事又不只是纸上故事，你们其实自己就有自己的故事，越是往后越是这样。以后我就不来这边当说书先生了，希望以后有机会的话，你们来当说书先生，我来听你们说。”

陈平安拎着小板凳站起身。

有个孩子怯生生道：“陈先生，你是要回家乡了吗？”

陈平安摇头笑道：“没有，我会留在这边。不过我不是只讲故事骗人的说书先生，也不是什么卖酒挣钱的账房先生，所以会有很多自己的事情要忙。”

陈平安走了，走出去一段路程后，突然笑着转头，高声道：“欲知后事如何……”

许多已经起身挪步的孩子们哄然大笑，只有稀稀疏疏的附和声，可是嗓门真不算小，喊道：“且听下回分解！”

陈平安笑了笑，自顾自喃喃道：“余着，暂且余着。”

裴钱练拳勤勉，就像在当年的落魄山竹楼，就怕哪天师父突然就要赶她走。落魄山是很好，可是只要没有师父在，就不够好。

今天白嬷嬷教拳不太舍得出气力，估摸着是没吃饱饭吧。但是裴钱觉得没关系，因为她觉得自己即将破开四境瓶颈了！这让裴钱欢天喜地，笑得合不拢嘴，与白嬷嬷说了好些话，因为裴钱觉得自己总算可以理直气壮地在剑气长城多留几天了。

不承想还来不及与师父报喜，师父就带着崔东山走下斩龙台凉亭，来到演武场，说可以动身返回家乡了，就是现在。

裴钱望向大白鹅，大白鹅无奈摇头。没办法，先生主意已定，小师兄拧不过。

裴钱倒是没有撒泼打滚，不敢也不愿，就默默跟在师父身边，去她宅子收拾行李包裹，背好了小竹箱，拿了行山杖。

大冬天的，日头这么大做什么，下一场大雨多好，便可以晚些离开宁府了，在大门口那边躲会儿雨也好啊。

曹晴朗也是手持行山杖，斜挎包裹，与种老夫子一起出现在宅子门口。

陈平安带着他们一起离开宁府，一路徒步，走到了师刀房年迈女冠与老剑仙坐镇的那道大门。

只不过崔东山半路去了别处，说是在倒悬山的鹳雀客栈那边汇合。

陈平安停下脚步，道："我就不送你们了，路上小心。"

裴钱低着头。

曹晴朗送了先生那一方印章，陈平安笑着收下。

裴钱抬起头，轻声说道："师父，我在师娘那边桌上留下了些东西，记得与出关的师娘说一声啊。"

陈平安点头道："不会忘记的，回了落魄山，跟暖树和米粒说起这剑气长城，不许光顾着自己耍威风，与她们胡说八道，有什么说什么。"

裴钱红着眼睛，点头道："都听师父的。"

很奇怪，以前都是自己留在原地，送师父去远游，只有这一次，是师父留在原地，送她离开。

反而更加伤心。

那么以后自己还要不要独自离开落魄山，去闯荡江湖了？把师父一个人留在落魄山，好可怜的。

陈平安回头望去，一个小姑娘飞奔而来。

裴钱总算开心了些，心想若是这个小师妹竟敢不主动来见自己，就要损失大了。

郭竹酒蓦然双脚站定，然后一个蹦跳，飘落在裴钱身边，笑容灿烂道："小个儿大师姐，要与师父离开了，哭，快给我哭起来！哭完之后，就放心些，有我在师父身边照顾师父嘛。”

裴钱就算想要哭鼻子也哭不出来了，摘了其实空荡荡的小竹箱，递给郭竹酒，说道：“说好了啊，是大师姐借你的，不是送你的。下次见面，你可不能还给我一只破破烂烂的小竹箱，半点折损都不可以有啊。你要是不答应，我就不借你了。”

郭竹酒一把接过小竹箱，直接就背在身上，使劲点头，道：“大师姐只管放一千个一万个心，小竹箱背在我身上，更好看些。小竹箱要是会说话，这会儿肯定笑得开花了，会说话都说不出话来，光顾着乐了。”

裴钱伸出手，命令道：“竹箱还我。”

郭竹酒道：“大师姐行山杖也借给我呗，小书箱加上行山杖，绝配啊。我肯定每天背着小竹箱，手持行山杖，笃笃笃戳着大街小巷的青石板和黄泥地，都给我走遍了才罢休。”

裴钱满脸委屈，借了小竹箱还要得寸进尺，哪有这么当小师妹的，所以立即转头望向师父。

陈平安笑道：“可以下次见着了郭竹酒，还了你小竹箱，再借给她行山杖。”

裴钱朝郭竹酒一挑眉头。

郭竹酒点头道：“也行吧。”

然后郭竹酒拉着裴钱走在一旁，两个小姑娘窃窃私语起来。郭竹酒送了裴钱一只小木匣，说是小师妹给大师姐拜山头的赠礼。裴钱不敢乱收东西，又转头望向师父，师父笑着点头。

陈平安与种秋说道：“种先生，回了浩然天下，不用着急返回宝瓶洲，可以带着他们一起去南婆娑洲游历一番，我有个朋友，叫刘羡阳，如今在醇儒陈氏那边求学。不过崔东山应该不会与你们同行，他在家乡那边还有很多事情，所以到了倒悬山，与他多借些神仙钱。游学路上多美好，可是只看山水也不成。”

种秋笑道：“已经与他借过一次钱了，再借一次也无妨。”

陈平安说道：“此次游历，在剑气长城，我没有太顾虑种先生的武学修行，对不住了。”

种秋摇头道：“这种客气到了混账的言语，以后在我这边少说。”

陈平安就不再多说客气话。

种秋最后说道：“再好的道理，也有不对的时候，不是道理本身有问题，而是人有太多难处和意外，明明是一样米养百样人，到最后又有几个人喜欢那碗饭，又有几个人真正想过那碗饭到底是怎么个滋味？”

陈平安点头道：“我多想想。”

种秋欲言又止，还想说些劝慰言语宽心话，只是看着这个青衫年轻人，觉得好像没必要，便不说了。

裴钱轻轻喊了一声师父，便说不出话来。

郭竹酒背着小竹箱，开始掰手指头，应该是在心中数数，看看大师姐何时会哭鼻子。

裴钱眼角余光瞧见了郭竹酒的动作，便顾不得伤感了，这个小姑娘真烦人。

曹晴朗与先生作揖告别。

陈平安轻轻挥手，然后双手笼袖。

送别他们之后，陈平安将郭竹酒送到了城池大门那边，然后自己驾驭符舟，去了趟城头。

城头上，左右问道："都离开了？"

陈平安点点头。

左右皱眉道："有话直说。"

陈平安有些怀念裴钱、曹晴朗都在的时候，因为那时候大师兄对自己会客气些。

陈平安轻声道："我若是希望大师兄答应先生，离开剑气长城，其实就不该拒绝老大剑仙，应该在落魄山祖师堂那边，点燃本命灯。这样一来，大师兄至少就不用因为我留在这边，多出一份顾虑。"

左右说道："话说一半，谁教你的？我们先生？谁给你的胆子去想这些乱七八糟的事情？你是怎么与郁狷夫说的那句话？难不成道理只是说给他人听？心中道理，千难万难而得，是那店铺酒水和印章折扇，随随便便，就能自己不留，全部卖了挣钱的？这样的狗屁道理，我看一个不学才是好的。"

陈平安一时间无言以对。

大师兄在自己面前往往言语不多，今天说了这么多，看样子确实被自己气得不轻。

没关系，陈平安早有应对之策，道："先生就算再忙，如今有了裴钱、曹晴朗他们在落魄山，怎么都会常去看看。大师兄如何教剑，我相信大师兄的师侄们，都会一五一十与我们先生说，先生听了，一定会高兴。"

这次轮到左右无言以对。

陈平安转移话题，问道："蛮荒天下那边，是不是也有很多没忘记剑气长城的人？"

左右点头道："自然，但依旧无大用。"

陈平安又问道："儒家和佛家两位圣人坐镇城头两端，加上道家圣人坐镇天幕，都是为了尽可能维持剑气长城不被蛮荒天下的气运浸染、蚕食、转化？"

左右说道："对于三教圣人而言，这并不是一件多轻松的事情。那位佛子出身的儒家圣人，当年与先生辩论落败，去了亚圣一脉，学问精深，所以你别觉得亚圣一脉如何不堪。我们读书人，最怕自身利益受损，便挠心挠肺，怨怼全部。也别觉得礼圣一脉有了个君子王宰，便去认为世间所有礼圣一脉的儒家门生，皆是君子贤人。”

陈平安摇头道：“我不会如此一叶障目。”

桐叶洲的君子钟魁，便是出身亚圣一脉。

左右问道：“那崔东山，临行之前，说了些什么？”

陈平安摇头道：“只是琐碎事。”

左右沉默许久，缓缓说道：“当年除了先生，没有人见过少年时候的崔瀺。我们几个见到他时，他已经是个跟你如今差不多岁数的年轻人了。”

陈平安突然说道：“我还是一直相信，这个世道会越来越好。”

左右笑道：“理当如此。”

陈平安转头说道：“大师兄，你若是能够多笑一笑，其实比那风雪庙魏晋英俊多了。”

左右反问道：“不笑不也是？”

陈平安微笑道：“我觉得是，只是不知魏晋如何觉得。”

左右“嗯”了一声，道：“回头我问问看。”

陈平安补充道：“还需看魏晋回答问题，诚不诚心。”

左右点头道：“有理。”

师兄弟二人，就这么一起眺望远方。

相熟之人，各去远方。

就像今天，陈平安是如此。

又像前不久，刘景龙带着白首，与太徽剑宗的一些年轻剑修，一起离开了剑气长城。

山下世人皆如此，山上神仙无例外。

剑气长城又是一年偷偷过，又是一年春暖花再开。

这一次宁姚闭关悠悠好似忘寒暑，其实这才是最常见的修道。

范大澈依然没有破境，只是龙门境的底子越来越好，与宁府和晏家算是彻底混熟了。

晏琢如今有了家族首席供奉的倾囊相授，剑术精进较多。

陈三秋依旧是那个喝过了酒后，总觉得墙壁要来扶人的浪荡公子哥。

董画符还是无论走到哪儿，买东西不用花钱。

叠嶂酒铺的生意还是很好，墙上的无事牌越挂越多。

据说齐狩闭关去了，此次出关一举成为元婴境剑修的希望极大。

庞元济常去叠嶂酒铺买酒，因为铺子推出了一种新酒——极烈。就是价格贵了些，一壶酒酿，得三枚雪花钱，所以一枚雪花钱的竹海洞天酒非但销量没降，反而卖得更多。不过庞元济不缺钱,而且剑仙朋友高魁也好这一口,所以庞元济总觉得自己一人撑起了酒铺烧刀子酒的一半生意。可惜那大掌柜叠嶂姑娘得了二掌柜真传,越发抠门,一次性买再多的酒也不乐意便宜一枚雪花钱,还要反过来埋怨庞元济买这么多,其他剑仙怎么办,她愿意卖酒,就是庞元济欠她人情了。

庞元济忧愁得不行,他喝什么酒水都好说,可是高魁嗜酒如命,如今又因为温养本命飞剑,到了一处紧要关口,一下子就从好似腰缠万贯的富家翁,变成了揭不开锅的穷光蛋。这在剑气长城是最常见的事情,有钱的时候,兜里那是真有大把的闲钱,没钱的时候,就是一枚铜板儿都不会剩下,还要东凑西凑与人借钱赊账。

不过庞元济如今最感兴趣的,是那臭豆腐何时开张贩卖。

铺子这边的帮忙长工,不知为何,不再是那两个灵犀巷和蓑笠巷少年了,而是换了三个人,一个少男一个少女,还有个黑乎乎的小孩子,都是大掌柜叠嶂的街坊邻居。不过手脚伶俐的反而是那个年龄最小的,酒鬼赌棍们都喜欢没事就逗弄这个小家伙,因为别看孩子年纪小,脾气恁大,管你是不是剑仙,敢赊账,没门,敢多拿酱菜多要阳春面,便要挨他的白眼,酱菜还是会给端上桌或是送去路边,只是孩子没个好脸色。

从去年冬到今年开春,二掌柜都深居简出,几乎没有露面,只有郭竹酒串门勤快,才能偶尔见着自己师父。见了面,郭竹酒就询问大师姐怎么还不回来,身上那只小竹箱如今都跟她处出感情了,下一次见了大师姐,小竹箱肯定要开口说话,说它喜新厌旧不回家喽。

宁府那边,纳兰夜行有些忐忑,主动询问白炼霜那个老婆姨,姑爷这么个练剑法子,是不是太急于求成了些,真没问题?他纳兰夜行都不忍心出剑了。

白嬷嬷也着急,只是小姐在闭关,找谁说去?所以让纳兰夜行去城头找一找姑爷的大师兄。

纳兰夜行一想也对,去了那边,结果姑爷的那位大师兄更狠,说你纳兰前辈若是觉得小师弟找你练剑,耽误了你重返仙人境,就让小师弟来城头这边练剑便是。

纳兰夜行黑着脸离开城头,白嬷嬷在门口那边守着,一听左右这番气人言语,差点没忍住就要去城头理论,给纳兰夜行劝了半天才拦下。

劝完之后,纳兰夜行心里偷着乐。被左右称呼了一声"纳兰前辈",得劲,喝酒去!明儿姑爷再找自己练剑,就别怪纳兰爷爷我心狠手辣了,喝多了酒,出手没个轻重,管不住飞剑力道。

下了几场大大小小的春雨之后,天地间就有了那暑气升腾。

这一天,陈平安独自坐在凉亭里,双手笼袖,背靠着亭柱,纳着凉打盹儿。

城头上,左右睁眼起身,伸手按住剑柄,眯眼远望。

城头以南,黄沙万里,遮天蔽日,汹涌而至;沙砾滚滚,竟是高过了剑气长城,如潮水拍岸，直奔剑气长城。

剑气长城左右两端的蒲团僧人与儒衫圣人，各自同时伸出手掌，轻轻按住那些白雾。

一位手捧雪白麈尾的道家圣人，盘腿坐于极高处，他举目望去，视线所及，脚下云海自开一层层。

有个孩童模样的羊角辫儿小姑娘，原本一直在打哈欠，趴在城头上，对着一壶没揭开泥封的酒坛发呆，这会儿开心得打了几个滚儿，蹦跳起身，眼中光彩熠熠，稚声稚气嚷嚷道："玉璞境以下，全部离开城头！北边境界够的，来凑个数！"

陈清都缓缓走出茅屋，双手负后，来到左右那边，轻轻跃上墙头，笑问道："剑气留着吃饭啊？"

左右默不作声，佩剑却未出鞘，只是不再辛苦收敛剑气，向前而行。

剑气长城以外，黄沙如撞上一堵墙，瞬间化作齑粉，难近城头咫尺。

不但如此，那堵无形的剑气城墙不断往南而去，滚滚黄沙随之倒退数十里。

最终天地恢复清明，视野开阔，一览无余。

北方城池那边，掠起一道道璀璨剑光，纷纷收剑停在南边城头上。

最终剑气长城的城头之上。

剑仙如云。

陈清都，左右。

董三更，隐官大人，陈熙，齐廷济，纳兰烧苇，老聋儿，陆芝。

岳青，宁连云，吴承霈，周澄，米祜，米裕，孙巨源，高魁，陶文，晏家供奉仙人剑修李退密……

北俱芦洲韩槐子，宝瓶洲魏晋，南婆娑洲元青蜀，浮萍剑湖郦采，邵元王朝苦夏……

陈清都望向远方，笑呵呵道："如今有那个老不死撑腰，胆气足了不少啊，好些个新鲜面孔嘛。嗯，来得还不少，老鼠洞里有个座位的，差不多全了。"

图书在版编目(CIP)数据

剑来20：饮者留其名 / 烽火戏诸侯著. —杭州：浙江文艺出版社，2021.1（2022.9重印）

ISBN 978-7-5339-6351-4

Ⅰ. ①剑… Ⅱ. ①烽… Ⅲ. ①长篇小说—中国—当代 Ⅳ. ①I247.5

中国版本图书馆CIP数据核字（2020）第256494号

选题策划 柳明晔
责任编辑 周海鸣
营销编辑 俞姝辰 宋佳音
封面绘图 温十澈
责任印制 张丽敏

剑来20：饮者留其名

烽火戏诸侯 著

出版 浙江文艺出版社
地址 杭州市体育场路347号
邮编 310006
电话 0571-85176953(总编办)
0571-85152727(市场部)
制版 浙江新华图文制作有限公司
印刷 杭州杭新印务有限公司
开本 710毫米×1000毫米 1/16
字数 352千字
印张 18.5
插页 2
版次 2021年1月第1版
印次 2022年9月第2次印刷
书号 ISBN 978-7-5339-6351-4
定价 46.00元